insel taschenbuch 4377
Gabriele Diechler
Ein englischer Sommer

Stow-on-the-Wold ist ein kleines idyllisches Städtchen in den Cotswolds im Herzen Englands. Hierher verschlägt es die dreißigjährige Annett aus Berlin: Völlig überraschend hat sie ein kleines Hotel geerbt, das ihrer Großmutter gehörte. Beim Anblick der sanft geschwungenen Hügel fühlt sie sich sofort heimisch und beschließt, Berlin hinter sich zu lassen und einen Neuanfang zu wagen: beruflich und auch in der Liebe. Schon bald lernt sie den charmanten Landschaftsarchitekten Edward kennen. Beide fühlen sich zueinander hingezogen, doch Edward scheint zu zögern ...

GABRIELE DIECHLER

Ein englischer Sommer

Roman

Insel Verlag

3. Auflage 2024

Erste Auflage 2015
insel taschenbuch 4377
© Insel Verlag Anton Kippenberg GmbH & Co. KG, Berlin, 2015
Alle Rechte vorbehalten. Wir behalten uns auch
eine Nutzung des Werks für Text und Data Mining
im Sinne von § 44b UrhG vor.
Umschlaggestaltung nach Entwürfen
von hißmann, heilmann, hamburg
Druck: Books on Demand GmbH, Norderstedt
Printed in Germany
ISBN 978-3-458-36077-3

www.insel-verlag.de

Ein englischer Sommer

Für meine Mutter –
im Gedenken an ihren verstorbenen Vater

Erster Teil

*Tu alles, was du kannst, in der Zeit, die du hast,
an dem Ort, wo du bist!*

– Nikosi Johnson –

1. Kapitel

Juni 1944 – Altlandsberg, Märkisch-Oderland

Catharina öffnet die Flügeltür, die in den Garten führt, und tritt hinaus auf die Terrasse. Der Regen, der die Landschaft seit Stunden hinter einem dichten grauen Vorhang versteckt hat, ist in sanftes Nieseln übergegangen. Sicher wird auch das bald aufhören, denn die Wolken lockern auf, lassen immer mehr blaue Flecken am Himmel sehen. Catharina wagt sich weiter hinaus und steuert die mit Stuck geschmückte Brüstung an. Sie blickt hinunter in den weitläufigen Garten, der langsam aus dem Grau auftaucht. Der Garten war seit jeher Sinnbild von Wohlstand und einer glänzenden Zukunft der Familie von Schülzow. Nun sprießt aus den ehemals penibel gerechten Kieswegen Unkraut, und der Rasen ist schon länger nicht mehr gemäht worden. Vom Baumschnitt ganz zu schweigen. Catharina schüttelt besorgt den Kopf. Das Unkraut wuchert bald alles zu. Doch das ist ihre geringste Sorge.

Seit sie heute Morgen aufgestanden ist, spürt sie ein beklemmendes Gefühl in der Brust. Die Gedanken in ihrem Kopf überschlagen sich, dazu kommt ein lähmendes Gefühl der Angst. Catharina sorgt sich um ihre Tochter Hetty, die erst vor wenigen Monaten zur Welt gekommen ist. Aber noch mehr sorgt sie sich um Rudolf, ihren Mann, der seinen Dienst am Land ableistet und nach ein paar Tagen Heimaturlaub heute früh wieder abgereist ist.

Beim Frühstück hatte Rudolf ihr überraschend mitgeteilt, dass er wegmüsse. Als ein Auto draußen vorm Eingang hielt, stopfte er die letzten Sachen in seine Tasche und verabschiedete sich mit einem hastigen Kuss von ihr. Seitdem grübelt Catharina darüber nach, was dieser abrupte Aufbruch zu bedeuten hat.

Heute früh wurden sie vom Zwitschern der Vögel geweckt. Im Licht der Dämmerung hatten sie sich aneinandergeklammert, um sich fast ängstlich zu lieben. Und sich ihre Körper und ihr Glück für lange Zeit einzuprägen. Danach zog Rudolf sich mit fahrigen Bewegungen an. Kein Wort darüber, was in den letzten Tagen besprochen wurde, als er mit den Offizieren bis in die frühen Morgenstunden leise murmelnd am großen Tisch in der Bibliothek saß.

Wieso hatte ihr der Mut gefehlt, ihn vor seinem Weggang auf diese Treffen anzusprechen? Sie hält es kaum noch aus, nichts zu wissen, dafür aber von düsteren Vorahnungen geplagt zu werden. Wie lange wird dieser Krieg noch andauern? Irgendwann wird das Land ausgezehrt sein. Überschwemmt von Kriegsveteranen und gebrochenen Frauen, die ihre Männer, Geschwister, Eltern, Kinder und Freunde mit stummen Tränen beweinen. In ihren Träumen sieht sie Blut, überall Blut. Ist nicht längst alles verloren? Rudolf *muss* mit ihr reden! Sie ist schließlich seine Frau.

Um ihre trüben Gedanken zu vertreiben, beschließt Catharina, in den Garten zu gehen, während Hetty selig in der Wiege im Salon schläft. Das Nieseln ist nun kaum noch auf der Haut zu spüren. Ein Spaziergang wird ihr guttun und eine kurze Pause vom Alltag verschaffen, bevor sie zurück in die Küche und später ins Arbeitszimmer muss, wo ein Berg von Papieren auf sie wartet. Seit Krieg ist, führt sie das Schülzow'sche Gut im Grunde allein. Wägt ab, trifft Entscheidungen und kann manchmal vor lauter Verantwortung nicht einschlafen.

Der Wind frischt böig auf. Catharina legt schützend die Arme um ihren Oberkörper. Ihr Blick bleibt an den Rosenrabatten hängen, die entlang den Verandastufen wachsen. Prächtige Rottöne und zartes Rosé leuchten ihr entgegen. Mitten in den satten Blüten summen Bienen, hier und da führen Schmetterlinge einen närrischen Tanz auf.

Vor ihrer Heirat hatte sie in ihrer jugendlichen Gedankenlosigkeit kaum einen Blick für die Natur übriggehabt. Früher. Als sie getanzt, Feste organisiert und voller Übermut Ausschau nach gut aussehenden Männern für sich und ihre Freundinnen gehalten hatte. Ohne etwas vom immer lauter werdenden Unmut der Menschen und der wachsenden, fanatischen Euphorie auf den Straßen Berlins mitbekommen zu wollen.

Catharina streicht sich eine Haarsträhne aus dem Gesicht, die der Wind ihrer Frisur entlockt hat, und steigt die Stufen hinab, die in den Garten führen. Sie schlendert, als habe sie alle Zeit der Welt. Als wolle sie nichts weiter, als zu einem kleinen Rundgang durch den Park aufbrechen, bevor sie sich den hübschen Kopf darüber zerbricht, welches Kleid und welche Schuhe sie zur heutigen Abendgesellschaft tragen wird. Die Geräusche und wohltuenden Düfte der Natur gönnen Catharina tatsächlich einen kurzen Augenblick fragwürdiger Normalität. Sie hört den Kies unter ihren Schuhen knirschen und riecht das Gras. Plötzlich ist sie frei von bedrückenden Gedanken. Frei von lähmender Angst.

Nach einiger Zeit spürt sie, dass die Feuchtigkeit, die der Regen gebracht hat, in ihren Körper dringt. Als sie schon umdrehen will, um zurück zum Haus zu gehen, schiebt sich ein Sonnenstrahl zwischen die hohen Wolken und vertreibt die klamme Kälte. Sonnenwärme auf der Haut. Welch ein Trost. Dankbar hält Catharina ihr Gesicht in die Sonne.

Ihr Spaziergang führt sie weiter zu der Eiche, die schon seit über hundert Jahren hier steht. Wie imposant der Baum ist. Der dicke Stamm und die saftigen Blätter. Groß und mächtig streckt er seine Äste in den Himmel. Er ist ein Sinnbild der ehemaligen Stärke Deutschlands.

Mit einem leisen Seufzer lehnt Catharina sich gegen den Baumstamm und blickt auf ihre Hände hinab. Die Fingerkuppen sind von harten Schwielen überzogen und die Nägel von der Arbeit hellbraun verfärbt. Sogar die Adern auf den Handrücken spielen verrückt. Sie kommen ihr wie graublaue Würmer vor, die nicht zu ihrem jungen Alter passen wollen. Das sind nicht die Hände einer Frau, die auf ein normales Leben hoffen darf. Auf eine Einladung zum Nachmittagstee oder eine Verabredung zum Tanz am Abend. Das sind Hände, die ums Überleben kämpfen. Catharina gibt sich einen Ruck und setzt ihren Rundgang in Richtung Obstgarten fort.

Sie muss mit einem Mal an eingeweckte Birnen und an Pflaumenmus denken. Hat Gärgerüche in der Nase und sieht im Geist überreife Äpfel im Gras. Kostbare Ausbeute für den Winter, die das Land ihnen hoffentlich auch dieses Jahr schenkt. Wenn … ja, wenn sie alle den Herbst erleben dürfen. Den Herbst und den Winter. Und wenn genügend helfende Hände da sind, um das Obst zu verarbeiten.

Catharina pflückt eine Rose vom Strauch und zerquetscht sie zwischen ihren Fingern. Die Dornen stoßen jäh in ihre Haut. Sie unterdrückt einen Schmerzlaut und blickt auf ihre Hände. Die zerdrückten Rosenblätter samt abgeknicktem Stil liegen wie ein Mahnmal zwischen ihren schwieligen, von ein paar Tropfen Blut geröteten Fingern. Rasch lässt Catharina die Überreste der Rose fallen und wischt sich das Blut an einem Taschentuch ab.

Vom Haus her ist Hetty zu hören, die zu weinen beginnt. Catharina hastet zurück. Als sie die offen stehende Flügeltür zum Salon erreicht, weint Hetty bereits lauter. Mit wenigen Schritten ist Catharina bei der Wiege, die hinter dem Ohrensessel, gleich am Fenster steht, nimmt das Baby heraus und drückt es zärtlich an sich. »Hetty!« Ihre Lippen benetzen die Stirn des Kindes. »Es ist nur die Sonne. Sie hat dich gekitzelt.« Auf dem Gesicht des Kindes zeigt sich ein müdes Lächeln. Dieses Lächeln lässt Catharinas Welt kurz erstrahlen. »Ich beschütze dich, mein Süßes. Das weißt du doch!?« Catharina beginnt die Sätze in leisem Singsang vorzusummen, während sie ihre Tochter wieder und wieder auf die Stirn küsst. »Ich beschütze dich. Ja, bestimmt, ich beschütze dich.« Ein leises Lied, während ihr Herz mit aller Kraft gegen den zarten Körper des Kindes schlägt. Leben. Wir wollen alle nur leben.

In den Moment inniger Intimität schieben sich plötzlich Bilder des Schreckens.

Catharina sieht in ihrer Vorstellung, wie Rudolf von einer Kugel getroffen wird und zusammenbricht. Seine Arme und Beine verdrehen sich seltsam ungelenk, als er laut auf dem Parkettboden in der Halle aufschlägt. Das Blut, das aus seinem Körper rinnt, färbt den Holzboden tiefrot.

Und sie sieht, dass alle, die unter diesem Dach wohnen und arbeiten, nach Rudolfs Tod unter Gewehrfeuer stehen und der Untergang des Hauses in grausamen Bildern seinen Lauf nimmt. Schüsse, Schreie, Gewalt, Vertreibung. Catharina entrinnt ein so lauter Schrei, dass das Kind in ihren Armen erneut zu weinen beginnt. Heftiger als zuvor. Catharina erschrickt über sich selbst. »Schhhh!« Sie wiegt Hetty mechanisch hin und her. »Alles wird gut. Ich verspreche es dir, Hetty.« Während sie versucht, ihre Ruhe wiederzufinden, holt Hetty leise hicksend Luft und schenkt Catharina einen so unschuldigen Blick, dass diese jegliche Fassung verliert und haltlos zu weinen beginnt.

»Wie lange noch? Wie lange müssen wir noch durch diese Hölle gehen?«

Altlandsberg, dieser unschuldige Flecken Erde östlich von Berlin, wo der Landsitz der Familie ihres Mannes vor über siebzig Jahren erbaut wurde, ist bis jetzt von den Kriegsereignissen weitgehend verschont geblieben. Bis auf eine zerborstene Fensterscheibe und den beschädigten Seitenflügel an der Westseite, der einem Bombeneinschlag zum Opfer fiel, ist das Haus intakt. Doch wie lange noch? Wenn nur

Rudolf bald für immer zurückkäme und dieser schreckliche Krieg endlich vorbei wäre.

Catharina hört, dass sich draußen ein Wagen nähert. Kies wird aufgeworfen, als das Auto vorm Eingang abbremst. Autotüren öffnen und schließen sich. Nein, das ist nicht Rudolf, der noch einmal zurückkommt, das spürt Catharina sofort.

Lautes Klopfen an der Eingangstür. Catharina drückt Hetty fest an sich, als eine Männerstimme »Aufmachen!« schreit. Magdalena und Franziska, die seit Jahren in ihren Diensten stehen, sind nicht da, um zu öffnen, und sonst gibt es nur noch Josef, der vor zwei Monaten mit einer Verletzung aus dem Krieg zurückgekommen ist und sich noch nicht wieder zur Arbeit gemeldet hat.

Eine innere Stimme mahnt Catharina, still zu sein. Sie gibt keinen Mucks von sich, als erneut barsch gegen die Tür geklopft wird.

Draußen werfen Schritte die oberste Kiesschicht gegen die Hauswand. Ein leises Prasseln, das etwas Drohendes hat. Kein Zweifel. Jemand steuert die Rückseite des Hauses an, vermutlich, weil er nach ihr und Hetty sucht. Der Salon, dessen Türen zum Garten hin weit offen stehen, bietet ihr bald keinen Schutz mehr. Schätzungsweise achtzehn, vielleicht zwanzig Schritte noch, bis der Mann in der Tür steht und sie und das Kind entdeckt. Hat der unangekündigte Besucher mit den nächtlichen Treffen der Offiziere in ihrem Haus zu tun? Mit Rudolf? Catharina bleibt keine Zeit, länger nachzudenken. Sie muss handeln. Geistesgegenwärtig schlüpft sie aus ihren Schuhen und schiebt sie unter den Ohrensessel, damit nichts auf ihre Anwesenheit hindeutet. »Schhhh! Leise, Hetty! Niemand darf uns hören«, flüstert sie, als sie mit dem Kind im Arm auf Strümpfen davonschleicht.

Hinter dem Salon befindet sich ein Raum, von dem aus

eine Treppe in den Keller führt. Erst vor zwei Tagen ist dort das Licht ausgefallen. Nun ist die Dunkelheit ihr Vorteil. Verstecken. Das ist ihre einzige Chance. Wenn Hetty nur nicht wieder zu weinen anfängt.

Neunzehn Schritte. Dann leuchtet die Sonne den Rücken von Hauptsturmführer Kortens aus, der im Türrahmen steht. Sein geschulter Blick entdeckt die verwaiste Wiege im Salon. Mit wenigen Schritten ist er bei dem Bettchen, legt seine Hand auf die Matratze und ertastet die Wärme, die der Körper des Babys hinterlassen hat. Hinter ihm erscheint ein Tross Männer in Uniform. Ohne sich nach ihnen umzublicken, brüllt Kortens seine Anweisung. »Durchsuchen! Vom Dachboden bis zum Keller.«

2. Kapitel

Mai 2015 – Berlin

Als Annett an jenem Morgen ihre Wohnung in Mitte verließ und in den strahlenden Sonnenschein hinaustrat, um zum Evangelischen Gymnasium zum Grauen Kloster in Berlin-Schmargendorf aufzubrechen, spürte sie unbändige Lebensfreude in sich. Das herrliche Wetter, aber vor allem die Tatsache, schon zum zweiten Mal an derselben Schule einen Vortrag zum Thema Konfliktlösung halten zu dürfen, beflügelte sie.

Erst vor sechs Monaten hatte sie ihre Ausbildung zur Mediatorin abgeschlossen. Nach einem Studium der Rechtswissenschaften schwebte fast allen, die sie kannten, eine gesicherte Juristenlaufbahn für sie vor. Und vor allem der Umstand, sich in die Unsicherheit der Selbstständigkeit wagen zu wollen, hatte für ordentlichen Gesprächsstoff gesorgt. Annett hatte nächtelang an ihrem Schreibtisch gesessen und über Kalkulationen gebrütet. Ihre Miete war günstig, und von den Versicherungen und anderen Fixkosten einmal abgesehen, brauchte sie nicht viel zum Leben.

Annett blickte auf ihre Armbanduhr. Kurz vor sieben. Genug Zeit, sich einen Kaffee zu holen. Zufrieden erreichte sie ein Café in der Nähe, und mit einem Milchkaffee bewaffnet, stieg sie einige Minuten später in die Straßenbahn. Sie startete mit kleinen Schlucken Kaffee in den Tag. Die Kopfschmerzen, die sie gestern vorm Einschlafen geplagt hatten, waren Gott sei Dank verschwunden und der Kaffee weckte endgültig ihre Lebensgeister. Wenn jetzt noch ihr Vortrag hinhaute, wäre es ein perfekter Tag.

Fünf Stunden später steuerte Annett mit einem Schwung Schüler die Flügeltür des Vortragssaals an, die hinaus auf den Gang führte. Sie hatte ihren Vortrag souverän begonnen. Doch erst ihr Beitrag zur Lösung eines aktuellen Problems hatte die Schüler emotional erreicht. Ab da war nichts, was sie sagte, länger bloße Theorie gewesen. Am Ende hatten sie nach hartem Ringen und zaghafter Einsicht gemeinsam eine akzeptable Lösung gefunden. Zustimmende Kommentare und sogar Applaus inklusive. Als Annett nun die letzten Schüler mit aufbauenden Worten verabschiedete, kam Professor Kollwitz, der Rektor der Schule, ihr strahlend entgegen. »Was, in Herrgottsnamen, haben Sie mit den Schülern angestellt, Frau Neumann? Die Klassenfahrt, dieses leidige Thema, für das es keine Einigung zu geben schien, findet statt, habe ich gerade von einem Schüler gehört. London oder Paris, Himmel noch mal, hätte ich eine der beiden Seiten zwingen sollen nachzugeben?«

»Es ist immer dasselbe«, erklärte Annett, während sie mit Kollwitz den Gang entlangging. »Konflikte werden von den Parteien als Trennung empfunden. Dabei befindet sich jeder Konflikt außerhalb ihrer selbst.« Sie blieb kurz stehen und zeichnete mit dem Zeigefinger ein Dreieck auf die Wand. »Jeder glaubt, dass er entweder links oder rechts steht, und in der Mitte, zwischen beiden Parteien, sieht er das Problem. In Wahrheit befindet sich das Problem jedoch – sinnbildlich gesehen – an der Spitze des Dreiecks.« Annett deutete nach oben. »Also weit genug von den Streithähnen entfernt.«

Kollwitz rieb sich mit der Hand das Kinn. »Interessante Sichtweise. Darauf wäre ich selbst nie gekommen.« Er lächelte verschwörerisch. »Und Ihre Tricks danach. Wie Sie die Parteien auf einen Nenner bringen, verraten Sie mir die auch?«

»Das fällt unter Berufsgeheimnis«, antwortete Annett lächelnd.

Inzwischen waren sie bei seinem Büro angekommen. Kollwitz öffnete bedächtig die Tür und deutete mit der Hand einladend auf sein charmant-kreatives Chaos. »Nun aber rein in die gute Stube. Kaffee und eine Viertelstunde Ruhe sind jetzt das, was wir brauchen.« Sein Schreibtisch war vor Papieren kaum noch zu sehen, und an der Pinnwand darüber hingen unzählige Erinnerungszettel in Neon-Farben. Weiter hinten standen vier Sessel und ein Tisch, auf dem ein schiefer Turm Bücher aufgestapelt war, dort warteten bereits zwei Gläser Wasser und zwei Espressi auf sie. Annett steuerte vor Kollwitz die Sitzecke an und nahm Platz. »Sie werden übrigens bald weitere Aufträge bekommen. Ich habe in den Direktionen verschiedener Schulen ein gutes Wort für Sie eingelegt«, sagte Kollwitz. »Wie sind Sie eigentlich zur Mediation gekommen?«

»Nicht gerade spektakulär«, begann Annett, die erleichtert war über den guten Ausgang des Vormittags. »Wer lieber schlichtet, anstatt zu streiten, sollte aus dieser Neigung einen Beruf machen. Das hat einer meiner Uni-Professoren zu mir gesagt, und ich habe es mir zu Herzen genommen.«

Kollwitz nippte genüsslich an seinem Kaffee. »Kluge Beobachtung. Doch sagen Sie, hat niemand Sie je gefragt, wozu Sie all die Jahre des Studiums auf sich genommen haben, wenn Sie letztendlich Kummerkastentante werden wollen?« Kollwitz' Worte waren wie aus ihrem Leben gegriffen. Wie er es sagte, klang es sogar amüsant.

»Um ehrlich zu sein, meine Entscheidung, nicht Anwältin zu werden, ist einer Familienkatastrophe gleichgekommen.« Der Professor nickte Annett ermunternd zu. Und so holte sie aus. »Jetta, meine Großmutter, war die Einzige, die Verständnis zeigte und das Wort *neutral* nach meiner Entscheidung noch buchstabieren konnte.« Sie versuchte zu lachen, doch es klang eher wie ein Krächzen. »Jetta lebt in England und ist vielleicht einfach nur zu weit weg, um gleich durchzudrehen«, scherzte sie. Sie schnupperte an ihrem Handgelenk, das auch heute schwach nach ihrem Lieblingsduft *Jenny on the rocks* roch. Jetta und sie hatten das Parfüm in Oxford entdeckt, als sie bei einem ihrer Besuche gemeinsam durch die Straßen geschlendert waren.

»Ihr Pragmatismus in Ehren, Frau Neumann.« Kollwitz knetete seine Finger, während er sprach. »Vielleicht liegt es auch daran, dass Ihre Großmutter Sie glücklich wissen will?«

Annett musste an Jettas Gesicht mit den vielen Falten denken und an ihr warmes Lächeln. Immer wenn sie unter sich waren oder telefonierten, war Jetta offen und ehrlich. Doch kaum kam Annetts Mutter dazu, konnte die Großmutter verschlossen wie eine Auster sein. »Ja!«, sagte Annett. »Für meine Großmutter spielt es keine Rolle, welchen Beruf ich ausübe. Hauptsache, ich bin glücklich.«

»Ein wunderbarer Charakterzug«, stimmte Kollwitz ihr zu.

Obwohl Annett sich über Kollwitz' Interesse wunderte, sprach sie weiter. »Bei meinen Eltern sieht das anders aus. Als ich meinem Vater von meinem Wunsch, Mediatorin zu werden, erzählte, hat er mich darauf hingewiesen, dass er eine Bäckerei führt, obwohl er lieber Arzt geworden wäre. Die Bäckerei befände sich nun mal in dritter Generation in der Familie.«

»Und dann kamen Argumente wie Tradition, Vergangenheit und Sicherheit.« Kollwitz nickte flüchtig. »Ja, manches glaubt man den Seinen zu schulden«, fügte er an.

»Meine Mutter konnte die Entscheidung ebenfalls nicht nachvollziehen und hat sich zudem über Jettas Verständnis geärgert.«

Wie unverständlich war das alles damals für sie gewesen. Jeder Satz aus dem Mund ihrer Eltern hatte eine Mauer aus Beton zwischen ihnen hochgezogen. Sie beugte sich zu Kollwitz vor und sah ihn ernst an. Den Espresso hatte sie inzwischen ausgetrunken, doch die Tasse hielt sie noch immer in der Hand. »Ich kann nur hoffen, dass ich es als Mediatorin zu etwas bringe, um meine Eltern mit diesem Teil meines Lebens auszusöhnen.«

»Jemandem etwas beweisen zu wollen, halte ich für fragwürdig. Außerdem ...« Kollwitz' Lächeln wurde weich. »Sie haben Ihre Großmutter. Halten Sie sich an sie. Sie scheint eine patente Frau zu sein.«

»Besuchen Sie sie doch mal«, meinte Annett leichthin. »Sie führt ein kleines Hotel in den Cotswolds. Genauer gesagt, in Stow-on-the-Wold. Es heißt ›The Black Stag‹.«

»Der schwarze Hirsch«, übersetzte Kollwitz.

»Es ist herrlich gelegen und mit elf Zimmern ein bisschen größer als ein Bed & Breakfast.«

Kollwitz hatte ihr die Espressotasse abgenommen und auf seinem Schreibtisch abgestellt. »Geben Sie Ihre Träume nicht auf. Selbst wenn es deshalb Probleme innerhalb der Familie gibt.« Er hatte nach ihrer Hand gegriffen und sie festgehalten und entließ sie nun langsam wieder aus seiner.

Einen kurzen Moment spürte Annett so etwas wie Schüchternheit in sich aufsteigen.

»Emotionale Nähe hindert einen zuweilen daran, an den Kern einer Sache zu kommen.« Sie sah Kollwitz überrascht an. »Jedenfalls ist es für einen Pädagogen wie mich interessant, dass Eltern ihrem Kind übel nehmen, den eigenen Weg gehen zu wollen. Was steckt dahinter? Ich denke, das ist eine Frage, der Sie nachgehen sollten. Mit etwas Abstand lässt sich der Kern vielleicht noch entdecken.«

Auf dem Weg zu einem Taxistand grübelte Annett noch immer über Kollwitz' Worte nach. Der Vater ihrer Mutter, Jettas Freund David, war noch vor Annes Geburt an einer Lungenentzündung verstorben. Dass Jetta ungern über ihn sprach, nahm Anne ihr bis heute übel. Vielleicht hatten die beiden einfach nur zu wenig emotionalen Abstand, um die Dinge in Ruhe zu besprechen und vor allem verarbeiten zu können. In diesem Moment erschien Annett das logisch.

Das Gespräch mit Professor Kollwitz hatte sie an Vorkommnisse erinnert, über die sie sich keine Gedanken mehr gemacht hatte. So lief Annett nun die Straße entlang, heillos verspätet, und sann über ihre Mutter und Jetta nach, die es bisher nicht geschafft hatten, tiefes Vertrauen zueinander aufzubauen. Sie begriff, dass dieser Mangel an Liebe sie mehr betraf, als sie sich bisher hatte eingestehen wollen. Und dass sie es nicht länger hinnehmen wollte.

Im Taxi piepste wenig später Annetts Handy. Sie kramte es aus ihrer Tasche. Eine SMS von Ingo, ihrem Freund: *Ich warte auf Dich!*

Bin schon unterwegs, tippte Annett eilig und fügte noch einen Kuss hinzu.

Ein Taxi war in ihrem Budget eigentlich nicht vorgesehen. Doch heute war sie so spät dran, dass sie keine Wahl hatte. Um kurz nach sechs, als sie aus der Dusche gestiegen war, hatte Ingo ihr eine SMS geschickt mit der Bitte, ihn gleich nach ihrem Vortrag vorm Berliner Dom zu treffen. Es sei wichtig. Sie hatte zugesagt, ohne zu bedenken, dass es in Schmargendorf vielleicht später werden könnte.

Ingo und sie waren sich vor zwei Jahren in der Mensa über den Weg gelaufen. Er hatte es geschafft, ihr sein Essen übers Kleid zu schütten, ohne dabei sein charmantes Lächeln zu verlieren.

»Sieht fast wie ein Kunstwerk aus«, hatte er geflachst, während ihr die Erbsen und das Kartoffelpüree am Kleid hinabrannen. Sie wollte schon die zu erwartenden eiligen Entschuldigungen abwiegeln. Es sei alles halb so wild und wenn sie erst eine halbe Flasche Pril über ihr Kleid gegossen hätte, würde kein Mensch mehr etwas von steinharten Erbsen und pampigem Püree merken. Doch Ingo hatte sich nicht entschuldigt, sondern sie hinter sich hergezogen und mit einem klitschnassen Taschentuch an ihr herumgewischt. Als er die ärgsten Flecken entfernt hatte und Annett an einigen Stellen nass bis auf die Haut war, hatte er sie für den nächsten Abend zu einem Wiedergutmachungsessen eingeladen.

Dass Ingo ausgerechnet den Dom für ein Treffen am Mittag auserkor, hatte sie überrascht. Als er sich am Abend zuvor mit einem beiläufigen Kuss von Annett verabschiedet hatte – er wollte zu Hause dringend noch ein paar Strafrechtsurteile durchgehen –, hatte er nichts von einem Plan für den nächsten Tag erwähnt.

Annett warf erneut einen Blick auf ihre Armbanduhr. Wenn sie Ingo von dem Gespräch mit Professor Kollwitz erzählte, würde er hoffentlich verstehen, wie wichtig die Unterhaltung für sie gewesen war, und ihr die Verspätung nachsehen. Das vergangene Jahr hatte ihr nicht nur ihr vermeintliches berufliches Scheitern zu schaffen gemacht, sondern auch die schlechte Stimmung zwischen Mutter und Großmutter. Nun war Annett klar geworden, dass sie noch einmal in Ruhe mit allen sprechen musste. Dass Ingo nichts davon hielt, darauf konnte sie diesmal keine Rücksicht nehmen. Jettas und Annes letzter Disput war allein ihretwegen entstanden. Sie fühlte sich verpflichtet, zwischen beiden zu vermitteln.

Eine Weile blickte Annett aus dem Fenster des Taxis. Beobachtete, was auf den Straßen passierte und freute sich auf Ingo. Plötzlich nistete sich ein Gedanke in ihre Überlegungen. Wieso bestellte Ingo sie zum Dom? Sie versuchte, sich an ihre letzten Gespräche zu erinnern. Gab es etwas, das er in dem Zusammenhang erwähnt hatte oder ihr dort zeigen wollte? Dass er sie ohne triftigen Grund dorthin bat, schloss sie aus. Während das Taxi sich weiter seinen Weg durch die Stadt suchte, überlegte sie hin und her. Gegenüber der Orgelempore befand sich der Eingang zur intimen Tauf- und

Traukirche. Ein idealer Platz für einen Antrag, hatte sie mal zu Ingo gesagt, als sie gemeinsam im Dom gewesen waren. Vielleicht würde Ingo sie fragen, ob sie seine Frau werden wollte?

Das Taxi hielt an einer Ampel. Der Fahrer fuhr die Scheibe herunter, um sich auf Türkisch mit einem Kollegen auszutauschen. Annett nutzte den Augenblick, um ihre kastanienbraunen, halblangen Haare zu einem Pferdeschwanz zusammenzubinden und Lipgloss aufzutragen. Während sie sich frisch machte, malte sie sich die Szene aus. Wie Ingo den Ring aus der Hosentasche zog, um ihn ihr feierlich über den Finger zu streifen. Den Kniefall nach dem Kuppelrundgang. Sogar der Blick auf die Museumsinsel, den Lustgarten und das Rote Rathaus war in ihrer Fantasie inbegriffen. In dem kleinen Film, der in ihrem Kopf ablief, suchte sie bereits nach einem Brautkleid und passenden Schuhen. Daniela, ihre beste Freundin, und sie grasten die Stadt nach dem schönsten Kleid und allem anderen ab, was eine Braut brauchte. Natürlich hatten sie jede Menge Spaß dabei. Annett spielte den Gedanken in allen Facetten durch. Sie würde ein cremeweißes Kleid tragen und frische Blumen im Haar. Ihr Herz klopfte wie wild. Draußen schien die Sonne strahlendhell vom Himmel. Es war ein Tag wie geschaffen, um ihn zu etwas Besonderem werden zu lassen.

3. Kapitel

Juni 1944 – Altlandsberg, Märkisch-Oderland

Wie oft ist sie im Keller des Gutes gewesen, seit sie von Berlin hierhergezogen ist? Sie versucht, sich zu erinnern, und geht im Geiste jeden Raum ab. Im ersten sind ihrem Wissen nach wurmstichige Kommoden und Schränke gelagert. Dort kann sie sich unmöglich verstecken. Im nächsten angeschlagenes Meissener Porzellan, chinesische Bodenvasen, die Sprünge hatten, und ein Schwung Lederkoffer. Im danebenliegenden die Vorräte. Ein kläglicher Rest eingewecktes Obst und die traurige Erinnerung an Speck, Zucker und Mehl. So hat Magdalena es unlängst betrübt ausgedrückt. Sicher, es gibt außer altem Gerümpel, den mit Werkzeug gefüllten Regalen und Möbeln aufgeschichtetes Holz und Kohlen. Doch mehr ist nicht da, das als Versteck dienen könnte. Jedenfalls fällt ihr auf die Schnelle nichts ein.

Catharina erscheint es in diesem Augenblick geradezu sträflich, sich all die Wochen und Monate nicht besser im Kellergeschoss umgesehen zu haben. Doch das hilft ihr jetzt nicht weiter, also zwingt sie sich, das aufkommende Gefühl von Mutlosigkeit zu verscheuchen. Der Kellerschacht, wägt sie hastig ab. Nein, da kommt sie nicht durch. Zu eng. Und selbst wenn es ihr gelingt, wird Hetty beim Versuch, sich durchzuzwängen, vermutlich zu weinen anfangen. Ganz abgesehen davon, dass draußen gewiss Männer postiert sind, die sie aufgreifen, kaum dass sie aus dem Schacht herausgekrochen ist.

Sie hat nur eine Chance. Verstecken und durchhalten, bis die Eindringlinge das Haus und den Keller auf den Kopf gestellt haben. Wenn sie nicht fündig werden, müssen sie abziehen und annehmen, sie habe das Haus kurz vor ihrem Eintreffen zu einem Spaziergang verlassen. Mit dem Mann, den sie vermutlich als Wache im Haus zurückließen, während sie die nähere Umgebung nach ihr absuchten, würde sie schon fertig werden. Sie kennt das Haus besser als irgendein Soldat, würde fliehen, irgendwo Unterschlupf finden und versuchen, Kontakt zu Rudolf aufzunehmen. Catharina zwingt sich, nicht länger darüber nachzugrübeln, ob die Invasion der Wehrmachtsoffiziere mit ihrem Mann in Zusammenhang steht. »Wir müssen etwas unternehmen!« Den Satz hat sie aufgeschnappt, als sie unlängst an der Bibliothek vorbeikam, wo Rudolf sich mit den Offizieren besprach.

Denk über das Wichtigste nach. Du brauchst ein Versteck, wo sie dich nicht finden können. Alles andere ist jetzt nicht von Belang.

Catharina konzentriert sich darauf, nirgendwo anzustoßen und nichts umzuwerfen, während sie sich Zentimeter für Zentimeter vortastet. Bloß keinen Lärm machen. *Weiter, du musst weiter.* Zwei Stufen, drei, vier. Die Kellertreppe nimmt kein Ende, während sie tiefer in das dunkle Herz des Hauses vordringt. Wie viel Zeit bleibt ihr noch? Zehn Minuten? Vielleicht weniger.

Catharina hält kurz inne, drängt ihren Körper gegen die feuchte Kellerwand und lauscht. Oben werden Türen aufgerissen und Flüche ausgerufen. Stühle fallen um, Glas geht zu Bruch. Dazwischen schreit jemand herrisch Anweisungen, dass keine Zeit zu verlieren sei und alle wichtigen Papiere und Dokumente mitgenommen werden müssten und vor allem, ja, vor allem seien die Frau und das Kind aufzuspüren. Das hat sie deutlich gehört.

Unter Catharinas Füßen wird die Kälte des Lehmbodens unerträglich. Der Kellerboden besteht aus gestampfter Erde, vermischt mit kleinen Steinen, Kies aus dem Garten und Holzsplittern. Weil sie keine Schuhe trägt, frisst sich jedes Steinchen durch ihre Strümpfe, gräbt sich in ihre Füße und verursacht einen Schmerz, der kaum zu ertragen ist. Es ist, als liefe sie barfuß über Nadeln. Sie darf keinen Laut von sich geben.

Catharina hastet weiter. Eilt den Gang entlang, bis sie vor einem schwarzen Haufen anlangt, der sich in der Dunkelheit als Schatten abhebt. Ruß steigt ihr in die Nase. Mit Mühe unterdrückt sie einen Niesreiz. Die Kohlen, wieso ist ihr das nicht sofort eingefallen? Das perfekte Versteck.

Catharinas Gehirn arbeitet auf Hochtouren. Irgendwo hier unten muss eine alte verfilzte Decke liegen. Damit kann sie Hetty und sich vor dem Kohlestaub schützen.

Als sie die Decke endlich in einem Regal ertastet, durchströmt sie große Erleichterung. Sie eilt zurück zum Kohlehaufen. Zur Kellerwand hin fällt der Kohlehügel leicht ab. Catharina klettert vorsichtig bis zu der Stelle, wo die Briketts eine kleine Kuhle bilden, immer darauf bedacht, keine Geräusche zu machen und Hetty zu schützen. Sie legt sich mit Hetty vorsichtig in die Mulde. Die Briketts fühlen sich hart und spitz im Rücken an und geben anfangs kaum Halt, aber der Platz reicht aus. Catharina sucht nach der richtigen Position und wirft die Decke über sich, bis nur noch ihr Kopf und der von Hetty herauslugen. Ja, so kann es gehen. Wenn sie nun mit der freien Hand Kohlen über sich schaufelt, ist sie bald völlig unter den Briketts verschwunden. Sie beginnt hektisch zu arbeiten. Und während sie tief mit ihrer Hand in die Kohlen greift, fleht sie stumm, dass Hetty nicht aufwacht. Schweißgebadet ist ihr Körper schließlich fast vollständig unter den Kohlen verschwunden.

Ein letzter sorgenvoller Blick auf das Kind in ihren Armen, dann holt Catharina ein letztes Mal tief Luft und zieht sich die Decke über den Kopf. Mit der linken Hand, die noch hervorlugt, schiebt sie die letzten Kohlestücke über sich, bis nichts mehr von ihr und Hetty zu sehen ist. Unsichtbar. Hetty und sie existieren nicht mehr.

Von fern hört Catharina, wie jemand sich an der Kellertür zu schaffen macht. Plötzlich begreift sie, dass sie vorhin einen schwerwiegenden Fehler begangen hat. Ihr wird so übel, dass sie glaubt, sie müsse sich übergeben. Wie konnte sie nur dem irreführenden Impuls nachgeben und hinter sich absperren? Wieso hat sie nicht nachgedacht und die Tür offen gelassen, als sie in den Keller geflohen ist. So, wie es normalerweise der Fall wäre, wenn sich niemand hier unten aufhielte. Holz splittert, dann gibt die Tür nach. »Verflucht, das Licht ist ausgefallen«, schreit jemand. »Hier, eine Taschenlampe«, antwortet ein anderer. Stiefel poltern. Schritte werden lauter. Kommen näher. Gleich werden sie vor dem Kohlehaufen stehen bleiben. »Stellt alles auf den Kopf. Sie sind hier unten«, schreit ein Mann unbeherrscht.

Catharina glaubt die Anspannung der Soldaten zu riechen. Das Adrenalin. Vor Angst spürt sie ihren Körper kaum noch. Jemand stößt achtlos mit den Stiefeln in die Kohlen. »Vielleicht hat sie sich da drin versteckt?«

»Das haben wir gleich!«, sagt eine Stimme energisch. Ohne zu zögern, greift jemand nach der Schaufel, die sie in der Dunkelheit nicht bemerkt und an die sie in der Eile auch nicht gedacht hat. Wenn sie Hetty mit der Schaufel treffen ... Catharina ist wie gelähmt.

Plötzlich rollen Kohlen zur Seite, die Decke rutscht von ihrem Körper. Catharina rappelt sich auf, und Hetty beginnt wild zu strampeln. »Heil Hitler«, sagt eine Stimme mit scharfem Unterton, als sie schließlich vor den Soldaten steht. »Heil Hitler«, antwortet Catharina pflichtgemäß. Sie presst die Lippen aufeinander, während ein halbes Dutzend Uniformierte sie anstarrt. »Hauptsturmführer Kortens«, sagt ein Mann, der breitbeinig dasteht. Er ist von kleiner, untersetzter Statur, hat einen durchdringenden Blick und riecht nach kaltem Zigarrenrauch. Catharina ahnt, dass er von der Gestapo ist. Aus Angst, etwas Falsches zu sagen, schweigt sie. »Luftwaffenoffizier Rudolf von Schülzow hat sich des Hochverrats schuldig gemacht. Dieser Besitz ist hiermit beschlagnahmt und das Vermögen eingezogen«, hört Catharina ihn nüchtern aufzählen. Sie kann kein Wort davon glauben. »Außerdem werden wir Ihre Tochter in Gewahrsam nehmen.«

Im ersten Schock bleiben Catharina die Worte weg. Dann entkommt ihr ein spitzer Schrei. »Was ist mit meinem Mann?«, bringt sie kurzatmig heraus. Sie bekommt kaum noch Luft. »Das muss ein Irrtum sein.« Ihre Stimme klingt dünn und untertänig. Sie wiederholt die Worte. Doch als sie keine Regung im Gesicht des Hauptsturmführers liest, keinen Funken Zustimmung, beginnt sie mit der freien Hand auf seine Brust einzudreschen. Er muss ihr glauben. Rudolf ist unschuldig. Es kann nur so sein!

Catharina drischt und drischt, bis sie einen Griff wie einen Schraubstock um ihre Hand spürt. Jemand hat ihr Handgelenk gepackt und dreht ihr den Arm auf den Rücken. Sie stöhnt vor Schmerz auf und auch Hetty stößt einen kläglichen Laut aus, als Hände nach ihr greifen und sie der Mutter entreißen. Catharina schreit nun so laut, dass ihre Stimme zu brechen droht. »Geben Sie mir meine Tochter zurück!«, brüllt sie und windet sich unter dem Griff des Mannes. Kortens, auf den sie eingeschlagen hat, nickt den anderen zu und schon gehen sie mit dem Kind Richtung Treppe davon. Von fern weint Hetty erneut kurz auf. Catharina mobilisiert ihre letzten Kräfte und schreit weiter. »Wo bringen Sie meine Tochter hin? Sagen Sie mir, was Sie mit ihr vorhaben. Ich bin ihre Mutter!« Dann schluchzt sie erschüttert auf. So lange, bis sie das Gefühl hat, nicht mehr zu können. Als sie aufblickt, halten sie und der Hauptsturmführer für einen kurzen Moment stumme Zwiesprache. »Mein Mann hat sein Vaterland nicht verraten. So glauben Sie mir doch.« Catharina fleht Kortens an. Bittet um Milde. Flehen ist alles, was ihr noch bleibt. Dann sagt er ihr die schreckliche Wahrheit. »Ihr Mann wurde erschossen. Für Sie und das Kind kommt die Sippenhaftung zum Tragen.« Kortens kommt einen Schritt näher und bleibt vor ihr stehen. »Ich kann nichts für Sie tun, außer ...« Er zögert und spricht dann leiser weiter, »außer Ihnen das Arbeitslager ersparen«. Catharina kann seinen Atem riechen und glaubt einen Funken Mitgefühl in seinen Augen zu sehen. Doch sie begreift nicht, was sie hört. »Eine Frau wie Sie wird das unmöglich durchstehen. Ich könnte behaupten, Sie wollten fliehen.« Catharina ist einen Schritt zurückgewichen. Sie versteht nichts von dem, was ihr gesagt wird. Will nicht verstehen. Und nun geht sie in die Knie. Hockt im Dreck und hat den Kopf zwischen ihre Hände geschoben. Als sie wieder aufblickt, starrt sie in den Lauf einer Waffe.

4. Kapitel

Mai 2015 – Berlin

Ingo wartete an der Säulenhalle mit der vorgelagerten Granittreppe. »Da bist du ja!«, flüsterte er Annett ins Ohr, als er sie zur Begrüßung in die Arme nahm.

»Tut mir leid. Ich bin im Büro des Rektors aufgehalten worden.« Plötzlich fiel Annett ein, dass Ingo und sie nie ernsthaft über ihre Zukunft gesprochen hatten, das Wort ›Heirat‹ war nie gefallen. Vielleicht war während der Taxifahrt die Fantasie mit ihr durchgegangen. Ingo hatte schon mehrmals gesagt, dass sie hoffnungslos romantisch sei. Auf eine Weise, die seiner Meinung nach nicht mehr modern sei. Annett versuchte, sich zu beruhigen. Selbst wenn Ingo ihr keinen Heiratsantrag machte, wäre das keine Katastrophe. Sie mussten nichts überstürzen. Hauptsache, sie liebten sich.

»Und? Wie war dein Vortrag? Ist dir hinterher ein Fan vor Begeisterung um den Hals gefallen?«, erkundigte Ingo sich.

»Einer?«, rief Annett mit gespielter Entrüstung aus. »Sehe ich so aus, als hätte ich nur einen Fan?« Sie erzählte ihm von ihrem Vormittag und ließ auch das Gespräch mit dem Rektor nicht aus.

Ingo hörte ihr zu, nickte hier und da, und als sie ihren Bericht beendet hatte, sagte er: »Übrigens, bei mir gibt es auch Neuigkeiten.« Im Gegensatz zu ihr hatte Ingo eine fröhlich-optimistische Art und war engagiert und strebsam. Ein Vorteil, wenn man sich als Anwalt in dieser Stadt, in der es bereits mehr als genug Strafverteidiger gab, einen Namen machen wollte. Für ihn war Karriere, jedenfalls seine, kein unerreichbares Ziel, sondern eine Selbstverständlichkeit. Annett bewunderte ihn insgeheim für diese Sichtweise. Sie war bestimmt keine Pessimistin, doch manchmal überkamen sie Zweifel, ob sie alles in ihrem Leben hinkriegen würde, und auch ein Gefühl der Melancholie. *Denk nicht so viel nach. Und analysiere nicht jede Kleinigkeit*, schalt sie sich dann.

Leider war Ingo nicht sehr einfühlsam. Wenn Annett etwas mehr als zwei-, dreimal zur Sprache brachte, schaltete er geistig ab. Einmal hatte sie Ingo von der Melancholie erzählt, die sie vor allem überfiel, wenn sie an das angespannte Verhältnis zwischen ihrer Mutter und ihrer Großmutter dachte. Warum herrschte in ihrer Familie nicht Frieden und Eintracht? Ingo hatte nach ihrem Fuß geschnappt, sie zwischen die Zehen geküsst und während sie noch kicherte, behauptet, sie grüble zu viel über die Vergangenheit nach. Was ginge sie die Geschichte ihrer Großmutter und die ihrer Mutter an? Es spräche zwar für ihr Einfühlungsvermögen, doch Menschen mit zu viel Empathie blieben gern mal auf der Strecke. Und überhaupt, jetzt gäbe es ihn in ihrem Leben, und in diesem Moment hätte er unbändige Lust auf sie. Sie hatten sich geliebt, zärtlich und lange. Doch in dieser Nacht war es Annett schwergefallen, so gelöst wie sonst zu sein. Sie hatte keinen Sex gewollt, sondern ein Gespräch und ein bisschen Zärtlichkeit. Wieso musste sie ausgerechnet jetzt daran denken?

Annett verscheuchte die Gedanken an all das. Sie schob sich die Sonnenbrille ins Haar und erwiderte Ingos ungezwungenes Lächeln. »Übrigens, Professor Kollwitz hat mich nach meinem Vortrag auf die Idee gebracht, noch mal mit meiner Mutter zu sprechen. Und mit Jetta natürlich auch.« Ingos plötzlich kühler Blick ließ sie innehalten. Darin stand deutliche Abneigung geschrieben. *Lass es bleiben. Das ist blanker Unsinn*, las Annett in seinen Augen. Plötzlich verwarf sie die Idee, mit ihm über Kollwitz' gutes Zureden zu sprechen. Das erneute Herumkramen in der Vergangenheit fände er unnötig, vielleicht sogar unsinnig. Ingo war zukunftsorientiert und verfügte über eine Mischung aus hartnäckigem Durchsetzungsvermögen und jungenhafter Unbedarftheit. Auf eine Art, die man ihm gern verzieh. Sie dagegen war verbindlich, allerdings auch ungeduldig und verträumt.

Ingo tippte mit seinem Zeigefinger leicht gegen Annetts Stirn. »Grübelst du schon wieder über dieses verflixte Problem nach, das gar keins ist? Deine Mutter, Jetta und du, das ist, wie es ist. Akzeptier doch endlich, dass Friede und Freude nicht für jedermann praktikabel ist. Sonst gäbe es keine Anwälte, die schlichten, oder? Komm!« Er nahm sie bei der Hand. »Lass uns hineingehen.«

»Und was ist jetzt mit dieser Neuigkeit?«, wollte Annett von ihm wissen.

»Gleich«, vertröstete Ingo sie. Während sie eilig den Eingang ansteuerten, klärte er sie auf, dass hier heute ein Massenauflauf, wie er es nannte, stattfände. »Im Dom wird geheiratet«, sagte er. Annett schlug das Herz bis zum Hals. Hochzeit! Also doch!

Ingo löste zwei Eintrittskarten und zog sie weiter mit sich. Hinein in die sakrale Kühle des Doms und den Geruch von Weihrauch. Annett hätte gern einen Augenblick verweilt, um die berühmte Kuppel, den Altar und die Orgel in sich aufzunehmen. Doch Ingo schien es eilig zu haben. Im Rekordtempo hatten sie die erste Reihe erreicht, dort blieben sie endlich stehen. »Der Dom ist nicht nur unermesslich schön. Er steht auch für etwas Großes, Außergewöhnliches«, raunte Ingo ihr zu. Sie spürte seine wohlvertraute Hand in ihrer, den sanften Druck, mit dem er ihr seine Gefühle signalisierte. Ihre Anspannung verstärkte sich. Sie hing regelrecht an seinen Lippen, doch er schwieg, und nach Minuten, die sie still miteinander geteilt hatten, verließen sie den Dom wieder und wandten sich der Ostseite zu, die zur Spree hin gelegen war.

»Was ist los, Ingo? Weshalb hast du mich hierherzitiert?

Was ist das für eine Neuigkeit? Du weißt doch, wie schwer es mir fällt, geduldig zu sein.« Annett hielt die Ungewissheit und das Kribbeln, das sie in sich spürte, kaum noch aus. Ingo wies mit seiner freien Hand Richtung Dom und ließ Annetts dabei nicht los. »Die barocke Palastarchitektur ist die perfekte Kulisse für eine Ankündigung, wie man sie nicht alle Tage macht. Findest du nicht auch?« Sie nickte und hielt die Luft an.

»Annett!« Ingo sah sie euphorisch an. »In zwei Wochen fliege ich nach Amerika, und ich hoffe, dass du nachkommst.« Im ersten Moment glaubte Annett, sich verhört zu haben. »Sag das noch mal.« Sie wusste sofort, dass es sich nicht um einen längeren Urlaub handelte. »Ich gehe nach Washington«, klärte Ingo sie auf. »Genauer gesagt nach Bethesda, Maryland. Mein Chef ist dort seit Neuem Teilhaber einer Anwaltskanzlei. Seine Frau ist Amerikanerin. Erinnerst du dich an sie?«

Mehr als ein Nein brachte Annett nicht heraus. Die Sonne brannte ihr plötzlich unangenehm heiß im Nacken. Sie war durstig, und ihre Füße taten ihr weh. Sie trug neue Schuhe, die stylish, aber nicht unbedingt bequem waren.

»Für wie lange?«, fragte Annett nach einer gefühlten Ewigkeit.

»Ein Jahr«, sagte Ingo. So, als sei das nichts Besonderes. »Erst mal«, fügte er hinzu. »Ich soll mir dort meine ersten Sporen verdienen.«

»Seit wann weißt du davon?«

»Vor circa vier Monaten stand der Chef höchstpersönlich im Büro und erzählte von der Teilhaberschaft in Washington und all dem Brimborium. Meinte, ich solle mir das Ganze mal ernsthaft überlegen.« Ingo strahlte, als hätte er im Lotto gewonnnen.

»Musstest du? Es dir überlegen?«, fragte sie.

»Keine Sekunde. Es ist eine Riesenchance.« Annett merkte Ingo die Freude über das Angebot deutlich an, und sie wollte sie ihm bestimmt nicht vermiesen. Trotzdem drängten sich ihr Fragen auf, die sie dringend loswerden musste.

»Wieso erfahre ich erst jetzt von dieser *Riesenchance*? Du hast nie ein Wort darüber verloren.«

»Ich wollte sichergehen, dass nichts dazwischenkommt. Und schon mal ein paar Dinge checken. Zum Beispiel, wo ich wohnen werde«, beeilte Ingo sich zu erklären.

Annett konnte es nicht fassen. Der Mann, mit dem sie ihre Zukunft verbringen wollte, hatte sich dazu entschlossen, für mindestens ein Jahr in die Staaten zu gehen, ohne vorher mit ihr darüber zu sprechen. Weil er selbstverständlich annahm, dass sie hier alles aufgab, um ihn zu begleiten.

»Was sagen deine Eltern dazu?« Annett konnte sich nicht verkneifen, danach zu fragen.

»Heben vor Stolz ab, wie du dir denken kannst.«

Sie schluckte einen bösen Kommentar hinunter. »Sie wissen also davon?«

»Da sie nicht direkt betroffen sind, konnte ich sie früher einweihen.«

Vielleicht stand ihr ins Gesicht geschrieben, dass sie seine Argumentation schwer nachvollziehen konnte. Jedenfalls sah Ingo sie irritiert an. »Nimmst du mir übel, dass ich zuerst mit ihnen geredet habe?«

Annett zögerte, ehe sie antwortete. »Es spricht nicht gerade für dein Vertrauen zu mir, dass du deine Eltern einbeziehst und mich nicht.« Sie seufzte. »Weißt du überhaupt, ob ich dort als Mediatorin arbeiten kann oder meine Ausbildung eventuell wiederholen muss? Und wenn ja, wie viel Zeit kostet mich das? Und wie viel Geld?« Fragen über Fragen drängten sich ihr auf. Hatte Ingo im Zuge seiner Überlegungen auch an sie gedacht? Professor Kollwitz' Anruf an den Schulen fiel ihr ein. Mit etwas Glück würden bald die ersten Anfragen eintrudeln.

»Oberste Priorität hat jetzt, dass ich meinen nächsten beruflichen Lebensschritt setze. Den Rest kriegen wir schon hin«, hörte Annett Ingo sagen.

»*Dein* nächster Lebensschritt«, wiederholte sie und spürte, wie sich ihr Herz zusammenzog. »Ja, deshalb wollte ich dich hier mit der Neuigkeit überraschen. Es geht schließlich um die Zukunft. Eine Zweizimmerwohnung habe ich schon gemietet. Respektable Lage und vor allem bezahlbar.« Ingo strahlte noch immer. Ihr dagegen war zum Weinen. »Du schweigst monatelang über etwas Wichtiges wie ein Auslandsjahr, wenn es überhaupt bei einem Jahr bleibt, und jetzt erwartest du von mir, dass ich vor Freude in die Luft springe?«

»Annett«, Ingo streichelte vorsichtig über ihre Hand. Sie war kalt, obwohl es draußen angenehm warm war. »Wir kümmern uns auch um dich. Versprochen.«

»Ach, jetzt heißt es also doch ›wir‹?« Langsam schien er mitzubekommen, dass er sie die ganze Zeit aus seinem Leben weggesperrt hatte. Trotz ihrer Enttäuschung fühlte sie sich wie eine Spielverderberin. War es fair von ihr, so viele Einwände vorzubringen und zu zögern? Trotz allem wollte Ingo *mit* ihr in die Staaten.

»Du mietest eine Wohnung, ohne mich zu fragen, ob sie mir gefällt? Das macht mich traurig, Ingo«, warf Annett nach einer Weile enttäuscht ein. Ihre Stimme hatte all ihre Kraft verloren.

»Gute Wohnungen sind rar und schnell weg. Ich musste handeln«, verteidigte Ingo sich. *Sein* Leben. Annett hörte nur von seinem Leben.

Und dann schlich sich, wie aus heiterem Himmel, ein anderer Gedanke in ihren Kopf. Ingo war nicht nur der Mann, den sie liebte, sondern auch eine Art Trumpfkarte. Wenn sie schon nicht selbst als Anwältin durchstartete, dann wenigstens der Mann an ihrer Seite. Insgeheim hoffte sie darauf, dass ihre Eltern das mit ihr aussöhnte. Diese plötzliche Erkenntnis traf sie, denn das hatte sie sich bislang nicht eingestanden. In gewisser Weise hatte sie ihn für ihre Zwecke benutzt. Weil Ingo ihr gerade sein wahres Gesicht und seine Absichten offenbart hatte, traute sie sich endlich, ehrlich zu sich selbst zu sein. Ingo und sie waren ein gutes Team. Sie liebten sich. Aber sie schafften es offenbar nicht, sich wirklich aufeinander einzulassen. Das Brautkleid, die Schuhe und die passende Frisur – alles was sich Annett im Taxi in wundervollen Bildern ausgemalt hatte, zerplatzte wie eine Seifenblase.

»Was ist überhaupt mit einem Arbeitsvisum?«, fragte sie nach einer Weile nach.

»Jetzt zerrede doch nicht alles.« Langsam wurde Ingo ungehalten. »Freu dich endlich mal. Es wäre auch für dich ein Neubeginn.« Sein Lächeln erstarb. »Amerika ist ein großartiges Land, Annett. Wir können dort wichtige Erfahrungen sammeln. Und du lässt den Frust über deine Familie hinter dir. Ist das etwa nichts?«

»Doch, Ingo. Ich bin mir nur nicht sicher, ob man vor etwas davonlaufen kann. Bring ein paar tausend Kilometer zwischen dich und deine Probleme und zack, weg sind sie. So funktioniert das nicht. Unsere Geschichte nehmen wir überall mit hin.«

»Probleme werden kleiner, wenn man sich räumlich von ihnen entfernt. Zumindest ist es einen Versuch wert.« Ingo schüttelte enttäuscht den Kopf. Dann fasste er sie bei den Armen und sah sie eindringlich an. »Annett, mach mir das nicht kaputt. Unterstütze mich. Und was deinen Job angeht. Vielleicht kann ich dir eine Stelle in unserer Kanzlei besorgen. Im administrativen Bereich. Für den Anfang würde es helfen.«

»Und wenn ich hierbleiben, meiner Arbeit und meinem Leben nachgehen will?« Ein unangenehmes Schweigen breitete sich zwischen ihnen aus, bis Annett langsam weitersprach. »Weißt du, im Taxi hierher musste ich an die Orgelempore denken. Gegenüber befindet sich der Eingang zur Tauf- und Traukirche.« Ihre Stimme wurde weicher, nachgiebiger, als sie Ingo ihre Empfindungen offenbarte. »Ich dachte kurz, du würdest mich hierherbestellen, um mich zu fragen, ob ich dich heiraten will.«

Ingos Gesicht verlor für einen Moment alle Farbe. Er griff nach Annetts Hand, ließ sie aber abrupt wieder los. »Heiraten?« Seine Stimme klang plötzlich belegt. »Vielleicht nehmen wir das irgendwann mal in Angriff. Wenn wir uns sicher sind, dass wir Kinder wollen.«

Annett spürte, wie ein beschämendes Gefühl sie überkam. Wieso hatte sie ihre Gedanken nicht für sich behalten können, um ihm und sich diesen peinlichen Moment zu ersparen? Ingo legte den Arm um ihre Schulter, vermied es jedoch, sie anzusehen. »Bitte, Annett«, sagte er flehend und verstummte dann hilflos. Die Möglichkeit, dass sie ablehnen könnte, mit ihm nach Washington zu gehen, hatte er offenbar keine Minute ernsthaft in Betracht gezogen.

In Annett stritten die widersprüchlichsten Gefühle. Sollte sie es wagen und mit Ingo nach Bethesda gehen? Etwas in ihr wollte nichts sehnlicher, als bei ihm zu sein. Doch ein anderer Teil flüsterte ihr zu, dass sie Ingo früher oder später Vorwürfe machen würde, weil der Weggang sein Wunsch gewesen war und nicht ihrer, und das wäre nicht gut. Und war ihre Liebe überhaupt stark genug? War alles andere bedeutungslos gegen ihre Gefühle, weil sie das Wichtigste in ihrer beider Leben waren?

Annett streichelte zärtlich Ingos Kinn und drehte seinen Kopf zu sich hin; ihr war, als sähe sie ihn zum ersten Mal. »Ingo, das ist eine schwere und weitreichende Entscheidung, die du von mir erwartest. Und ich habe furchtbare Angst, den falschen Entschluss zu fassen und vor allem, dich zu enttäuschen«, sie machte eine kurze Pause, »aber ich bin mir nicht sicher, ob es richtig wäre, mit dir zu gehen.« Jetzt, wo sie ihre Bedenken ausgesprochen hatte, hingen sie wie ein Damoklesschwert über ihnen.

»Aber wieso denn?«, entgegnete er.

Annett glaubte, unterdrückte Wut aus seiner Stimme herauszuhören. Aber vielleicht täuschte sie sich auch. »Sind unsere Gefühle füreinander wirklich stark genug für solch einen Schritt? Lass uns ehrlich sein.«

Ingo schwieg betroffen. Plötzlich hatte sie erkannt, dass er nur auf seine Art lieben konnte. Durchdacht, mit kalkuliertem Abstand und auch fordernd. Er sicherte sich seinen Freiraum und erwartete uneingeschränkte Zustimmung. Dafür gab es eine Menge Beispiele, die sie bisher in den hintersten Winkel ihres Gehirns verbannt hatte. Sie hatte all das die ganze Zeit gesehen, aber nicht wahrhaben wollen.

»Wenn ich dir nach Amerika folge, werden wir eines Tages vielleicht müde davon sein, uns einander zu erklären.«

»Annett, hör auf.« Ingos Stimme zitterte.

Doch Annett sprach weiter. »Die Welt wird vor unserer Liebe, meiner und deiner, nicht bedeutungslos. Es gibt keinen Raum, der nur uns gehört, weil allein unsere Liebe ihn geschaffen hat.« Sie musste sich endlich von der Seele reden, was die ganze Zeit in ihr gearbeitet hatte. »Ich sehne mich nach nichts mehr als danach, mich jemandem hinzugeben – und mit der gleichen Intensität empfangen zu werden.« Woher hatte sie diese Worte und diese intensiven Empfindungen? Sie hatte etwas vermisst, nun wusste sie, was es war. »Ich wünsche mir, einmal im Körper eines Mannes aufzugehen. Und in seine Seele zu blicken. So, als gäbe es nur ihn und nichts sonst in dieser großen, weiten Welt. Und für ihn nur mich. Kannst du das verstehen?« Insgeheim wartete Annett darauf, dass Ingo erwiderte, wenn sie sich darum bemühten, würden sie es schaffen, einander das zu sein, wovon sie gerade gesprochen hatte. Doch er schwieg. Mit einem Gefühl zärtlicher Traurigkeit nahm sie sein Gesicht in ihre Hände und küsste ihn auf den Mund. Es war einer der seltenen Momente, in denen sie sich wortlos verstanden. Annett hatte schon jede Hoffnung auf eine Antwort aufgegeben, als Ingo sich räusperte. »Ich war bis jetzt zufrieden mit dem, was wir hatten, Annett. Du offenbar nicht. Die Liebe, von der du sprichst, ist so groß. Ich habe Angst, es könnte zu viel für mich sein!« Annett hatte oft Angst vor der Wahrheit gehabt, doch nun begriff sie, dass der Moment, bevor man sich ihr stellte, der schlimmste war.

Sie schaffte es, den Kloß, den sie in ihrem Hals spürte, hinunterzuschlucken und Ingo einen optimistischen Blick zuzuwerfen. »Jedenfalls wirst du ein erfolgreicher Anwalt, von dem man spricht. Egal, ob in Washington oder hier. Ich weiß es.«

»Ja, darauf kannst du wetten«, sagte er fast trotzig.

Annett spürte, wie er den Arm von ihrer Schulter nahm, seinen Kopf hinabbeugte, einen Kuss auf ihre Hand hauchte und sie dann losließ.

Plötzlich standen sie wie Fremde nebeneinander. Aufgewühlt und ohne Plan, wie es mit ihnen weitergehen konnte. Ingos zusammengezogene Brauen, aber vor allem seine nun vor der Brust verschränkten Arme hielten Annett auf Abstand. Gib dir einen Ruck, sprach sie sich gut zu. Trau dich hinzusehen, wo etwas zu Ende geht. Du kannst Ingo seine Träume und Entscheidungen, aber vor allem seine Gefühle nicht vorwerfen, doch du kannst auch deine eigenen nicht verleugnen.

Annett wollte nicht, dass sie in dieser Situation etwas sagte, was sie später bereuen würde, deshalb ging sie davon, ohne etwas zu erwidern oder sich noch einmal nach Ingo umzublicken. Er rief ihr nicht nach, versuchte nicht, sie aufzuhalten, und sie hielt nicht inne, um es sich im letzten Moment doch anders zu überlegen. Tat sie das Richtige? Sie wusste es nicht.

Ihre Schritte waren schwer wie Blei. Nur mit Mühe schaffte sie es, ihre Tränen zurückzuhalten. Mit jedem Schritt, der sie der Bushaltestelle Lustgarten näher brachte, begriff sie mehr, was gerade passierte. Ingo und sie gingen ohne Vorwarnung und großes Theater auseinander. Sie zwang sich, an Jettas tröstliche Stimme zu denken, und nahm sich vor, sie anzurufen, sobald sie daheim war.

Nachdem sie in den Bus gestiegen war, stellte Annett sich die Frage, wo sie überhaupt hinwollte. Sie fuhr eine Weile ziellos umher. Schließlich landete sie am Kurfürstendamm, im Gewimmel der Touristen, und lief durch die Straßen. Alles war ihr vertraut, und doch kam es ihr heute fremd vor. Sie schaute in die Auslagen der Geschäfte und lugte in die Restaurants, obgleich sie weder vorhatte, etwas zu kaufen noch irgendwo etwas zu essen. Sie wusste einfach nichts Vernünftiges mit sich anzufangen und streifte umher wie eine streunende Katze.

Jetta war montags um diese Zeit beim Bridge. Sie würde sie erst später anrufen können. Daniela, ihre Freundin, war ebenfalls nicht erreichbar. Sie arbeitete als Controllerin in einer Bierbrauerei und schaltete ihr privates Handy erst am Abend ein. Außerdem war sie heute mit Ralf, ihrem Chef, den sie neuerdings auch privat traf, verabredet. Ihr blieb also nichts übrig, als den Nachmittag totzuschlagen, bis sie jemandem ihr Herz ausleeeren konnte.

Nachdem sie zwei Stunden in der Stadt herumgeirrt war, machte sie sich auf den Heimweg. Als sie die Tür zu ihrem Appartement aufschloss, fühlte sie sich wie erschlagen. Sie ging in die Küche und suchte im Kühlschrank nach etwas Essbarem. Zwar hatte sie keinen Appetit, doch ihr Magenknurren wurde immer lauter. Sie fand eine Dose Thunfisch und ein paar Tomaten und bereitete sich einen Salat zu. Dann ging sie mit ihrem Abendessen ins Wohnzimmer. Der Raum war klein, aber ausgesprochen wohnlich. Die Couch, die mit hellem Leinen bezogen war, vermittelte ein Gefühl von Behaglichkeit. Ebenso der kleine Holztisch, auf dem sich Bücher stapelten. Am Fenster stand ein überdimensionierter Sessel. Annett bestückte ihn regelmäßig mit bunten Kissen, die sie im Schlussverkauf ergatterte, und schon sah er wieder aus wie neu. Ihr Zuhause war nicht luxuriös, aber mit Liebe eingerichtet, und es erzählte *ihre* Geschichte.

Annett ließ sich auf die Couch fallen und schloss für einen Moment die Augen. Die Nachmittagssonne lugte noch immer durchs Fenster und tauchte den Raum in ein warmes Licht. Ausruhen. An nichts denken. Vielleicht war Jetta ja heute früher vom Bridge zurück. Annett schnappte nach dem Telefon und wählte die Nummer ihrer Großmutter. Nach wenigen Sekunden hörte sie das Besetztzeichen. Zumindest war jemand zu Hause, stellte sie zufrieden fest. Sie schlüpfte aus ihren Schuhen, hangelte nach einem Kissen und stopfte es sich in den Rücken. Dann schob sie sich einen Bissen Thunfischsalat in den Mund und blickte kauend auf das Telefon in ihrer Hand. Mehrmals noch versuchte sie Jetta zu erreichen. Vergeblich! Fluchend warf sie das Telefon auf die Couch. »Was, in Teufels Namen, ist heute nur los?« Jetta telefonierte ungern und wenn, dann nur kurz. Mrs Jennings, ihre rechte Hand im Hotel, telefonierte nur in Notfällen von Jettas privatem Anschluss. Ebenso Alan Blakemore, ein pensionierter Colonel, der zur Dauermiete im ›Black Stag‹ wohnte und so nett war, die schwereren Einkäufe zu erledigen.

Letztes Jahr hatte Jetta unter Herzrhythmusstörungen gelitten. »Jemand wie ich fällt immer wieder auf die Füße«, hatte sie dickköpfig behauptet und jede Form von Angst von sich gewiesen. Jetta nahm ihren Gesundheitszustand nicht besonders ernst. Stimmungen und Empfindungen dafür umso mehr. Es sei wichtiger, *wie* sich das Leben anfühle, behauptete sie immer. Annett fand, dass das ein kluger Satz war. Jetta war empfänglich für Stimmungen und *emotionale Kleinigkeiten*, wie Annett es nannte. Das genaue Gegenteil ihrer Mutter, die Dinge oft erst mitbekam, wenn man sie mit der Nase draufstieß. Annett nahm sich vor, noch mal über das Thema Gesundheitsvorsorge mit Jetta zu sprechen. Vielleicht tat sie ihr den Gefallen und ging in Zukunft einmal im Jahr zum Durchchecken.

Als sie nach dem Telefon griff, um ihr Glück ein weiteres Mal zu probieren, klingelte im Flur ihr Handy. Sie hastete in die Diele und kramte es aus ihrer Tasche. Als sie das Bild ihrer Mutter auf dem Display sah, wunderte sie sich. Um die Uhrzeit half Anne gewöhnlich in der Bäckerei aus. Fürs Telefonieren blieb da keine Zeit. Annett drückte die Empfangstaste. Bevor sie hallo sagen konnte, sprach Anne schon. »Annett!« Ihre Stimme klang fremd und ließ alle Alarmglocken in Annett schrillen. Schon in der nächsten Sekunde sagte Anne: »Jetta ist tot.«

5. Kapitel

August 1944 – Bad Sachsa, Harz, Niedersachsen

Mielke hievt seine Beine über den Sitz des Wagens. Mit einem lauten Geräusch landen die Absätze seiner Stiefel auf dem Boden, bevor sein beleibter Körper sich durch die geöffnete Wagentür zwängt und nachfolgt. Kaum draußen, schweift sein wacher Blick zu den Häusern, deren rote Dächer tief nach unten gezogen sind. Wie Mützen, die man sich bei schlechtem Wetter ins Gesicht zieht. Aus einem dieser Häuser tritt eine junge Frau. Sie winkt Mielke zu und läuft ihm entgegen. Kaum zwanzig, schätzt er, allerdings resolut und tatkräftig im Auftreten. Genauso hat er sich das Fräulein Weber vorgestellt, als sie vor ein paar Tagen miteinander telefonierten. »Heil Hitler, Fräulein Weber«, poltert Mielke mit tiefer Stimme. Er hebt den Arm zum deutschen Gruß. »Heil Hitler, Herr Sturmbannführer.« Fräulein Weber bleibt vor ihm stehen, und als sie ihren Arm, den sie ebenfalls zum Gruß erhoben hatte, sinken lässt, deutet sie mit beiden Händen auf die Häuser hinter sich. »Willkommen im Kinderheim!« Sie beginnt, mit einladender Stimme auf ihn einzureden. »Sie glauben nicht, wie sehr wir uns über Ihren Besuch in Bad Sachsa freuen. Wir erwarten Sie schon seit dem frühen Morgen.« »Bin aufgehalten worden«, gibt Mielke zur Antwort und folgt Fräulein Weber in Richtung eines der Häuser. »Zurzeit sollte ich überall sein«, erklärt er.

Er, der ein Verfechter der These: Das Wichtigste sofort! ist, holt noch während des Gehens einen Umschlag aus seiner Uniform und hält ihn der jungen Frau entgegen. »Die angekündigte Spende fürs Heim.« Einen kurzen Augenblick schweift sein Blick zur Seite, ins Grün. Fräulein Weber bleibt stehen, nimmt den Umschlag entgegen und lässt ihn, ohne einen Blick darauf zu werfen, in ihrer Strickjacke verschwinden. »Danke, Herr Sturmbannführer.« Sie beeilt sich, das verfängliche Thema abzuschließen. »Nehmen Sie das Kind heute mit?« Mielke nickt. »Ich will meine Frau überraschen.« Und dann stellt er sich zum wiederholten Mal die stumme Frage, ob er mit einem kleinen Kind wird umgehen können. Zur Unterstützung hat er einen jungen Soldaten mitgenommen, der auf Heimaturlaub ist. Der Kerl kommt glücklicherweise aus einer großen Familie und hat ihm hoch und heilig versichert, sich mit Kindern auszukennen. Wehe, wenn er ihm etwas vorgeschwindelt hat, um einen guten Eindruck zu hinterlassen.

»Dann wollen wir mal nicht unsere Zeit verplempern.« Otto Mielke verschränkt die Arme und sieht sich um, als er sich wieder in Bewegung setzt. Der Wald, der sich hinter den Häusern erstreckt, wirkt wie ein Schutzwall. Arme aus Nadeln, die die tief hinuntergezogenen Dächer des Kinderheims regelrecht von der Außenwelt abschotten. Das ist in der Tat die vielbeschworene Isolation vom Rest der Welt, findet Mielke. Seine Worte sagen allerdings etwas anderes. »Passender Ort für Kinder. Viel Ruhe, viel Natur. Hier kommt niemand auf falsche Gedanken. Hier kann man neu beginnen.« »Wir sehen es als unsere Pflicht, den Kindern dabei zu helfen, heil zu werden. Es ist aber nicht immer leicht«, vermerkt Fräulein Weber. Ihre Augen blitzen auf. Sie trägt ihre Stellung mit Stolz und genießt die damit verbundene Verantwortung und Macht. »Sonderbelegung«, murmelt sie, während sie mit Mielke durch den Eingang tritt. »Wir tun unser Bestes. Für den Führer und das Vaterland«, beschwört sie mit einer unterschwelligen Strenge im Ton. Mielke will alles so schnell wie möglich hinter sich bringen. Ein paar Minuten im Büro der Heimleitung, die Übergabe des Kindes, dann wäre er bereit zur Abfahrt. »Welch ein Glück, dass eins der Kinder zu Ihnen darf. Menschen, die dem Führer und dem Land treu dienen, das wird der Kleinen auf den rechten Weg helfen«, lobt Fräulein Weber überschwänglich. »Hilfe und Nächstenliebe machen nicht vor Sippenhaft und Repressionsmaßnahmen halt. Meine Frau und ich wollen einem dieser Kinder ein ordentliches Leben ermöglichen. Damit es zu einem tüchtigen Menschen heranwächst«, erklärt Mielke. Dass er den offiziellen Weg einer Adoption umgeht, kommt ihm geradezu vernünftig vor. Kein langes Herumfackeln, sondern schnelle, saubere Lösungen. Sollen sie froh sein, ein Kind weniger durchfüttern zu müssen.

Während sie durchs Haus gehen, stellt Mielke fest, wie finster es hier drinnen ist. Wände aus dunklem, fast schwarzem Holz, die Gardinen vor den Fenstern sind zugezogen. Als sei es draußen bereits stockfinster. Dabei ist helllichter Tag. Von fern hört er Kinderstimmen. »Um diese Zeit sind die Kinder angehalten zu schlafen. Leider sind einige darunter, die nicht folgen. Da hilft mitunter nur der Rohrstock«, erklärt Fräulein Weber.

»Ja, es ist bestimmt nicht einfach mit den Rangen. Es sind eben Kinder.« Mielke schnauft und folgt der jungen Frau ins Büro. Auch hier ist es düster und trist. Nur ein Bild des Führers schmückt die Wand. Als er die Tür fest hinter sich schließt, fragt er sofort: »Haben Sie die Papiere?« »Ja, natürlich. Lediglich der Eintrag im Kirchenbuch ist noch zu eliminieren. Dort sind noch immer das Geburtsdatum und der richtige Name der Kleinen vermerkt.« »Darum kümmere ich mich.« Mielke bekommt einen Stoß Papiere ausgehändigt, zerreißt sie noch an Ort und Stelle, zückt ein Streichholz und zündet die Papierschnipsel in einer Schale an, die auf dem Schreibtisch steht. »Sagen Sie, Fräulein Weber, wieso habe ich mit Ihnen zu tun und nicht mit Ihrer Frau Mama?«, fragt er, während er dem Papierhäufchen beim Verbrennen zusieht. »Hier ist eine Menge zu tun, seit die Kinder

der …«, sie zögert kurz, »dieser Verräter zu uns gebracht wurden. Meine Mutter überlässt mir deshalb viele Aufgaben.« Der Stolz schreit ihr geradezu aus dem jungen Gesicht. »So jung und schon so viel Verantwortung«, beeilt Mielke sich zu sagen. »Dann wollen wir mal. Meine Frau hat sich ein Mädchen gewünscht.« »Sie hat sich für Nummer 14 entschieden. Es war Zuneigung auf den ersten Blick. Wir haben ihr den Namen Meister gegeben, aber jetzt wird sie natürlich Mielke heißen«, sagt Fräulein Weber mit einem Anflug echten Gefühls. »Die kleine Jetta sieht Ihrer Frau tatsächlich wie aus dem Gesicht geschnitten aus. Sie wollte kein anderes Mädchen mehr sehen. Sie wollte nur sie.« »Jetta?«, wiederholt Mielke. »Sie soll Josefa heißen. Nach ihrer Großmutter, sagte Ihre Frau. Aber sie wird sie Jetta nennen. Ich finde, es klingt hübsch.«

»Ich habe die neuen Papiere dabei«, sagt Mielke zufrieden. Dass die Papiere nur ein kleines Problem für ihn dargestellt haben, muss dieses junge Ding hier nicht interessieren. Fälscher gibt es viele. Einige sind sogar sehr gut. »Dann zeigen Sie mir die kleine Jetta mal. Und packen Sie ihre Sachen zusammen, damit ich rasch wieder fahren kann. Meine Aufgaben lassen mir nicht viel Zeit.« »Kommen Sie, Herr Sturmbannführer. Falls sie schläft, wecken wir sie auf. Heute ist schließlich ihr großer Tag.«

Mielke folgt der jungen Frau durch den verdunkelten Gang in einen großen Raum, wo die Kinder schlafen. In jedem der viel zu großen Stahlbetten liegt ein kleines Häufchen Mensch. Mielke schreitet sie alle ab, bis er neben Fräulein Weber vor einem der Betten stehen bleibt. Darin schläft ein Kind mit blonden Haaren, die sich in der Halsbeuge auf geradezu entzückende Weise kräuseln. Mielke versteht augenblicklich, weshalb Ursel sich die Nummer 14 ausgesucht hat. Das Kind sieht wie ein Engel aus, und als es die Augen öffnet, blickt Mielke in veilchenblaue kleine Knöpfe. Er muss an seine Frau denken. Sie haben Fotos aus der Zeit, als sie selbst ein Baby war. Fotos, die Ursel gern gemeinsam mit ihm betrachtet. Mielke zögert kurz, dann greift er nach dem Kind, doch das fängt in seinen Armen zu weinen an. »Aber, aber ...«, versucht er es zu beruhigen. Doch da ist die Hand von Fräulein Weber schon in die Höhe geschossen und verpasst dem weinenden Bündel einen festen Schlag, sodass das Gesichtchen rot anläuft und das Schreien lauter wird. »Seien Sie nur nicht nachsichtig mit ihr. Ein Großteil der Kinder hat in seinem alten Zuhause keine vernünftige Erziehung genossen. Die brauchen jetzt eine strenge Hand.« »Ja, ja«, murrt Mielke nur. Er schafft das Kind aus dem unerträglich stickigen Raum. Als sie hinaus auf den Gang treten und an die frische Luft kommen, fühlt er sich besser. »Vielleicht braucht das Kind Licht«, sagt er vor sich hin. Fräulein Weber eilt neben ihm her, bis sie bei seinem Wagen ankommen. Mielke steigt ein und reicht das weinende Kind an einen jungen Mann in Uniform weiter. »Jetzt singen Sie ihr schon was vor«, brüllt er den Jüngling an. »Irgendwie muss man dieses Geschrei doch abstellen können.« Der Mann sieht ihn verschreckt an. Kurzerhand beginnt Mielke, selbst zu summen. Er klingt wie ein Bär, startet grummelnd den Wagen, ruft Heil Hitler aus dem Fenster, gibt Gas und fährt davon. Fräulein Weber wird im Spiegel kleiner und verschwindet schließlich völlig aus seinem Blick.

Er reibt sich zufrieden den Nacken und spürt, wie der Druck der Jahre, in denen sie vergeblich versucht haben, ein Kind zu zeugen, von ihm abfällt. Sein Beifahrer setzt endlich die von ihm vorgegebene Melodie fort, während er die Straße entlangfährt.

Endlich hast du deine Ehre als Frau und Mutter zurück, wird er Ursel versprechen, wenn er durch die Tür ihrer Wohnung im Berliner Osten tritt. Dafür habe ich Sorge getragen! Außerdem halte ich nach einer neuen Wohnung Ausschau. Im Westen der Stadt kennt uns niemand. Jeder wird annehmen, die kleine Jetta sei unser leibliches Kind.

Mielke ist derart zufrieden mit sich, dass er in das Singen des jungen Soldaten mit einstimmt. Er singt sich geradezu die Seele aus dem Leib. Doch als das Kind erneut zu weinen beginnt, verpasst Mielke ihm einen festen Klaps auf den Hintern. Jetta ist einen Moment stumm vor Angst, dann beginnt sie zu plärren, wie Mielke noch nie ein Kind hat brüllen hören. Vermutlich hat dieses Balg tatsächlich keine Erziehung genossen. Das wird sich ändern, verspricht Mielke sich. Eine harte Hand hat auch ihm früher nicht geschadet.

6. Kapitel

Mai 2015 – Berlin

Das Telefonat mit ihrer Mutter hatte aus zwei Sätzen bestanden. »Jetta ist tot!« und »Kannst du kommen?« Zuerst hatte Annett es nicht glauben können. Jetta tot? Das durfte nicht wahr sein. Sie liebte ihre Großmutter viel zu sehr, um sie von einem Tag auf den anderen gehen lassen zu können.

Wie ferngesteuert eilte sie in den Flur, warf sich eine Jacke über und verließ die Wohnung. Wenn sie den Schmerz über Jettas Tod zuließe, wäre nichts Vernünftiges mehr mit ihr anzufangen. Deshalb unterdrückte sie jeden Anflug von Trauer und konzentrierte sich darauf, was als Nächstes zu tun war. Das Haus, in dem sich sowohl die Wohnung als auch die Bäckerei ihrer Eltern befand, war eine knappe Viertelstunde entfernt. Um die Zeit wäre sie mit dem Rad am schnellsten dort. Sie rannte in den Hof, wo ihr Citybike stand, entsicherte das Schloss und schwang sich in den Sattel. Auf der Straße fädelte sie sich vorsichtig in den Verkehr ein und strampelte wie verbissen, während sie den Lärm der Stadt wie von fern wahrnahm. Das Hupen der Autos, das Quietschen der Reifen, die Stimmen der Menschen und vieles mehr.

Eine Ampel sprang auf Rot, Annett hielt an. Jetta ist tot!, hämmerte es in ihrem Kopf. Das kann nur ein Alptraum sein. Einer, den sie nicht in ihr Innerstes sinken lassen durfte. Sie musste versuchen, ruhig zu bleiben, dann wäre es nur ein schrecklicher Satz, der keine lebendigen Bilder wachrief. Die Ampel sprang auf Gelb, dann auf Grün. Annett löste sich aus ihrer Angst, stieß sich mit den Füßen ab und radelte weiter. Froh, auf den Verkehr achten zu müssen, weil das ihren Schmerz noch eine Weile hinauszögern würde.

Als sie in die von Bäumen gesäumte Straße einbog, wo

ihre Eltern wohnten, wirkte alles derart friedlich, dass ihr das zurückliegende Telefonat erst recht unwirklich vorkam. Vielleicht war sie einem bösen Tagtraum erlegen. Ihre Eltern und sie würden gemeinsam aufatmen, froh, dass Jetta noch lebte, einen Kaffee miteinander trinken, und schließlich würde sie sich erleichtert auf den Heimweg machen.

Annett lehnte ihr Rad ans Haus, drückte die Klingel, und als die Tür aufsprang, raste sie am Aufzug vorbei die Treppe hinauf. Ihre Eltern wohnten im vierten Stock. In einem architektonischen Kleinod, das ihre Mutter wie ihren Augapfel hütete.

Ihr Vater stand in der Tür. Seine Körperhaltung wirkte wie die eines alten Mannes und drückte Schmerz und Trauer aus und machte Annett sofort klar, dass Jettas Tod bittere Realität war. *Reiß dich zusammen!*

Sie umarmte ihn kurz und betrat die Wohnung. Während sie durch den geräumigen Flur gingen, berichtete er: »Mrs Jennings hat Jetta gefunden. Sie hatte ihre Geldbörse im ›Black Stag‹ vergessen und ist deshalb noch mal umgekehrt.«

»Was ist denn passiert?«, brachte Annett heraus.

»Sie hat einen Herzstillstand erlitten.« Ihr Vater warf ihr einen kurzen Blick über die Schulter zu. »Wenigstens ein schöner Tod«, schob er hinterher. Er klang gefasst, doch Annett ahnte, wie viel Mühe es ihn kostete. Ihr erging es nicht anders.

Die breiten Flügeltüren zum Wohnzimmer standen wie immer offen, sodass Annett sehen konnte, wie ihre Mutter, die auf der Couch gelegen hatte, sich aufrichtete. Anne zwang sich hoch und kam auf ihre Tochter zu, abgekämpft, der Blick verweint und die Haut fleckig rot. »Mrs Jennings hat sie gefunden. Es hat ausgesehen, als hielte sie ein Nickerchen«, murmelte Anne. »Dabei war sie tot. Einfach gestorben.« Sie drückte ihrer Tochter einen trockenen Kuss auf die

Wange und schloss sie in die Arme. Dass Mutter und Tochter sich körperlich nahe waren, kam selten vor. Gewöhnlich hielten sie einen gewissen Abstand. Einen Moment lang blieben sie in einer Art verkrampfter Vertrautheit stehen. Dann löste Anne sich von ihrer Tochter und deutete auf die Couch. »Setz dich. Willst du etwas trinken?« »Ein Glas Wasser wäre gut. Danke.« Annett spürte, wie ausgetrocknet sie war. Sie nickte ihrem Vater zu, der gleich darauf mit einer Karaffe Wasser und Gläsern zurückkam. Sie trank ihr Glas in einem Zug leer. Der Schmerz stieg von tief unten in ihr auf. Ihr Magen krampfte sich zusammen. Sogar das Schlucken fiel ihr schwer.

Annett griff nach der Hand ihrer Mutter. »Wie geht es dir?«, fragte sie einfühlsam.

»Schrecklich«, holte Anne aus. »Ich habe mich furchtbar über die Nachricht aufgeregt. Ist es nicht typisch, dass Jetta sich einfach aus dem Staub macht?« Sie schaffte es kaum, ihre Wut zu unterdrücken. »Als ich damals zurück nach Berlin wollte und sie gebeten habe, mitzukommen, hat sie genauso ihren Kopf durchgesetzt. ›Ich bleibe!‹, war alles, was sie mir diesbezüglich mitzuteilen hatte.« Annetts Vater reichte ihr ein Taschentuch, in das sie sich schnäuzte. Sie hörte ihrer Mutter zu, verwundert, ja erschrocken darüber, was sie zu sagen hatte. Da war keine Trauer um den Verlust der Mutter in Anne, sondern nur unbändige Wut. »Warum ist Jetta mir gegenüber immer derart unterkühlt gewesen?« Anne blickte zuerst ihren Mann, dann Annett an. »Fast, als hätte ich ihr etwas getan.« Anne, die neben ihrer Tätigkeit als Übersetzerin in der Bäckerei aushalf und als tough und willensstark galt, sank plötzlich in sich zusammen. »Und nun stirbt sie von einem Tag auf den anderen, ohne noch einmal mit mir zu sprechen. Über *alles* zu sprechen.«

»Anne! Bitte beruhige dich«, begann ihr Mann, auf sie einzureden. Und auch Annett versuchte, die Mutter zu trösten.« »Jetta hat dich auf ihre Weise geliebt. Und du sie auf deine. Ihr konntet es euch nur nicht immer zeigen«, beeilte sie sich zu sagen. Anne hob den Blick und funkelte sie an. »Deine Großmutter und ich standen uns nie wirklich nahe. Dass ich sie manchmal am liebsten auf den Mond geschossen hätte und sie mich vermutlich auch, ist keine Neuigkeit. Weißt du überhaupt, wie schlimm so etwas ist?« Anne schluchzte erneut auf.

Für einen kurzen Moment war Annett sprachlos, weil ihr Versuch, Trost zu spenden, so starke Emotionen in ihrer Mutter hervorrief. Ja, ich weiß es!, hätte sie am liebsten entgegnet. Mir ergeht es mit dir ähnlich. Es scheint ein Familienfluch zu sein. Und ich könnte manchmal heulen, dass es so ist.

Doch sie presste die Lippen aufeinander und schwieg. Ihr Vater machte eine Kopfbewegung zu ihr hin. Annett deutete es als Aufforderung, Anne ein paar Minuten allein zu lassen und ihm in die Küche zu folgen.

Als sie in dem Raum mit dem gemütlichen Erker angekommen waren, verfielen Vater und Tochter zunächst in betretenes Schweigen. »Sie ist außer sich, Annett. Sie weiß nicht, was sie sagt. Du siehst es ja selbst«, versuchte er, seine Tochter zu beruhigen. »Ja, vermutlich«, seufzte Annett, obwohl sie sich keinesfalls sicher war. Ihre Mutter wusste, was sie sagte. Das war ja das Schlimme.

Annetts Vater goss sich und seiner Tochter Kaffee ein, den sie an der Küchentheke stehend tranken. »Ich kann hier erst weg, wenn ich Aushilfspersonal gefunden habe. Die Bäckerei kann ich ja schlecht zusperren.« Er deutete auf die Kekse. »Die sind heute früh gebacken worden. Nimm dir davon.« Doch Annett schüttelte nur den Kopf. Er fuhr fort: »Zu allem Übel muss deine Mutter die letzten Kapitel eines Romans übersetzen. Der Verlag macht ihr die Hölle heiß. Jettas Tod kommt äußerst ungünstig.«

»Ja, der Tod überrascht einen immer«, sinnierte Annett vor sich hin.

Ihr Vater sprach noch eine Weile weiter über die Bäckerei. »Im Moment läuft es gut. An manchen Tagen kommen Leute, die ich noch nie im Laden gesehen habe«, sagte er mit einem Anflug von Stolz in der Stimme. »Und ausgerechnet jetzt stirbt Jetta und reißt mich und deine Mutter hier weg.« Er gab Annett einen umfassenden Bericht über seinen Zeitplan und den ihrer Mutter.

»Mach dir keine Sorgen.« Der Satz schoss geradezu aus Annett heraus. »Ich fliege allein nach London. Ihr wickelt hier alles Nötige ab und kommt nach.« Sie sah ihrem Vater die Erleichterung an.

»Das ist sehr entgegenkommend von dir, Annett«, murmelte er, dann fügte er allerdings etwas an, das ihr einen Stich versetzte. »Wenigstens kannst du ein paar Tage weg, du hast ja keine Verpflichtungen. Endlich ist dein Beruf mal von Vorteil.«

Annett hatte plötzlich das Gefühl, rauszumüssen. Weg von dem Ort, wo jeder nur mit sich beschäftigt war und keine Zeit für echte Trauer blieb. Sie verschwieg, dass sie zwei Vorträge würde verschieben müssen und jede Menge Papierkram auf ihrem Schreibtisch auf sie wartete. Sie würde sich um Jettas Begräbnis und ihr kleines Hotel kümmern, das sie so geliebt hatte. Das war sie ihr nicht nur schuldig, sie empfand es als Herzensprojekt. »Ihr könnt auf mich zählen«, sagte sie, während sie die Kaffeetasse abstellte und auf ihre Armbanduhr blickte. »Ist besser, wenn ich mich wieder auf den Heimweg mache. Ich möchte den Flug buchen und alles Weitere mit Mrs Jennings besprechen.«

»Ja, tu das«, sagte ihr Vater nur. Bei der Tür angekommen, küsste Annett ihn flüchtig auf die Wange, rief ihrer Mutter einen letzten Gruß zu und verließ die Wohnung.

Im Grunde war es ihr ganz recht, allein nach London zu

fliegen. Das verschaffte ihr die Möglichkeit, ihrer Großmutter ein letztes Mal nahe zu sein. Zwei oder drei Tage allein in Jettas Haus in Stow-on-the-Wold empfand Annett plötzlich als ein Geschenk des Schicksals. Sie würde sich um das Wohlergehen der kleinen Gästeschar im ›Black Stag‹ bemühen. Und was das Begräbnis und alles Weitere anging, hoffte sie auf ein Testament, in dem Jetta alles verfügt hatte.

Annett stieg aufs Rad und trat kräftig in die Pedale. Durch Jettas Tod war die Trennung von Ingo völlig in den Hintergrund getreten. Vielleicht schaffte sie es, ihr Auseinandergehen in England zu verarbeiten. Sie würde jede Menge zu tun haben. Da bliebe vermutlich kaum Zeit für Liebeskummer.

Zu Hause angekommen, schob sie ihr Rad in den Hof, kettete es an und ging hinauf in ihre Wohnung. Erschöpft ließ sie sich aufs Sofa fallen und blickte in den noch immer blauen Himmel. Dann schickte sie Daniela eine SMS. *Jetta ist tot. Kann es kaum glauben. Muss dringend mit Dir sprechen. Kann momentan aber nicht, weil ich viel zu geschockt bin. Drücke Dich traurig, aber fest – Annett.* Morgen oder vielleicht sogar heute Abend schon würde die Trauer sie wie ein wildes Tier anfallen. Annett sehnte sich danach, auf ihre Weise um Jetta zu trauern. Vor der trostlosen Leere, die folgen würde, wenn sie den Schmerz zuließ, hatte sie jedoch fürchterliche Angst. Und sie versuchte, den Gedanken zu verdrängen, dass es nun niemanden mehr gab, der ihr wirklich nahestand.

Zweiter Teil

*Die Grenzen des Möglichen lassen sich nur dadurch
bestimmen, dass man sich ein
wenig über sie hinaus ins Unmögliche wagt.*

– *A. C. Clarke (Physiker)* –

7. Kapitel

Mai 2015 – London, England

Die Maschine setzte auf der regennassen Landebahn auf und rollte auf das Terminal zu. Annett griff nach ihrer Handtasche, die sie unter dem Sitz ihres Vordermanns verstaut hatte, und fädelte sich in die Reihe der Passagiere ein, die sich durch den engen Gang Richtung Flugzeugausgang quetschten. Als sie um halb fünf an diesem Morgen aufgewacht war, hatte sie die Trauer über die Trennung von Ingo längst wieder eingeholt, seitdem hatte sie ständig an ihr letztes Gespräch denken müssen, und wenn die Bilder vom Dom vor ihrem geistigen Auge erschienen, fühlte sie sich allein und verloren. Bis vor zwei Tagen hatte sie geglaubt, Ingo und sie, das sei vielleicht für immer.

Draußen angelangt, aktivierte sie ihr Handy, um eine SMS an Daniela und ihre Eltern zu schicken. Daniela hatte ihr gestern Abend noch geantwortet und ihr Beileid ausgesprochen. Nachts hatten sie dann doch noch miteinander telefoniert. Annett hatte ihrer Freundin mitgeteilt, dass sie so gut wie auf dem Weg nach London war, um Jettas Nachlass zu regeln. Und hier war sie nun. Mitten im Getümmel des Flughafens rief Annett im ›Black Stag‹ an. Wie erwartet hob Mrs Jennings ab. Während Annett ihren Trolley durch die veraltet anmutenden Gänge London-Heathrows hinter sich herzog, bemühte sie sich, Zuversicht zu verbreiten. »Was die Weiterführung des ›Black Stag‹ anbelangt, machen Sie sich bitte keine Sorgen«, versprach sie Mrs Jennings. Sie wusste nicht wieso, aber Mrs Jennings zuliebe glaubte sie an eine Zukunft für Jettas kleines Hotel. »Denken Sie, wir schaffen es, den Hotelbetrieb die nächsten drei, vier Wochen aufrechtzuerhalten?«, fragte Mrs Jennings zweifelnd. »Wir haben niemanden für die Rezeption, und der Schriftkram muss erledigt werden. Aber wie ich Sie kenne, gehen Sie alles tatkräftig an, nicht wahr, Miss Neumann?«, hörte Annett Mrs Jennings mit hoffnungsvoller Stimme weiterreden. Vier Wochen? Niemals im Leben hatte sie so viel Zeit. »Sie werden sich wundern, wie lernfähig ich bin«, sagte Annett, entgegen ihrer Überzeugung.

Das kleine Hotel im Zentrum von Stow-on-the-Wold war nicht nur Jettas Lebensmittelpunkt gewesen, sondern auch Mrs Jennings'. Nach Jettas Tod hatte sie verständlicherweise Angst davor, ihren Job und ihr Einkommen zu verlieren. Und vermutlich einen Großteil ihrer Lebensfreude. Weil Annett das wusste, brachte sie es nicht übers Herz, ihr schon jetzt zu sagen, dass sie keine Ahnung hatte, was mit dem Hotel passieren würde. Sie wusste noch nicht einmal, wem es nach Jettas Tod zufiel. Vermutlich ihrer Mutter. Die würde es rasch verkaufen wollen. Schon, um so schnell wie möglich zurück nach Berlin zu können.

Annett hatte schon eine halbe Ewigkeit keinen Fuß mehr auf englischen Boden gesetzt. Dabei liebte sie dieses Land, das pulsierende Leben Londons ebenso wie das historische Oxford und die gemütliche Weite der Cotswolds. Außerdem schätzte sie, dass die Engländer Traditionen hochhielten und trotzdem offen waren für innovative und verrückte Ideen.

Nach dem Besuch bei ihren Eltern hatte Annett im Internet umgehend einen Flug von Berlin-Tegel nach London-Heathrow gebucht. Mrs Jennings hatte ihr am Abend zuvor die Busverbindung vom Flughafen nach Oxford herausgesucht. »Dort hole ich Sie ab«, hatte sie versprochen. Annett hatte Mrs Jennings Angebot freudig zugestimmt, weil es mit öffentlichen Verkehrsmitteln eine Ewigkeit dauern würde, bis sie von Oxford nach Stow-on-the-Wold käme. Außerdem wäre es mit ihrem Gepäck ziemlich mühsam.

Annett sah sich um. Der Flughafen hatte den Mief vergangener Zeiten. Nur wenig war modernisiert worden. Alles wirkte irgendwie angegraut. Trotzdem liebte sie Heathrow, auch weil es für Jetta ein Ort der Hoffnung gewesen war.

Während Annett ihren Koffer weiter Richtung Passkontrolle zog, erinnerte sie sich an die alte Geschichte. Jetta hatte sich nach langer Trauer um ihren verstorbenen Freund David, Annes Vater, beim Einkauf im KaDeWe in einen jungen Mann aus Kensington verliebt und war ihm schließlich nach London gefolgt. Drei glückliche Jahre, eine Verlobung und dann der Bruch, weil Gavin sich für eine andere Frau entschieden hatte, die er von früher her kannte. Jetta blieb trotz des Trennungsschmerzes in England. Zunächst zog sie mit Anne nach Oxford. Viel später nach Stow-on-the-Wold, wo sie ein Hotel, das ziemlich heruntergekommen war, übernahm und es aufbaute. Als sich der Erfolg einstellte, war Anne längst nach Berlin zurückgekehrt.

Trotz jener Ereignisse hatte Annett nie ein böses Wort über Gavin gehört. »Eine Liebe bleibt eine Liebe. Selbst, wenn sie zerbricht«, hatte Jetta ihrer Enkelin in einer stillen Stunde anvertraut. Annett hatte staunend zugehört und sie um diese Einsicht beneidet.

Nun befand sie sich in einer ähnlichen Situation. Doch sie hätte nicht sagen können, ob ihre verlorene Liebe zu Ingo für immer in ihrem Herzen blieb. Vermutlich, weil sie sich nicht sicher war, ihn wirklich geliebt zu haben. Und hieß es nicht, man müsse zuerst sich selbst lieben, bevor man einem anderen Menschen wahre Liebe schenken könne?

Annett erkannte, wie wenig sie im Grunde über ihre Großmutter wusste. Und über sich. In ihren jungen Jahren hatte sie mit Jetta vorwiegend über sich selbst gesprochen, über ihre Sorgen und Nöte. Hin und wieder hatte sie sie gefragt, was der frühe Tod Davids für sie bedeutet hatte und wieso sie nach Gavin nie wieder eine ernste Beziehung eingegangen war. Heute wusste sie, dass sie auf die Art gefragt hatte, wie jemand es tat, der eine schnelle Antwort erwartete.

Vor ungefähr zwei Monaten hatte Jetta am Telefon um Annetts Besuch gebeten. Sie wolle ihr etwas zeigen, worum es sich aber genau handele, könne sie ihr nicht am Telefon sagen. Wenn Annett käme, verstünde sie, weshalb.

Nach dem Anruf hatte Annett sich vorgenommen, Jetta tatsächlich bald zu besuchen. Doch dann war der Alltag mit seinen Verpflichtungen dazwischengekommen. Und jetzt war es zu spät.

Annett versuchte sich abzulenken, indem sie überlegte, wann sie bei Jettas Anwalt vorbeischauen würde. Wie hieß der gleich noch mal? Johnathan Mills, Miller, Mellow? Der Name wollte ihr partout nicht einfallen. Sie würde Mrs Jennings danach fragen.

Annett schwirrte der Kopf vor lauter Grübeln, als sie an der Bushaltestelle ankam. Es dauerte nicht lange, da öffneten sich die Türen des Busses, der sie nach Oxford bringen würde. Sie stieg ein und fand einen Sitzplatz in der vorletzten Reihe. Als der Bus anfuhr und das Leben draußen an Annett vorbeizog, wurde sie ruhiger.

Die Landschaft veränderte sich. Die Häuser wichen grünen Hügeln, die sanft anwuchsen und wieder abflachten. So reihte sich Hügel an Hügel. Dazwischen kleine Ortschaften. Der Bus legte Meile um Meile zurück, und Annett tat nichts anderes, als in die Landschaft zu schauen.

In Oxford angekommen, überlegte sie, einen Abstecher in Oxfords Covered Market zu machen. Und in Olives Delicatessen in 42 High Street vorbeizuschauen. Beim letzten Mal waren Jetta und sie dort eingekehrt, um Öl und Sandwiches zu kaufen. Eines der unnachahmlich guten Sandwiches hatten sie damals gleich im Laden verschlungen. Es war ein Moment vollkommener Zufriedenheit gewesen.

8. Kapitel

Mai 2015 – Oxford, England

Der Defender kam am hinteren Eingang von Belleminton House zum Stehen. Ein Schwarm Tauben flatterte nervös auf, als sich die Wagentür öffnete und Edward Warrender ausstieg. Er hatte das Radio laut aufgedreht, einer seiner Lieblingssongs wurde gespielt. »I laughed at love, thought it all wrong, but now I sing a new song ...« Edward sang mit, genoss den Rhythmus der Musik und die Melancholie des Textes. Er beugte sich noch mal ins Wageninnere, um das Radio auszustellen und seine Tasche herauszuholen. Den Song hatte er jedenfalls fast in ganzer Länge gehört, freute er sich. Jetzt ging es zurück an die Arbeit. Er blickte zum Himmel hinauf. Der Tag hatte wolkenverhangen und mit etwas Regen begonnen, nun sah es aus, als würde es aufklaren. Ein paar Sonnenstrahlen kamen bereits durch die dünner gewordene Wolkendecke. Lichtflecken tanzten über den Weg und die hintere Fassade des Hauses. Edward bückte sich nach einem Unkraut, das aus dem Kiesweg sprießte, riss es aus, und als er wieder hochblickte, blieben die Lichtpunkte an einem Mann haften, der mit einer Schubkarre auf ihn zukam. Ein schroffes Lächeln überzog sein Gesicht, als er vor ihm stehenblieb. »Hallo, Mr Warrender!«

»Hallo, Mr Spencer! Alles klar?«, grüßte Edward.

»Es gibt Probleme bei den Ligusterhecken drüben. Wir kommen mit der Anordnung der Pflanzungen nicht klar. Außerdem brauchen wir neue Spaten und Harken. Unser Bestand fängt an zu schrumpfen. Wäre gut, wenn Sie mal danach sehen könnten.« Der Mann trug einen grünen Overall, auf dem zwei ineinander verschlungene Rosen als Emblem prangten, und festes Schuhwerk. Er war von der Arbeit an der frischen Luft gebräunt.

»Oben sind wir aber durch, oder?«, erkundigte sich Edward. Er deutete auf eine Steinmauer in der Ferne, die von Glyzinien und Efeu überwuchert war.

»Ja, das sind wir«, bestätigte Mr Spencer.

Edward nickte zufrieden. »Ihr habt alle gute Arbeit geleistet. Das sehe ich schon von weitem. Und um das Werkzeug kümmere ich mich natürlich.« Die Mauer samt Bewuchs sah aus, als wäre sie seit ewigen Zeiten so. Doch dieser Eindruck langjähriger Schönheit war das Ergebnis harter Arbeit. Edward hatte seinem Auftraggeber, dem Herzog von Bellefontaine, Eigentümer von Belleminton House, in die Hand versprochen, den Teil der Steinmauer, der einem Unwetter zum Opfer gefallen war, so herzurichten, wie er seit jeher gewesen war. Natürlich war das nur ein Zusatzauftrag. Das Hauptwerk, das er in Belleminton Gardens zu verrichten hatte, war ein viel Größeres.

Vor über zwei Jahren hatte es eine europaweite Ausschreibung gegeben, an der er teilgenommen und die er gegen jede Erwartung für sich entschieden hatte. Es ging um ein Labyrinth aus Buchsbaumhecken, das im südlich angrenzenden Bereich des Parks anzulegen war. Das Labyrinth sollte das berühmte ›Maze of Hampton Court‹ an Eindruck, Größe und Rätselhaftigkeit übertreffen. Natürlich sollte die Anlage Besucher anlocken, damit sich das Ganze mit den Jahren amortisierte.

Edward steuerte festen Schrittes das Gelände an, wo das Labyrinth dereinst für Furore sorgen würde. Belleminton House war wie eine Verheißung für ihn. Das Anwesen war von 725 Morgen Land umgeben, wovon ein Großteil erst in den vergangenen zwanzig Jahren zu einem wunderbaren Park umgestaltet worden war. In der Nähe von Bourton-on-the-Water gelegen, war vor allem der weite Blick ins Tal, den man vom Haupthaus aus hatte, unvergleichlich. Die Außenanlagen zeigten, welch wunderbare Dinge entstehen konnten, wenn der Mensch mit Klugheit und Fingerspitzengefühl in die Natur eingriff. Die Hauptaufgabe, der Edward sich während des kommenden Jahres gegenübersah, war zunächst die leichte Abänderung des ursprünglichen Entwurfs des Labyrinths, danach die Umsetzung des Plans. Die Besonderheit des Labyrinths sollte darin liegen, dass man es selbst vom ersten Stock von Belleminton House aus nicht enträtseln könnte. Auch um den Rest des Parks musste Edward sich kümmern. Vor allem um notwendige Veränderungen in dem Teil des Anwesens, der an das geplante Labyrinth anschloss. Der Herzog ließ ihm freie Hand, solange er das Budget nicht sprengte und seine Eingriffe regelmäßig in diversen Gartenzeitschriften erschienen. Ein paar Vorschusslorbeeren konnten nicht schaden, meinte er stets.

Während Edward wachen Auges durch den Park ging, erinnerte er sich daran, wie er nächtelang in seinem Büro in Oxford gerechnet und gezeichnet und alles wieder verworfen hatte. Ganze Papierkörbe hatte er mit seinen zerknüllten Entwürfen gefüllt und wieder von vorne angefangen. Als er schließlich seinen Entwurf für das Labyrinth einreichte, hatte er nicht mal mit einer Benachrichtigung gerechnet. Umso erstaunter war er gewesen, als er eines Tages einen Anruf erhielt mit der Mitteilung, er habe den Zuschlag für das Projekt erhalten. Er hatte es nicht glauben können, hatte Will angerufen, mit dem er seit Jugendtagen eng befreundet war, und die halbe Nacht in der ›Turf Tavern‹ mit ihm gefeiert. Zu später Stunde hatten sie, beide beschwipst und übermütig wie Kinder, die berühmten Gäste des Pubs aufgezählt, die auf schwarzen Schiefertafeln an der Hauswand verewigt waren: Elizabeth Taylor, Margaret Thatcher, Oscar Wilde, Thomas Hardy. Will hatte nach der Kreide gegriffen und ›Edward Warrender, Duke of Sounderland‹ auf eine der Tafeln geschrieben. Die Erinnerung an diesen Abend gab Edward in schwierigen Momenten Auftrieb. Seit er den prestigeträchtigen Auftrag ergattert hatte, prasselten nicht nur Lob, sondern auch Zweifel und sogar Häme auf ihn ein. Manch einer erinnerte sich plötzlich wieder nur zu gut an die wenig rühmliche Geschichte seines Vaters, die zwar fast zehn Jahre zurücklag, in gewissen Kreisen aber nicht vergessen war. Edward begegnete dem Umstand auf seine Weise. Als er vor acht Jahren seine Firma gründete, war er vom quirligen London ins beschauliche Oxford gezogen. Überdies hatte er für die Firma auf den Mädchennamen seiner Mutter zurückgegriffen: Trellham. Hier kannte man ihn als Edward Warrender, den Gartenarchitekten, der zwar Größen wie Jacques Wirtz über die Schulter geschaut hatte, ansonsten aber einer wie viele war. Dass er einen Adelstitel trug, wusste man lediglich *in seinen Kreisen*. Edward war es recht so. So geriet er wenigstens nicht ständig ins Kreuzfeuer lästiger Fragen bezüglich des Todes seines Vaters. Und vieler anderer Dinge, die damit zu tun hatten. Seit er in Belleminton House tätig war und regelmäßig Artikel über ihn und seine Arbeit in diversen Zeitschriften erschienen, hatten sich die Dinge jedoch verkompliziert. Edward kam damit klar, dass man ihn in manchen Boulevardblättern – wenn er zum Beispiel in London in die Oper ging – kritisch kommentierte. Doch Beth Dryer, die er seit gut einem Jahr kannte und liebte, litt darunter. Als sie vor einigen Wochen ein Foto, das sie gemeinsam zeigte, in einem dieser Klatschblätter entdeckte, mit einem wenig rühmlichen Kommentar, hatte sie sich dazu entschlossen, für einige Zeit bei ihrer Schwester Mabel in London zu wohnen. Edward fiel es schwer, ihre Entscheidung, Abstand gewinnen zu wollen, zu verstehen. Es würde sich nichts ändern, wenn sie nur miteinander telefonierten, anstatt sich zu sehen und miteinander auszugehen, hatte er argumentiert. Trotzdem blieb ihm nichts anderes übrig, als ihren Wunsch zu akzeptieren.

Edward hatte sich inzwischen ein ganzes Stück vom Haupthaus entfernt und näherte sich nun einem Teil des Parks, der sich durch präzise ineinandergreifende Beete in geometrischen Formen auszeichnete. Die Beete umrahmten einen Teich, der erst vor wenigen Wochen angelegt worden war. Je näher er dem Teich kam, desto mehr empfing ihn ein Meer aus Weiß, Rosa und verschiedenen Rottönen. Seine Mitarbeiter hatten unzählige Rosenstöcke in den drei Farben angepflanzt. Die üppige Schönheit der Blumen wirkte der strengen Geometrie der Anlage entgegen und sorgte für Harmonie. Das Leben am Teich versetzte Edward jedes Mal in entspannte Stimmung. Er nahm einen kurzen Moment auf der Teakholzbank Platz und sah zwei Enten beim Schwimmen zu. Libellen flogen herum, und unzählige Wasserläufer huschten über die spiegelglatte, blaugraue Oberfläche. Edward versank in die Stimmung dieses Bildes. Die Zeit schien stillzustehen.

Bis energisch sein Telefon klingelte. Edward hörte eine weibliche Stimme aufgeregt auf ihn einreden. »Mr Warrender!?« Zuerst erkannte er nicht, wer am Apparat war, doch dann dämmerte es ihm.

»Mrs Jennings! Aus Stow-on-the-Wold?! Schön, Sie zu hören.«

»Ich wollte Sie informieren, dass Mrs Mielke verstorben ist. Ganz unerwartet.«

Edward spürte einen kleinen Stich in seinem Herzen. »Mrs Mielke ging es gut, als ich sie zuletzt gesehen habe. Ihr Tod überrascht mich, damit hätte ich nicht gerechnet.« Es klang, als kenne er Jetta Mielke seit Jahren und stehe ihr nahe. Und genauso fühlte er auch in diesem Augenblick.

»Keiner von uns hat mit so etwas Schrecklichem gerechnet, Mr Warrender. Es war ihr Herz. Sie hat gewusst, dass es schwach ist, aber niemand ahnte, wie schlimm es wirklich war.« Mrs Jennings brach ab. Edward vermutete, dass sie sich kurzfassen wollte. Sie klang betroffen, was kein Wunder war. »Vielleicht wollen Sie zur Beerdigung kommen? Mrs Mielke mochte Sie, Mr Warrender, und sie war unkonventionell. Sie kannten sich nicht lange, aber sie hätte gewollt, dass Sie dabei sind.«

»Natürlich«, beeilte Edward sich zu sagen. »Es wäre mir eine Ehre.«

Mrs Jennings zögerte und gab sich einen Ruck, weil sie noch etwas loswerden musste. »Da wäre noch etwas ...«

»Ja ...?«, forschte Edward nach.

»Könnten Sie sich um die Gestaltung des Grabs kümmern? Normalerweise fällt so etwas natürlich nicht in Ihr Aufgabengebiet, aber in diesem Fall ...«

Edward musste sich die Antwort keine Sekunde überlegen. »Natürlich, Mrs Jennings. Und keine Sorge wegen der Bezahlung. Es ist sozusagen mein letzter Gruß an Mrs Mielke.«

Nach dem Telefonat spürte er, wie betroffen er war. Er hatte Jetta Mielke erst vor wenigen Wochen kennengelernt. Beim Einkauf auf dem Markt in Oxford waren sie ins Gespräch gekommen, weil sie beide nach demselben Huhn gegriffen hatten. Er hatte es ihr überlassen, worauf sie erwidert hatte, er könne gern zum Essen kommen, wenn sie es zubereite. Sie hatten über dieses und jenes geplaudert, und als sie schließlich erfuhr, welchen Beruf er ausübte, allerdings ohne zu wissen, wie renommiert er inzwischen war, hatte sie ihn darum gebeten, den Innenhof ihres Hotels rundzuerneuern. Edward schmunzelte bei dem Gedanken. Vermutlich hatte sie angenommen, sie tue ihm einen Gefallen mit dem Auftrag. Ein paar Tage nach ihrem Gespräch war er nach Stow-on-the-Wold gefahren und hatte sich den Innenhof angesehen. Und die Bepflanzung des Innenhofs war längst beschlossene Sache gewesen, als Mrs Mielke schließlich erfuhr, wen sie vor sich hatte.

Rückblickend wusste er nicht, weshalb er sich auf die Sache eingelassen hatte. Vielleicht wegen Mrs Mielkes ungezwungener Herzlichkeit und der Wärme in ihren Augen. Jedenfalls hatte er es nicht übers Herz gebracht, ihr den Wunsch abzuschlagen. Jetzt, wo sie tot war, wusste er, dass es richtig gewesen war, ihr diesen quasi letzten Wunsch zu erfüllen. Wie glücklich wäre er, wenn ihm das auch bei seinem Vater gelungen wäre.

Edward löste sich aus der trüben Stimmung. Er würde jetzt noch rasch nach der Ligusterhecke und der begonnenen Bepflanzung im östlichen Teil des Parks schauen und später nach Oxford fahren, um sich bei Frederick Tranter in der High Street eine handgemachte Zigarre zu kaufen. Er rauchte selten. Doch heute war ein Tag, an dem er sich etwas Außergewöhnliches gönnen wollte. Es galt die Erinnerung an seinen Vater zu verdrängen, die sich durch Jetta Mielkes Tod in seinen Kopf geschlichen hatte. Es würde ihm nicht gelingen, aber es beruhigte ihn, es sich vorzunehmen.

Er war noch nicht weit gekommen, da klingelte erneut sein Handy. Es war Beth, die aus London anrief. »Beth! Wie schön, dich zu hören«, begrüßte er sie. Er freute sich jedes Mal, wenn sie sich meldete, und deutete es als gutes Zeichen. »Hallo Ed! Wie geht's dir?« Beth' Stimme klang freundlich, aber auch eine Spur distanziert, erschien ihm. Genau wie beim letzten Telefonat. »Momentan ist viel zu tun. Und wie steht's bei dir? Fühlst du dich wohl in London?« Beth lachte kurz auf, doch es klang nicht besonders fröhlich. »London lässt dich niemals aus seinen Klauen, Ed. Eine Veranstaltung jagt die nächste ...«, sie zögerte, »aber ja, ich denke, ich lebe mich ein.« Edward verharrte an der Buchenhecke, die zu einem Kreis geformt war. Das herrlich frische Grün leuchtete ihm entgegen. »Weißt du schon, wann du zurückkommen willst?«, hörte er sich fragen. Himmelherrgott, wieso konnte er sich das nicht verkneifen, schalt er sich, kaum, dass er den Satz ausgesprochen hatte. »Ich weiß es nicht, Ed. Es gefällt mir ganz gut hier, und ich bin gerade dabei, herauszufinden, wie es mit uns weitergehen kann. Du weißt doch, dass mein Beruf und mediale Aufmerksamkeit keine gute Kombination sind.« Edward spürte, wie sehr ihn Beth' Worte trafen. Und wie stark das Empfinden in ihm war, sich für etwas entschuldigen zu müssen, das er weder getan hatte noch ändern konnte. Beth arbeitete für ein bekanntes Auktionshaus, das Wert auf Diskretion und einen tadellosen Ruf legte, und auch ihre Eltern, die eine traditionsreiche Porzellanmanufaktur führten, lebten nach der Vorstellung, dass Ruhe und Frieden zu herrschen hatten – auch im Privatbereich. Aber Herrgott noch mal, sie lebten nicht mehr im letzten Jahrhundert. »Ich habe dir nie verheimlicht, was mein Vater getan hat, und du weißt, dass ich nichts damit zu tun habe«, verteidigte er sich zum wiederholten Mal. »Natürlich, Ed«, gab Beth zu, »aber die Leute sprechen mich darauf an, wenn sie hören, dass wir zusammen sind. Es ist wie ein böser Schatten, der mir folgt. Ich habe nicht gewusst, wie es ist, mit so etwas zu leben.« Edwards Blick blieb an den Rosen hängen, die unweit der Hecke wuchsen. Rosen der Sorte ›Albertine‹, die trotz ihrer Schönheit nur selten gepflanzt wurden und die hier prächtig gediehen. »Es wird nachlassen, Beth. Du darfst es nicht so ernst nehmen. Lass mich dir helfen, damit klarzukommen.« Er wusste, wie verrückt seine Worte in ihren Ohren klingen mussten. Er war der Sohn von Archibald Warrender, der Versicherungsbetrug begangen und sich später, als er aufgeflogen war, der Justiz durch Freitod entzogen hatte. Und er würde immer dessen Sohn bleiben. Jede Frau, die mit ihm zusammen wäre, würde sich dieser alten Geschichte stellen müssen. »Du bedeutest mir sehr viel, Beth«, sagte er. Das war das Einzige, was ihm noch einfiel und sie hoffentlich tröstete. »Wenn es etwas gibt, was ich tun kann, sag es bitte.« »Lass mir Zeit, Ed. Das ist alles, was mir jetzt hilft«, sagte Beth zum Abschied. Als er auflegte, begriff er, dass das Telefonat eins mehr in Richtung Aussichtslosigkeit war, was ihre Beziehung anging. Und Beth wusste es ebenso. Sie war nur zu feinfühlig, es ihm direkt ins Gesicht zu sagen.

9. Kapitel

Mai 2015 – Oxford, England

Annett verwahrte ihr Gepäck in einem Schließfach am Bahnhof und machte sich auf den Weg zur High Street. Sie war noch nicht weit gekommen, da eilte eine Gruppe Studenten in schwarzen Talaren an ihr vorbei. Das Lachen und die hektische Betriebsamkeit der jungen Leute klangen wie Musik in Annetts Ohren. Wie schön wäre es, wenn sie es schaffte, die Stadt zu erkunden, ohne in Tränen auszubrechen und die Menschen um sich herum zu verstören, dachte sie, als sie entschlossenen Schrittes die High Street entlangging. Nicht nur Jettas Tod, sondern auch Ingos Worte, dass sie zu viel von der Liebe erwarte, lagen ihr wie Blei auf der Seele.

Du darfst nicht an den Ereignissen der vergangenen Tage festhalten. Du musst durchhalten und Kraft tanken, um dich für das, was auf dich zukommt, zu wappnen, sprach Annett sich im Stillen gut zu. Als sie in eine der kleinen Gassen einbog, schien der Puls der Stadt sich zu verlangsamen. Hier erwarteten sie verschlafene Buchhandlungen, übervolle Antikgeschäfte, gutsortierte Teeläden und jede Menge versteckter, stiller Plätze. Eine ältere Dame stand vor der Auslage eines Delikatessengeschäfts. Ihre gerade Haltung und der interessierte Gesichtsausdruck erinnerten Annett an Jetta. Die Dame ging weiter, und Annett steuerte als einen der Höhepunkte Oxfords Covered Market an. In den Hallen stöberte sie für ihr Leben gern herum. Der ›Cake Shop‹ war eine ihrer liebsten Anlaufstellen und im ›Hat Shop‹ hatte sie Jetta bei ihrem letzten Besuch zu einer Philip-Treacy-Hut-Kreation überredet, die sie, obwohl secondhand, ein kleines Vermögen gekostet hatte. Als sie jetzt im Schaufenster einen ähnlichen Hut betrachtete, musste sie die Tränen hinunterschlucken. Sie blieb einen Moment vor dem Laden stehen, um sich zu sammeln. Dann ging sie weiter.

Als sie bei ›Nothing‹ vorbeikam, hatte sie sich wieder halbwegs unter Kontrolle. Der Silberschmuck war zu schön, um achtlos daran vorbeizuschlendern. Wenn sie nicht wegen Jettas Tod hier wäre, hätte es traumhaft sein können.

Sie ging den Market in beide Richtungen ab, dann weiter zur Broad Street, die in die Holywell Street mündete. Plötzlich stand sie vor der Seufzerbrücke. Nur wenige Meter entfernt erspähte sie das schmiedeeiserne Gitter, das die Old Bodleian Library umgab. Ergriffen blieb sie stehen, legte den Kopf in den Nacken und besah sich die Glasfenster der Brücke und die herrlichen Verzierungen aus dem für die Cotswolds typischen gelben Naturstein. Um die Brücke noch besser in Augenschein nehmen zu können, tat sie einen Schritt zurück und stieß ziemlich unsanft gegen jemanden. Erschrocken fuhr sie herum. »Entschuldigung, dass ich Sie fast umgerannt habe«, beeilte ein Mann sich zu sagen. »Ich hoffe, Sie haben sich nicht wehgetan?« Er musterte sie mit verschlossenem Blick. Das höfliche Lächeln, das er sich, kaum dass er zu sprechen begonnen hatte, ins Gesicht zwang, erlosch wieder und machte einem fahrigen Ausdruck Platz. Annett kannte die Höflichkeit des englischen Gentleman, der sich sogar bei einer Frau entschuldigte, wenn der Fehler bei der Dame und nicht bei ihm lag. Doch in diesem Fall klangen die Worte ehrlich gemeint. Lediglich der unterkühlte Gesichtsausdruck des Mannes passte nicht dazu. »Nichts passiert. Zumindest bei mir«, erklärte Annett, während sie das markante Kinn des Mannes und faszinierend blaue Augen wahrnahm und ihren Blick auf dessen Schuhe lenkte. Sie waren aus hellem Leder gefertigt, und in der Mitte des rechten Schuhs prangte nun ein dunkler Fleck. »Oh! Wie furchtbar. Das bringe ich wieder in Ordnung«, versprach sie schnell. Sie zog eine Packung Taschentücher aus ihrer

Handtasche, knüllte ein paar davon zusammen, ging in die Hocke und wollte schon damit beginnen, den Schuh des Mannes notdürftig zu säubern. Doch er entriss ihr geradezu seinen Schuh und eilte mit einem kaum zu verstehenden Gruß davon. Annett sah ihm kopfschüttelnd hinterher, während sie die Taschentücher zurück in ihre Tasche stopfte. Von höflich und zuvorkommend zu plump und schroff innerhalb weniger Sekunden.

Annett löste ihren Blick von der Gestalt des Mannes und schlenderte weiter bis zu einem kleinen Café, das sich in einer der Gassen versteckte und als Geheimtipp galt. Sie bestellte einen Queen Anne Tea und Alice's Dreamcake, eine köstliche Leckerei, die nach Marzipan und Erdbeere schmeckte. Die seltsame Begegnung mit dem Fremden hatte sie fast schon wieder vergessen.

Eine halbe Stunde später machte sie sich auf den Weg zurück zum Bahnhof. Dort wartete bereits Mrs Jennings auf sie. Die Erleichterung über Annetts Ankunft stand ihr deutlich ins Gesicht geschrieben. Trotz des traurigen Anlasses ihres Wiedersehens brachte sie ein freundliches Lächeln zustande. Die beiden Frauen begrüßten sich wie alte Freundinnen. »Schmerz verbindet und der Tod schweißt zusammen«, sagte Mrs Jennings mit ihrer brummigen Stimme, als sie sich aus der spontanen Umarmung lösten. »Mal sehen, was aus Ihnen geworden ist, Miss Neumann.« Sie fasste Annett am Arm und drehte sie einmal um die eigene Achse. »Mehr als passabel«, sagte sie zufrieden. »Die Männerwelt hat garantiert ihre Freude an Ihnen.« Annett wurde rot, obwohl sie sich über das Kompliment freute. »Sie haben sich kein bisschen verändert, Mrs Jennings«, sagte sie hastig, um das Thema zu wechseln. »O nein.« Mrs Jennings tätschelte sich mit gespielter Verlegenheit die Wangen. »Schauen Sie bloß nicht näher hin. Ich bin alt geworden. Und weil Sie ein gutes Mädchen sind, streiten Sie's ab.« Sie deutete auf die Haut neben ihren Augen und dann auf ihre Kinnpartie. »Vielleicht muss ich irgendwann was machen lassen. Wenn ich nirgends mehr hin weiß mit meinen gelebten Jahren.« »Unterstehen Sie sich, Mrs Jennings«, schimpfte Annett. »Wie soll ich Sie erkennen, wenn wir uns das nächste Mal sehen?« Mrs Jennings brummelte etwas vor sich hin, das Annett nicht verstand, und öffnete den Kofferraum ihres Wagens. Annett verstaute ihr Gepäck hinter Einkaufstüten und setzte sich auf den Beifahrersitz. »Nun aber ab nach Hause«, kündigte Mrs Jennings an und ließ sich mit einem leisen Ächzen auf den engen Fahrersitz plumpsen. »Ist nicht besonders geräumig hier drin«, traute Annett sich grinsend zu sagen. Mrs Jennings wog, seit Annett sie kannte, »ein paar Kilo zu viel«. Grund genug, darüber zu nörgeln, es aber nicht allzu ernst zu nehmen. »Ich weiß, Miss Neumann, ich hätte längst abnehmen müssen, aber Sie wissen ja, wie es ist. Es kommt immer etwas dazwischen.« Mrs Jennings klopfte kurz aufs Lenkrad. Womit das Thema für sie abgeschlossen war. »Dieses Spitzenmodell habe ich übrigens von meinem Peter geschenkt bekommen. Erst letzten April«, sagte sie stolz. »Und Sie werden gleich sehen, Mr Bean fährt tadellos.« »Ihr Mann hat Ihnen einen Mini geschenkt, den Sie Mr Bean getauft haben?« Annett musste lachen. Mrs Jennings nickte zustimmend, während sie Mr Bean startete. Sie warf einen Blick in den Rückspiegel, fädelte sich geschickt in den Verkehr ein, drehte das Radio auf und gab Gas. »Ein Song aus ›Bodyguard‹«, erklärte Mrs Jennings völlig unnötig, als eine Ballade von Whitney Houston erklang. »Ist das nicht purer Kitsch?« »Wer sagt, dass Kitsch schlecht ist?«, entkam es Annett. Mrs Jennings sah sie von der Seite an, schürzte die Lippen, griff nach einem Medaillon, das sie um den Hals trug, und drückte einen Kuss darauf. »Da ist ein Foto von Peter drin, und wenn Sie mich fragen, Kitsch ist lebenswichtig.« Annett legte ihre Hand auf

Mrs Jennings' Arm, um sie ihre Zustimmung spüren zu lassen. »Und wo wir schon dabei sind«, Mrs Jennings fuhr über eine Kreuzung, obwohl die Ampel längst auf Gelb gesprungen war. »Wie steht's bei Ihnen mit der Liebe?« Sie sah Annett erneut kurz von der Seite an. »Der Tod Ihrer Granny nimmt uns ganz schön mit, nicht wahr«, redete sie. »Da täte ein bisschen Romantik als Ausgleich des Schicksals gut. Finden Sie nicht, Miss Neumann?« In ihrem Blick lag nun so viel Traurigkeit. Das rührte Annett. »Was die Liebe angeht, muss ich Sie enttäuschen, Mrs Jennings«, es fiel ihr schwer, das zu sagen, »mein Freund und ich haben uns gerade getrennt.« Dass sie sich ihrer Entscheidung längst nicht mehr sicher war, verschwieg sie. Mrs Jennings erwiderte nichts, tätschelte ihr nur den Arm. Als sie ein paar Meilen gefahren waren, öffnete sie die Seitenscheiben. Fahrtwind drang in den Wagen und strich angenehm kühl über Annetts Arme. »Ich will Ihnen nichts vormachen, Miss Neumann«, sagte Mrs Jennings nach einer Weile. »Ist kein Zuckerschlecken, jemanden zu finden, den man bekochen kann und der einem abends vorm Einschlafen die Hand hält. Aber wenn jemand es verdient, das zu erleben, dann sind das Sie. Das hat Ihre Granny immer gesagt. Und ich sage es jetzt auch.« Annett spürte, wie ihr schon wieder Tränen kamen. Mrs Jennings würde es verstehen, wenn sie weinte. Warum war es ihr also peinlich, ihre Gefühle zu zeigen? »Die Liebe tut manchmal ganz schön weh, aber die Natur hilft uns dabei, die Traurigkeit zu überwinden. Sie tröstet.« Mrs Jennings deutete hinaus. Grüntöne in allen Nuancen, dazwischen das helle Beige der Schafe. Es war ein friedlicher Anblick.

Als Mrs Jennings ihren Mini später am Market Square vor dem ›Black Stag‹ anhielt, erinnerte Annett sich an die Geschichte des Hauses. Es war im 12. Jahrhundert entstanden und seit dem 14. Jahrhundert als Coaching Inn geführt worden, wo die Pferdefuhrwerker mit Rössern, Wagen und Fracht einkehren und übernachten konnten. Die heutige Fassade war ein Überbleibsel aus der georgianischen Epoche. Steinmauern und Sprossenfenster, deren Rahmen in einem verwaschenen Weiß gehalten waren, im unteren Stockwerk abgerundet, oben eckig. Als Annett die dunkel gestrichene Eingangstür öffnete, schlug ihr warme, abgestandene Luft entgegen. Ihre Füße setzten Schritt für Schritt auf den hölzernen, abgetretenen Fußboden, während ihre Augen die Landschaftsgemälde an den Wänden und Jettas Vasensammlung auf den Tischen und in den Regalen aufnahmen. Kein Zweifel. Das Haus atmete Jettas Geist, es lebte.

Als sie dem schmalen Flur folgte, der in einem kräftigen Fliederton angestrichen war, war es ihr, als sei Jetta nur kurz in den kleinen Innenhof gegangen, wo sie in Töpfen Kräuter zog. Gleich würde sie mit einem Arm voll Thymian und Rosmarin zurückkommen. Das Bild in ihrem Kopf war so lebendig, dass sie sich für kurze Zeit sicher war, Jetta gleich vor sich stehen zu sehen.

Mrs Jennings, die in Oxford Einkäufe getätigt hatte, kam mit je zwei Taschen in der Hand ins Haus und riss Annett aus ihrem Tagtraum. »Ich helfe Ihnen!«, sagte sie, als sie sah, wie schwer Mrs Jennings an den Tüten trug. Die beiden Frauen gingen gemeinsam vors Haus, um die restlichen Einkäufe zu holen. »Ich habe Ihnen noch gar nicht erzählt, dass ich jemanden gebeten habe, sich um die Blumen fürs Begräbnis zu kümmern. Und um die Grabgestaltung, falls Sie so etwas wollen. Ihre Großmutter ist kurz vor ihrem Tod einem Landschaftsarchitekten in die Quere gekommen. Kleiner Schlagabtausch am Marktstand.« Mrs Jennings lachte auf, weil sie sich an Jettas Erzählung erinnerte. »Er hat es nicht krummgenommen, dass Jetta ihm das letzte Huhn vor der Nase weggeschnappt hat, und war gleich bereit, unseren Innenhof neu zu bepflanzen. Und da dachte ich, frag

Mr Warrender doch wegen des Grabes, wenn das schon mal in die Wege geleitet ist, ist Ihnen vielleicht geholfen.« Annett nickte zustimmend. »Ein Punkt weniger auf meiner Liste der dringend zu erledigenden Dinge. Danke, Mrs Jennings. Jemand, der mit Anstand ein Huhn aufgeben kann, ist bestimmt der Richtige, um ein Grab zu gestalten.« Mrs Jennings fing Annetts Blick auf und legte ihr die Hand auf den Arm. »Spüren Sie es auch?« Es war keine Frage, vielmehr eine Feststellung. Annett wusste, was sie meinte. »Es ist, als sei sie noch da.« Mrs Jennings packte ihre Hand und drückte sie fest. »Für mich lebt sie. Ich kann sie nicht gehen lassen. Jedenfalls jetzt noch nicht!« Ihre Stimme war mit jedem Wort dünner und brüchiger geworden. Die Zuversicht, die sie während ihrer Fahrt nach Stow-on-the-Wold ausgestrahlt hatte, war verschwunden.

Plötzlich waren Schritte auf der Treppe zu vernehmen. Alan Blakemore stand mit seiner für ihn typischen geraden Haltung, die er sich als Oberst der Queens Dragoon Guards einverleibt hatte, vor den Frauen. Wie meistens trug er einen zweireihigen, maßgeschneiderten, etwas abgetragenen dunklen Blazer, dazu grüne Gabardinehosen und die übliche Krawatte in seinen Regimentsfarben Blau, Rot, Weiß. »Mein aufrichtiges Beileid ... aber auch ein herzliches Willkommen, Annett!« Annett und der Colonel kannten sich, seit er vor einigen Jahren als Dauergast in Jettas Hotel eingezogen war. Seitdem sprach er sie mit ihrem Vornamen an. Ganz im Gegenteil zu Mrs Jennings, die seit Annetts achtzehntem Lebensjahr zu Miss Neumann gewechselt hatte. »Danke, Colonel«, sagte Annett. »Auch Ihnen mein herzliches Beileid. Ich weiß, Sie haben Jetta geschätzt.« Der Colonel schüttelte eine Weile Annetts Hand. Es schien, als tue es ihm gut. »Ich habe sie verehrt. Sehr sogar.« Mrs Jennings griff beherzt ein. »Ich mache uns mal eine gute Tasse Tee«, sagte sie und nickte dem Colonel, dessen Blick wässrig geworden war, aufmunternd zu. Dann verschwand sie in der Küche, um alles für die Teezeremonie, die sie so liebte, vorzubereiten.

Der Colonel deutete in Richtung des Frühstückraums im hinteren Teil des Hauses. »Wir sollten den Tee im Salon einnehmen.« Während er vor Annett herschritt, schien er seine Fassung wiederzugewinnen. »Sicher serviert Penelope noch eine Kleinigkeit zum Tee. Mit viel Glück erwarten uns Scones und Clotted Cream à la Penelope Jennings.« »Mit Heidelbeeren und einem ordentlichen Schuss Rum«, erinnerte Annett sich nur zu gerne. Sie folgte dem Colonel die wenigen Stufen hinab, die in den zweiten Teil des Flurs führten. Nach ungefähr zehn Schritten weitete sich der Gang und führte in einen für das Haus unerwartet großen Raum. Eine Wand des Salons, wie Jetta den Raum genannt hatte, war in sattem Türkis gestrichen, während der Rest mit einer helltürkisfarbenen Tapete ausgekleidet war, auf der ein graues verspieltes Muster war. Über einem mit Holz umrahmten Kamin hing ein Ölbild, das einen schwarzen Hirsch zeigte, der inmitten von grünen und roten Ranken sein Dasein fristete. Neben dem Bild waren zwei Geweihe platziert und wiederum daneben jeweils zwei kleinere Ölgemälde, die Landschaften der Gegend abbildeten. Das alles strahlte Behaglichkeit und auch eine gewisse Noblesse aus. Annett lächelte versonnen. Sie war angekommen in Jettas Welt, die nun für eine Weile die ihre sein würde.

10. Kapitel

Juni 2015 – Oxford, England

Edward steckte sich das letzte Stück Fleisch, das auf seinem Teller lag, in den Mund und griff nach der Bierflasche, um seinem Freund Will auffordernd zuzuprosten. »Du bist wirklich fürs Grillen geboren, Will«, sagte er und stieß mit ihm an, bevor er einen Schluck Guinness nahm.

»Wer einen Grillmeister einlädt, bekommt die besten Steaks in ganz Oxford serviert. Deswegen hast du mich eingeladen, oder? Noch etwas gefällig?« Will sah Edward fragend an, doch der schüttelte abwehrend den Kopf. »Ich schaffe beim besten Willen nichts mehr. Danke.« Will stellte seine Flasche auf den Tisch und stand auf. »Okay, dann schnappe ich mir das letzte Steak.« Er ging zum Grill, der am anderen Ende der Terrasse stand.

Der Abend war ungewöhnlich mild. Obwohl es gegen Mitternacht ging, saßen die beiden Männer noch immer auf der Terrasse von Edwards Haus. Hier lebte und arbeitete er, wobei Freizeit eher selten war. Vor allem seit er seine Firma gegründet hatte, vergrub er sich regelrecht in seine Projekte.

Will, der als freier Journalist für verschiedene Magazine über Wirtschaft und Politik schrieb, schwor hingegen auf eine gesunde Aufteilung von Freizeit und Beruf.

»Sag mal, Will, wie fühlt es sich an, verlobt zu sein?«, rief Edward seinem Freund zu. Er freute sich über die neueste Entwicklung in dessen Leben, weil er Wills Verlobte, die nun von London hierhergezogen war, als echte Bereicherung empfand.

»Susan und mir geht's prima. Endlich kann sie sich jede Nacht an eine starke, männliche Brust kuscheln.« Will klopfte sich demonstrativ auf den Brustkorb und stieß ein amüsiertes Lachen aus. »Und was mich angeht, stelle ich gerade fest, dass es möglich ist, morgens mit Susan zu frühstücken und am Abend mit meinem besten Freund zu grillen, ohne mir hinterher Vorwürfe anhören zu müssen.« Will, der früher nie an eine feste Bindung gedacht hatte, lachte erneut auf. »Vielleicht sind Männer und Frauen tatsächlich im 21. Jahrhundert angekommen. Nähe und Freiheit im Doppelpack. Und zwar fürs weibliche und fürs männliche Geschlecht. Irgendwann solltest du das auch versuchen.«

Edward war zur Brüstung gegangen, um einen Blick auf das Lichtermeer Oxfords zu werfen. Die Aussicht war eine der schönsten in der Stadt. Er nickte Will zu. Der ließ sich nicht lange bitten und gesellte sich zu ihm. »Dass Susan hierherzieht, hätte ich nicht gedacht«, sagte Edward. »Karriere war ihr doch immer so wichtig.«

Wills Stimme strotzte vor Zufriedenheit, als er zu sprechen begann. »Eine begabte Designerin kann es überall schaffen. Auch hier. Außerdem will sie den Großteil ihrer Sachen im Netz anbieten. Also spricht nichts gegen Oxford.«

Edward seufzte. »Du bist ein Glückspilz, Will. Susan ist hübsch, begabt und amüsant, aber das Wichtigste ist, sie liebt dich so, wie du bist.«

Will ging zurück zum Tisch, nahm einen Bissen von seinem Steak und kehrte mit ihren Bierflaschen zurück. »Auf die Liebe, Ed. Und auf uns, Kumpel. Auf die Freundschaft.«

»Ja, auf uns!«

Als Will getrunken hatte, blickte er Edward forschend an. »Wie stehen die Dinge eigentlich zwischen Beth und dir?«

Edward schüttelte den Kopf. »Keine Ahnung«, sagte er resigniert. »Wir telefonieren miteinander und sie sagt immer das Gleiche. ›Ich brauche Zeit‹.«

»Wie ich dich kenne, gibst du sie ihr. Wo ist das Problem?« Will versuchte seit Beginn der räumlichen Trennung von Edward und Beth, zur Lösung der Sache beizutragen. Und zwar indem er offen mit beiden sprach. Leider mit bescheidenem Erfolg. Beth beharrte auf ihrer Meinung, Abstand und Zeit zum Nachdenken zu brauchen, während Edward sich innerlich immer mehr zurückzog.

Nach einem weiteren Schluck Bier fuhr Edward fort. »Zeit wird unser Problem nicht lösen, jedenfalls nicht in meinen Augen. Beth fällt es nun mal schwer zu akzeptieren, dass die Dinge sind, wie sie sind. Solange sie das nicht einsieht, kann es keine Lösung für uns geben.«

»Sie lässt dich am langen Arm verhungern, weil sie mit der Sache mit deinem Vater nicht umgehen kann«, sagte Will stirnrunzelnd.

»Ich habe ihr von Anfang an reinen Wein eingeschenkt. Sie wusste, worauf sie sich einlässt.«

Will legte den Arm auf Edwards Schulter. »Mach dir keine Vorwürfe, Ed. Klar wusste sie es«, versuchte er, ihn zu beruhigen. »Was ihr bis dahin vielleicht nicht bewusst war, war, wie wichtig ihr Ansehen und so was sind. Das macht einen Teil ihrer Liebe für dich aus. Beth Dryer lernt Edward Warrender, den Duke of Sounderland, kennen. So sah's für sie aus. Nur, du hast es nicht so sehen wollen.«

»Es war nicht leicht für sie, mit den Anfeindungen umzugehen«, wandte Edward ein. Doch als er den Satz aussprach, wusste er, dass er nur ein Teil der Wahrheit war. Anfangs war es gut zwischen ihnen gelaufen. Sie hatten viel Zeit zu zweit verbracht, hatten sich entweder in Beths Wohnung, die unweit von seinem Stadthaus lag, oder bei ihm getroffen und ihre Liebe genossen. Später waren sie öfter übers Wochenende nach London gefahren, um ins Theater, in einen der Clubs oder in die Oper zu gehen. Manchmal hatten sie Beth' Schwester Mabel mitgenommen. Beth hatte hier und da einen spitzen Kommentar ehemaliger Freunde der Familie Sounderland mitbekommen, die sie unterwegs trafen. Aber vor allem hatte sie die lästigen Paparazzi erstmals am eigenen Leib erlebt. Nach jedem Foto hatte sie am nächsten Tag die Zeitungen danach durchsucht. Sie hatte es sich nicht nehmen lassen, jede auch noch so kleine Randnotiz ihn betreffend zu lesen. Obwohl er sie davor gewarnt hatte. Er las so etwas schon lange nicht mehr. Nach einigen Monaten war es ihr immer schwerer gefallen, zu akzeptieren, dass diese Form von Öffentlichkeit zu ihrem Leben gehören würde. Er hatte ihr nicht geben können, was sie sich von ihm erhofft hatte, eine glückliche und vor allem unbelastete Beziehung – das schmerzte ihn.

»Für dich war es auch nicht einfach, Ed«, stellte Will die Sache richtig. »Und statt gemeinsam einen Weg zu finden, mit alldem umzugehen, hat Beth die Reißleine gezogen und sich zu ihrer Schwester nach Chelsea abgesetzt. Abstand«, er stieß das Wort regelrecht hervor, »wenn ich das schon höre. Übersetzt heißt es doch nichts anderes als: ich hau ab. Sieh zu, wie du allein klarkommst.« Will fuhr sich mit der Hand durch sein kurz geschnittenes Haar. »Seid ihr eigentlich noch zusammen oder schon getrennt?«

Edward verzog die Mundwinkel zu einem resignierten Grinsen. »Ich glaube, das weiß Beth selbst nicht so genau. Und ich auch nicht.«

»Lass sie gehen, Edward. Das Ganze wird doch immer nur noch komplizierter.«

Edward seufzte laut. »Mein Vater hat aufgegeben, als sein Leben verdammt schwierig wurde. Ich habe mir damals vorgenommen, daraus zu lernen. Durchhalten ist manchmal wichtig.«

Von fern schlug die Uhr des Doms zwölf. Mitternacht. Ein leichter Wind zog auf. Will ging zum Grill, um sich an der Glut zu wärmen und sich zu beruhigen. Edward war sein bester Freund, und es traf ihn, dass er litt. So sehr er auch verstand, was ein schlechter Ruf und die damit verbundenen gesellschaftlichen Einschränkungen bedeuteten, missbilligte er, dass Beth Edward hinhielt, anstatt zuzugeben, dass es für sie längst vorbei war. Will stand auf Ehrlichkeit. Auch, wenn die Wahrheit manchmal brutal war.

»Wird Zeit, dass ich ernsthaft beginne, die Sache mit meinem Vater abzuschließen, nicht wahr!?«, murmelte Edward in die Nacht hinein. Will nickte, schwieg aber. Sie hatten schon oft darüber gesprochen, dass das Leben seit jenem unsäglichen Tag vor zehn Jahren stehengeblieben war. Im Grunde sogar noch schlimmer als das. Es war, als hätte sich ein Fluch auf Edward Warrenders Leben gelegt. Kaum jemand sprach vor ihm über die Geschehnisse, aber alle in seinen Kreisen wussten, was geschehen war, und hatten ihr Urteil gefällt.

»Ich muss manchmal an Jetta Mielke denken.«

Will sah auf. »Die ältere Dame, die nicht wusste, wer du bist, und dir ihren Innenhof anvertraut hat?«

»Genau die.« Edward lachte leise, wurde dann aber ernst. »Ich habe erfahren, dass sie verstorben ist. Ganz unerwartet.«

»Das tut mir leid«, sagte Will.

Edward erzählte weiter. »Kurz vor ihrem Tod habe ich ihr von meinem Vater erzählt.«

»Du hast dich einer Fremden anvertraut?« Will riss überrascht die Augen auf.

Edward nickte. »Ich weiß. Normalerweise rede ich nicht über diesen Tag. Dieses Mal habe ich es doch getan. Frag mich nicht, warum. Mrs Mielke hatte etwas an sich, das grenzenloses Vertrauen in mir auslöste.«

Will schüttelte wieder und wieder den Kopf. Er konnte es nicht glauben.

»Und weißt du, was sie sagte, als ich meine Geschichte losgeworden war?«

Will hing nun an Edwards Lippen. »Spann mich nicht auf die Folter.«

Sie sagte: »Wahre Liebe erwartet nichts, deshalb zerbricht

sie auch nicht«, Edward holte tief Luft, »und sie hat mich aufgefordert, meinem Vater zu vergeben, damit ich frei für die Liebe bin.«

»Harter Tobak, Kumpel«, sagte Will leise.

»Ja«, sagte Edward. »Seltsamerweise ist mir seit diesem Gespräch leichter ums Herz. ›Mühen Sie sich nicht länger ab, Mr Warrender!‹, sagte Mrs Mielke zu mir. ›Sie glauben, Verzeihen sei schwer, und wenn Sie diesem Irrtum aufsitzen, ist es auch verdammt schwierig.‹« Edward schüttelte in der Erinnerung an das Gespräch lächelnd den Kopf. »Weißt du, was sie mich fragte?«

»Ich habe keinen Schimmer«, sagte Will. »Sie wollte wissen, ob ich Fahrrad fahren kann.«

»Was hat Fahrradfahren damit zu tun?« Will sah Edward verblüfft an.

»Sie sagte: ›Wenn Sie eine Weile in der Gegend herumgefahren sind, geht es wie von selbst und Sie denken nicht mehr daran, dass Sie umfallen könnten. Sie spüren nur noch den Wind auf der Haut und die Lust an der Geschwindigkeit. Verzeihen ist genauso! Sie beginnen damit und mit der Zeit versetzt es Sie in Entzücken.‹«

»Ich versteh kein Wort, Ed«, sagte Will.

»Ich besitze seit Jahren kein Fahrrad mehr«, erwiderte Edward und sah Will an. »Aber ich habe überlegt, mir eins zuzulegen.«

Am nächsten Morgen erwachte Edward kurz vor halb sieben. Draußen war es schon hell. Noch während er unter der Dusche stand, klingelte sein Smartphone. Es war Will. »Starkes Statement, die Worte von Mrs Mielke«, begrüßte sein Freund ihn. »Ich musste die ganze Nacht daran denken. Keine Ahnung, wie's dir damit geht, Ed, aber ich empfinde sie als eine Art Aufforderung.«

Edward nickte. »Dann sollten wir uns beide schnellstmöglich Fahrräder kaufen.« Seine Stimme klang lebendig. »Nein, im Ernst. Verzeihen fällt uns vermutlich deshalb so schwer, weil wir annehmen, wir werden wieder enttäuscht. Wir haben Angst.«

»Das glaube ich auch«, sagte Will zustimmend.

Während Edward telefonierte, versuchte er sich anzuziehen, was ein ziemlich lustiges Bild ergab, hätte ihm jemand dabei zugesehen.

»Und da wir schon dabei sind, Klartext zu reden.« Wills Stimme klang plötzlich kleinlaut. »Vergiss meinen Kommentar von gestern Nacht. Wenn du Beth liebst, darfst du sie nicht aufgeben. Das wollte ich dir noch sagen.«

Edward ließ von dem Hemd ab, in das er bereits mit einem Arm geschlüpft war, und hielt inne. »Danke, Will. Ich habe beschlossen, sie sobald wie möglich in London zu besuchen. Vielleicht gelingt es uns ja, ein paar unbeschwerte Stunden miteinander zu verbringen.« In seinem Kopf setzte sich das, was er von Jetta Mielke gehört hatte, langsam zu einem Bild zusammen. Liebe und Erwartung. Lag es nicht auf der Hand, dass das schwer zusammenpasste? Nur, wieso hatte er ständig das Gefühl, Beth gegenüber versagt zu haben. Ihr nicht geben zu können, was ihr zustand? Er musste damit aufhören, zu viel von sich zu verlangen. Sein Bestes zu geben war eine Sache. Doch seine Vergangenheit würde immer ein Teil seiner selbst bleiben, daran konnte er nichts ändern. Die Leere, die er seit dem Tod seines Vaters viel zu oft in sich spürte, war wie ein Abgrund, in den er jederzeit stürzen konnte.

Edward versuchte zum wiederholten Mal, seinen zweiten Arm in die Öffnung des Hemds zu fädeln, doch er war so nervös, dass es ihm nicht gelang. Er gab es auf, wechselte noch einige belanglose Worte mit Will und beendete das Gespräch.

11. Kapitel

Juni 2015 – Stow-on-the-Wold, Cotswolds, England

Gerade erwacht, griff Annett als Erstes nach ihrem Handy, das auf dem Nachttisch lag. Erwartungsvoll schaute sie aufs Display und ließ das Telefon dann mit einem lauten Seufzer in die Tiefe des Bettes fallen. Wieder keine Nachricht von Ingo. Mit einer unwirschen Geste schlug sie die Decke zur Seite und stand auf.

Nachdem Mrs Jennings sie am Abend zuvor mit den wichtigsten Fakten, das Hotel betreffend, vertraut gemacht hatte, hatte sie sich ins Dachgeschoss zurückgezogen, wo sich Jettas private Räume befanden, um ihr Gepäck auszupacken und das Bett frisch zu beziehen. Nur wenig später legte sie sich hin und schlief sofort erschöpft ein.

Während sie nun Richtung Bad tapste, fest entschlossen, die trüben Gedanken an Ingo loszuwerden, ließ sie die Einrichtung der Dachwohnung – großteils Antiquitäten, die Jetta auf Trödelmärkten erstanden hatte – auf sich wirken. Die Möbel trafen nicht unbedingt Annetts Geschmack, trotzdem fühlte sie sich hier wohl, denn die mit weißem Holz halbhoch vertäfelten Wände und die Blumenbilder, die Jetta überall aufgehängt hatte, wirkten freundlich. Im Bad kam Annett aus dem Staunen nicht mehr heraus. Vor einiger Zeit hatte Jetta angekündigt, den zehn Quadratmeter großen Raum ein bisschen aufpeppen zu wollen. Was definitiv eine Untertreibung gewesen war, wie Annett nun feststellte. Im Gegensatz zum Rest der Wohnung, wirkte das Badezimmer geradezu hypermodern. Noch immer fiel das Licht sanft durch die Dachluke und ließ den Raum großzügiger wirken, als er war, doch ansonsten war nichts mehr wie zuvor. Statt einer engen Duschkabine aus den siebziger Jahren gab es eine Wasserfalldusche. Außerdem eine freistehende

Hudson-Reed-Badewanne mit silbernen Tatzenfüßen. Das alte, leicht angegilbte Waschbecken war durch einen strahlend weißen Waschtisch ausgetauscht worden, an dessen Rand eine hübsche Seifenschale aus Porzellan stand. Auch hier hingen Bilder an den Wänden. Sie zeigten Muscheln in verschiedenen Größen und Farben. Annett stieg aus ihrem Pyjama und betrat die Dusche. Als sie herausgefunden hatte, wie sich das Wasser einstellen ließ, sah sie, dass das Handtuch, das Jetta offenbar am letzten Tag ihres Lebens benutzt hatte, noch immer über der Glasabtrennung hing. Sie griff danach und verbarg ihr Gesicht darin. Ein schwacher Duft nach Jettas Eau de Toilette kroch ihr in die Nase. Sie sog ihn auf, atmete ihn tief ein und schaffte es erst nach einigen Minuten, das Handtuch zurückzuhängen.

Beim Duschen überlegte Annett, ob Ingo überhaupt von Jettas Tod erfahren hatte. Ihre Eltern hatten vielleicht mit ihm gesprochen. Auszuschließen war es jedenfalls nicht. Hätte sie ihm Bescheid geben sollen?

Sie verdrängte das Bedürfnis, ihn sofort anzurufen, regulierte stattdessen die Wassertemperatur und ging in ihrem Kopf die Dinge durch, die es heute zu erledigen galt. Um den Hotelbetrieb aufrecht zu halten, musste sie jemanden für die Rezeption organisieren. Wenn das erledigt wäre, würde sie beim Bestatter und bei der Bank vorbeischauen. Und falls sich irgendwann eine ruhige Minute bot, wollte sie Mrs Jennings oder den Colonel fragen, weshalb Jetta sie unlängst darum gebeten hatte, zu kommen.

Eine Viertelstunde später kam sie auf dem Weg ins Erdgeschoss an den Zimmern im zweiten Stock vorbei, die alle nach Wildtieren benannt waren. So gab es das Stag, in dem der Colonel wohnte. Außerdem das Buck/Rehbock, Roe/Reh, Fallow/Dammhirsch, Badger/Dachs – und noch einige andere. Annett liebte die Räume, die in mutigen Farben von Magenta über Meerblau bis zu Pink gestrichen waren. Sie alle verfügten über ein Sammelsurium alter Möbel, Geweihe und Schwarzweißfotos. Darüber hinaus war jedes Zimmer mit einer Auswahl englischen Konfekts und Jettas Lieblingsbüchern bestückt. Das kleine Hotel bot keinen Luxus, doch es strahlte Behaglichkeit aus und hatte Charme.

Aus der Küche drangen Annett das leise Klappern von Geschirr und der Geruch von Gebratenem entgegen. Kein Zweifel, Mrs Jennings war am Werk. Auf dem Herd brutzelten Würstchen.

»Sagen Sie nicht, Sie haben schlecht geschlafen«, begrüßte Mrs Jennings sie. »Der ungestörte Schlaf unserer Gäste ist unsere ›Wunderwaffe‹, die vor allem viele Städter jedes Jahr hierherlockt.« Mit geschickten Handgriffen schwenkte sie die Würstchen in der Pfanne und wackelte mit dem Kopf in jener bedächtigen Gelassenheit dazu, die sie nur beim Kochen zustande brachte.

»Im Gegenteil. Ich habe geschlafen wie Dornröschen und bin froh, überhaupt wach geworden zu sein.«

»Gott sei Dank. Wir müssen topfit sein, um zu zeigen, dass wir das Hotel im Griff haben. Das haben Sie hoffentlich nicht vergessen?!«

»Wie könnte ich, Mrs Jennings.« Annett kam näher und blieb vor dem grün emaillierten englischen Aga-Herd stehen, auf dem ein Topf mit Porridge stand. »Es riecht verführerisch hier«, sagte sie mit Blick auf die Würstchen und nahm die Tasse Tee entgegen, die Mrs Jennings ihr hinhielt. Der Earl Grey war mit Milch und braunem Zucker verfeinert. Genau, wie Annett ihn mochte. Sie nahm einen Schluck und verzog entzückt das Gesicht. »Schmeckt herrlich!«

Mrs Jennings nahm ihr die Tasse schneller ab, als ihr lieb war, und scheuchte sie mit einem Blick hinaus. »Sie können die Platten in den Salon tragen. Ab sieben trudeln die ersten Gäste zum Frühstück ein. Wir haben also keine Zeit zu verlieren.« Sie deutete auf eine Schinkenplatte und aufgeschnittenen Käse unter der Glasglocke.

Als Annett in die Küche zurückkam, um Nachschub zu holen, steckte Mrs Jennings ihr eine Gabel mit Jettas berühmtem Eiersalat in den Mund. »Ich nehme an, den mögen Sie immer noch gern«, sagte sie und nahm sich selbst eine noch größere Portion auf einem frischen Löffel. »Schmeckt jedes Mal himmlisch.« Annett griff nach weiteren Platten mit gekochten Eiern und gebratenem Speck und nach nur zwanzig Minuten war der Salon bereit für die ersten Gäste.

Den Vormittag über hatten Annett und Mrs Jennings alle Hände voll mit der Auflistung der Trauergäste und mit den Anliegen der Hotelgäste zu tun. Erst als auch der Letzte auf dem Weg nach Blenheim Palace, zum Gloucester Folk Museum oder wohin auch immer unterwegs war, konnte Annett mit Stella, die sich um die Reinigung der Zimmer kümmerte, sprechen. Bei hausgemachter Zitronenlimonade unterhielten sie sich darüber, wie es mit dem ›Black Stag‹ weitergehen könnte. »Die Rezeption muss neu besetzt werden. Kennen Sie jemanden, der an dem Job interessiert wäre?«

»Ich kenne fast jeden hier im Ort und könnte mich umhören«, begann Stella zögerlich. »Allerdings wäre es hilfreich, zu wissen, was mit dem Hotel geschieht, jetzt wo Mrs Mielke nicht mehr unter uns weilt. Das will jemand wissen, der hier anheuert.« Stella half seit drei Jahren im Hotel aus, und Jettas Erzählungen nach war sie durchaus kompetent. Es wäre also vernünftig, sie ins Vertrauen zu ziehen.

»Wie es mit dem ›Black Stag‹ auf lange Sicht weitergeht, weiß ich erst, wenn das Testament, sofern es eins gibt, verlesen wurde. Vermutlich wird meine Mutter es erben.«

»Sind Sie sicher?« Stella sah Annett mit großen Augen fragend an. »Mrs Mielke hat oft von Ihnen gesprochen, und wenn Sie mich fragen, klang es ganz danach, als ob Sie …«

»Aber nein«, fuhr Annett dazwischen. »Meine Großmutter würde meine Mutter nicht übergehen. Ich verspreche Ihnen, sobald ich Näheres weiß, gebe ich Ihnen Bescheid.«

Nach dem Gespräch mit Stella rief Annett in Berlin an, um ihre Eltern auf dem Laufenden zu halten. Anne war begierig darauf zu erfahren, was ihre Tochter bereits hatte regeln können.

»Mrs Jennings und ich gehen gerade durch, wer eine Todesanzeige bekommt«, berichtete Annett, »und was den Ablauf der Beerdigung angeht, treffe ich mich am Nachmittag mit Jettas Bridgepartner, Professor Camden.«

»Das ist doch dieser Commander of the British Empire, den Jetta immer über den grünen Klee gelobt hat?«, erinnerte sich Anne.

»Er ist auch Vice President der British Humanist Association.« Annett hatte seine Visitenkarte aus der Hosentasche ihrer Jeans gezogen und den Titel abgelesen. Mrs Jennings hatte sie ihr nach dem Frühstück mit den Worten zugesteckt, der Professor sei im letzten Jahr zu Jettas engstem Freund geworden.

»Commander, Vizepräsident und Humanist, das klingt ja beängstigend kompetent«, fand Anne.

»Sag mal, könntest du dir vorstellen, dass Camden die Trauerzeremonie leitet? Als Humanist und Bridgepartner ist er geradezu prädestiniert dazu«, schlug Annett vor.

»Von mir aus«, beeilte Anne sich zu sagen. Sie erzählte noch, dass sie vermutlich eine Aushilfe für die Bäckerei gefunden hatten. »Morgen entscheidet sich, ob es klappt. Wenn ja, können wir den Flug buchen und in zwei Tagen bei dir sein.«

Jettas Büro lag im Parterre, gleich neben dem Salon. Es war in tiefem Smaragdgrün gestrichen, was sich kaum jemand auf die kleine Fläche auszusuchen getraut hätte. Außer dem dunklen Eichenschreibtisch und einem ergonomisch geformten Bürostuhl gab es nur noch ein Regal, in dem, dicht an dicht, Aktenordner standen, einen Schemel und eine üppig wuchernde Orchidee auf der Fensterbank. Annett fuhr den Rechner hoch und blätterte gleichzeitig die Papiere durch, die sie als Erstes zu fassen bekam. Vorwiegend Rechnungen und ausgedruckte Buchungsbestätigungen. Als sie den Stapel durchgesehen hatte, rief sie Jettas Arbeitsplatz auf, um sich einen Überblick zu verschaffen. Die Einnahmen und Ausgaben hielten sich in etwa die Waage, und die Kredite, etwa für die Renovierung des Bads, waren zumindest überschaubar. Alles machte einen guten Eindruck. Jedenfalls, soweit sich das nach dieser raschen Durchsicht sagen ließ. Nach einer Weile rief Annett nach Mrs Jennings. Diese hatte noch immer dieselbe Schürze umgebunden, mit der Annett sie kurz nach sechs in der Küche angetroffen hatte, und ließ sich auf den Schemel neben dem Schreibtisch plumpsen. »Und, was sagen Sie? Dass wir schlecht gewirtschaftet haben, kann man uns bei Gott nicht nachsagen.« Sie stützte ihren Kopf in die Handflächen und blickte Annett abwartend an.

»Was die Buchungen angeht, sieht es gut aus«, bestätigte Annett.

»Weil wir mit kompetenten Reisebüros zusammenarbeiten«, erklärte Mrs Jennings zuversichtlich. »Bei denen, die Individualtourismus verkaufen, stehen wir besonders hoch im Kurs. Die haben uns die meisten Gäste geschickt. Wieso sollte es also Probleme geben?« Aus jedem ihrer Worte sprach Stolz. Und Freude an dem, was Jetta hier aufgebaut hatte und woran sie beteiligt gewesen war.

»Wie steht es denn mit den Buchungen, die vor Ort vorgenommen werden? Von Urlaubern, die hier vorbeispazieren und denen das ›Black Stag‹ spontan gefällt?«, wollte Annett wissen.

»Die machen schätzungsweise zehn-, fünfzehn Prozent

aus. Ist nicht viel, aber für uns hat stets jeder Gast gezählt. Und so soll es bleiben, nicht wahr?«

»Natürlich«, stimmte Annett zu. Bis jetzt hatte Mrs Jennings nicht gefragt, was mit dem Hotel geschehen würde.

»Übrigens, Peter und ich haben gestern Abend lange miteinander geredet. Wir finden beide, dass vorerst ich die Rezeption übernehmen sollte.«

Annett sah Mrs Jennings offenbar derart perplex an, dass die sich beeilte, das Ganze näher zu erläutern. »Sie kennen die Gegend nicht gut genug, um es selbst tun zu können. Und bis wir Ersatz für Ihre Granny gefunden haben, muss es ja jemand machen.« Mrs Jennings klang sehr sachlich. »Außerdem bringt der Tod vieles mit sich, das es zu regeln gilt. Sie werden alle Hände voll zu tun haben mit der Beerdigung, dem Anwalt und all dem Kram, und da dachte ich, ›mach du's, Penelope‹. Zumindest, bis Sie jemanden fix eingestellt haben.«

Annett war erleichtert, dass Mrs Jennings ihr diesen Vorschlag unterbreitete. Offenbar dachte sie keinen Moment daran, dass das ›Black Stag‹ verkauft und vielleicht sogar geschlossen werden könnte. Annett war froh, nicht mit Fragen bedrängt zu werden, auf die sie keine klaren Antworten geben konnte.

»Sie haben seit Jettas Tod so viel getan. Sie haben sich um alles gekümmert, und nun wollen Sie zusätzlich noch an der Rezeption arbeiten.« Annett drückte Mrs Jennings dankbar an sich. »Sie sind ein Schatz. Finden Sie nicht auch, dass jetzt der Zeitpunkt gekommen ist, Annett zu mir zu sagen?«

Mrs Jennings tätschelte Annetts Hand. Ihr Gesicht war von einer leichten Röte überzogen. »Gutgemeinter Vorschlag«, sagte sie und sah Annett dabei gespielt tadelnd an, »aber ein freundliches ›Miss Neumann‹ ist für mich eine hervorragende Basis, um gut miteinander auszukommen.

Kurzum, wir sollten nichts überstürzen und Sie müssen sich zu nichts verpflichtet fühlen, weil ich hier helfe.«

Annett war ehrlich überrascht. »Sie vertreten manchmal seltsame Ansichten, Mrs Jennings«, sagte sie.

»Sich selbst treu zu bleiben hat noch niemandem geschadet, Miss Neumann. Das war ein guter Rat meiner Mutter.«

Annett gab auf. »Fein. Dann halten wir fest, dass Ihr Part um den Dienst an der Rezeption erweitert wird und wir bei ›Mrs Jennings‹ für mich und ›Miss Neumann‹ für Sie bleiben.«

»Und vergessen Sie nicht, sich noch heute beim Meldeamt sehen zu lassen. Die entsprechenden Formalitäten bezüglich der Green Form müssen erledigt werden. Ohne die kann es nun mal kein Begräbnis geben«, fiel Mrs Jennings Annett ins Wort. »Dann können Sie bei der Bank und bei Mr Wright vorstellig werden. Die Firma Wright bietet einen Rundumservice an und verfügt sogar über eine eigene kleine Kapelle, wo Familie und Freunde Ihrer Großmutter die letzte Ehre erweisen können.«

Annett seufzte. »Ich kann es nur wiederholen. Sie sind mir eine wertvolle Stütze, Mrs Jennings. Manchmal frage ich mich, ob Sie überhaupt geschlafen haben, seit Jetta ...«

»Lassen Sie es gut sein, Miss Neumann. Jetzt müssen erst mal die Todesanzeigen verschickt und der Sarg, die Kränze und ein Grabstein bestellt werden. Jetzt sind Sie dran.«

Annett lächelte matt. Je mehr sie sich mit den Formalitäten beschäftigte, desto klarer wurde ihr, dass Jetta nie mehr bei ihr sein würde. In wenigen Tagen würden alle, die sie gekannt hatten, in der Kapelle Abschied von ihr nehmen, bevor sie auf dem kleinen Friedhof in Stow-on-the-Wold bestattet würde. Jetta war fort, für immer.

»Ich muss etwas zum Anziehen für Jetta mitnehmen«, fiel Annett ein, als sie das Büro verließ. Ein Gefühl der Beklemmung machte sich in ihr breit, als sie daran dachte, dass jemand ihre Großmutter würde anziehen und auch schminken müssen.

»Nehmen Sie das blaue Kleid mit dem Karomuster. Das mochte sie zuletzt am liebsten.«

Mrs Jennings ging mit Annett nach oben. Sie suchten passende Schuhe zum Kleid aus und alles weitere, was Annett zum Bestattungsunternehmen würde mitnehmen müssen.

Annett verließ das Hotel mit einer großen Tasche über der Schulter und schlug vom Market Square aus den Weg Richtung High Street ein. Dort bog sie auf die Forse Way und ging bis zum Gartenfriedhof von Stow-on-the-Wold. In der viktorianischen Zeit waren Friedhöfe wie dieser populär geworden. Hinter der halbhohen Steinmauer, die den Friedhof begrenzte, erwartete Annett eine Ansammlung schlichter Grabsteine, frisch geschnittenes sattgrünes Gras und Bäume und Sträucher, die eher an einen Park denken ließen, als an einen Friedhof. Es war ein friedlicher, schöner Ort. Langsam ging Annett durch die Reihen, die manchmal schmal, dann wieder breit waren, und las die Inschriften auf den Grabsteinen. Plötzlich fiel ihr ein, dass Jetta ihre letzte Ruhe auf dem Friedhof der St. Edward's Church hatte finden wollen. Dort war jahrelang kein Grabplatz frei gewesen. Bis der Pfarrer vor ungefähr drei Jahren Jetta ein kleines Grab zum Kauf angeboten hatte. Wie hatte sie das nur vergessen können? Vielleicht, weil sie den Gedanken an Jettas Tod vehement verdrängt hatte?

Annett verließ den Friedhof und kehrte eiligst zurück zum ›Black Stag‹. Die St. Edward's Church war nur einen Katzensprung von dort entfernt. Wenn man die Straße vorm Hotel überquerte und in eine Gasse einbog, die sich an der Rückseite einiger Häuser entlangschlängelte, gelangte man zum Eingag des Friedhofs. Annett öffnete das schmiedeeiserne Tor, das leise quietschte, und schritt den Kiesweg entlang. Neben einem Familiengrab, unweit des Haupteingangs der Kirche, war das einzige freie Stück Rasen. Hier musste Jettas Platz sein. Annett blieb davor stehen und stellte sich vor, dass hier ein schöner Stein stand, den sie, ginge es nach ihr, nicht nur mit den Lebensdaten ihrer Großmutter, sondern auch mit einem Engel verzieren lassen würde. Jetta hatte das Lied von Sarah McLachlan *On the wings of an Angel* gefallen. Was lag also näher, als ihr einen Engel an die Seite zu stellen?

Vom Friedhof begab sie sich zu der kleinen Kapelle. Jettas letzter Weg würde nicht nur traurig, sondern auch schön sein. Familie und Freunde sollten spüren, was ihr Dasein bedeutet hatte.

Wenige Schritte vom Beerdigungsinstitut entfernt, fiel Annetts Blick auf eine Gruppe Kinder, die mit Luftballons spielten. Sie ließen die bunten Ballons mit lautem Juchzen in die Luft steigen und sprangen ihnen hinterher, so hoch sie konnten. Es machte Spaß, sie zu beobachten. Annett kam eine Idee. Sie würde am Ende der Trauerzeremonie weiße Luftballons in den Himmel steigen lassen. Tränen sammelten sich in ihren Augen. Sie war dankbar, den Abschied von Jetta gestalten zu dürfen.

Als sie den Blick von den herumtollenden Kindern löste, sah sie wenige Schritte entfernt einen Mann auf sich zukommen. Seine Statur kam Annett irgendwie bekannt vor. Hochgewachsen, gerade Schultern, kraftvolle Ausstrahlung. Wo hatte sie ihn schon mal gesehen? Es wollte ihr partout nicht einfallen. Als er sich näherte, konnte sie seine Schuhe sehen. Sie waren aus hellem Leder und auf dem rechten prangte ein dunkler Fleck.

Sie wollte ihn gerade ansprechen, ihm sagen, dass sie in Oxford ineinandergelaufen waren, als er in dem Coffee House verschwand, das sich neben der Firma Wright befand. Annett ging zur Auslage und blickte in den mit heller

Tapete ausgekleideten Verkaufsraum. Der Mann stand am Tresen und deutete auf ein Weißbrotsandwich. Die Verkäuferin holte es aus der Vitrine und wickelte es in eine Serviette. Als der Mann es entgegennahm, wandte er Annett sein Profil zu, sodass sie seine feinen Gesichtszüge sehen konnte. Er hatte ein gut proportioniertes, klares Gesicht mit faszinierenden Augen und einer schmalen Nase und trug seine Haare länger, als es zu seinem eleganten Auftreten passte. Annett hatte plötzlich das Gefühl, etwas Verbotenes zu tun. Wieso spionierte sie jemandem hinterher, den sie nicht kannte? Jeden Moment konnte sie entdeckt werden. Rasch trat sie von der Auslage zurück und nahm das weiße Schild an der Wand des Nachbarhauses in Augenschein. Funeral Director W. J. Wright. 24 Hour Service. Nach kurzem Zögern trat sie durch die weiße Sprossentür.

12. Kapitel

Juni 2015 – Stow-on-the-Wold, Cotswolds, England

»Wieso kaufen Sie sich ein labberiges Sandwich, Mr Warrender, wenn Sie im ›Black Stag‹ etwas Vernünftiges zu essen bekommen können?« Mrs Jennings schimpfte wie ein Rohrspatz.

»Weil ich mich nur erkundigen wollte, wo sich Mrs Mielkes Grab befindet.« Edward steckte sich den letzten Bissen seines Sandwichs in den Mund und sah Mrs Jennings zu, wie sie Tassen aus dem Geschirrspüler nahm und an ein Bord hängte und nebenbei drei bereitstehende Thermoskannen, die auf durstige Gäste warteten, mit Teewasser füllte.

»Wir in den Cotswolds kümmern uns um unsere Leute. Promis inbegriffen, die glauben, wenn sie sich ein Kopftuch umbinden und eine Sonnenbrille aufsetzen, erkennen wir sie nicht.« Mrs Jenning stieß einen entrüsteten Zischlaut aus. »Kate Moss und Elle McPherson bekämen immer etwas zu essen von mir. Nur leider machen sie ständig irgendwelche Diäten, die ihnen aufs Gemüt schlagen.«

»Landschaftsarchitekten stehen auf einer Stufe mit Topmodels. So, so.« Edward wich nach links aus, damit Mrs Jennings eine Bratpfanne wegräumen konnte. »Und keine Sorge, ich bin kein Fan von Diäten.«

Als die Pfanne verstaut war, goss Mrs Jennings eine Tasse Tee ein und schnitt ein Stück von der Lemon Tarte ab, die sie am Vormittag gebacken hatte. Beides stellte sie vor Edward hin. »Ihr Dessert, Mr Warrender. Und was Mrs Mielkes Grab anbelangt. Nehmen Sie den Seiteneingang zum Areal der St. Edward's Church und gehen Sie an den beiden Bäumen, die ineinanderwachsen, vorbei, dann ist es das kleine Rasenstück gleich rechts. Die Lücke zwischen den Gräbern ist nicht zu übersehen.«

»Danke für die Beschreibung«, sagte Edward, während Mrs Jennings das Küchenhandtuch, das sie in den Bund ihrer Schürze gesteckt hatte, an einen Haken hängte.

»Ich bin Ihnen dankbar, Mr Warrender.« Sie ergriff seine Hände. »Seit Sie unseren Innenhof neu gestaltet haben, gibt es da kaum noch Arbeit, und jetzt nehmen Sie sich auch noch Mrs Mielkes Grabs an.« Sie warf einen Blick auf die Tarte, die noch immer unangerührt vor Edward stand, und ließ abrupt seine Hände los. »Allerdings habe ich wenig Verständnis dafür, wenn jemand meine Lemon Tarte verschmäht. Auch nicht, wenn er so himmelblaue Augen hat wie Sie.«

Edward beeilte sich, von der Tarte zu probieren, und kaum hatte er den ersten Bissen hinuntergeschluckt, verzog er das Gesicht. »Verflucht!« Er holte rasselnd Luft und hielt sich den Magen.

»Was ist mit meiner Tarte? Die Eier waren frisch, dafür verbürge ich mich. Was ist, nun reden Sie schon?« Mrs Jennings stach mit der Gabel in die Tarte, schob sich energisch ein Stück in den Mund und kaute darauf herum. »Was haben Sie denn, schmeckt doch tadellos«, sie lächelte erleichtert, »schmeckt sogar vorzüglich.«

Nun zeigte auch Edwards Gesicht ein breites Grinsen. »Mit der Tarte ist alles in Ordnung«, sagte er. Dann deutete er über seinen Kopf. »Bloß dieser lästige Heiligenschein, den Sie mir verpasst haben, den muss ich irgendwie loswerden.«

Mrs Jennings gab ihm gespielt erbost einen Klaps auf die Hand. »Sie Schlimmer«, murmelte sie. »Mir ist bis jetzt niemand begegnet, der etwas gegen Lob einzuwenden gehabt hätte. Aber lassen wir das. Miss Neumann ist leider gerade unterwegs. Würde es Ihnen etwas ausmachen, noch mal herzukommen? Ansonsten würde sie sicher auch zu Ihnen nach Oxford kommen.«

»Am besten geben Sie mir Miss Neumanns Telefonnummer. Dann rufe ich sie an.« Mrs Jennings schrieb Annetts Mobilnummer auf einen Zettel, und als Edward die Tarte gegessen und seinen Tee ausgetrunken hatte, traten sie gemeinsam vor die Tür. Eine Gruppe Gäste kam gerade mit ihren Fahrrädern von einem Ausflug zurück. »Manchmal erinnert einen das Leben an wichtige Dinge«, sagte Edward, als er auf die Fahrräder blickte.

»Sie wollen doch nicht durch Oxford radeln? Bei dem Verkehr heutzutage bin ich entschieden dagegen.« Mrs Jennings schüttelte vehement den Kopf.

»Keine Sorge, das Rad soll mich lediglich an etwas erinnern«, entgegnete Edward.

Mrs Jennings' Interesse war geweckt. Edward Warrenders Worte klangen geheimnisvoll und auch ein bisschen verschroben, doch sie sagte nichts dazu. Vor einiger Zeit hatte sie gehört, dass er der Duke of Sounderland war. Die Nachricht hatte sie nicht sonderlich überrascht, denn Edwards Auftreten hatte von Anfang an ganz besonders auf sie gewirkt. Einerseits hilfsbereit und freundlich, andererseits jedoch seltsam zurückhaltend. Er hatte beste Manieren und war gebildet. Dazu kamen sein gerader Gang und die edlen Gesichtszüge, die ihr irgendwie bekannt vorkamen, bis sie sich daran erinnerte, sein Gesicht irgendwann in der Zeitung gesehen zu haben.

Das Einzige jedoch, das für sie zählte, war, dass er tüchtig und verlässlich war und sich anscheinend nichts auf seine Herkunft einbildete. Anders als viele der Prominenten, die von London hierherkamen und bei einer Party nach der anderen in ihren teuer umgebauten Steinhäusern in den Cotswolds ihre Ruhe zu finden versuchten.

Ihr Vater war Schaffner bei der Bahn gewesen, ihre Mutter Hausfrau. Sie selbst hatte früh die Schule abgebrochen, weil sie damals nur Flausen im Kopf hatte. Und mit ihrem vorlauten Mundwerk hatte sie sich bei den Lehrern nicht gerade beliebt gemacht. Später hatte sie begriffen, dass vor allem zählte, was man aus seinem Leben machte. Jeden Tag aufs Neue.

»Also dann, ich melde mich«, versprach Edward und verabschiedete sich. Während Mrs Jennings ihm nachsah, wie er Richtung St. Edward's Church davonging, nahm sie sich vor, demnächst wieder einen netten Ausflug mit Peter zu machen. Sie mochten beide die hügelige Region der Cotswolds, die von Südwesten nach Nordosten durch sechs Grafschaften verlief. Einer ihrer Lieblingsplätze war die Gegend nördlich der Cotswolds Hills, wo der Fluss Avon verlief. Außerdem gefiel ihr Fairford am River Coln. Dort hatte sie mit Peter oft gepicknickt. Sie waren mit Fizz, ihrem Border Collie, spazieren gegangen und hatten viel Neues entdeckt.

Die Liebe zu den Cotswolds hatte sie mit Jetta Mielke verbunden. Dass sie hier ein erfülltes Leben hatten, war oft Thema zwischen ihnen gewesen. Auch wenn es eine Menge Arbeit mit sich brachte und nicht jeder jeden mochte – wie überall gab es manchmal Zank und Streit –, doch man vertrug sich rasch wieder. Die Menschen wussten, dass jeder Teil im Leben des anderen war. Durch Jettas Tod hatte Mrs Jennings' Idyll Risse bekommen, doch die Wunde würde mit der Zeit heilen. Einen anderen Gedanken ließ sie nicht zu.

Nach einer Weile kehrte sie zurück ins Haus. Um die Zeit kamen oft Wanderer ins Hotel, um sich nach den Preisen zu erkundigen und einen Blick in eins der Zimmer zu werfen. Wäre also gut, wenn die Rezeption besetzt wäre. Mrs Jennings setzte sich hinter den Tresen und schlug das Buch auf, in dem Jetta die Buchungen notiert hatte.

Die Sorge, dass sich nach deren Tod etwas Gravierendes ändern könnte, verdrängte sie strikt. Selbst wenn Anne Neumann das ›Black Stag‹ erbte, Annett würde es bestimmt schaffen, sie positiv zu beeinflussen.

Das Telefon klingelte. Mrs Jennings hob ab und hörte am anderen Ende die Stimme von Anne Neumann. »Hallo Mrs Jennings. Ich wollte Ihnen mitteilen, dass mein Mann und ich morgen nach Heathrow fliegen. Dort nehmen wir uns einen Mietwagen und werden gegen Mittag bei Ihnen sein.« Während Mrs Jennings mit Anne sprach, die, wie immer, kein Wort zu viel verlor, zog sie das Tuch, das sie sich um die Schultern gelegt hatte, als sie hinausgegangen war, enger um den Körper. Plötzlich empfand sie ein Frösteln.

13. Kapitel

Juni 2015 – Cotswolds, England

Im Meldeamt standen ein halbes Dutzend Leute vor der Tür des zuständigen Sachbearbeiters. Mit so viel Andrang hatte Annett nicht gerechnet. Seufzend reihte sie sich in die Schlange der Wartenden ein. Schon nach einer Viertelstunde wurde sie aufgerufen und erhielt das wichtige Dokument.

Zufrieden, einen wichtigen Punkt auf ihrer To-do-Liste erledigt zu haben, trat sie hinaus in die Sonne und sah sich um. Schräg gegenüber lag ›Huffkins Bakery & Coffee Lounge‹. Jedes Mal, wenn sie daran vorbeikam, gönnte sie sich einen Blick in die Auslage, wo frisches Gebäck und in hübsche Keksdosen verpacktes Shortbread lagen. Auch diesmal gönnte sie sich einige der feinen Köstlichkeiten und kaufte mehrere Tüten Orangenkekse und einen Teekuchen. Den Kuchen aßen auch Mrs Jennings und der Colonel gern. Ihre Eltern wiederum liebten die Kekse, von denen ihr Vater behauptete, er bekomme sie selbst niemals so gut hin.

Mit ihren Einkäufen im Arm steuerte Annett das Haus von Professor Camden an. Mrs Ashton, seine Haushälterin, kam von einer ausgedehnten Einkaufstour zurück. Als Annett sie ansprach, stellte sie einen Korb voll mit Obst und Gemüse und zwei Einkaufsnetze ab und suchte nach dem Hausschüssel. »Der Professor ist vor einigen Stunden zum Fliegenfischen aufgebrochen«, sagte sie, als Annett sich nach ihm erkundigte.

»Wo wollte er denn hin?«, fragte sie interessiert.

»Bourton-on-the-Water. Er fischt gern im Windrush River. Seinen Wagen stellt er gewöhnlich am Parkplatz der ›Birdland Park & Gardens‹ ab«, murmelte Mrs Ashton, die immer noch in ihrer Tasche nach dem Schlüssel kramte.

»Das ist nicht allzu weit von hier entfernt.« Annett überschlug im Kopf die Meilen bis dorthin. Sie würde eine Viertelstunde brauchen. Nicht länger. Und die Strecke dorthin war wunderschön.

»Der Professor ist mit seinem Austin Countyman unterwegs, den er sich letztes Jahr zum Fischen herrichten lassen hat. Mit Halterungen an den Seitenwänden für die Fliegenruten, die Netze und die Wathosen und jeder Menge Boxen im Kofferraum für die übrigen Dinge«, erzählte Mrs Ashton. Sie berichtete mit hochgezogenen Brauen darüber, offensichtlich hielt sie das Ganze für exzentrisch, wusste aber, dass ihr ein Urteil darüber höchstens unter vier Augen zustand. Endlich hatte sie den Schlüssel unter ihrem Schal und einem Buch gefunden, das sie gekauft hatte. Sie warf einen zufriedenen Blick darauf und öffnete die Tür.

Annett griff nach dem schweren Korb und trug ihn in die Küche. Dann verabschiedete sie sich von Mrs Ashton, um sich auf den Weg zu Clark Camden zu machen.

Als sie wenig später den Parkplatz beim Tierpark ansteuerte, entdeckte sie Camdens beigefarbenen Oldtimer sofort. Er stach regelrecht zwischen den übrigen Autos hervor. Sie stieg aus und hatte gerade den Weg zum Windrush River eingeschlagen, als Camden bereits in einiger Entfernung auf sie zukam. Er trug eine Wathose, in der er fast verschwand. Darüber eine Weste mit unzähligen Taschen, an denen Annett ein Stück Schafspelz mit Wolle erkannte, in denen bunte Fliegen eingehakt waren.

Sie war ihm erst einmal bei Jetta begegnet, und obwohl er in diesem Aufzug wie verkleidet aussah und darüber hinaus ziemlich bepackt war – er hielt eine Fliegengerte samt Rolle und Schnur in der einen Hand, in der anderen baumelte ein Weidenkorb hin und her –, erkannte Annett ihn an seinen noch immer flammend roten Haaren.

»Professor Camden?!«, rief sie und ging ihm mit schnellen Schritten entgegen.

Camden war stehengeblieben, sah zu ihr hin und erkannte sie: »Meine Güte, Jettas Enkeltochter.« Als sie ihn erreicht hatte, sagte er mit gefasster Stimme: »Welch trauriger Anlass, Sie zu sehen.«

Er stellte die Fliegengerte und den Weidenkorb ab, in der sich die Ausbeute des Tages befand. Mit beiden Händen zog er Annett zu sich heran und hielt sie, um sie nicht nass zu machen, seltsam körperfern an sich gedrückt. Trotzdem war es eine innige Geste, die sein ganzes Mitgefühl ausdrückte. Dann küsste er sie auf beide Wangen und sah sie forschend an. »Sie sehen blass aus … und traurig. Leider weiß ich im Augenblick nicht, wie ich Sie trösten soll. Ich bin selbst sehr betroffen.« Annett nickte nur. Ihre Stimme war plötzlich belegt. Um sich abzulenken, vergrub sie ihren Blick in den Weidenkorb. Camden, der ihrem Blick folgte, entkam ein vorsichtiges Lächeln.

»Ich habe die Forellen, die sich zu stark verhakt haben, bereits am Wasser ausgenommen und gereinigt. Die meisten lasse ich allerdings wieder frei, weil sie mir leidtun. Denken Sie jetzt bitte nicht, was für ein verrückter Fischer ist dieser Camden bloß.« Er schien erleichtert, so schnell das Thema wechseln zu können.

»Sie sind vermutlich einer, der Herz hat und Fische liebt.« Annetts Stimme klang noch immer belegt.

»Damit könnten Sie recht haben. Wissen Sie, Fischen ist eine vortreffliche Betätigung, um für ein paar Stunden alles andere zu vergessen«, erklärte Camden. »Solange man sich darauf konzentriert, die Fliege nah genug am vermuteten Standplatz des Fisches zu platzieren, herrscht Ruhe im Kopf.«

Annett ging neben Camden zum Parkplatz zurück. Dort angekommen, öffnete er die Türen seines Austin und stellte als Erstes den Korb mit den Fischen hinein.

Dann verschwand er kurz im Inneren des Wagens, um

sein weiteres Zeug zu verstauen. Als er wieder zum Vorschein kam, überlegte er laut: »Vielleicht sollten Sie es auch mal probieren? Das Fischen, meine ich.«

»Ja, vielleicht«, antwortete Annett zögerlich.

Camden stieg aus Weste, Wathose und Gummistiefeln, zog sich sorgsam ein Jackett über, das er aus dem Wagen genommen hatte und band sich die Schnürschuhe zu. »Wenn Sie eine Weile bei uns bleiben, ergibt sich bestimmt eine Gelegenheit, Sie zum Fischen mitzunehmen. Sie verfügen sicher über eine gute Augen-Arm-Koordination. Und die Technik des Werfens ...«, Camden machte vor, dass es sich um eine Bewegung handelte, die aus der Schulter kam, »üben wir zuerst an Land, bevor wir in den Fluss waten und Sie womöglich stolpern und pitschnass werden. Das Timing zwischen Vor- und Rückbewegung muss man einigermaßen erspüren.«

Annett versuchte, spielerisch Camdens Bewegungen nachzuahmen, und er nickte aufmunternd. »Na also. Das sieht schon vielversprechend aus.« Nach einer kurzen Pause fragte er: »Hätten Sie Lust, heute Abend zum Forellenessen zu mir zu kommen? Sie würden einem alten Mann eine Freude bereiten. Fisch ist genug da.«

Da sie Camden ohnehin bitten wollte, bei Jettas Beerdigung zu sprechen, wäre ein gemeinsames Essen der passende Rahmen für ein solches Gespräch.

»Um acht bei mir?«, schlug Camden vor. »Es gibt Petersilienkartoffel und grünen Salat zum Fisch. Das kriege ich hin. Und ein Kuchen von Mrs Ashton wird sich in der Küche bestimmt finden lassen. Sie glaubt, ohne Kuchen könne ein alleinstehender Kauz wie ich nicht überleben.«

»Dann bringe ich den Wein mit«, kündigte Annett an.

»Einverstanden«, sage Camden.

Camden redete weiter übers Fischen und schmiedete Pläne für den Abend. Offensichtlich war er fest entschlossen, ein Stück Normalität zu wahren. Oder wollte er Jettas Ableben nicht wahrhaben und verdrängte ihren Tod?

Camden hielt Annett die Autotür auf, wartete, bis sie in Jettas Range Rover saß, und stieg dann in seinen Wagen.

Während sie hintereinander den gewundenen Straßen nach Stow-on-the-Wold folgten, vorbei an friedlich grasenden Schafherden und Grün, so weit Annett blicken konnte, wunderte sie sich darüber, wie unterschiedlich jeder auf die Nachricht vom Tod eines nahestehenden Menschen reagierte. Ihre Mutter war in Wut und Vorwürfen versunken, während Professor Camden ruhig blieb nach dem Motto: Das Leben muss weitergehen! Lediglich während ihrer Umarmung zur Begrüßung schien eine seltsam ferne Trauer ihn ergriffen zu haben.

Dritter Teil

*Es geht niemals um die kleinen Fehler,
sondern um die große Form.*

– Thomas Glavinic –

14. Kapitel

Juni 2015 – Eynsham, Oxfordshire, England

Clifton Hall lag inmitten eines über 700 Morgen großen Areals, an dessen südlicher Begrenzung ein Golfplatz anschloss, der gut besucht war. Edwards Blick, der beim achten Loch, nahe einem der Teiche, hängen geblieben war, wanderte zu dem Eichenhain, der sich schützend an die Rückseite eines Hauses schmiegte, das eher bescheiden anmutete – Palmerston Lodge. Dort lebte seine Mutter seit dem Tod seines Vaters, während das neoklassizistische Haupthaus an eine Hotelkette verpachtet worden war.

Jedes Mal, wenn Edward herkam, spürte er Wehmut und Traurigkeit, aber auch Kampfgeist in sich aufflammen. Und jedes Mal zwang er sich, seine Trauer zu verdrängen, um seiner Mutter und sich das Leben nicht noch schwerer zu machen. Die Einladungen zu Festen und Veranstaltungen, an denen Lady Emily früher selbstverständlich teilgenommen hatte, waren seit ihrem Umzug in das Nebengebäude von Clifton Hall in erschreckendem Ausmaß zurückgegangen. Wenn sie sich doch einmal aufraffte, eine der rar gewordenen Veranstaltungen zu besuchen, wurde häufig hinter ihrem Rücken getuschelt. Das Schlimmste jedoch war, dass sie die Arbeit für eine nach ihr benannte Wohltätigkeitsorganisation hatte aufgeben müssen. Nachdem der Ruf der Sounderlands ruiniert war, war es unmöglich geworden, den Vorsitz zu halten. Niemand war mehr bereit, Emily Geld für sozial benachteiligte Kinder zu geben. Außerdem schickte es sich nicht, in ihrem Namen um etwas zu bitten. Die Duchess of Sounderland war gesellschaftlich geächtet.

Edward steuerte den Defender die Straße hinunter und stellte ihn vor der Palmerston Lodge ab. Seit sein Mitarbeiter Thomas Spencer ihn auf das mangelhafte Gartenwerkzeug hingewiesen hatte, ging ihm eine Idee nicht mehr aus dem Kopf. Im Stillen hoffte er, seine Mutter dafür begeistern zu können. Vielleicht fand die Idee sogar Beth' Wohlwollen.

Edward griff nach einer Schaufel, die er zu Demonstrationszwecken mitgenommen hatte, und steckte die Kekse, die er unterwegs gekauft hatte, in seine Jackentasche. Dann ging er ums Haus, in der Annahme, seine Mutter draußen anzutreffen. Er hatte Glück. Sie war bei den Rosenbeeten.

Als er unmittelbar hinter Emily angelangt war, schlang er seine Arme um deren zarte Gestalt und drückte sie liebevoll an sich. Emily fuhr herum und lächelte verhalten, als sie ihn erblickte. »Also wirklich, Edward«, sie klopfte sich rasch den Staub von der Kleidung, »du verstehst es immer wieder, mich zu erschrecken.«

»Hallo, Mutter!«, sagte Edward freudig. Er hielt Emily eine Armlänge von sich weg. »Du siehst gut aus.«

Emily schüttelte lächelnd den Kopf. »Na ja«, sie deutete auf ihre Jeans, die Flecken von Erde aufwies und den alten Pullover, den sie trug. »Mit deinem Besuch habe ich heute nicht gerechnet.«

»Manchmal ist unangekündigter Besuch dringend angeraten. Zum Beispiel, wenn es etwas zu besprechen gibt.« Edward nahm seiner Mutter die Gartenschere aus der Hand und schnitt einige Rosen ab. Crown Princess Margareta. Sein Vater hatte sie vor vielen Jahren gepflanzt, aprikotfarbene Kletterrosen, prächtig gefüllt, mit einem unnachahmlichen Duft.

»Also gut, dann lass uns sprechen«, antwortete Emily. »Viel Zeit habe ich allerdings nicht. Mrs Howard hilft mir den Keller zu entrümpeln. Alles was ich entbehren kann, muss weg. Es kommt einem guten Zweck zugute. Ich kann ihr also nicht absagen.«

»Für Tee und Kekse und einen kurzen Plausch reicht die Zeit doch hoffentlich, oder?«

Emily nickte und griff nach einem Weidenkorb mit frisch geschnittenen Rosen. Während sie und Edward den mit Bruchsteinplatten gepflasterten Weg zum Haus entlangspazierten, zauberte Edward zwei Packungen Duchy-Kekse aus seiner Jackentasche. »Schau mal, was ich dir mitgebracht habe«, sagte er, wohlwissend, dass dies die Lieblingskekse seiner Mutter waren.

»Ich mache uns einen Earl Grey, und du erzählst mir, was es Neues in Oxford gibt«, sagte Emily. Sie tätschelte Edwards Wange und betrat mit ihm den Salon. Der Raum war groß, jedoch völlig überfüllt. Überall standen Schränke, Sideboards und Sekretäre an den Wänden, ergänzt von zwei Couchen und mehreren Sesseln und einer Armada von Fotos in Silberrahmen. Dazu Blumen in Vasen und Azaleen in Töpfen, wo immer Platz dafür war.

Wenige Minuten später hörte Edward den Teekessel in der Küche pfeifen. Seine Mutter kehrte mit einem Tablett mit Teekanne, Tassen und Tellern zurück. Sie hatte sich umgezogen und trug nun ein grünes, gerade geschnittenes Kleid mit einer dreireihigen Perlenkette. »Hast du einen Kunden in der Gegend?«, erkundigte sie sich, als sie Edward gegenüber Platz nahm und nach einem der Kekse griff, die er auf einen Silberteller gelegt hatte.

»Ich war in Stow-on-the-Wold, um mir ein Grab anzusehen, dessen Bepflanzung ich übernehme.« Edward rührte in seiner Tasse.

»Seit wann nimmst du solche Aufträge an? Gräber ...«, Emily schüttelte gedankenverloren den Kopf, »das war doch nie eines deiner Aufgabengebiete.« Während der Fahrt hierher hatte Edward darüber nachgedacht, weshalb er es als seine Aufgabe – eine schöne Aufgabe – ansah, sich um Jetta Mielkes Grab zu kümmern. Nach dem Tod seines Vaters hatte seine Mutter alles rund um die Beerdigung organisiert. Sie war geradezu besessen davon gewesen, alles allein und vor allem so schnell wie möglich abzuwickeln. Nun hatte er das Gefühl, etwas nachholen zu können. Es war zwar nicht die Beerdigung seines Vaters, aber immerhin eines Menschen, den er gemocht hatte, und es gab ihm ein Gefühl von Befriedigung, diesmal da sein zu dürfen.

»Grabgestaltung ist wirklich nicht mein Ding. In diesem Fall ist es allerdings etwas anderes.« Edward erzählt, wie er Jetta Mielke auf dem Markt kennengelernt hatte. Er beschrieb ihre unverfälschte Art und wie sie ihn darum gebeten hatte, den Innenhof ihres kleinen Hotels zu bepflanzen.

»Ich muss schon sagen, die Frau hatte Mut. Wusste sie nicht, wie sehr die Leute sich darum reißen, sich ihre Parks von einer Koryphäe wie dir gestalten zu lassen?«

»Vermutlich nicht. Aber ich habe ihr gern geholfen.« Edward seufzte. »Und wer, wenn nicht wir, wüssten es zu schätzen, wenn jemand unvoreingenommen ist?«, ergänzte er.

Emily griff nach der Perlenkette – ein Relikt aus besseren Zeiten – und begann, damit herumzuspielen. »Schade, dass Mrs Mielke den Innenhof nicht länger genießen konnte. Ihr Tod kam wohl sehr plötzlich.« Emily schwieg betroffen. So weit wagte sie sich selten an das Thema Tod heran, das seit vielen Jahren ihr Dasein überschattete. Edward wusste, dass seine Mutter es seinem Vater bis heute übel nahm, dass er sie allein mit *dem Desaster* zurückgelassen hatte.

Belinda, die Hauskatze, kam in den Salon, strich eine Weile um Emilys Beine herum und setzte dann zu einem Sprung an, um auf Edwards Schoß zu landen. »Du treulose Seele«, Emily blickte auf die weiße Katze, die ein dunkles Mal auf der Stirn hatte. »Kaum taucht ein Mann hier auf, schon umgarnst du ihn.« Dann fuhr sie fort: »Es gibt übrigens Probleme mit dem Golfplatz. Sie wollen einen zweiten bauen. Südlich des Pond Cottage.«

»Was spricht gegen eine zusätzliche Einnahmequelle? Der Park dort ist ohnehin nicht im besten Zustand. Wir verlieren nichts, wenn wir das Land freigeben.« Edward versuchte, die Sache positiv zu sehen.

»Möchtest du wirklich, dass dir die Bälle um die Ohren fliegen, wenn du dort fischst?« Emily löste ihre Finger von der Kette und strich mit der Hand die Tischdecke glatt. »Was erwartet uns denn, außer einer lärmenden Baustelle und noch mehr Menschen, die uns auf die Pelle rücken? In dem kleinen Rest, der von meiner Welt übrig geblieben ist, will ich meine Ruhe haben. Nein! Wir lehnen ab«.

»Und noch etwas. Unlängst stand eine Dame vom ›Tatler‹ vor der Tür. Sie wollte wissen, ob ich bereit sei, ihr ein Interview zu geben. Stell dir vor, Edward, sie will den *Fall Sounderland* am Beispiel einer anfangs gebrochenen, letztendlich gereiften Frau in Romanform neu aufrollen«, Emily deutete auf sich, »diese Schmierfinken wollen mein Leben breittreten. Und alles nur wegen der Verkaufszahlen.« Emily ließ den Keks, den sie immer noch in der Hand hielt, fallen. »Hört das denn nie auf? Die Demütigung, die vor zehn Jahren begann, ist wie ein Schädling, gegen den kein Gift etwas ausrichtet.«

Belinda schnurrte in Edwards Schoss, während er sie kraulte. »Versteh mich nicht falsch, Mutter. Aber vielleicht bietet das auch eine Chance. Erinnere dich doch an die Zeit, als du für die Wohltätigkeitsorganisation gearbeitet hast.« Edward begann, seiner Mutter von ihrer eigenen Vergangenheit zu erzählen. Emilys Augen leuchteten kurz auf. »Zwanzig Jahre für eine Herzensangelegenheit«, stellte sie richtig. Das kurze Aufflackern ihrer Augen erlosch. Sie presste die Lippen aufeinander.

»Du hast damals öffentlich von Gleichheit gesprochen. Egal welche Herkunft jemand habe, er solle eine Chance erhalten.«

»Daran glaube ich auch heute noch, Edward.«

»Dann sag mir, warum das nicht auch für uns gelten soll?« Edward griff nach der Hand seiner Mutter und hielt sie einen Moment.

Emily genoss die Geste der Zuneigung. Ihr Gesichtsausdruck wurde weicher, nachgiebiger.

»Was bedeutet es, der Duke oder die Duchess of Sounderland zu sein?«, sprach Edward weiter.

»Es ist unsere Geschichte, Teil unserer Vergangenheit, Edward. Es ist das, was wir sind und immer sein werden.« Emily schien nicht zu begreifen, worauf Edward hinauswollte.

»Ist das wirklich so? Seit Vaters Tod ist unsere Vergangenheit eher Ballast als Freude. Das sagst du oft selbst.«

»Trotzdem bin ich stolz auf meine Herkunft«, warf Emily entschieden ein. Sie zog ihre Hand zurück. »Willst du deine Wurzeln etwa leugnen?« Sie seufzte laut auf. »Ich habe nie darüber gesprochen, aber ich finde es falsch, dass du deine Firma unter meinem Mädchennamen führst. Ich habe es, Gott steh mir bei, nie so gedeutet, dass du dich nach dieser *Sache* für immer deines Namens schämst.« Emily straffte sich, nahm Haltung an.

»Ich fand, dass meine Arbeit nichts mit meinem Titel zu tun hat. Und natürlich wollte ich nicht gleich mit negativer Presse starten. Das hätte der Firma geschadet. Ich musste an meine Mitarbeiter denken.«

Emily hörte Edward ungerührt zu. Nach einer Weile schüttelte sie demonstrativ den Kopf. »Für mich ist es so, als existiere der Name Sounderland nicht mehr«, sagte sie aufgewühlt. »Was soll eine Mutter davon halten, wenn ihr Sohn sich von seinem Namen distanziert?«

»Mutter! Mir ging es zu keiner Zeit darum, mich hinter deinem Namen zu verstecken.« Edward hielt einen Moment inne, dann sprach er eindringlich weiter. »Ich habe sogar vor, unseren Namen, sagen wir mal so ... neu zu interpretieren.«

Begeisterung schwang in Edwards Stimme mit. »Meine Idee ist, hochwertige Gartengeräte unter dem Namen Sounderland auf den Markt zu bringen. Gute Stücke fürs Leben.«

»Das macht bereits Prinz Charles, und ich bin mir nicht sicher, ob es gut für ihn läuft.« Emily schien nicht gerade überzeugt von der Idee ihres Sohnes zu sein.

»Es geht nicht um den Verdienst, Mutter. Nicht in erster Linie«, erklärte Edward. »Man kann durch ein gutes Produkt und entsprechende Werbung ein Image aufbauen. Mir geht es darum, etwas auszusagen. Außerdem habe ich noch etwas anderes in dem Zusammenhang vor.«

»Du bist ein logisch denkender Mensch, Edward. Ein Unternehmer, der es mit seiner Firma zu etwas gebracht hat. Im Rahmen dessen, was seit *damals* möglich ist.« Emily drehte sich zur Seite, um sich zu fassen. Als sie sich Edward wieder zuwandte, sprach sie mit nüchterner Stimme weiter. »Du hast dein finanzielles Auskommen. Willst du das mit einer wenig Erfolg versprechenden Idee aufs Spiel setzen?« Edward sah die Betroffenheit im Gesicht seiner Mutter. Doch bevor er etwas erwidern konnte, schnitt Emily ihm das Wort mit einer Geste ab. »Lass gut sein. Du hast gesagt, was du sagen wolltest. Nur leider findet es nicht meine Zustimmung. Und das musst du respektieren.«

»Hör dir wenigstens den Slogan an, Mutter. Sounderland Gartenwerkzeug. Hält länger als manch guter Ruf.«

Emily stieß ein unnatürlich hohes Lachen aus. »Du machst uns ein weiteres Mal zum Gespött der Leute!« Belinda sprang von Edwards Schoß.

»Aber nein, Mutter. Ich will die Sache entkrampfen und zeigen, dass wir uns nicht allzu ernst nehmen«, entgegnete Edward. »Sicher werden einige Leute hellhörig werden. Sounderland? Die gibt es noch? Eine zweite Chance für Gestrauchelte. Das ist es doch, worauf im Grunde seines Herzens jeder hofft.«

»Chancengleichheit war *die Überschrift* meiner Arbeit, Edward. Natürlich sollte jeder eine erste und von mir aus auch zweite Chance im Leben erhalten. Wenn wir uns die Wirklichkeit anschauen, müssen wir uns allerdings eingestehen, dass es nicht so ist. Wir spüren es seit dem Tod deines Vaters am eigenen Leib. Ich bin zwar noch immer die Duchess of Sounderland. So steht es jedenfalls auf meinem Briefpapier. Doch ich lebe nicht mehr in Clifton Hall, sondern in der Palmerston Lodge. Dem Gesindehaus, würde manch einer abschätzig sagen.«

»Für viele wäre es das Paradies. Je nachdem, von welcher Perspektive aus man es betrachtet.« Edward wollte seine Mutter nicht verletzen, aber er fand, dass sie sich in etwas verrannte. »Jemand, der den Namen Sounderland trägt, ist kein gewöhnlicher Mensch, Edward. Er trägt Verantwortung. Ist es nicht natürlich, dass man in das Leben hineinwächst, in das das Schicksal einen stellt?«

»Natürlich. Aber nicht *selbstverständlich*. Und wenn du schon davon sprichst, seit zehn Jahren hat das Schicksal offenbar etwas anderes für uns beide vorgesehen. Lass uns das Beste daraus machen, anstatt für immer dem Verlorenen nachzuweinen.« Edward spürte, dass sich eine Hürde zwischen ihm und seiner Mutter aufbaute. Mit jedem Wort wurde sie unüberwindbarer.

»Nenn es, wie du willst, Edward. Ich verlange etwas von mir und von meinem Leben. Tut das nicht jeder?«

Emily trank ihren Tee aus und schob die leere Tasse mit einem lauten Geräusch von sich. »Sei mit nicht böse, aber ich habe genug für heute. Das Thema regt mich zu sehr auf.«

Edward nickte und trug das Geschirr in die Küche. Als er in den Salon zurückkam, saß seine Mutter wie versteinert da.

»Tut mir leid, dass mein Besuch dich aufregt.« Edward sah, dass die Stirn seiner Mutter von vielen kleinen Falten zerfurcht war. Ein Gesicht, in dem die Zeit und die Ereignisse ihre Spuren hinterlassen hatten.

»Es ist schwer, mit dem Leben zurechtzukommen, das man mir gelassen hat. Es ist dürftig und klein.« Die Bitterkeit in Emilys Stimme tat Edward weh.

Er musste an eine Episode in seiner Kindheit denken. Es war kurz vor Schulbeginn gewesen. Ein Freund seines Vaters hatte ihm heimlich Geld zugesteckt, und er hatte sich ein großes Eis davon gekauft und es hastig gegessen. Mit dem Ergebnis, dass ihm speiübel geworden war. Er hatte das Eis viel zu schnell hinuntergeschlungen und alles wieder erbrochen. Nach diesem Erlebnis hatte er sich geschworen, nie wieder unersättlich zu sein und so viel Eis auf einmal zu verschlingen.

Das Verhalten seiner Mutter erinnerte ihn an diese lange zurückliegende Geschichte. Emily beharrte auf ihrer Trauer und verbiss sich regelrecht darin. Sie hielt an Vergangenem fest. Da spielte es keine Rolle, ob es ihr guttat oder nicht.

»Kannst du nicht damit aufhören, nur noch deine Wut und die vermeintliche Ungerechtigkeit zu sehen? Du hast ein Leben. Menschen wollen mit dir befreundet sein. Vielleicht nicht die, die du seit jeher kennst, aber andere. Und ein paar von früher sind dir doch geblieben.«

»Ein paar wenige, ja ...« Die letzten Worte klangen wie ein Aufschrei. Der Aufschrei einer verletzten Seele und eines tief gekränkten Egos. »Doch wenn ich in ihre mitleidigen Gesichter sehe, erinnert mich das nur daran, was ich verloren habe.«

Emily blickte auf ihre Armbanduhr. Eine Cartier mit Brillanten, die ihr Mann ihr zum letzten Hochzeitstag geschenkt hatte. Sie trug sie täglich, sogar bei der Gartenarbeit.

»Mrs Howard kommt jeden Moment. Ich möchte sie nicht im Kleid mit Perlenkette empfangen. Es würde sie brüskieren, schließlich wollen wir im Keller herumwühlen. Lass uns ein andermal weiterreden.« Edward musste sich eingestehen, dass er nur alte Wunden aufgerissen hatte. Er küsste seine Mutter auf die Wange und ging mit ihr vor die Tür, wo sie ihm noch etwas mit auf den Weg gab: »Du denkst, ich habe den ganzen Tag nichts zu tun, außer mich mit Mrs Howard und den Gärtnern um dieses Haus zu kümmern. Du irrst, Edward. Die meisten Stunden des Tages bin ich damit beschäftigt, Menschen, denen ich früher im Rahmen meiner Hilfsorganisation geholfen habe, darauf zu antworten, warum ich nicht mehr für sie da bin.« Emilys Stimme zitterte. »Meine Antworten spielen sich nur im Kopf ab, aber ich antworte, Edward, wieder und wieder –, bis mir nichts mehr einfällt, was ich ihnen sagen könnte.«

Edward spürte, wie die Hand seiner Mutter, nach der er instinktiv gegriffen hatte, ihm entglitt. Zum ersten Mal wurde ihm bewusst, dass Emilys Vergangenheit zu einer Identität für sie geworden war. Eine, die ihr nie endendes Mitleid sicherte. Doch Mitleid konnte tückisch sein.

Emily drehte sich um und ging zurück ins Haus. Edward holte den Spaten und verstaute ihn im Wagen. Dann setzte er sich hinters Steuer, ließ den Motor an und wendete auf dem Vorplatz. Während er den Wagen manövrierte, nahm er sich vor, nicht länger zuzulassen, dass ihn verletzte, was Beth dachte und wie sie handelte.

Als er anfuhr, sah er Emily im Rückspiegel. Sie stand am Fenster und blickte dem kleiner werdenden Wagen nach. Ihn durchströmte ein Gefühl der Milde. Sie litt, weil sie glaubte, nirgendwo mehr »zu Hause« zu sein. Doch er hatte begriffen, dass das wichtigste Zuhause man selbst war. Er ließ das Fenster auf der Fahrerseite hinunter und winkte Emily zum Abschied versöhnlich zu.

15. Kapitel

Juni 2015 – Stow-on-the-Wold, Cotswolds, England

Der Fisch, den Professor Camden servierte, war perfekt gegart, und die Kerzen auf dem Tisch zauberten eine heimelige Atmosphäre. Trotzdem herrschte vom Beginn des Abends an eine unangenehme Spannung. Camden und Annett aßen schweigend, und je leerer ihre Teller wurden, desto mehr schien die Stille sie zu belasten.

Als sie das Geschirr des Hauptgangs gemeinsam abgeräumt hatten und Camden die Torte hereinbrachte, hielt Annett es kaum noch aus. »Die Mohntorte ist sicher köstlich«, sagte sie, noch bevor sie den ersten Bissen gekostet hatte.

»Mrs Ashton backt sie nach einem alten Familienrezept.« Camden setzte sich und legte umständlich seine Serviette auf den Schoß. Dann bohrte er die Zinken seiner Gabel in sein schmales Stück Torte. Sie tauschten ein paar harmlose Belanglosigkeiten aus. Doch als Annett die Hälfte ihres Tortenstücks geschafft hatte, fragte sie Camden endlich, ob er Jettas Beerdigung leiten könne. »Jetta war nicht religiös. Was nicht heißt, dass sie nicht bestimmte Werte vertreten hätte. Wenn Sie mich fragen, eine humanistische Zeremonie wäre in ihrem Fall genau das Richtige, und da Sie Humanist sind ...« »Natürlich«, sagte Camden steif. »Dafür stehe ich selbstverständlich zur Verfügung.« Nachdem er ein weiteres Stück Kuchen gegessen hatte, begann er, in aller Ausführlichkeit die Wurftechnik beim Fliegenfischen zu erläutern. »Wir beschleunigen kein Bleigewicht mit Vorfach wie beim Grundangeln oder nutzen das Eigengewicht eines Blinkers wie beim Spinnfischen, sondern haben lediglich die Schnur, um die Trocken- oder Nassfliegen, Nymphen oder Streamer dorthin zu befördern, wo wir sie haben wollen.«

Annett lächelte entschuldigend. »Sie haben es bei mir mit einer blutigen Anfängerin zu tun. Keine Ahnung, was Spinnfischen ist.« Sie vermutete, dass er versuchte, die Gedanken an Jettas Tod und seine Trauer zu verdrängen. Anders konnte sie sich sein seltsames Verhalten nicht erklären. »Spinnfischen ist einfacher als Fliegenfischen. Man angelt mit Kunstködern, Spinnern zum Beispiel, in einer flachen Bucht auf Hechte, am kleinen Fluss auf Forellen oder im Kanal auf Barsche. Man jagt einen dieser Kunstköder so gut wie möglich durch die Wasserschichten«, Camden schob die Mohnkrümel auf seinem Teller zusammen, als müsse er dort Ordnung schaffen, »dabei imitiert man einen kleinen verletzten, flüchtenden Beutefisch, der unseren Zielfischen das Wasser im Munde zusammenlaufen lässt, bis sie zuschnappen.« Er machte eine strategische Pause. »Erst dann wird es spannend. Mit einer dünnen, kurzen Spinnrute wird der Fisch an sein Limit geführt und ausgedrillt.«

Annett, die Camdens Reden über sich ergehen lassen hatte, hatte nun genug vom Thema Spinnfischen. Sie legte ihre Gabel zur Seite und sah Camden mit durchdringendem Blick an. »Ich will nicht unhöflich sein, Professor Camden«, sagte sie. »Aber ich muss etwas loswerden.«

Camden hob die Hand auf eine Weise, die Annett zum Schweigen brachte. Es war eine schutzbedürftige Geste, die um Aufschub bat. »Warten Sie«, verlangte er, »ich will mir einen Kognak genehmigen, dann fällt es mir leichter, über das Unvermeidliche zu sprechen.« Er klang schüchtern. Camden ging zur Anrichte, griff nach einer Flasche Remy Martin und drehte sich nach Annett um. »Wollen Sie auch einen?«, fragte er höflich. Annett schüttelte den Kopf. »Nein, danke! Ich habe noch Wein.«

Mit dem gefüllten Kognakschwenker in der Hand setzte er sich Annett wieder gegenüber und ließ den Kognak im Glas kreisen, bevor er einen tiefen Schluck nahm und sich im Sessel zurücklehnte. Er wusste, dass es kein Ausweichen mehr gab, und obwohl seine Augen noch immer Abwehr verrieten, war es, als ob er nach einer Weile des Sammelns die durchsichtige Trennmauer, die sich zwischen ihnen aufgebaut hatte, durchstieß. »Denken Sie nicht, ich sei verrückt oder gefühlskalt. Oder wie manche Menschen, die sich schwierigen Themen verweigern. Das Gegenteil ist der Fall«, sprach er. »Was Jettas Tod anbelangt ... es gelingt mir kaum, ihn an mich heranzulassen. Deshalb rede ich so ungern darüber.«

Annett spürte, dass sie Camden Zeit lassen musste, die richtigen Worte zu finden. Also wartete sie schweigend. »Jetta und ich kannten uns, seit ich vor vier Jahren von Oxford hierhergezogen bin. Vielleicht wissen Sie, dass ich Professor für Moralphilosophie am Balliol College war. Es ist eines der ältesten Colleges in Oxford und wurde 1263 gegründet.«

»Jetta hat es mal erwähnt, aber ehrlich gesagt, kann ich mir nur ungefähr etwas unter Ihrer Arbeit vorstellen«, erwiderte Annett.

Camden lächelte. »Ein Professor für Moralphilosophie gehört zu einer aussterbenden Gattung. Aber bitte, sag doch Clark zu mir. Ich würde mich wohler fühlen.«

»Gern, Clark!«, versprach Annett.

»Nun, was deine Frage nach meiner Arbeit angeht«, Camden strich sich durchs Haar, schien nach einem Anfang zu suchen, »Ethik, die Lehre oder besser die Theorie vom Handeln gemäß der Unterscheidung von Gut und Böse, hat die Moral im Blick. In der Moralphilosophie beschäftigen wir uns mit der Entstehung und Entwicklung moralischer Regeln. Im Kontext der gesellschaftlichen, kulturellen Evolution. Die Ordnung der Natur etwa enthält die Regeln des menschlichen Zusammenlebens. Christlich werden Normen im Willen Gottes begründet. Marxistisch aus den Gesetzen der Geschichte. Diese drei Begründungen greifen auf Grundlagen zurück, die vom menschlichen Wollen unbeeinflussbar sind.«

»Was ist schon vom menschlichen Wollen unbeeinflusst?«, warf Annett ein, »durch meinen Beruf weiß ich, wozu Menschen fähig sind.«

»Ganz recht. Je nachdem, wie die Umstände und unsere Vergangenheit sind, verhalten wir uns so oder so. Gut oder böse, wie wir es, um es uns einfach zu machen, unterscheiden. Meist tendieren wir zur Mitte. Da fühlen wir uns am wohlsten.«

»Interessantes Tätigkeitsfeld, Clark. Jetta hat deine Gesellschaft sicher hoch geschätzt.«

Jetzt, wo das Eis zwischen ihnen gebrochen war, schien Camden froh zu sein, auf Jetta zurückkommen zu können. »Was Jetta angeht, anfangs kannten wir uns nur flüchtig, wie man sich eben in einem kleinen Ort wie Stow-on-the-Wold kennt. Man grüßt einander, hört dies und jenes über den anderen, findet sich sympathisch oder auch nicht. Aber man hält Abstand.« Camden holte tief Luft und beugte sich näher zu Annett hin. Ein Lächeln huschte über sein Gesicht. »Dabei sollte man meinen, dass die heitere Landschaft der Cotswolds dafür sorgt, dass die Menschen ihre Scheu verlieren.« Camden geriet plötzlich ins Schwärmen. »Die sanften Weiden- und Eichenhänge und die mit silbrigem Kalkstein ummauerten Felder öffnen mir jeden Tag aufs Neue das Herz. Die Landschaft hier lässt einen die Zeit vergessen.«

»Jetta empfand genauso. Sie sagte manchmal, dass sie sich hier zeitlos fühle und wie erholsam das sei«, stimmte Annett zu. Ein kühler Luftzug trug den Duft von Nässe, Wald und Wiesen ins Zimmer. Camden setzte sein Glas ab und holte weiter aus. »Jetta und ich sahen uns regelmäßig in der Drogerie, wo sie ihre Kosmetik kaufte und ich meine Seife. Wir wechselten ein paar Worte, mehr nicht. Bis ich vor gut einem Jahr ihrer Bridgerunde beitrat.«

»Ich hätte darauf gewettet, dass du dir nichts aus Bridge machst«, sagte Annett.

Camden lachte kurz auf und fuhr mit dem Finger den Rand seines Glases entlang. »Zum Teil stimmt das sogar. Ich habe so lange gespielt und an so vielen Turnieren teilgenommen, dass ich nach ein paar Jahren das Gefühl hatte, es sei nun endgültig genug. Bis ich Jetta traf und erfuhr, dass sie einer Bridgerunde angehört«, gab er zu.

»Also hast du dein Bridgetalent reaktiviert und wieder zu spielen begonnen. Obwohl es dir keinen rechten Spaß mehr gemacht hat. Jetta muss dir viel bedeutet haben.«

Camden stellte sein Kognakglas, das inzwischen zur Hälfte geleert war, ab und nickte. Draußen schlug ein Fensterladen gegen die Hauswand. Wind war aufgekommen. »Jetta war eine interessante Frau, aber vor allem war sie fröhlich und warmherzig. Einfach zum Gernhaben. Leider traute ich mich nicht, ihr meine Gefühle zu zeigen. Meine einzige Chance, ihr unverfänglich näherzukommen, sah ich darin, mit ihr Bridge zu spielen.« Es klang wie ein Geständnis. »So wird man zum Bridgespieler wider Willen.« Camden hatte ruhig, geradezu bedächtig gesprochen. Nun, wo es zu spät war, seine Liebe der verehrten Frau zu gestehen, schien er zumindest Annett seine Gefühle offenbaren zu wollen. Jetta lebte. Sie lebte in seinen Worten.

Und Annett fühlte sich ihm plötzlich verbunden. »Ich spielte also wieder Bridge, nur gelang es mir nicht, hinter Jettas Fassade zu blicken«, fuhr Camden fort. »Vielleicht war sie in all den Jahren englischer geworden, als so manch gebürtiger Engländer.« Camden schüttelte bei der Erinnerung daran den Kopf. »Stets freundlich, aber *wirklich* kennenlernen war nicht drin. Du weißt schon. Was jemand tatsächlich denkt, was ihm wichtig und was ihm peinlich ist. Wer er im Grunde seiner Seele ist.«

Camden hielt seine Hände fest zusammengepresst in seinem Schoß, während er in seine Erinnerungen an Jetta versunken war.

»Vor ein paar Wochen hat Jettas Fassade dann einen Riss bekommen. Auf eine Frage von mir, ob sie an die große Liebe glaube, fing sie an, von ihrer Liebe zu sprechen.«

Annett rückte näher an Camden heran. »Sprach sie von David? Dem Vater meiner Mutter?« Obwohl sie wusste, dass nur er gemeint sein konnte, wollte sie sichergehen. Camden nickte. »Ja, Jetta sprach an jenem Tag ganz unbefangen von ihm.«

»Er starb vor der Geburt meiner Mutter an einer Lungenentzündung. Jetta war von ihm schwanger, hatte es ihm aber noch nicht gesagt.«

Camden nickte erneut. »David war Jude, nicht wahr!?«

»Ja«, sagte Annett. »Viel mehr weiß ich allerdings nicht. Für meine Mutter war dies immer ein Problem. Sie hätte gern mehr über ihren Vater gewusst. Ich habe Jettas Schweigen diesbezüglich respektiert.«

»Nachdem ich von David erfahren hatte, habe ich versucht, mich in Jettas Lage zu versetzen«, sagte Camden. Er fuhr sich mehrmals durchs Haar, bis es zerzaust aussah. »Sich in einen Juden zu verlieben, kam bei ihren Eltern sicher nicht gut an. Und es ist Jetta bestimmt nicht leicht gefallen, es ihnen zu sagen.« Camden schluckte. »Ihr Vater hat im Krieg eine wenig rühmliche Figur abgegeben. Angeblich besorgte er sich während der letzten Kriegsmonate falsche Papiere, die bezeugten, dass er Juden geholfen hatte, sich vor den Nazis zu verstecken – was natürlich nicht stimmte. Deshalb konnte er nach Kriegsende mit den Besatzungsmächten zusammenarbeiten, ohne allzu viele unangenehme Fragen über sich ergehen lassen zu müssen.« Camden griff nach einem Buch, das in einem Regal stand. »Woher Jetta diese Informationen hatte, weiß ich nicht, aber sie hat mir an jenem Tag davon erzählt.« Camden legte das Buch vor Annett hin. »Darin geht es um die Nürnberger Prozesse«, erklärte er. »Die Zeit nach dem Zweiten Weltkrieg war genauso traumatisch, wie der Krieg selbst. Wenn man aus einem Traum aufwacht und der Realität ins Auge sieht, kann das verstörend sein. Die Menschen waren gezwungen, aufzuwachen und hinzusehen. Was war mit ihnen passiert? Niemand kam drum herum, sich und seinen Nächsten Fragen zu stellen. Unbequeme Fragen, die das Band von Familien zerstören konnten.«

Annett warf einen Blick auf den Titel des Buches, ließ es aber unberührt. »Was hielt Jetta von deinem Interesse an dieser schwierigen Zeit? Und woher wusste sie, dass ihr Vater gelogen hatte?« Ihr gingen unzählige Fragen durch den Kopf.

Camden zuckte die Schultern. »Ich weiß es nicht. Sie ist nicht näher darauf eingegangen. Ich dachte, sie will nichts damit zu tun haben, weil sie als Deutsche so nah dran war. Sie war damals zwar noch ein Kind, aber sie hat sicher unter der Nachkriegszeit und der Schuld, die die Deutschen auf sich geladen hatten, gelitten.«

»Ja, ganz sicher«, stimmte Annett zu.

Camden sprach weiter über jenen Tag. »Deine Großmutter sagte: ›Wir sollten die Vergangenheit ruhen lassen. Ich blicke lieber nach vorn!‹« Er seufzte laut. »Als ob einen die Vergangenheit je losließe.« Nach einigen Minuten des Schweigens sagte er: »Ist es nicht absurd, dass David, ein Jude, den Krieg überlebte, nur um Jahre später an einer verdammten Lungenentzündung zu sterben?« »Ja, das ist makaber«, stimmte Annett, die noch immer über Jettas Vater nachdachte, ihm zu. Wieso hatte Jetta nie mit ihr über David und die Vergangenheit ihrer Eltern gesprochen? Auch wenn wenig Schönes dabei zutage gekommen wäre, hätte sie sich brennend dafür interessiert.

»Jetta verbarg etwas«, sagte Camden, nachdem er länger

vor sich hin gegrübelt hatte. Der Satz riss Annett aus ihren Gedanken. »Was soll sie denn verborgen haben?« Camden zuckte erneut die Achseln. »Vermutlich etwas, womit sie niemanden belasten wollte und auch schwer umgehen konnte«, spekulierte er. »Leider habe ich keine Ahnung, was es gewesen sein könnte.«

»Ich auch nicht!«, sagte Annett betrübt.

Camden trank seinen Kognak aus, schenkte nach und versank erneut in Überlegungen. »Ist es nicht verrückt, dass manche Menschen ihr engstes Umfeld zu schützen versuchen, indem sie schweigen? Meiner Meinung nach gehörte Jetta zu diesen Menschen.« Camden rieb sich das Kinn. »Ich übrigens auch. Wieder etwas, das uns verband.«

Annett wartete, bis er weitersprach. »Nun gut, ich schwieg also, habe Jetta gegenüber meine Gefühle verborgen. Und das, obwohl ich mich jeden Tag, den ich sie länger kannte, ein kleines bisschen mehr in sie verliebte. Ich dachte, vor uns liegen noch einige gute Jahre. Keine Eile, Clark, sagte ich zu mir. Du hast Zeit. Welch schrecklicher Irrtum!«

Trauer und Hoffnungslosigkeit zeichneten sich auf Camdens Gesicht ab, und seine Hände, die das Glas umklammerten, wurden weiß.

»Jettas Tod erinnert mich daran, dass ich etwas Wichtiges versäumt habe. Jemandem nahe zu sein und dadurch mich selbst zu erkennen.« Camden schüttelte den Kopf, haderte mit sich. »Ich hätte ihr mein Herz öffnen sollen.« Er leerte sein Glas in einem Zug und schob seinen Stuhl zurück, der laut gegen die Wand knallte. Er stand auf, kam um den Tisch herum und legte seine Hand auf die Lehne von Annetts Stuhl. Plötzlich schien alle Energie aus ihm gewichen. »Ständig höre ich diese Stimme in meinem Kopf: *Du hättest es ihr sagen müssen. Du hättest es ihr sagen müssen.*« Er schwieg betroffen, rückte Annett schließlich den Stuhl zurecht, damit sie aufstehen konnte, griff nach ihrem Arm und geleitete sie durch den Flur. »Ich werde eine würdige Trauerrede auf Jetta halten, und mein Wort drauf, ich wahre Haltung am Grab.«

An der Tür blieb Annett stehen. »Jetta war eine feinfühlige Frau. Ich bin mir sicher, sie hat von deiner Liebe gewusst.«

»Danke, dass du mich trösten willst«, Camdens Stimme brach.

»Eine Frage noch«, sagte Annett, als Camden schon die Türklinke in der Hand hielt. »Hast du vielleicht eine Ahnung, weshalb Jetta mich vor einiger Zeit bat herzukommen?« Die Frage hatte ihr schon den ganzen Abend auf der Zunge gelegen.

»Liegt es nicht nahe, seine Enkeltochter ab und zu herzubitten?« Camdens Blick ruhte für einen Moment auf Annetts Gesicht.

»Jetta wollte mir etwas Wichtiges sagen. Ich weiß nur nicht, was es war.«

Camden fixierte einen Moment seine Schuhspitzen und blickte dann auf. »Unlängst meinte sie, es sei Zeit, sich einer Sache zu stellen. Leider ohne eine passende Erklärung mitzuliefern, damit ich es hätte verstehen können.« Er öffnete die Tür. Kühle Nachtluft umfing Annett. »Scheint so, als müsstest du selbst dahinterkommen, was sie damit gemeint haben könnte«, gab er Annett zum Abschied mit auf den Weg.

Sie küsste Camden stumm auf die Wange und trat vor die Tür. Als sie durch die Dunkelheit zum ›Black Stag‹ ging und der Wind durch ihr Haar strich, spürte sie eine tiefe Traurigkeit, und sie konnte die Tränen nicht mehr zurückhalten.

Im Hotel war es so ruhig, dass man hätte annehmen können, es sei unbewohnt. Nur das Holz knackte manchmal. Annett zog ihre Jacke aus, hängte sie an die Garderobe und ging in den Innenhof. Der Baum, der seit jeher in der Mitte des Hofs stand, war noch da. Jetzt war er von einer niedrigen Buchshecke umgeben, die zum Baumstamm hin höher und vorne kürzer geschnitten worden war, sodass es aussah, als könne man sich darauf niederlassen und ausruhen. Eine grüne »Bank«. Das war nicht die einzige Veränderung. Auch Jettas Kräuter hatten ein neues »Zuhause« gefunden. Sie wuchsen nicht mehr wie früher in Töpfen, sondern in einem Hochbeet, das rund um den Innenhof angelegt worden war. Dazwischen waren Natursteinplatten verlegt, die zum Hochbeet hin mit blühenden Bodendeckern aufgelockert wurden. Annett ließ ihren Blick umherwandern, bis er bei den Lampen hängen blieb. Der Innenhof war nicht mehr wiederzuerkennen. Er strahlte Ruhe aus und lud zum Verweilen ein. Mrs Jennings hatte nicht übertrieben, es war ein fantastischer Anblick.

Annett ging in Jettas Büro. Sie war zu aufgewühlt, um zu schlafen. Am PC klebte eine Nachricht von Mrs Jennings: *Ihre Eltern trudeln morgen ein. Keine Hektik, sie nehmen sich in London einen Wagen. Frühstück so wie heute. Schlafen Sie gut!*

Annett glitt in den Bürostuhl und vergrub den Kopf in ihren Händen. Der Abend mit Professor Camden hatte sie mitgenommen. Seine Liebe für Jetta hatte sie tief berührt. Er hatte geliebt, aber hatte diese Liebe nie leben können.

Ingo hatte ebenfalls auf seine Weise geliebt. Vielleicht berechnend und pragmatisch oder mit zu wenig Gefühl. Doch es waren seine Handlungen gewesen. Sein Tempo.

Was war mit ihr? Irgendwo in sich drin spürte Annett ein Bedürfnis danach, sich jemandem ganz zu öffnen. Wie würde es sich anfühlen, ohne Wenn und Aber zu lieben?

Annett rieb sich über die Augen und blickte auf den Bildschirm. Sie gab ihren Benutzernamen und das Kennwort ein und rief ihre Mails ab. Zwischen den Werbemails fand sie drei Anfragen von Schulen, die sie für einen Workshop buchen wollten. Sicher dank Professor Kollwitz' Intervention.

Außerdem gab es eine Mail von Daniela, in der sie sich nach ihr erkundigte und Neuigkeiten aus Berlin schrieb. Annett begann mit einer Antwortmail, in der sie von den aktuellen Vorkommnissen berichtete. Danach schrieb sie an Ingo. Sie erzählte ihm von Jettas unerwartetem Tod, den Vorbereitungen für die Beerdigung und den Aufgaben im Hotel. Und von ihrer Trauer. Zum Schluss gestand sie Ingo, dass ihr Auseinandergehen sie fassungslos mache, sie es aber trotzdem als ehrlichen, notwendigen Entschluss empfände. »Ich weiß noch nicht, wie es mit mir weitergeht. Was ich jedoch weiß, ist, dass ich dir das Beste für Washington wünsche und dankbar für unsere gemeinsame Zeit bin und ja ... dass ich dich vermisse.« Während Annetts Finger über die Tastatur huschten, sah sie Camden vor sich. Die Wahrheit! Er hatte den halben Abend davon gesprochen. Von der Wahrheit, der er nachtrauerte. Und von Mut.

Als der Brief an Ingo abgeschickt war, fuhr sie den Rechner hinunter, löschte das Licht im Büro und ging zu Jettas Wohnung hinauf. Oben hörte sie ihre Mailbox ab. »Edward Warrender von Trellham Landschaft & Leben. Hallo, Miss Neumann. Ich habe den Innenhof Ihrer Großmutter gestaltet und werde mich um die Bepflanzung ihres Grabs kümmern. Ihr Tod tut mir von Herzen leid. Melden Sie sich gern bei mir. Ich schicke eine SMS mit meiner Nummer.« Annett hörte ein Klicken. Edward Warrender hatte aufgelegt. Sie rief seine SMS auf und speicherte die Nummer. Was für ein Mensch Mr Warrender wohl war? Er hatte Gespür, zumindest für Pflanzen. Wie brachte man es sonst fertig, aus einem unscheinbaren Innenhof eine solche Oase zu zaubern?

Müde fiel sie an diesem Abend ins Bett. Sie hatte kaum die Augen geschlossen, da hörte sie Clark Camden auf sie einreden: »Vor der Liebe Angst zu haben ist falsch.«

16. Kapitel

Juni 2015 – London, England

Es war bereits dunkel, als Edward die Büroarbeit beendete. Er schob den Stapel Zeichnungen, den er sich morgen als Erstes anschauen musste, neben sein Telefon und verließ das Büro. Als er hinaus auf die Straße trat, spürte er nicht nur seine verspannte Schultermuskulatur, sondern auch wie hungrig er war. Von einer Scheibe Brot am Morgen abgesehen, hatte er den ganzen Tag noch nichts gegessen. Am besten nahm er irgendwo eine Kleinigkeit zu sich und ging dann früh ins Bett. Ob er Will und Susan ins ›Eagle & Child‹ in St. Giles einladen sollte? Edward griff nach seinem Handy, um Will anzurufen, doch dann kam ihm der Gedanke, Beth in London zu überraschen. Beth und ihre Schwester Mabel hatten an diesem Abend einen Besuch im ›Savoy‹ eingeplant, wo ein Beatles-Musical aufgeführt wurde. Es war keine Premiere, vermutlich wäre also keine Presse anwesend. Sie könnten hinterher gemeinsam auf einen Drink gehen, ohne dass Fotos von ihnen geschossen würden. Welch wunderbare Vorstellung!

Die Idee gefiel Edward immer besser, je länger er darüber nachsann. Er könnte dann auch einen Kunden anrufen, der eine Häuserzeile in Kensington gekauft hatte und seine Gärten von ihm gestalten lassen wollte. Falls dieser Termin noch zustande käme, hätte Beth nicht das Gefühl, er wäre allein ihretwegen gekommen. Das würde die Situation entspannen. Dass der Kunde auf Anhieb einem Treffen noch am selben Abend zustimmte, nahm Edward als freundlichen Wink des Schicksals und machte sich auf den Weg nach London.

In Kensington parkte er seinen Wagen in einer der Straßen, die so wirkten, als legte das Cityleben eine Pause ein. Links und rechts der Häuser standen hohe Bäume, und an den Straßenlaternen baumelten schmiedeeiserne Kübel mit bunten Blumen. Hier roch es nicht nur nach Abgasen, wie in manch anderem Bezirk der Stadt, sondern auch nach Erde und schwachem Blumenduft. Edward genoss das olfaktorische Wunder, wie er es im Stillen für sich nannte. Puls und Herzschlag der Stadt gefielen ihm, besonders seit er im beschaulichen Oxford lebte.

Der Termin dauerte knapp eine Stunde. Edward unterbreitete zwei attraktive Vorschläge, woraufhin ihm ein ordentliches Budget zugesagt wurde. Da es noch zu früh war, um Beth und Mabel zu treffen, kehrte er im ›Hibiscus‹, einem seiner Lieblingsrestaurants in Mayfair, ein.

Nieselregen hatte eingesetzt. Der Applaus drang bis hinaus auf die Straße, als Beth und Mabel aus dem ›Savoy‹ kamen. Edward hatte auf der gegenüberliegenden Straßenseite unter einer Straßenlaterne auf sie gewartet. Mabel entdeckte ihn als Erste. »Ed?!« Sie winkte vergnügt zu ihm hinüber und wandte sich dann an Beth. Edward ging auf die beiden Frauen zu, die Hand in Hand auf ihn warteten. »Was für eine Überraschung!«, sagte Mabel. Sie umarmte ihn zur Begrüßung. Als sie ihn losließ, blickte er in Beth' Gesicht. Ein süffisantes Lächeln umspielte ihren Mund, als er sie an sich zog und ihr ins Ohr hauchte: »Ich hatte beruflich in der Stadt zu tun und dachte, schau mal bei Beth vorbei.«

»Heuchler«, flüsterte sie und küsste ihn auf die Wange. »Aber egal. Jetzt bist du hier.« Insgesamt schien sie sein Erscheinen nicht aus der Fassung zu bringen.

»Was hältst du von einem Drink, Ed? Wir könnten in die Savoy-Bar gehen?«, schlug Mabel vor. Sie deutete zum Hotel hinüber, an dessen Eingang Lichter verführerisch glitzerten. Einige Minuten später nahmen alle drei im schummrigen Licht der Bar Platz. Mattschwarze Wände, goldene Kandelaber und Samtpolster, in denen sie versanken, empfingen sie. Bei Champagner erzählten Mabel und Beth über das Musical. »Die Kostüme waren albern und die Frisuren der Darsteller ebenfalls. Einfach grauenhaft.« Beth verzog entsetzt das Gesicht. Sie schwang sich gern mal zur Kritikerin auf. Das gefiel Edward zwar nicht, doch er tolerierte es, wer war schon perfekt. »Aber die Lieder sind zeitlos und großartig. Alles Hits aus den 60ern und 70ern.« Beth schien nun ehrlich begeistert, und auch Mabel hatte es gut gefallen, wie sie ausführlich erläuterte. Während sie sich angeregt unterhielten, erschien eine Sängerin auf der kleinen Bühne des ›Savoy‹ und stimmte *Yesterday* an. Edward trank seinen Champagner und hörte Mabel zu, die inzwischen von einem Mann erzählte, der hinter ihr gesessen und seine Hand auf ihre Stuhllehne gelegt hatte, sodass es wie ein offensiver Flirt gewirkt hatte. »Wie sah er denn aus?«, wollte Edward wissen. »Keineswegs gut genug, um so was durchgehen zu lassen. Ich stehe auf zurückhaltende Typen.«

Edward griff vorsichtig nach Beth' Hand und hauchte einen Kuss darauf, während Mabel weiter über ihren Tag plauderte, der es in sich gehabt hatte. Sie arbeitete in der Porzellanmanufaktur ihrer Eltern im Controlling und liebte ihre Tätigkeit. Edward mochte ihr quirliges Wesen und genoss das Zusammensein mit den Schwestern. Beth' unbefangenes Lächeln sagte Edward, dass ihr der Abend gefiel. Sie war entspannt, und als Mabel fertig war, erzählte sie von ihrem Tag. Sie berichtete von einem Matisse, den man ihrem Auktionshaus zur Versteigerung angeboten hatte. »Das Bild galt lange als verschollen. Unfassbar, dass es aufgetaucht und nun auf dem Markt ist.«

»Noch unfassbarer, dass ihr den Zuschlag zur Versteigerung bekommen habt. Sicher haben sich weltweit alle Auktionshäuser darum gerissen«, wunderte sich Mabel. »Habt ihr jemanden bestochen?« Beth schüttelte abwehrend den Kopf. »Wir haben einfach die besten Kontakte.«

»Und wie geht es mit dem Bild weiter?«, wollte Edward wissen. Er fand die Geschichte spannend.

»Es ist noch eine Menge zu tun, bevor es *richtig* losgeht. Das Bild muss gereinigt werden. Werbung machen wir natürlich auch. So ein Deal geht nicht einfach so über die Bühne«, erzählte Beth. Sie war aufgekratzt, weil sie, wie alle im Auktionshaus, auf eine Rekordsumme hoffte, von der jeder auf irgendeine Art und Weise profitierte. Beth' Zukunftschancen sahen im Moment jedenfalls rosig aus.

»Und was läuft bei dir ab, Ed?«, wollte Mabel wissen. »Irgendwelche Scheichs, die ihre Gärten in Mayfair von dir neu gestalten lassen wollen?« Edward grinste. »Du weißt doch, Mabel, Namen sind tabu. Meine Kunden plädieren auf ihre Privatsphäre. Aber natürlich habe ich viel Arbeit. Und sogar eine neue Idee«, sagte Edward nicht ohne Stolz in der Stimme.

»Hört, hört!« Beth horchte auf. »Lass uns nicht zappeln. Worum handelt es sich, Ed?«

»Das würde ich euch gern in Ruhe erzählen. Wenn wir unter uns sind«, sagte Edward.

»Bleib über Nacht in der Stadt, dann haben wir die Chance, dich wie eine reife Zitrone auszuquetschen«, schlug Mabel lachend vor. »Wenn Beth einverstanden ist, nehme ich das Angebot gern an und fahre erst morgen früh zurück nach Oxford«, sagte Ed. Er wollte auf keinen Fall gegen Beth' Willen bleiben. Als Beth zustimmend nickte, fiel die Anspannung, die er auf der Fahrt nach London verspürt hatte, von ihm ab. Einen kostbaren Moment lang vergaß er, wie brüchig sein Glück war, und freute sich darauf, mit Beth zusammen zu sein.

»Also dann, trinken wir aus und machen uns auf den Heimweg. Auf Geheimnisse sollte man nicht zu lange warten müssen«, sagte Mabel und zwinkerte ihm verschwörerisch zu.

Edward war noch nie im Haus in Chelsea gewesen und sah sich in den Räumen um, die mit modernen Möbeln und Gemälden ausgestattet waren. Gleich nach ihrer Heimkehr hatte Mabel sich zurückgezogen, damit Edward seine Idee als Erstes mit Beth teilen konnte. »Mabel hat ihr ganzes Geld in die Immobilie gesteckt und einen Kredit aufgenommen, um zu renovieren«, sagte Beth. Edward fixierte ein Gemälde in Gelb und Rosa, das sehr ausdrucksstark war. »Die Preise in Chelsea steigen. Auf jeden Fall ist das Haus in ein paar Jahren wesentlich mehr wert«, meinte er.

»Ja, es war richtig, es zu kaufen«, stimmte Beth zu. »Ich fühle mich wohl hier. Mabel hat viel um die Ohren und ist abends länger unterwegs. Ich glaube, es gefällt ihr, dass ich da bin, wenn sie heimkommt.« Beth deutete auf eine Tür linker Hand. »Übrigens, dort ist das Bad.« Mit Blick auf einen Sessel, der vorm Fenster stand, fragte Edward: »Darf ich?« Beth nickte. »Nur zu.« Sie verschwand im Bad. Als sie zurückkam, war sie in einen cremefarbenen Bademantel gehüllt und hielt eine Zahnbürste in der Hand. »Hier, die kannst du nehmen.« Sie warf Edward die Zahnbürste schwungvoll in den Schoß, glitt aufs Bett, überkreuzte ihre Beine und blickte ihn interessiert an. »Vorm Zähneputzen erzählst du mir aber hoffentlich von deiner grandiosen Idee«, sagt sie auffordernd.

»Also gut«, begann Edward. »Meine Idee hat mit Gartenwerkzeug, Kunst und der Wiederherstellung eines ramponierten Rufs zu tun. Im weitesten Sinne damit, sich selbst nicht zu ernst zu nehmen«, verriet er.

»Jetzt machst du mich aber neugierig«, sagte Beth. Sie griff nach einem Kissen, ließ sich rücklings aufs Bett fallen und schob es sich unter den Kopf. »Mach's doch nicht so spannend.«

»Ich habe vor, eine kleine Kollektion Gartengeräte herstellen zu lassen. Zum Beispiel Spaten, die so gut in der

Hand liegen, dass man keine Schwielen bekommt. Thomas Spencer hat mich auf die Idee gebracht. Ich habe einen Spleen von ihm aufgegriffen.«

»Welchen Spleen?«, fragte Beth. Edward sah die Halsschlagader unter ihrer Haut pulsieren.

»Als Thomas anfing, für mich zu arbeiten, hat er sein Werkzeug individualisiert, indem er – zum Beispiel beim Spaten – ein hübsches Muster in den Griff geschnitzt hat. Er meinte, er würde dann immer nach dem richtigen Werkzeug greifen.« Edward verschränkte seine Hände ineinander. »Thomas ist ein guter Schnitzer. Wenn er seinen Spaten in die Wiese steckt, sieht es wie ein Kunstwerk aus. Mich haben schon etliche Kunden darauf angesprochen.«

»Kann ich mir vorstellen.« Beth nickte. »Aber was hat das mit deinem Plan zu tun?«

»Ich will den Namen Sounderland neu positionieren, Beth. Dafür lasse ich das Werkzeug von einem Künstler bearbeiten. Von Peter Chips – wenn er zusagt.« »*Der* Peter Chips?« Beth schien beeindruckt. Edward nickte. »Peter war mit mir in Eton. Wir haben uns immer gut verstanden, in den letzten Jahren allerdings aus den Augen verloren. Ich werde mit ihm reden.«

»Was bekommt Peter inzwischen für seine Bilder und Skulpturen?« Es war mehr eine rhetorische Frage, denn Beth wusste, dass es eine hübsche Summe war.

»Ein Vermögen«, sagte Edward und grinste. Ihm gefiel Beth' Interesse an seiner Idee. Sie spornte ihn an. »Jedenfalls wird Peter bestimmt mitmachen, wenn ich ihn bitte, die Spaten künstlerisch zu gestalten. Wir waren früher wie Pech und Schwefel. Außerdem gefällt es ihm, dass Gartenutensilien Werkzeug und Kunstwerk in einem sein können. Das liegt auf seiner Linie. Peter ist durch und durch Künstler. Ein Querdenker.«

Beth nickte anerkennend. »Hast du schon überlegt, wie

du das Werkzeug bewerben willst? Du brauchst einen guten Slogan.« Sie hatte sich umgedreht, lag auf dem Bauch und stützte ihren Kopf auf den Händen ab.

Edward nickte. Er legte eine strategische Pause ein, um Beth' Aufmerksamkeit zu steigern, dann rückte er damit raus, was ihm eingefallen war: »Sounderland Gartenwerkzeug. Hält länger als manch guter Ruf.«

Beth sah ihn mit großen Augen an und brach dann in haltloses Gelächter aus. »Nein, wirklich, Edward.« Erst nach einer Weile war sie wieder in der Lage zu sprechen. »Bist du dir sicher, dass deiner Mutter das gefällt? Ich sehe schon ihre zusammengepressten Lippen, wenn sie das hört.«

Edward wollte jetzt nicht über den verpatzten Nachmittag mit seiner Mutter reden. »Manchmal ist zu viel Rücksicht nicht angebracht. Ich mache es auf alle Fälle.«

Beth war aufgestanden und kniete vor Edward. »Warum machst du dir die Mühe, Gartenwerkzeug herstellen zu lassen, das den Anspruch erhebt, ein Kunstwerk zu sein?«

Edward rieb sich sein Gesicht mit den Händen. Sein Geist war noch immer hellwach, aber sein Körper wurde müde. Er ließ sich vom Sessel gleiten, und als er nah vor Beth saß, begann er vorsichtig, ihr Gesicht zu streicheln. »Nenn es einen Neuanfang. Für mich ... für uns ...« Edward fuhr die feinen Linien von Beth' Gesicht nach. Schließlich küsste er sie. Ihre Lippen waren warm und weich. Nach einer Weile legte er seine Hände auf ihre Schenkel, doch Beth schob ihn sanft weg.

»Bitte, Edward«, sagt sie. »Ich weiß noch immer nicht, ob ich es schaffen kann, mein Leben mit der Presse zu teilen. Lass es mich in Ruhe herausfinden.« »Entschuldige«, sagte Edward. »Ich dachte, du wolltest diesen Kuss auch.«

Beth stand auf, zog die Schublade ihres Nachttischs auf und holte einen Prospekt hervor. Auffordernd hielt sie ihn Edward hin. Er griff danach, schlug die erste Seite auf und erblickte ein Teeservice von schlichter Eleganz vor blauem Hintergrund.

»Das ist das neue ›Baby‹ meiner Eltern«, erläuterte Beth. »Reduziertes Design, stolzer Preis. Die Vermarktung läuft gerade an. Und jetzt halt dich fest, Edward. Die Marketingabteilung hat eine Anfrage bekommen, ob ich noch mit dir zusammen bin.«

Edward spürte, wie die Wut, die in Beth brodelte, sich unterschwellig auch in ihm einzunisten begann. Auch ihn bedrückte die Engstirnigkeit mancher Menschen. Doch anders als Beth, hatte er begriffen, dass hadern nichts brachte. Inzwischen suchte er einen Weg aus diesem Dickicht, um wieder glücklich zu sein.

»Ich weiß, dass du nichts für diesen Unsinn kannst. Unangenehm ist es trotzdem«, sprach Beth weiter. »Es ist eine sensible Branche, Edward. Kunden, die sündhaft teures Porzellan kaufen, identifizieren sich mit der Marke. Sie lassen sich leicht von dummen Schlagzeilen verprellen.«

»Ich verstehe, dass dich dieses Gerede belastet. Vielleicht sollten wir uns wirklich eine Weile nicht sehen.« Edward wusste, dass Beth' Eltern ihn mochten. Doch der Ruf ihrer Firma und die Verkaufszahlen standen über allem. Und natürlich war ihm klar, dass Beth sich seit dieser dummen Anfrage einmal mehr wie ein gefangenes Tier fühlen musste und ihre Beziehung zu ihm infrage stellte.

Beth' Wut ebbte merklich ab. Jetzt, da er nachgab, begann sie sich zu entspannen und setzte sich wieder zu ihm. »Solange die erste Werbekampagne für das Porzellan läuft, sollten wir das wirklich tun«, sagte sie. »Und sieh's mal so, bis dahin habe ich vielleicht gelernt, mit deiner Geschichte umzugehen.«

»*Meine* Geschichte?«, wiederholte Edward. Nein, das hier war noch nicht ausgestanden. Er nahm Beth ihre Worte noch immer übel.

»Beantwortest du mir eine Frage?«, fragte er. Beth nickte zustimmend und griff nach seiner Hand.

»Wenn Mabel jemanden umgebracht hätte, wärst du dann automatisch zur Mörderin geworden?«

Beth' errötete, weil ihr die Frage binnen Sekunden ihre Sichtweise vor Augen hielt. »Was für eine Frage, Ed ... Natürlich nicht«, sagte sie leise.

Das Licht der Straßenlaterne fiel schräg ins Zimmer. »Vor einiger Zeit habe ich in einem Journal gelesen, Lieben bedeute, dem anderen zu vertrauen. Ich musste lange darüber nachdenken, ob das stimmt.« Edward schüttelte den Kopf. Eine Geste, die ihn selbst meinte. Seinen Irrtum. »Was meinst du?«, wollte Beth wissen. »Für mich bedeutet lieben zuallererst, mir *selbst* zu vertrauen.« Plötzlich spürte Edward, dass er nicht länger zuschauen und herumgrübeln durfte. Er musste damit beginnen, *wirklich* zu lieben. Ohne Angst vor Zurückweisung oder Verlust. Doch dafür musste er zuerst sich selbst freisprechen. Er war nicht zum Betrüger geworden, nur weil sein Vater in seiner Verzweiflung Versicherungsbetrug begangen hatte. »Ich denke, es ist besser, wenn ich nach Oxford zurückfahre«, sagte er und küsste Beth' Hand zärtlich.

»Bist du mir böse?«, fragte sie, als er aufstand und sich der Tür zuwandte.

»Nein«, sagte er. »Du warst ehrlich, Beth. Das schätze ich an dir.«

Er griff nach seiner Jacke und trat auf den Gang. Beth zog den Bademantel enger um ihren Körper und folgte ihm die Treppe hinunter. »Grüß Mabel, es war ein schöner Abend«, sagte er. An der Haustür schenkte er Beth ein letztes Lächeln.

»Fahr vorsichtig. Versprich mir das«, sagte Beth. Ihre Stimme war zu einem rauen Murmeln geworden. »Versprochen!«, sagte Edward.

Bevor er in seinen Wagen stieg, winkte er Beth zum Abschied zu. Als er losfuhr, fühlte Edward zum zweiten Mal an diesem Tag eine Last von sich abfallen. Die Gespräche mit Beth wirkten plötzlich weniger befremdlich als zuvor. Das Gefühl schleichender Resignation hatte sich abgeschwächt, weil er endlich richtig hinhörte und die Emotionen dabei ausschaltete. Seine Müdigkeit war verflogen. Er drehte das Radio auf. Die ersten Takte von *What a Wonderful World* erklangen. Edward liebte die Musik aus den 50ern und 60ern.

Er lauschte Louis Armstrongs unverwechselbarer Stimme und schmiedete Pläne für den nächsten Tag. Gleich nach dem Aufstehen würde er Will anrufen, und wenn er Lust und Zeit hatte, würden sie miteinander Squash spielen oder frühstücken gehen. Mrs Mielkes Enkeltochter hatte sich nicht gemeldet, fiel ihm ein. Er würde sie noch einmal anrufen. Die Schwierigkeiten des Tages verblassten. Was übrig blieb, war die unbestimmte Ahnung, dass es ihn froh stimmte, sich um etwas kümmern zu können.

17. Kapitel

Juni 2015 – Stow-on-the-Wold, Cotswolds, England

Mrs Jennings zog den Topf vom Herd. »Angebranntes Porridge am Morgen. Wo bist du nur mit deinen Gedanken, Penelope?«, fluchte sie, als Colonel Blakemore hereinkam, um wie jeden Morgen seinen Tee in der Geborgenheit der Küche zu trinken. »Turbulenzen?«, fragte er, warf einen raschen Blick auf sein Spiegelbild im Fenster und richtete den Knoten seiner Krawatte. »Das können Sie laut sagen, Colonel. Aber jetzt habe ich ja Verstärkung«, antwortete Mrs Jennings und drückte ihm den Topf in die Hand. Der Colonel hielt das gusseiserne Ungetüm in den Händen, als könne er sich daran infizieren. Da Mrs Jennings keinerlei Anstalten machte, es ihm wieder abzunehmen, blieb ihm nichts übrig, als notgedrungen zum Spülbecken zu gehen und heißes Wasser einlaufen zu lassen, damit die angebrannte Masse aufweichen konnte.

Mrs Jennings beobachtete, wie er versuchte, seine Krawatte zu schützen, während er den Topf im Wasser schwenkte. »Ihre Krawatte wird schon keinen Spritzer abbekommen, Colonel. Sie müssen nur ein bisschen mit dem Wasser haushalten«, lachte sie amüsiert.

In diesem Augenblick steckte Annett den Kopf zur Tür herein, schnupperte und verzog das Gesicht. »Ist etwas angebrannt?« Mrs Jennings ging mit keinem Wort auf ihr kleines Missgeschick ein, sondern fragte: »Wie steht's mit den Vorbereitungen für die Beerdigung?« Annett ließ die Tür hinter sich zufallen. »Green Form und Mr Wright sind abgehakt«, meldete sie, »und zur Bank gehe ich heute.«

»Klingt, als ginge es voran«, sagte Mrs Jennings zufrieden. »Im Büro hat sich auch etwas getan. Gestern Abend ist eine Buchung für zwanzig Personen für Mitte September

gekommen. Sieben Tage mit Frühstück und High Tea. Ankunft montags.« Sie griff nach dem Handtuch, das über ihrer Schulter hing, und tupfte sich den Schweiß von der Stirn.
»Seit wann bieten wir High Tea an?«, wunderte sich Annett. Sie goss sich Tee ein und gab Milch und Zucker in die Tasse.
»Wenn die Gäste betagter sind oder wegen irgendwelcher Wehwehchen nachmittags im Hotel bleiben möchten, wollen wir sie nicht verhungern lassen, oder, Miss Neumann?«
»High Tea aus Gründen der Humanität, verstehe«, scherzte Annett und kostete ihren Tee.

Sie musste schmunzeln, denn Mrs Jennings war eine Meisterin im Klären brenzliger Situationen.

Wie lange der Hotelbetrieb des ›Black Stag‹ aufrechterhalten bleiben würde, war bislang kein Thema zwischen ihnen beiden gewesen. Sowohl Mrs Jennings als auch Annett vermieden es anzusprechen, aus Angst, sich unerfreulichen Tatsachen stellen zu müssen. Doch natürlich fragte Mrs Jennings sich, wie weit im Voraus sie planen konnte. Mit der Annahme der Gäste war nun zumindest eine Entscheidung bis Ende September gefallen.

»Der nächste Punkt ist das Sheepdog Trial«, fuhr Mrs Jennings fort und nahm ebenfalls einen großen Schluck Tee. Ohne Teetasse am Tisch traf man sie selten an. »Das ist die Prüfung für Hütehunde, die auf dem Gelände eines Schlosses hier in der Nähe stattfindet. Und zwar schon in ein paar Tagen.« Während Mrs Jennings mit einem Auge beobachtete, wie der Colonel sich weiter mit dem Topf abmühte, erklärte sie Annett, was ihr Mann und sie damit zu tun hatten. »Peter hat unseren Fizz das ganze letzte Jahr dafür trainiert.« »Fizz ist garantiert in der Klasse eins. Das sind die Anfänger«, warf der Colonel als kleine Retourkutsche ein.

Mrs Jennings wies ihn mit einem Blick zurecht, den Topf ja ordentlich zu scheuern. »Hören Sie nicht darauf, was der

Colonel sagt. Er ahnt viel und weiß wenig. Die Hütehundeprüfung ist ein ziemliches Spektakel, mit vielen Besuchern, fast ein Volksfest, das können Sie mir glauben.« »Und da dürfen Sie nicht fehlen und werden deshalb nicht hier sein können«, folgerte Annett. Mrs Jennings nickte eifrig. »Das eine oder andere Gläschen und ein Stück Kuchen werde ich mir gönnen. Und ein bisschen Tratsch kann auch nicht schaden. Man muss informiert sein. Sagte auch Ihre Granny immer.« Eine Piepen kündigte den Eingang einer SMS auf Annetts Handy an. Sie hatte es vorhin in die Hosentasche gesteckt und widerstand der Versuchung, die Nachricht direkt zu lesen. »Ich frage Stella, ob sie aushelfen kann. Was meinen Sie?«, schlug sie Mrs Jennings vor.

»In der Küche ist sie zu gebrauchen.« Mrs Jennings überlegte und tippte sich dabei mit dem Finger an die Lippen. »Und die Rezeption könnte unser lieber Colonel übernehmen. Nur für diesen einen Tag. Nicht wahr, Colonel?«, sagte sie zu Blakemore gewandt. »Unter uns gesagt, bei den Damen macht er noch immer Eindruck«, flüsterte sie in Annetts Richtung und kicherte. »Sie können ruhig laut reden«, sagte der Colonel und straffte sich. Er stellte den blitzblanken Topf auf den Herd und richtete erneut seine Krawatte. Diesmal hatte sie es nötig.

Annett klopfte Mrs Jennings zustimmend auf die Schulter und nickte dem Colonel zu. »Colonel Blakemore hinterm Empfang. Wenn das kein Aushängeschild für das ›Black Stag‹ ist. Und meine Eltern können ebenfalls helfen.« »Nicht nötig!«, sagte Mrs Jennings. Sie stieß einen schweren Seufzer aus und verschwand nach draußen, um Schnittlauch zu holen.

Annett aß rasch ein Spiegelei mit Butterbrot und begann dann, die Tische im Salon einzudecken. Doch zunächst warf sie einen Blick auf ihr Handy. Die SMS stammte von Ingo, wie sie es sich erhofft hatte. Als alles für das Frühstück gerichtet war, zog sie sich in Jettas Büro zurück, um die Mail zu lesen, auf die Ingo in seiner SMS verwiesen hatte.

Er schrieb, dass er mit den Vorbereitungen für Washington so viel zu tun habe, dass er zu nichts anderem komme. Noch nicht mal zum Traurigsein.

Ich denke an Dich, Annett. Abends, bevor ich einschlafe. Das ist die einzige Zeit am Tag, in der ich überlege, ob unsere Trennung richtig war. Aber egal, wie lange ich darüber nachdenke, ich weiß nicht, was zur Zeit gut und richtig ist, außer dass Washington eine Riesenchance für mich ist. Was ich ebenfalls weiß, ist, dass ich alles, was passiert, akzeptiere. Es ist nicht so, dass echte Trauer keinen Platz in meinem Leben hätte. Aber ich habe mich entschlossen, sie nicht zuzulassen. Um meiner Zukunft willen.

Annett las die Mail mehrmals, bis sie sie fast auswendig konnte. Plötzlich bemerkte sie, dass jemand hinter ihr stand. Es war Mrs Jennings, die im Türrahmen lehnte und sie beobachtete. »Schlechte Nachrichten?« Annett zuckte die Schultern. »Nein. Das heißt, ich weiß es nicht. Vielleicht habe ich mit etwas anderem gerechnet.«

Mrs Jennings kam näher und blieb neben dem Schreibtisch stehen. »Ich nehme an, der Brief ist von Ihrem Freund! Jedenfalls sehen Sie ziemlich erschüttert aus.« Sie sagte es auf eine zurückhaltende Art, die Annett nicht von ihr kannte. »Ex-Freund«, stellte Annett richtig. »Ich habe mich von ihm getrennt. An dem Tag, als Jetta gestorben ist.« »Oh!«, sagte Mrs Jennings nur. Als sie einen Fleck auf dem Schreibtisch entdeckte, rieb sie energisch mit ihrem Küchentuch darüber. Zufrieden, etwas erledigt und Annett ein bisschen Zeit gelassen zu haben, sprach sie weiter. »Was Sie kränkt, ist, dass er nicht hier ist, nicht wahr? Ob Ex oder nicht, er hätte kommen können. Das denken Sie doch?!« Annett nickte. Ihre Lippen zitterten, doch sie riss sich zusammen und schaffte es, sich zu beruhigen.

»Das ist nicht alles. Ich empfinde noch etwas für Ingo«, sagte Annett, obwohl sie das eigentlich hatte für sich behalten wollen. Mrs Jennings ließ sich auf die Kante des Schreibtischs fallen, nahm Annetts Hand und tätschelte sie. »Vergessen Sie nicht, *Sie* haben sich getrennt. So war es doch, nicht wahr?«

»Ja«, sagte Annett leise. »Aber es ist mir nicht leicht gefallen, und ich frage mich die ganze Zeit, ob es übereilt war? Oder überhaupt falsch?«

»Unsinn!«, sagte Mrs Jennings. »Ich sage Ihnen eins, Miss Neumann. Es war richtig, *weil* Sie es getan haben. Sie hätten es nicht übers Herz gebracht, wenn etwas in Ihnen es nicht gewollt hätte. Dass Jetta ausgerechnet an dem Tag gestorben ist, macht es zu etwas Bedeutsamen für Sie. Lassen Sie sich davon nicht beirren. Sie sind einer inneren Stimme gefolgt.«

Mrs Jennings streichelte Annett weiter liebevoll über die Hand, und Annett beruhigte sich langsam.

»Ich würde Ihnen gern eine Geschichte erzählen«, fuhr Mrs Jennings fort. »Sie handelt von mir, als ich noch grün hinter den Ohren war, Peter und ich waren schon eine Weile zusammen. Ungefähr ein gutes halbes Jahr vor unserer Verlobung habe ich mich ganz unerwartet in einen anderen Mann verliebt. Mit Herzflattern und Bauchkribbeln, aber auch jeder Menge Selbstzweifel. Er war einer dieser gutaussehenden Kerle, von denen ich immer angenommen hatte, dass sie sich für die Penny mit ein bisschen zu viel Fleisch auf den Rippen nicht interessieren könnten.«

Mrs Jennings verschränkte die Arme vor der Brust. Ihr Gesicht verzog sich bei der Erinnerung an längst vergangene Zeiten, als sie weitersprach. »Ich will nicht zu weit ausholen … jedenfalls wollte ich damals wissen, was in meinem jungen Leben möglich ist. Ich hatte Sex mit dem Mann.«

Annett nickte verständnisvoll. »Wie ging es weiter? Und wie hieß Ihre Eroberung überhaupt?«, fragte sie.

Mrs Jennings seufzte laut. Auf ihrer Stirn bildeten sich Falten. »Er hieß Ringo. Wie Ringo Starr. Was ich ziemlich spektakulär fand. Dann passierte etwas Schreckliches. Meine Hündin wurde von einem Laster überfahren. Drei Wochen nachdem Ringo und ich zusammengekommen waren.«

»Oh, wie furchtbar!« Annett schüttelte entsetzt den Kopf.

»Ja, das war es«, sagte Mrs Jennings. »Ich war sehr traurig damals und wünschte mir, Ringo würde mich trösten. Als es am nächsten Tag klingelte, ging ich in der Gewissheit zur Tür, es sei Ringo, der mir beistehen wollte. Doch als ich die Tür öffnete, stand Peter vor mir. Er hatte einen Welpen auf dem Arm, den er mir so ungelenk entgegendrückte, dass ich ihn zwischen all dem Fell kaum noch sehen konnte. Er sagte, er habe vom Tod meiner Hündin erfahren und wisse, dass ich traurig sei. Ich fragte ihn, ob er nicht von mir und Ringo gehört hätte. Er sagte: ›Das ist jetzt egal. Ich will, dass jemand bei dir ist, wenn du weinst.‹ Seine Worte machten mich zornig. Ich schrie ihn an. ›Glaubst du nicht, dass Ringo derjenige ist, der meine Tränen trocknen wird?‹ Das fragte ich ihn.« Annett lauschte andächtig jedem Wort. »Was hat er geantwortet?«, wollte sie wissen. Mrs Jennings seufzte. »Er sagte: ›Nein. Du kannst mit Ringo eine Menge Spaß haben, aber Trost spendet er dir sicher nicht. Der weiß noch nicht mal, wie man das buchstabiert.‹ Das waren seine Worte.« Mrs Jennings holte tief Luft. Sie war noch immer gerührt. »Das Ende liegt auf der Hand, Miss Neumann. Ich wusste, wenn ich jemanden für länger wollte, jemanden, mit dem ich gut durchs Leben kommen konnte, wäre es Peter. Ringo war sehr für Spaß und die schönen Dinge zu haben. Man konnte wirklich fantastisch mit ihm in den Tag hineinleben. Die schweren Momente blendete er lieber aus. Peter … der war für jeden Moment zu haben … und das ist bis heute so geblieben.« Annett begann, die Verbundenheit zwischen Jetta und Penelope Jennings zu begreifen. Verstand, warum Jetta so große Stücke auf Mrs Jennings gehalten hatte. Wie oft traf man einen Menschen, der so einfühlsam war wie sie und der es schaffte, nie zu weit zu gehen, obwohl er kein Blatt vor den Mund nahm.

»Danke für den intimen Einblick in Ihr Leben und die schöne Botschaft, die dahintersteckt, Mrs Jennings«, sagte Annett.

»Gern geschehen.« Mrs Jennings wandte sich zum Gehen.

»Einen Moment noch«, sagte Annett. Mrs Jennings spürte Annetts Hand schwer auf ihrer Schulter. »Seit ich in die Küche gekommen bin, frage ich mich, ob Ihnen das Porridge angebrannt ist, weil meine Eltern bald hier eintreffen? Was sonst könnte Sie so beunruhigen, dass Sie ihr heißgeliebtes Porridge aus den Augen verlieren?«

»Wissen Sie«, antwortete Mrs Jennings nach einer Weile. »Ich bin mir darüber im Klaren, dass Ihre Mutter jetzt die Chefin hier ist. Was ich nicht weiß, ist, was passieren wird, wenn mir ein falsches Wort herausrutscht oder wir aneinandergeraten? Sie kennen doch mein loses Mundwerk.«

»Sie meinen es doch nie böse, Mrs Jennings. Ganz im Gegenteil«, versuchte Annett, sie zu beruhigen. Sie war Mrs Jennings unendlich dankbar, dass sie den schwierigsten Punkt, den eventuellen Verkauf des ›Black Stag‹ ausgespart hatte. Wenn erst ihre Eltern hier wären, würde sie sich noch früh genug damit herumschlagen müssen. Das wusste Mrs Jennings, und deshalb gönnte sie ihr ein paar letzte ruhige Stunden. Da war Annett sich sicher. »Ich weiß, dass Sie uns nicht im Stich lassen, Miss Neumann, aber wenn die Beerdigung und all das vorbei ist, müssen Sie zurück nach Berlin ... während der Colonel, Stella und ich hierbleiben und Ihre Mutter noch immer der Boss ist. Und daran kann nichts und niemand etwas ändern.«

»Auch, wenn ich im Moment keine Lösung parat habe, eines verspreche ich Ihnen, ich werde nicht abreisen, ehe hier alles geklärt ist. Das bin ich Jetta schuldig«, sagte Annett mit energischer Stimme. »Jetta rief mich kurz vor ihrem Tod an und bat mich inständig darum, herzukommen. Vielleicht wollte sie ihren letzten Willen mit mir besprechen. Und falls dem so war, hätte sie mich sicher darum gebeten, an alle, die dem Hotel verbunden sind, zu denken«, sagte Annett.

»Und wenn etwas anderes der Grund war, weshalb Sie herkommen sollten? Vielleicht ging es um ein Buch?« Mrs Jennings biss sich auf die Unterlippe, während sie nachdachte.

»Welches Buch?«, forschte Annett neugierig nach.

»Jetta sprach ein paar Mal von einem Buch, das sie unbedingt lesen müsse.« Mrs Jennings kaute noch immer an ihrer Lippe herum, sprach schließlich zögernd weiter. »Sie wirkte bedrückt, wenn sie davon redete. Dieses Buch schien ihr sehr wichtig zu sein. Welches es war, sagte sie leider nicht.«

Annett zuckte resigniert die Schultern. »Bei den Büchermengen, die Jetta überall im Haus verstreut hat, wird es nicht einfach sein, es zu finden. Ich weiß ja noch nicht mal, wonach ich Ausschau halten müsste.«

»Haben Sie schon ihre privaten Zimmer durchgesehen? Vielleicht findet sich dort etwas?«

»Es war noch keine Zeit ... außerdem wäre es mir pietätlos vorgekommen«, sagte Annett wahrheitsgemäß.

»Ich weiß, es ist schwierig, aber versuchen Sie, Ihre Scheu zu überwinden, und schauen Sie sich ein bisschen um. Es bleibt Ihnen nicht erspart.« Annett nickte. Mrs Jennings hatte recht. Es machte keinen Sinn, wichtige Tätigkeiten aufzuschieben. Sie war hergekommen, um sich um Jettas Begräbnis und ihre Hinterlassenschaft zu kümmern.

Als Mrs Jennings zurück in die Küche kam, hatte sich ihre Stimmung deutlich gehoben. Im ›Black Stag‹ ging nichts ohne sie. Genau genommen brauchte Anne Neumann sie wie ein Spatz einen Krümel Brot. Mrs Jennings griff nach dem Topf, den der Colonel geschrubbt hatte, schüttete Haferflocken hinein, goss mit Wasser auf und gab eine Prise Salz hinzu. Mit routinierten Handgriffen bereitete sie das Porridge zu, danach schlug sie Eier in die Pfanne und briet sie mit Speck. Dazu erklang die Stimme von Doris Day aus dem Radio. »*Que sera, sera. What ever will be, will be.*« Mrs Jennings' Gesicht hellte sich auf. Doris Day und Kummer passten nicht zueinander. *Du musst aufhören, dir Sorgen zu machen.* Das wollte Doris ihr mit dem Song sagen. Dessen war Mrs Jennings sich sicher.

18. Kapitel

Juni 2015 – Cotswolds, England

Cornelius steuerte den Wagen die sanft gewundene Straße entlang. Plötzlich entdeckte er einen Stein am Wegrand, in den ein Schaf gemeißelt war. »Schau mal, Anne. Die Schafe der Cotswolds in Stein gemeißelt. Hübsche Begrüßung, nicht wahr?«

Anne, die sich in die Straßenkarte vergraben hatte, hob kurz den Kopf und blickte hinaus. »Area of Outstanding Natural Beauty. Nett«, sagte sie ohne großes Interesse. Sie faltete die Karte zusammen und zog einen Zettel aus ihrer Tasche. »Ich rufe jetzt Mr Hawick an. Je eher wir über den Verkauf des ›Black Stag‹ verhandeln, umso besser.«

»Sollten wir vorher nicht mit Annett sprechen?« Cornelius nahm die Hand vom Steuer und legte sie auf Annes Arm, während seine Augen weiter konzentriert auf die Straße gerichtet blieben. Man hätte nicht sagen können, was in ihm vorging. »Aus welchem Grund sollte ich das tun? Damit sie etwas dagegen sagen kann?«, fragte sie gereizt. »Annett hat genug mit der Beerdigung, dem Termin für die Testamentseröffnung und dem Hotel zu tun. Sie wird froh sein, wenn wir den Rest regeln. Außerdem ist es mein Erbe. Ich muss niemanden fragen, bevor ich Entscheidungen treffe.«

Cornelius lenkte mit einem Nicken ein und sagte bloß: »Dann ruf Hawick an. Du hast ja seine Nummer.« Anne wollte weitere Diskussionen im Keim ersticken und begann, Hawicks Nummer in ihr Handy zu tippen. Doch plötzlich schrie sie auf und griff Cornelius ins Lenkrad. »Ein Hase. Pass doch auf!«, brüllte sie. Der Wagen scherte aus, kam mit den äußeren Rädern ins Grün, dann wieder zurück auf den Asphalt. »Meine Güte, Anne! Was treibst du denn? Dort läuft er doch.« Anne spürte, wie die Gefühle in ihr Achterbahn fuhren. Sie folgte mit dem Blick Cornelius' ausgestreckter Hand und sah den Hasen am Feldrand entlanghoppeln. Ihr Herz hämmerte wild. »Verdammter Linksverkehr. Damit kommt doch kein Mensch klar«, murmelte sie vor sich hin.

Eine Weile fuhren sie schweigend durch die Landschaft. Jeder hing seinen eigenen Gedanken nach. Cornelius wusste, wenn Anne sich stark und selbstsicher gab, war sie meistens verunsichert und quälte sich mit Fragen, die sie ihm jedoch nicht anvertraute. Doch er kannte Anne lange genug, um zu ahnen, was sie beschäftigte »Die Landschaft hier fasziniert mich«, sagte er nach minutenlanger Stille. »Im Grunde gibt es doch gar nicht viel zu sehen«, erwiderte Anne. Sie sah aus dem Fenster, Felder ringsum und eine Lichtung ein paar Meilen entfernt.

»Gerade das gefällt mir«, sagte Cornelius. »Weiden und Wiesen, wohin man sieht, und die Mauern aus lose aufeinandergeschichteten Steinen.« Er schwärmte regelrecht. »Hier und da ein Fluss oder Bachlauf ... und dann die Teiche. Ganz abgesehen von den hübschen Ortschaften. Und das Klima bietet beneidenswerte Voraussetzungen für Gärtner.«

»Nicht, dass du noch hierbleiben willst.« Anne warf Cornelius einen versöhnlichen Blick zu. Natürlich war es schön hier. Das sah sie auch, sie war ja nicht blind. Doch da sie sich keine Abweichung vom ursprünglichen Plan leisten konnte, missfiel ihr Cornelius' Schwärmerei.

Sie nahm einen neuen Anlauf und tippte noch einmal Mr Hawicks Nummer in ihr Handy, während sie weiter auf Cornelius einsprach. »Wir sollten uns mit Hawick treffen, *bevor* wir im ›Black Stag‹ Quartier beziehen. Geregelt ist geregelt.«

»Ein Hotelverkauf ist keine Kleinigkeit, Anne. Wenn du mich fragst, sollten wir uns schon die nötige Zeit dafür nehmen«, erwiderte er. Anne konzentrierte sich auf das Handy an ihrem Ohr und hörte nun eine Stimme vom Band, die sie zum Warten aufforderte. »Hawick hat es schon immer aufs ›Black Stag‹ abgesehen. Wer findet schon eine Dependance gleich gegenüber von seinem Hotel? Wir müssen uns nur über den Preis einigen. Das ist alles.«

»Fällt es dir wirklich so leicht, Jettas Lebenswerk zu verscherbeln?« Anne gab Cornelius mit einer Geste zu verstehen, dass Hawick nun am Apparat war. Sie begrüßte ihn überschwänglich, und nachdem sie die üblichen freundlichen Floskeln ausgetauscht hatten, kam sie zum eigentlichen Anlass ihres Anrufs.

»Und?«, forschte Cornelius nach, als Anne das Handy nach wenigen Minuten in ihren Schoß gleiten ließ und sich zufrieden in den Sitz lehnte. »Der Fisch ist an der Angel!«, sagte sie. »Was für eine Erleichterung, endlich die Vergangenheit abzuschließen. Das verstehst du doch, oder?«

Cornelius bog an einer Kreuzung rechts ab und beschleunigte wieder. »Ich versuche es«, sagte er und zwang sich ein zaghaftes Lächeln ab.

»Jetzt sei nicht so zart besaitet«, verlangte Anne. »Sicher, Jetta hat viel ins ›Black Stag‹ investiert, nur, was sollen wir mit einem Hotel in den Cotswolds anfangen? Von Berlin aus können wir das nicht regeln, selbst wenn wir wollten. Es wäre nichts als eine Belastung.«

»Du musst das handhaben, wie es für dich am besten ist.« Anne atmete auf. Trotz ihrer Diskussionen war sie froh, Cornelius an ihrer Seite zu haben. Er war zwar ein Grübler, der dazu neigte, alles ausführlichst abzuwägen und sich mit seinem Urteil zurückzuhalten – er zeigte auch da Verständnis, wo Anne längst aufgegeben hatte –, aber er war für sie da.

Während sie die engen Straßen der Cotswolds entlangfuhren und sich Stow-on-the-Wold näherten, erinnerte Anne sich unangenehmerweise an die Affäre, die Cornelius vor vier Jahren gehabt hatte. Als sie es herausgefunden hatte, war sie wütend gewesen und hatte ihm eine Szene gemacht, die er mit stoischer Ruhe über sich ergehen lassen hatte. Dann war etwas Seltsames passiert. Sie hatte begonnen, ihn in anderem Licht zu sehen. *Ihr* Cornelius, ihr sanfter Ehemann hatte eine Geliebte. Darauf hätte sie nie und nimmer gewettet, weil er zu bequem und vor allem zu entscheidungsschwach war. Unerwarteterweise hatte dieser Fehltritt sie einander näher gebracht, denn sie entdeckte neue Seiten an ihrem Mann und eine Stärke, die ihn wieder attraktiv für sie machte.

Nachdem sie die ersten Gespräche mit Tränen und schlimmen Vorwürfen hinter sich gebracht hatten, hatte sie darauf bestanden, dass er die Affäre beendete. Er hatte zugesagt, allerdings auf seinem Tempo beharrt, weil er kein unnötiges Porzellan zerschlagen wollte. Dieser Punkt war nicht zu verhandeln, das hatte sein unnachgiebiger Blick Anne verdeutlicht. So standhaft kannte sie ihn nicht. Und da sie keine endgültige Trennung wollte, hatte sie nach einer strategischen Schmollzeit nachgegeben.

Nach der Trennung von seiner Geliebten war ihre Beziehung besser geworden. Sie waren sich mit mehr Respekt und Achtung begegnet, hatten einander seit langem wieder ihre Liebe gezeigt.

Mit der Zeit hatte sich das neue Bild jedoch eingetrübt. Anne entdeckte Verlustängste in sich, die sie jedoch vor Cornelius verbarg. Doch sie konnte nicht länger die Augen davor verschließen, dass Cornelius nicht alles guthieß, was sie dachte und tat. Weshalb hätte er sie sonst betrogen?

Manchmal hatte sie Angst, ihn zu sehr zu enttäuschen. Nicht zu entsprechen war ein schlimmes Gefühl. Eins, das sie überall mit hinnahm. Natürlich hatte sie darüber nachgedacht, sich zu ändern. Doch immer, wenn sie sich vornahm, einfühlsamer und weicher zu sein und manchmal nachzugeben, kam sie sich wie eine Fremde im eigenen Körper vor und scheiterte kläglich. Inzwischen hatte sie den Punkt erreicht, an dem sie annahm, Cornelius sähe etwas Gutes, Außergewöhnliches in ihr und bliebe deshalb bei ihr. Das Gefühl hatte sie anfangs beruhigt, war dann jedoch in Wut umgeschlagen. Wieso war er in der Lage, etwas in ihr zu sehen, das sie nicht in sich finden konnte? Es kam einem erneuten Scheitern gleich.

»Noch acht Meilen, dann nehmen wir den Hügel in Angriff, der hinauf nach Stow-on-the-Wold führt«, sagte Cornelius.

Als sie wenig später vor dem ›Stow-Lodge-Hotel‹ hielten, ging heftiger Regen nieder. Sie warteten, bis der Schauer vorübergezogen war und zwischen einzelnen Regentropfen die Sonne hervorkam, dann stiegen sie aus. Der Asphalt dampfte in der plötzlichen Wärme. Anne stieg über eine Pfütze, blieb unterm Torbogen, der zum Hotel führte, stehen und blickte sich nach Cornelius um, der ihr mit etwas Abstand folgte. »Wir hätten Gummistiefel mitbringen sollen«, sagte sie zu ihm.

»Und Regenjacken.« Cornelius griff nach ihrem Arm und steuerte mit ihr den Hoteleingang an. »Schau dir den Rasen an. Und die schönen Eisenbänke und Schirme«, sagte er bewundernd, während sie den Garten durchquerten. Sie blieben einen Augenblick stehen, um die Schönheit des Gartens aufzunehmen, und betraten dann die Halle des Hotels, wo sie schon von Mr Hawick erwartet wurden.

Er war ein Mann von immenser Größe und enormem Körperumfang. Ein großer, freundlicher Bär, der allerdings genau wusste, was er wollte.

»Mrs Neumann. Mr Neumann«, sagte er höflich und breitete die Arme aus. Eine nette Geste, wie Anne fand. »Darf ich Ihnen eine Erfrischung anbieten? Eine Orangeade.« Er blickte auf Anne. »Oder ein Hurricane Ale, Guinness oder Stowford Press?« Nun wandte er sich an Cornelius.

»Ein Guinness wäre jetzt das Richtige«, sagte Anne. »Für mich auch. Wir müssen ja nicht mehr fahren«, stimmte Cornelius zu. Hawick gab die Bestellung auf. Dann zogen sie sich in sein Büro zurück, das einen grandiosen Blick in den Garten bot. Als Erstes sprach George Hawick ihnen sein Beileid aus. Er sah tatsächlich betroffen aus. »Mrs Mielke war eine angesehene Persönlichkeit in unserem Ort. Ihr Tod trifft uns alle sehr.« Anne war von Hawicks ehrlichen Worten überrascht und sah zu Boden. Sie wusste nicht, weshalb Hawicks Worte sie so bewegten. Vielleicht, weil sie nicht mit solcher Emotionalität gerechnet hatte. Sie riss sich zusammen und blickte auf. »Der Tod meiner Mutter hat uns unerwartet getroffen«, begann sie. Hawick nickte, und Cornelius griff nach ihrer Hand, drückte sie fest und ließ sie wieder los. »Und nun gilt es vieles zu regeln.« Anne holte tief Luft. »Nicht, dass ich die Arbeit meiner Mutter, alles, was sie aufgebaut hat, nicht zu schätzen wüsste. Aber mein Mann und ich ... wir haben unser Leben in Berlin und können uns nicht um ein Hotel in England kümmern. Ich will nicht lange drum herumreden, Mr Hawick. Sie zeigen seit Jahren Interesse am ›Black Stag‹, deshalb würde ich es Ihnen gerne verkaufen. Ich denke, es wäre auch im Sinn meiner Mutter, dass es in Ihre Hände fällt. Schließlich waren sie Nachbarn.«

Mr Hawick umklammerte die Lehnen seines Stuhls und ließ Annes Angebot einen Moment auf sich wirken. »Sie liegen richtig. Ich habe Interesse am ›Black Stag‹«, antwortete er. »Nicht nur, weil es ein Haus mit Geschichte an einem herrlichen Ort ist, sondern vor allem, weil die Kapazitäten des ›Stow-Lodge-Hotels‹ ausgeschöpft sind. Mein Plan sieht vor, das ›Black Stag‹ von Grund auf zu renovieren. Küche, Rezeption und Frühstücksraum würden neuen Zimmern weichen. Im ersten Stock wäre Platz für ein, zwei Suiten.« Anne hielt ihre Augen konzentriert auf Mr Hawick gerichtet. »Klingt vernünftig ... und so, als hätten sie alles bereits perfekt durchdacht«, sagte sie. »Welcher Preis würde Ihnen denn für das Hotel vorschweben?« Mr Hawick nannte eine Summe. Weit mehr, als Anne gedacht hatte. Sie zwang sich, Cornelius nicht anzusehen. Sie wusste auch so, dass er ihr unmerklich zunicken würde. »Das erscheint mir akzeptabel«, sagte sie. »Wir müssen natürlich eine Übergangsfrist einhalten. Zurzeit sind Gäste im Hotel und Buchungen gibt es auch. Außerdem müssen wir Mrs Jennings Arbeitsvertrag auflösen. Da kommt vermutlich eine satte Abfindungszahlung auf uns zu.«

»Colonel Blakemore«, warf Cornelius ein. »Er hat einen langfristigen Mietvertrag.« Er sah Anne an.

Hawick zuckte gelassen mit der Schulter. »Im Spätherbst würde ich gern zügig umbauen wollen. Sehen Sie das als nicht zu verhandelnde Voraussetzung für meine Zusage.«

Anne nickte, um Hawick diesbezüglich zu beruhigen. »Keine Sorge, Mr Hawick. Wir können uns nicht allzu lange hier aufhalten. Mein Mann und ich haben Verpflichtungen in Berlin. Wir wollen nur die Beerdigung hinter uns bringen und den Verkauf regeln.« Anne spürte, dass der letzte Satz ihr wie ein Gewicht auf der Brust lag. *Wir wollen nur die Beerdigung hinter uns bringen und den Verkauf regeln.* Es klang so nüchtern. So, als habe sie ihre Gefühle auf Eis gelegt. Oder als habe sie gar keine. »Kommt mir entgegen«, sagte Mr Hawick. Anne hörte ihn wie von fern darüber reden, wann und wie sie alles am besten regeln könnten, doch ihre Gedanken schweiften ab.

Nachdem ihre erste Wut über den unerwarteten Tod ihrer Mutter verraucht und Annett nach England abgereist war, hatte sie endlich um Jetta trauern können. In der Sicherheit ihres Alltagslebens konnte sie die Trauer zulassen, sie empfand sie sogar erleichternd, doch hier, wo Jetta gelebt hatte und wo sie ihr immer fremd geblieben war, fühlte sie nur unendliche Geschäftigkeit und den Wunsch, reinen Tisch zu machen.

Mr Hawick stand auf. »Aus meiner Sicht hätten wir das Wichtigste geklärt«, sagte er, und Cornelius erwiderte: »Wir melden uns, wenn der Vorvertrag ausgearbeitet ist.« Anne reichte Hawick die Hand und verließ mit Cornelius das Hotel. Als sie durch den Garten Richtung Straße zu ihrem Mietwagen gingen, erblickten sie auf der gegenüberliegenden Straßenseite Jettas Hotel. Obwohl es den Häusern zu beiden Seiten ähnelte – gelbgrauer Stein, wohin man sah –, ging etwas Besonderes von dem Gebäude aus. Es wirkte wie eine ruhige Insel im Getümmel hektischen Lebens.

Anne beobachtete ein halbes Dutzend Gäste, die vor dem Eingang stehen blieben. Eine Frau deutete auf das schmiedeeiserne Schild. Es zeigte einen schwarzen Hirsch auf hellem Untergrund und wies das ›Black Stag‹ als Hotel aus. Die Frau sagte etwas, die anderen nickten. Alle schienen bester Laune zu sein und verschwanden gleich darauf im Innern des Hotels. »Schade, trotz allem«, sagte Anne mit einem Mal.

Cornelius blickte sie verwundert an. »Keine Sorge, ich wanke nicht in meinem Entschluss, das ›Black Stag‹ abzustoßen. Ich bin ja nicht blöd«, versprach Anne. »Hawicks Angebot ist lukrativ. Wir könnten uns ein paar Träume erfüllen. Mehr reisen, es ruhiger angehen lassen.« Anne seufzte.

»Trotzdem tut es dir für die ergrauenden Damen in ihren Barbourjacken leid, die sich hier jahrelang die Hacken wund gewandert haben. Gott sei Dank haben Jettas Einsatz und Mrs Jennings' Frühstücksbuffet das alles wettgemacht«, brachte Cornelius es auf den Punkt.

Anne riss sich aus der sentimentalen Stimmung. »Komm, lass uns hinübergehen.« Sie öffnete den Kofferraum des Wagens und wollte schon nach ihrem Trolley greifen, als Cornelius sie zurückhielt. Er deutete zu ›Huffkins Tea Rooms‹

wenige Schritte vom Parkplatz entfernt. »Was hältst du von Scones bei Huffkins?«

Annes Augen weiteten sich. »Mit Clotted Cream ...«

»Und dazu starken Countess Grey Tea!« Cornelius nahm Annes Kommentar als Zustimmung, schloss den Kofferraum, griff nach ihrer Hand und rannte mit ihr los. Ein Schwarm Vögel flog auf und umschwirrte sie einen flüchtigen Moment, als sie bei dem Café mit der grünen Fassade ankamen.

19. Kapitel

Juni 2015 – Stow-on-the-Wold, Cotswolds, England

Der Junge saß auf der Treppe. Er hatte sein Gesicht in einem Comic vergraben und trommelte mit den Fingern auf die Treppenstufe.

Annett beugte sich zu ihm hinunter, sodass sie sein zartes, blasses Gesicht zu sehen bekam. »Ich bin Annett Neumann und kümmere mich um das ›Black Stag‹. Zusammen mit Mrs Jennings, die du sicher schon kennst. Kann ich etwas für dich tun?«

»Lukas! Gestern angekommen«, sagte der Junge und blätterte eine Seite seines Heftchens um. Sein Blick war weiter auf die Zeichnungen in seinem Schoß gerichtet, doch seine Körperhaltung war angespannt und erinnerte an eine Katze, die ihre Beute im Visier hatte.

»Dir ist langweilig, nicht wahr?«, fragte Annett.

»Ist doch nichts los hier. Höchstens für England Groupies, wie meine Eltern es sind.«

»Und wieso bist du hier? Ich meine, müsstet du nicht zur Schule gehen?«

Lukas' Füße, die in Turnschuhen steckten, begannen ein unsichtbares Muster auf den Boden zu malen. »Sondergenehmigung. Von wegen Allergiker und Luftveränderung. Übermorgen fahren wir ans Meer.«

»Und bis dahin?«, wollte Annett wissen.

»... muss ich hier mein Englisch aufbessern. Voll öde.« Lukas' Gesicht sprach Bände.

Annett lehnte sich ans Treppengeländer und sah nun auf den Jungen hinab. »Ich kenne einen Fliegenfischer, der fantastisches Oxford-Englisch spricht. Hättest du Lust, mit ihm zu fischen? Er fährt einen coolen Oldtimer. Also wenn du dich für Autos interessierst ...«

Lukas sah auf, versuchte seine Neugier jedoch zu verstecken. »Autos interessieren mich schon«, sagte er nur.

»Wir haben hier um diese Zeit nicht viele junge Leute. Clark Camden, so heißt der Mann, könnte ein wenig Ablenkung gebrauchen. Er hat gerade einen lieben Menschen verloren. Wenn du ihm also ein bisschen deiner Zeit schenkst, würdest du eine gute Tat vollbringen.«

Lukas schien zu überlegen. »Können wir mit dem Oldtimer fahren?«, wollte er nach einer Weile wissen.

Annett nickte. »Ihr müsst ja irgendwie zum Windrush River kommen, um zu fischen.« Lukas' Widerstand schien zu schwinden. Er nickte.

»Dann haben wir einen Deal. Fliegenfischen und Oldtimerfahren für dich und erfreulichere Gedanken für Mr Camden«, zählte Annett auf.

Lukas stand auf und zog an seiner Jeans, die ihm fast in die Kniekehlen gerutscht war. Der Hosensaum streifte am Boden, die Schnürsenkel seiner Turnschuhe waren offen und das T-Shirt, auf dem »Fuck« prangte, war fleckig. »Okay! Aber Babysitten ist nicht inbegriffen. Ich bin übrigens keine Null am Wasser. Mein Vater hat mir vor zwei Jahren versucht, das Fischen beizubringen. Klar?«

»Klar«, sagte Annett. »Alles im Namen des Synergieeffekts!«

Lukas presste seine Finger gegeneinander, bis die Knöchel weiß wurden. »Was ist das denn nun wieder?«

»Wenn sich aus dem Zusammenschluss von Menschen etwas Gutes ergibt, sagt man dazu Synergieeffekt. Dir ist geholfen, weil dir nicht mehr langweilig ist, und Clark vergisst für ein paar Stunden seine trüben Gedanken. Und wie jemand, der babysittet siehst du sowieso nicht aus.«

»Synergieeffekt. Yep! Wo finde ich Clark?« Annett deutete zur Tür hin, die offen stand.

»Komm, ich zeig dir das Haus, wo er wohnt. Wenn deine

Eltern einverstanden sind, rufe ich ihn an, um dich anzukündigen.« Lukas war nun restlos begeistert. »Klar sind die einverstanden.«

»Wenn du bei Clark angekommen bist, ruf mich von seinem Handy aus an. Ich will sichergehen, dass alles in Ordnung ist.«

Lukas nickte und raste davon, um seine Eltern über seine Pläne zu informieren, und Annett rief Camden an, um ihm ihre Idee mit dem Fischen näherzubringen und ihn außerdem zu fragen, ob er am Tag der Prüfung für Hütehunde Colonel Blakemore an der Rezeption unterstützen könne.

Als sie Lukas eine Viertelstunde später verabschiedet hatte, machte sie sich auf den Weg zu Jonathan Mills. Er hatte seine Kanzlei an der Hauptstraße, die aus Stow-on-the-Wold hinausführte. Sie folgte dem leicht abschüssigen Weg, an dessen Seiten sich Geschäfte aneinanderreihten, ging am Cotswolds Cricket Museum und einem kleinen Juwelierladen mit antikem Schmuck vorbei. Inzwischen hatte die Sonne sich zwischen die Wolken geschoben. Die Luft war angenehm warm.

Hoffentlich hatte Jetta ein Testament hinterlegt, sonst würde es schwierig werden, den Nachlass zu regeln, grübelte Annett vor sich hin. Sie war fast bei Mr Mills angekommen, als ihr Handy klingelte. Annett zog es aus ihrer Tasche und hob ab: »Lukas?«, fragte sie. Einen Moment war es still in der Leitung. »Tut mir leid, der bin ich nicht«, sagte eine Männerstimme. »Ich bin Edward Warrender und habe Ihnen gestern eine Nachricht hinterlassen. Es geht um die Grabbepflanzung.«

»Mr Warrender ... natürlich«, sagte Annett. Sie erinnerte sich an seine Stimme auf ihrer Mailbox. »Entschuldigen Sie, ich habe jemand anderes erwartet.«

»Kein Problem«, sagte Mr Warrender. »Ich würde Sie gern treffen, um die Bepflanzung zu besprechen.«

Eine Windböe wirbelte den Staub auf der Straße auf. Annett unterdrückte ein Husten.

»Was halten Sie von einem Kaffee? Egal wo.« Edward Warrenders Stimme war tief und hatte einen angenehmen Klang.

»Darf ich Sie später zurückrufen, Mr Warrender? Meine Eltern kommen heute hier an, und ich weiß noch nicht, welche Pläne sie haben.«

»Rufen Sie mich jederzeit an. Wenn Sie möchten, gehen wir zusammen zum Grab und schauen es uns an.«

»Mrs Jennings hat mir erzählt, dass Sie sich Ihre Arbeit nicht bezahlen lassen wollen. Das ist sehr großzügig von Ihnen, Mr Warrender, aber mir wäre lieber, wenn wir …«

»Ist leider nicht möglich.« Edwards Stimme hatte einen ernsten Unterton angenommen. »Ihre Großmutter hat mir auf dem Markt ein Huhn vor der Nase weggekauft, mich nach begangener Tat allerdings zum Essen eingeladen – gelebte Nächstenliebe. So was vergisst man nicht so schnell.« Er zögert kurz. »Ich mochte sie. Lassen Sie mich das bitte für sie tun.«

Annett hört die Traurigkeit aus Edward Warrenders Worten, und obwohl er ein Fremder war oder vielleicht gerade deshalb, rührte sie seine Bitte. Sie stimmte zu. »Wenn das so ist … gegen ein Huhn auf dem Teller und gelebte Nächstenliebe lässt sich wirklich nichts sagen«, sagte sie lächelnd.

Während sie die letzten Schritte zu Jonathan Mills Kanzlei zurücklegte, versuchte sie sich vorzustellen, was für ein Mensch Edward Warrender war. Er war Landschaftsarchitekt und lebte in Oxford. Mehr wusste sie nicht über ihn. Seiner Stimme nach zu urteilen war er jung. Weshalb fühlte er sich einer verstorbenen älteren Dame, die er kaum gekannt hatte, derart verbunden?

Mills Assistentin, eine Frau in den Vierzigern, öffnete Annett die Tür und führte sie in das Büro ihres Chefs. »Falls es ein Testament gibt, würde ich Sie bitten, es so bald wie möglich zu verlesen«, sagte Annett nach der Begrüßung zu Mr Mills. Sie hatte ihm gegenüber Platz genommen und nippte an einem Glas Wasser, das man ihr gereicht hatte. »Damit würden Sie nicht nur meinen Eltern und mir vieles erleichtern, sondern allen, die mit dem ›Black Stag‹ zu tun haben.«

Als sie das Anwaltsbüro eine Viertelstunde später verließ, hatte sie erfahren, dass Jetta schon vor Jahren ein Testament bei Mr Mills hinterlegt hatte. Glücklicherweise war er einverstanden gewesen, es gleich heute, um sechzehn Uhr zu verlesen. Zufrieden mit sich, trat Annett den Rückweg an. Im Haus neben dem Juweliergeschäft befand sich der Friseursalon, in dem Jetta sich immer die Haare hatte schneiden lassen. ›Mr & Mrs Hair and Beauty‹. Annett blickte durch die halbrunde Fensterscheibe in den kleinen Salon mit den blauen Ledersesseln. Ein Stuhl war noch frei, und noch ehe ihr bewusst wurde, was sie tat, hatte sie schon den Laden betreten. Einen leisen aufsteigenden Zweifel ignorierte sie.

Zwei Stunden später hatte sie kinnlanges Haar, in das als Highlights kastanienbraune Strähnen gesetzt worden waren. Ihre Haare schmiegten sich nun in die Kuhle, unterhalb des Nackens, sodass die freie Haut darunter angenehm von der Sonne gewärmt wurde. Es war ein Gefühl von Freiheit. Wie ein Neubeginn, fand Annett.

Während des Gehens tastete sie mit der Hand immer wieder ihren nackten Hals ab und schüttelte ihr dichtes Haar. Im Flur des ›Black Stag‹ traf sie auf Colonel Blakemore, der begeistert war, als er sie sah. »Alle Achtung«, meinte er. »Das nenne ich einen radikalen Umschwung.«

»Haben sich meine Eltern schon gemeldet?«, wollte Annett wissen. Colonel Blakemore beugte sich vor und wisperte: »Sie sind schon da. Also nicht *hier* ...«, er blickte um sich, »sondern in Stow-on-the-Wold. Penelope hat sie im ›Huffkins‹ gesehen. Sie wollte eine Dose Countess Grey Tea kaufen und hat sie an einem der hinteren Tische entdeckt. Als sie zurückkam, hat sie sich mit sauertöpfischer Miene ins Büro zurückgezogen. Oder besser gesagt, verbarrikadiert.«

»Ich schaue mal nach ihr«, sagte Annett. In Jettas Büro saß Mrs Jennings mit verbissenem Blick vor dem Computer und ging die Einkaufslisten durch. »Wo drückt der Schuh?«, fragte Annett geradeheraus. Mrs Jennings drehte sich abrupt zu ihr um, als habe sie nur darauf gewartet, ihren Ärger loswerden zu können. »Als ich nichts ahnend ins ›Huffkins‹ komme, was glauben Sie, wen ich im hintersten Eckchen sitzen sehe, als wollten sie sich verstecken? Ihre Eltern.« In aller Ausführlichkeit erzählte Mrs Jennings, dass sie heute in aller Herrgottsfrühe aufgestanden war, um Anne und Cornelius bei deren Ankunft hausgemachte Bäckereien anbieten zu können. »Die Qualität im ›Huffkins‹ ist nicht übel, aber mit meiner nicht zu vergleichen«, schloss sie ihren Bericht.

»Ich versichere Ihnen, Mrs Jennings, nach der Reise und bevor hier die Erledigungen losgehen, wollten meine Eltern sicher nur irgendwo in Ruhe sitzen und abschalten. Jeder hat nun mal seine Art, sich vor schwierigen Situationen zu wappnen.« Nachdem Mrs Jennings überzeugt war, dass der Besuch im ›Huffkins‹ weder als schlechtes Omen noch als Ablehnung ihrer Backkunst anzusehen war, begleitete sie Annett zurück zur Rezeption. Kaum hatte sie dort Platz genommen, betraten Anne und Cornelius das ›Black Stag‹. Mrs Jennings gelang ein Lächeln zur Begrüßung. »Darf ich eine Erfrischung oder eine kleine Stärkung anbieten?«, fragte sie und griff nach Annes Reisetasche. Der Blick, den sie Annett dabei zuwarf, hieß so viel wie: Diese kleine Spitze dürfen Sie mir nicht übel nehmen. »Scones oder

Tarte – beides frisch gebacken – warten auf hungrige Gäste«, zählte sie auf, während sie mit der Tasche Richtung Treppe ging.

»Oh, wie reizend«, entgegnete Anne geradezu überschwänglich. »Ich fürchte allerdings, wir müssen ablehnen.« Sie tat so, als sei sie untröstlich. »Wir haben bereits im Flugzeug gegessen.«

Annett und Mrs Jennings wechselten einen vielsagenden Blick. Wenn Penelope Jennings etwas nicht ausstehen konnte, dann waren es Hinterhältigkeit und Lügen. Sie nickte Anne zu und sagte: »Wer würde auch frische Scones wollen, wenn er im Flugzeug dieses abgepackte Pappzeug zu essen kriegt. Da ginge ich schon lieber ins ›Huffkins‹. Da gibt es wenigstens vernünftige Sandwichs.« Sie stellte die Reisetasche an der Treppe ab, verzog ihren Mund zu einem süßlichen Lächeln und rauschte in Richtung Rezeption davon. Annes Mund stand offen, als sie ihr hinterhersah. »Ist sie etwa eingeschnappt?«, brachte sie nach einer Schrecksekunde beleidigt heraus. »Nein! Bloß betroffen. Als sie eben im ›Huffkins‹ war, um die Orangenkekse zu kaufen, die du so gern magst, musste sie erfahren, dass sie ausverkauft sind«, sagte Annett, ohne dabei rot zu werden. Sie griff nach der Tasche, die Mrs Jennings an der Treppe abgesetzt hatte, und ging vor ihren Eltern die Treppe hinauf. Die Befürchtung, ihre Mutter könnte Penelope Jennings die gute Laune wieder vertreiben, die sie eben mit Mühe wiederhergestellt hatte, verflog. *Lass die Wahrheit aufblitzen und signalisiere, dass niemand Macht über dich hat.* Das hatte Penelope Jennings getan. Und sie hatte es nachgemacht – und es fühlte sich großartig an.

»Ihr seid übrigens im ›Roe‹ untergebracht«, sagte Annett, als sie ihrem Vater oben den Zimmerschlüssel überreichte.

»Wie stehen die Dinge? Kommst du voran?«, fragte er. Vermutlich, um irgendetwas zu sagen.

»Um sechzehn Uhr ist unser Termin bei Jonathan Mills. So stehen die Dinge«, antwortete Annett.

»So schnell!« Anne schien überrascht, dass alles so weit gediehen war.

»Ich schlage vor, wenn ihr mit Auspacken fertig seid, treffen wir uns in Jettas Wohnung«, sagte Annett. »Dann können wir alles noch mal durchgehen, bevor wir zum Anwalt aufbrechen.«

Cornelius öffnete die Zimmertür und drückte Annett einen Kuss auf die Stirn.

»Deine Frisur ist übrigens toll, nur dein Gesicht sieht jetzt ein bisschen spitz aus ... aber es wächst ja wieder nach«, rief Anne ihr hinterher, als Annett bereits die ersten Treppenstufen genommen hatte.

»Kein Lob ohne einen kleinen Tadel. Damit ich im Gleichgewicht bleibe, nicht wahr?«, konnte Annett sich nicht verkneifen zu sagen. Anmerkungen wie diese waren typisch für ihre Mutter. Doch seltsam, als sie an Mrs Jennings Auftritt und ihrer beider Worte vorhin dachte, war das Gefühl der Kränkung so schnell verschwunden, wie es gekommen war.

Bis zum Eintreffen ihrer Eltern fing Annett an, sich endlich in Jettas Wohnung umzusehen. Als Erstes nahm sie sich die umfangreiche Büchersammlung vor. Danach durchstöberte sie Jettas privaten Sekretär, in dem noch ungeöffnete Post lag. Rasch überflog sie den Stapel Briefe, fand jedoch nichts, was sie hätte aufmerken lassen. Nach einer Weile wurde ihr Suchen hastiger, eindringlicher, weniger bedächtig. Noch einmal widmete sie sich den Büchern, schaute sich den Klappentext einzelner Romane an, griff welche heraus, blätterte durch die Seiten, stellte sie auf den Kopf und schüttelte sie. Als Nächstes öffnete sie die Briefe im Sekretär. Doch auch da kam nichts Besonderes zutage. »Irgendwo hier muss es etwas geben, das erklärt, weshalb Jetta mich hatte bei sich haben wollen«, murmelte sie vor sich hin. So, als wolle sie sich anfeuern, auch ja nichts zu übersehen. Ein Buch, wie Mrs Jennings vermutet hatte, war es nicht. Jedenfalls keins, das in den Regalen stand. Und was hätte Jetta auch gelesen haben können, das nicht am Telefon zu besprechen gewesen wäre?

Annett suchte im Schlafzimmer weiter. Im Nachttisch fand sie Lippenbalsam, Taschentücher und Halspastillen. Und im Schrank, wie zu erwarten, Wäsche. Also kroch sie unters Bett. Doch auch dort gab es keine geheimen Schachteln mit noch geheimerem Inhalt. Nur Staubflusen.

Nachdem sie jeden Winkel von Jettas Wohnung durchhatte, ging sie ins Bad, um sich die Hände zu waschen. Sie waren vom Suchen staubig geworden und klebten. Gedankenverloren griff sie nach der Seife. Plötzlich stutzte sie. In einem Korb neben den Frotteetüchern lag ein in braunes Leder gebundenes Buch. Auf dem Buchrücken waren weder Titel noch Autor vermerkt. Ein Tagebuch. Jetta hatte nie erwähnt, dass sie eins schrieb.

Vom Wohnzimmer vernahm Annett Klopfgeräusche, dann wurde die Tür geöffnet. »Hallo!«, rief ihre Mutter. Annett spürte eine vibrierende Nervosität von sich Besitz ergreifen, als sie das Buch aufschlug, die Schrift begutachtete und es dann rasch zwischen zwei Handtüchern versteckte.

»Das ging aber schnell«, sagte sie zu ihren Eltern.

»Wir hatten nicht viel auszupacken.« Cornelius sah sich in Jettas Wohnzimmer um. Er war lange nicht hier gewesen.

Annett deutete auf die Couch. »Setzt euch doch.« Sie holte Wasser und Obst aus der kleinen Küche und stellte alles auf den Wohnzimmertisch.

Cornelius sah sich gründlich um. Sein Blick blieb an den Büchern hängen, die überall herumlagen. Dann an den aufgerissenen Briefen. »Ich versuche, Ordnung zu schaffen«, erklärte Annett. »Falls Rechnungen zu zahlen sind, muss jemand sich darum kümmern.«

Cornelius nickte. »Deine Mutter und ich sind dir dankbar für alles, was du hier tust«, begann er.

»Das mache ich gern für Jetta. Und für euch«, fügte Annett schnell an.

»Was hältst du davon, wenn wir kurz über das ›Black Stag‹ sprechen. Es muss ja irgendwie weitergehen.« Cornelius sah Annett erwartungsvoll an. Da war er, der Moment der Wahrheit, den sie die ganze Zeit gefürchtet hatte.

Annett räusperte sich. »Können wir gern machen. Vorher solltet ihr aber wissen, dass es ein Testament gibt.«

»Warum hast du uns das nicht gleich gesagt?«, entkam es Anne gereizt.

»Auf dem Gang ging es schlecht und jetzt sag ich's ja.« Annett blickte ihre Mutter ernst an. »Mehr als das hat Mr Mills mir allerdings nicht sagen können. Wir müssen bei ihm vorstellig werden, um den Inhalt zu erfahren.«

»Das ist schon klar!«, sagte Cornelius sichtlich erleichtert.

»Da ist noch etwas«, Annett rang mit den Worten. »Ingo geht für ein Jahr in die USA. Und nicht nur das. Ich habe mich von ihm getrennt.« Über die wahren Hintergründe ihrer Gefühle und Zweifel schwieg sie.

»Also das sind Neuigkeiten. Ingo war doch ganz wunderbar.« Anne konnte es nicht fassen. »Und davon abgesehen, hätte dir ein Auslandsjahr auch nicht geschadet.«

»Es gibt Wichtigeres als meinen Liebeskummer und Ingos Pläne. Jetzt geht es um Jettas Hinterlassenschaft«, sagte Annett.

Anne lenkte ein. »Du hast recht. Jetzt geht es um Jettas Hotel. Und wo wir schon dabei sind. Dein Vater und ich haben diesbezüglich bereits Verhandlungen mit George Hawick geführt. Eigentlich sind sie mehr oder weniger abgeschlossen.«

»Verhandlungen?« Annett sah überrascht zu ihrem Vater. »Ihr seid doch gerade erst angekommen?«

»Deine Mutter und ich sind als Erstes zu Mr Hawick gegangen.«

»Bevor wir ins ›Black Stag‹ gekommen sind«, fügte Anne an.

Cornelius fasste in wenigen Sätzen zusammen, wie sie sich mit Mr Hawick über den Verkauf geeinigt hatten. »Bei dem Preis, den er bietet, wären wir verrückt zu zögern«, sagte Anne, als Cornelius geendet hatte.

»Wie viel will er denn zahlen?« Annetts Lippen zuckten unmerklich. Sie hatte sich nie ernsthafte Gedanken darüber gemacht, wie viel Jettas Hotel wert war.

»Ein bisschen mehr als siebenhunderttausend Pfund«, sagte Anne mit Stolz in der Stimme.

»Oh, mein Gott«, stieß Annett hervor. Damit hatte sie nicht gerechnet.

»Ja, das ist eine ganze Menge«, stimmte Cornelius zu. »Ich glaube sogar, Mr Hawicks Angebot ist nicht das beste. Vermutlich wäre es sinnvoller, das Hotel an jemanden zu verkaufen, der es weiterführen will. Die Stammgäste stellen nämlich ebenfalls einen Wert dar.«

Obwohl Annett mit dem Verkauf gerechnet hatte, traf sie die Nachricht mehr, als sie gedacht hatte. Ein befremdliches Gefühl machte sich in ihr breit. Es war, als gebe ihre Mutter das letzte Andenken an Jetta einem Fremden, der es auslöschen würde. »Was passiert mit Mrs Jennings und Colonel Blakemore? Und was ist mit den Gästen und den ausstehenden Buchungen?« Annett sah die Blätter des Baums, der im Innenhof wuchs, bis ans Fenster reichen. Was Mr Warrender wohl sagte, wenn er erfuhr, dass der neu gestaltete Innenhof demnächst unter Baggern begraben wurde.

»Ob wir ein paar Minuten früher bei Mr Mills erscheinen

können?«, sagte Anne betont fröhlich. »Ich brauche unbedingt frische Luft.« Annetts Frage überging sie.

»Ganz bestimmt«, antwortete Cornelius und erhob sich.

Eben noch hatte Annett mit dem Gedanken gespielt, ihren Eltern von dem Buch zu erzählen, das sie im Bad gefunden hatte. Doch nun entschied sie, das Letzte, das ihr von Jetta blieb, für sich zu behalten. Zumindest fürs Erste.

Eine Viertelstunde später verließen sie zu dritt das ›Black Stag‹. Sie gingen nebeneinander her. Jeder mit sich und seinen Empfindungen beschäftigt.

20. Kapitel

Juni 2015 – Stow-on-the-Wold, Cotswolds, England

»Ich sag's ja immer, in den Cotswolds ist das Geld zu Hause.« Anne betrat als Erste das Vorzimmer der Kanzlei und sah sich um. Der Raum war klein, allerdings mit wertvollen Möbeln eingerichtet.

Sie mussten keine fünf Minuten warten, da sprang die Tür zu Jonathan Mills Büros auf. Mr Mills kam auf Anne zu und drückte fest ihre Hand. »Mrs Neumann! Mein Beileid zum Tod Ihrer Mutter.« Für Anne sah er wie jemand aus, der es verstand, sich durchzubeißen. Mittelgroß, mit einem hageren, entschlossen wirkenden Gesicht und einer schmalen Nase. Mit ihm würde es jedenfalls keine Probleme geben, vermutete sie. »Durch Ihre Tochter bin ich im Besitz der Sterbeurkunde von Mrs Mielke. Wenn Sie also einverstanden sind und vorab keine Fragen haben, kann ich das Testament gleich verlesen.«

Nachdem die Formalitäten erledigt waren und sich auch Anne offiziell ausgewiesen hatte, nahmen alle Platz. »Die Niederschrift Ihrer Mutter stammt vom 25. Juli 2010, wurde handschriftlich verfasst und von mir und einem Kollegen gegengezeichnet.«

Annes Blick schweifte zu Annett. Sie sah aus, als bereite sie sich auf einen Kampf vor. Vorgezogene Schultern, übertrieben gerader Rücken und dazu ein Gesicht, das wie versteinert war. Glaubte sie tatsächlich an eine Alternative zum Verkauf des ›Black Stag‹? Wenn ja, waren es sentimentale Spinnereien.

Jonathan Mills begann zu lesen. »Ich, Jetta Mielke...«, er blickte auf, »Geburtsdatum und -ort sind bekannt.«

Anne lauschte seiner Stimme, doch gleichzeitig drifteten ihre Gedanken ab. Wenn das Geld aus dem Hotelverkauf verfügbar wäre, könnte sie endlich selbst entscheiden, welche Bücher sie übersetzen wollte. Man bot ihr zu viel Schrott an, der sie langweilte. Sie würde nur noch Übersetzungsaufträge annehmen, die sie interessierten.

Mr Mills erwähnte ein Sparguthaben ihrer Mutter bei der Lloyds Bank, von dem sie zum ersten Mal hörte. Zwanzigtausend Pfund. Danach ging es um Jettas Schmuck. Anne wusste von einigen wertvollen Schmuckstücken, Geschenke von Gavin, Jettas englischem Freund, nach dem Tod ihres Vaters David. Er entstammte einer wohlhabenden Familie.

»... vermache ich mein Barvermögen und meinen Schmuck, ausgenommen eine Brosche mit Saphiren und Brillanten, die an Penelope Jennings gehen soll, meiner Tochter Anne Ursula Neumann, geborene Mielke.« Anne horchte auf, als Jonathan Mills auf einen wichtigen Punkt hinwies: »Ich möchte Sie an dieser Stelle darauf hinweisen, dass ich Mrs Jennings persönlich über das Erbstück in Kenntnis setzen werde, da sie heute nicht anwesend ist.« Anne und Annett nickten zustimmend, und Mr Mills las mit getragener Stimme weiter. »Das Hotel ›The Black Stag‹, das ich mit viel Energie und Liebe aufgebaut und betreut habe, sowie meine Büchersammlung gehen an meine Enkeltochter Annett Veronika Neumann.«

Anne entkam ein leises Stöhnen. Jonathan Mills nahm sie über den Rand seiner Hornbrille ins Visier.

»Das muss ein Irrtum sein«, sagte sie.

Mr Mills nahm die Brille ab und ließ sie am Bügel in seiner Hand schaukeln. »Können wir diesen Irrtum, wie Sie es nennen, hinterher besprechen? Nachdem ich das Testament verlesen habe?«

Anne brachte mühsam ein Nicken zustande. Was blieb ihr auch anderes übrig, als Haltung zu wahren und sich zu zwingen, dem Anwalt bis zum Ende zuzuhören. Als das Testament verlesen war, zog er aus den Unterlagen einen weiteren Brief hervor. »Den hat Ihre Mutter mir vor zwei Monaten gebracht. Es ist eine persönliche Mitteilung an Sie. Ihre Mutter hat gewünscht, dass ich auch diese im Todesfall verlese!«

Anne nickte erneut. »Bitte«, sagte sie und faltete die Hände im Schoß. Sie wollte nur eins. Dass dieser verdammte Anwalt irgendwann aufhörte zu lesen und sie ihm klarmachen konnte, dass ein gravierender Fehler begangen worden war.

Mr Mills öffnete den Brief:

Liebe Anne,

wenn Mr Mills Dir diesen Brief vorliest, bist Du vermutlich wütend oder traurig oder beides. Doch ich hoffe, dass Deine Enttäuschung sich legt, wenn Du diese Zeilen gehört hast.

Als ich mich entschloss, meinen Nachlass zu regeln, fragte ich mich, wie teilt man etwas auf, ohne jemanden zu benachteiligen oder zu verletzen? Da es mir vermutlich nicht gelingt, Dich und Annett im selben Ausmaß glücklich zu machen, habe ich mich darauf besonnen, was ich über Euch weiß.

Du, Anne, lebst in einer langjährigen Partnerschaft und bist versorgt. Dein Leben ist im Großen und Ganzen – auch finanziell gesehen – abgesichert. Dieses Wissen um Dein Glück – jedenfalls ist es zu dem Zeitpunkt so, an dem ich diesen Brief schreibe – macht mich glücklich und hat eine Rolle bei meiner Entscheidung gespielt, das ›Black Stag‹ Annett zu vermachen.

Bitte denke nicht, dass diese Entscheidung gegen Dich spricht. Sie spricht ausschließlich dafür, was mir immer wichtig war. Nämlich, dass mein kleines Hotel erhalten bleibt oder zumindest in die besten Hände kommt, die man sich nur denken kann. Ich werde Annett nicht vorschreiben, das ›Black Stag‹ zu behalten oder gar weiterzuführen, denn ich weiß nicht, wie ihr Leben, wenn all das zum Tragen kommt, aussieht. Was ich mir von ihr wünsche – und ich weiß, sie wird es tun –, ist, eine gute Lösung für alle zu finden, die mit dem ›Black Stag‹ verbunden sind. Annett ist eine Querdenkerin – denk nur an ihre Berufswahl, Mediatorin –, deshalb glaube ich, sie wird unbelastet darangehen, über den Verbleib meines Hotels zu entscheiden.

Es tut mir leid, Anne, dass England und mein Hotel oft ein Ärgernis für Dich waren. Ich weiß, aus Dir sprach nur die Angst, wenn wir wieder einmal miteinander im Clinch lagen, wie man so schön sagt.

Bitte glaube mir, ich bin damals nur deshalb nicht nach Berlin zurückgekehrt, weil die Cotswolds inzwischen mein Zuhause waren. Meine Entscheidung hatte nichts mit Dir zu tun. Du bist mein einziges Kind, Davids Tochter, die ich so sehr liebe. Trotzdem konnte ich nicht die Augen davor verschließen, was für mich gut und wichtig war.

Wenn Du über das Geld von meinem Sparbuch verfügst, gönne dir was Schönes. Und trage meinen Schmuck. Darunter befindet sich ein Ring, der wertvoll ist. Wenn Du ihn nicht magst, verkaufe ihn an einen seriösen Juwelier. Er wird Dir eine ordentliche Summe einbringen.

Bitte denke immer daran, Anne. Du wurdest und wirst geliebt. Von mir, von Cornelius, von Annett. Und von Deinen Enkelkindern, die Du vielleicht irgendwann bekommst.

*In zärtlicher Liebe,
Deine Jetta*

Mr Mills steckte den Brief zurück ins Kuvert und reichte ihn Anne. Einige Sekunden lang saß sie mit starrem Blick da. In den Winkeln ihres zusammengepressten Mundes hatten sich tiefe Falten gegraben. »*In zärtlicher Liebe*«, wiederholte sie. »Dieser Brief ist eine Farce.«

Mr Mills räusperte sich. »Gibt es noch Fragen?«

Anne schüttelte den Kopf, sagte jedoch gleichzeitig: »Es gibt mehr Fragen, als Sie denken, Mr Mills. Aber die könnten nicht Sie mir beantworten, sondern meine Mutter. Und die ist tot.« Sie stopfte den Brief in ihre Tasche, und ohne Cornelius oder Annett eines Blickes zu würdigen, verließ sie die Kanzlei. Die beiden eilten ihr nach und holten sie auf dem Gehsteig ein.

»Du bist schon als Kind zu deinem Vater gelaufen, wenn du etwas auf dem Herzen hattest«, platzte es aus Anne heraus. »Sicher werde ich mich auch diesmal an Cornelius wenden müssen, wenn es um deine Pläne für Jettas Hotel geht.« Sie klang kalt, nüchtern und rational. Annett spürte, wie ihr Herz sich zusammenkrampfte. Jettas Testament war nicht nur für Anne ein Schock. Niemals hätte sie damit gerechnet, dass sie das ›Black Stag‹ erben würde. Was sollte sie nun tun?

Annett sah ihren Vater an und las die Bitte um Verständnis aus seinem Blick. »Lass deiner Mutter Zeit!« Sie nickte unmerklich, doch es fiel ihr schwer und schmerzte sie.

Sie blickte ihren Eltern nach, die nun Arm in Arm die Straße hinabgingen. Als sie selbst ein paar Minuten später Richtung Market Square ging, bestürmten sie alle möglichen Überlegungen. Sie könnte das Erbe ausschlagen, Anne zuliebe. Wenn sie das täte, müsste sie ihrer Mutter in Bezug auf die Zukunft des ›Black Stag‹ freie Hand lassen. Einen Moment lang fühlte sich diese Möglichkeit gut an. Doch dann kamen Annett Zweifel. Wenn sie das Erbe ausschlug, hätte sie Jettas letzten Willen mit Füßen getreten. Wäre sie dazu in der Lage? Was würde Mrs Jennings dazu sagen? Und der Colonel und Clark Camden? Menschen, die ihr in den letzten Tagen wichtig geworden waren.

Noch ehe Annett überhaupt begriff, was sie tat, rief sie die Nummer von Edward Warrender auf. Als sie seine Stimme hörte, begriff sie, wonach sie sich sehnte. Nur ein paar Stunden ohne die quälenden Blicke und die Enttäuschung ihrer

Mutter. »Ich würde Sie gerne heute noch treffen«, hörte Annett sich sagen. Edward Warrender schien nicht lange überlegen zu müssen, ob er Zeit hatte. »Was halten Sie davon, wenn wir uns im ›Randolph Hotel‹, gleich am Ortseingang, treffen?«

»Sehr gern!«, erwiderte Annett.

Als Annett sich wenig später mit dem Range Rover auf den Weg nach Oxford machen wollte, kam Lukas daher. »Hallo Annett!« Er stellte sich in die offen stehende Fahrertür.

»Wer hat denn vergessen, mich anzurufen?«, fragte Annett.

»Anrufen ging nicht«, entkam es Lukas ungeniert, »Clark hatte sein Handy verlegt.«

»*Clark*? Na ihr scheint euch ja auf Anhieb verstanden zu haben.«

»Logisch! Übrigens der Austin ist spitze! Und das Fischen war geil. Clark hat mich für heute Abend zu einem Burger in einen Pub eingeladen. Es geht also weiter mit dem Synergieeffekt.« Lukas lachte vergnügt. Vergessen war das öde Stow-on-the-Wold. Jetzt fühlte er sich hier wohl.

21. Kapitel

Juni 2015 – Oxford, England

Das ›Randolph‹ lag verkehrsgünstig an der Beaumont Street, Ecke Magdalen Street, auf direktem Weg in die City. Der Bau mit den gelben Ziegeln und den spitz zulaufenden Fenstern war nicht zu verfehlen – und er hatte Geschichte. Schon die illustre Gästeliste konnte sich sehen lassen. Liz Taylor und Richard Burton hatten hier logiert und viele andere wichtige Persönlichkeiten. Es war der richtige Ort, um jemanden für kurze Zeit von trüben Gedanken abzulenken.

Edward steuerte die intime Morse Bar an und bestellte einen Espresso und ein Mineralwasser. Ein Gefühl sagte ihm, dass Annett Neumann nicht nur herkam, um die Skizze für die Grabbepflanzung anzuschauen – die hätte er ihr per Mail schicken können. Obwohl ihre Stimme am Telefon entschlossen geklungen hatte, war es ihm erschienen, als sei sie bedrückt. Plötzlich fiel ihm ein, dass sie einander nicht beschrieben hatten. Weder eine Andeutung darüber, wie alt sie waren, noch wie sie aussahen.

Als er gerade einen zweiten Espresso bestellte, sah er sie eintreten. Eine junge Frau, mittelgroß, mit brünettem, kinnlangem Haar, gerader Haltung und einem energischen Gang. Sie blieb im Entree stehen und blickte sich suchend um. Moment mal! Die Haare waren kürzer, als er sie in Erinnerung hatte, aber das Gesicht, diese leicht schräg stehenden Augen und die fein gezeichneten Lippen ... sie kam ihm bekannt vor. Und dann fiel es ihm wieder ein. Sie war die Frau, die ihm vor der Seufzerbrücke auf die Füße getreten war. Welch ein Zufall!

Unwillkürlich blickte er auf seine Schuhe, die noch immer *ihren* Fleck trugen, und als er aufsah, stand sie in der Tür zur Bar. Ihre Augen suchten die wenigen Menschen ab, die um diese Zeit hier saßen, bis ihre Blicke einander begegneten. Einen Moment lang sahen sie sich an. So, wie Menschen einander zum ersten Mal ansehen, voller Interesse und erwartungsvoller Spannung. Dann erstarrte ihr Blick. Er las ein kurzes Erschrecken in ihren Augen – auch sie erkannte ihn –, dann huschte ein verlegenes Lächeln über ihr Gesicht.

Er rutschte vom Barhocker und ging ihr entgegen. »Sie haben mich erkannt«, sagte er als Erstes. Sie hatte sich bereits wieder gefasst, nahm seine Hand und schüttelte sie erstaunlich fest. »Bitte verzeihen Sie mein Verhalten vor ein paar Tagen. Sie waren so freundlich und wollten meine Schuhe säubern«, sagte er.

»... nachdem ich ungeschickterweise daraufgetreten war«, ergänzte Annett.

»... und ich davongelaufen, ohne das freundliche Angebot anzunehmen oder etwas darauf zu erwidern. Mein Kopf glich an dem Tag einem randvollen Eimer.«

»Oh, das kenne ich«, erwiderte Annett, »geht mir oft so.« Fast hätte sie noch gesagt: *Heute zum Beispiel*. Doch das schluckte sie im letzten Moment hinunter. Sie nahmen Platz und Annett bestellte Tee mit Milch und Zucker. »Wie auch immer, ich bin dem Schicksal für diese zweite Gelegenheit dankbar«, sagte Edward.

»Dann will ich mich bemühen, Ihre Schuhe diesmal zu schonen«, lachte Annett.

Edward überlegte, wie alt sie wohl war. Vermutlich Ende Zwanzig. Eine attraktive junge Frau mit einer Sorgenfalte auf der Stirn und trotzig-traurigem Blick. Es gefiel ihm, hier mit ihr zu sitzen und zu plaudern. Er fühlte sich wohl in ihrer Gegenwart. Die ganze Situation hatte von Beginn an etwas Zwangloses. Annett, die augenblicklich gewiss viel durchmachen musste, ließ sich offenbar nicht unterkriegen. Das bewunderte er.

In letzter Zeit hatte er oft darüber nachgedacht, wie

schwer es ihm manchmal fiel, bei Gegenwind den Kopf hoch zu halten und ein Lächeln hervorzuzaubern. Schien so, als täte Annett Neumann genau das. Dem Sturm des Lebens trotzen.

»Ich habe eine Bitte«, sagte Edward. »Ich würde mich freuen, wenn wir Edward und Annett sagen könnten.« Annett sah ihn überrascht an.

»… und schon schieße ich übers Ziel hinaus.« Edward beobachtete, wie Annett ihren Tee umrührte. »Warum sollten wir es uns unnötig schwermachen?«, fragte er.

»Auch wieder wahr!«, erwiderte Annett. Sie tat so, als wäge sie die Vor- und Nachteile ab. »Außerdem … ein Nachmittagstee ist nicht zu verachten. Ich nehme an, es handelt sich dabei um eine Einladung?«

»Natürlich. Das heißt, wenn ich genug Geld eingesteckt habe.« Edward tat, als suchte er seine Jackentasche nach seiner Geldbörse ab. »Also bist du einverstanden? Und keine Sorge. Im Notfall zahle ich mit Kreditkarte.« Annett gefiel das Spiel zwischen ihnen. Es ließ ihre Sorgen verblassen. Bis Edward auf ihren Beruf zu sprechen kam.

»Deine Großmutter hat mir von deiner Arbeit als Mediatorin erzählt, als ich in Sachen Hühnchenvertilgung bei ihr war. Nach dem Jurastudium war das eine mutige Entscheidung, für die sie dich bewundert hat«, verriet er.

»Oje!«, Annett machte eine abwehrende Handbewegung. Sie war verwundert. »Jetta hat doch noch nie mit mir angegeben.«

»Deine Großmutter war stolz auf dich«, sagte Edward mit seiner beruhigenden Stimme. »Die Entscheidung, einen anderen Weg einzuschlagen als den, den man ursprünglich geplant hatte, sagt viel über einen Menschen aus.« »Vermutlich, dass man ein wankelmütiger Charakter ist«, stellte Annett leicht amüsiert fest. »Trotzdem wundere ich mich über Jetta. Normalerweise ist sie Menschen gegenüber reservierter. Typisch britisch eben.« Hatte sie tatsächlich *ist* gesagt? Jetta war tot, doch Annett sprach über sie, als lebte sie noch.

»Typisch britisch hin oder her. Auf dem Markt hat deine Großmutter kein Pardon gekannt und mich auf charmante Art um ein Huhn gebracht. Zum Schluss hätte ich es ihr am liebsten geschenkt.«

»Was lief da zwischen euch?« Annett lachte. Ein gelöstes, fröhliches Lachen. »Ich weiß nicht? Vielleicht waren wir Seelenverwandte … zumindest, was Einkäufe auf dem Markt anging.« Edward sah, dass die Sorgenfalte auf Annetts Stirn verschwunden war. Wenn sie lächelte, erschien sie ihm wie die schönste Frau, die er je gesehen hatte. Sehr lebendig und auf angenehme Weise neugierig. Er spürte, wie ihm warm ums Herz wurde und er sich zusehends entspannte. Heute früh hatte er an Beth denken müssen. Er war ihr nicht mehr böse, doch der Gedanke an sie belastete ihn.

22. Kapitel

Juni 2015 – Oxford, England

So verschlossen Edward an der Seufzerbrücke auf sie gewirkt hatte, so zugänglich war er diesmal. In seiner Gesellschaft fühlte Annett sich leichter. Wenn es bloß nicht die unangenehme Verkrampfung in ihrem Magen gäbe, die sie davon abhielt, endgültig lockerzulassen. »Da ist zur Zeit so einiges, das sich in mir aufgestaut hat«, antwortete sie auf Edwards Frage, wie es ihr nach dem Tod ihrer Großmutter gehe.

»Mir hilft in solchen Situationen immer, Dampf abzulassen«, erzählte Edward.

»Vielleicht sollte ich auf irgendetwas eindreschen?« Annett hob die Hand und tat so, als wollte sie mit Schwung die Teetasse vom Tisch werfen.

»Wie wäre es mit einer Stunde Squash? Hast du schon mal gespielt?«

»Klingt verlockend!« Annett ließ schon bei dem Gedanken daran einen Seufzer der Entspannung hören. »Ich habe lange nicht gespielt, aber das wäre jetzt genau das Richtige.«

»Worauf warten wir dann noch? Ich bin Mitglied in einem Squash-Club und bekomme jederzeit einen Platz, wenn ich spielen möchte«, sagte Edward.

»Es scheitert leider daran, dass ich keine Sportsachen hier habe«, entgegnete Annett.

»Ich frage Susan. Sie wird dir bestimmt gerne etwas leihen. Ihr habt ungefähr dieselbe Figur«, Edward sah an Annett hinab und lächelte, »mittelgroß und schlank.«

Annett war unter Edwards Blicken rot geworden. Um ihre Verlegenheit zu überspielen, sprach sie übertrieben fröhlich weiter. »Lass mich raten. Susan ist deine Frau, Verlobte,

Freundin? Dein aktuelles Date, deren Hobby Kleiderverleihen ist?«

Der Barkeeper legte die Rechnung auf den Tresen, nach der Edward verlangt hatte.

»Verlobte stimmt«, sagte er, während er zahlte, »allerdings nicht meine, sondern die meines Freundes Will. Susan ist Designerin, ihr Atelier liegt auf dem Weg zur Squashhalle. Wir können gleich bei ihr vorbeifahren.«

Während der Fahrt rief Edward Susan an und schilderte ihr das kleine Problem, wie er es nannte. Wenig später parkten sie vor dem Haus, in dem Susan und Will wohnten. Unbefangen griff Edward nach Annetts Hand und zog sie aus dem Wagen. Annett kicherte, als sie ihm in das Haus folgte.

Im Türrahmen der Parterrewohnung erschien eine junge Frau mit kurzen rötlichen Haaren, die ein buntes, luftiges Kleid trug. Sie hielt ihr Handy zwischen Kopf und Schulter geklemmt und sprach gestikulierend hinein. Sie winkte die beiden Ankömmlinge in einen Raum, wo auf fahrbaren Ständern Unmengen von Kleidern hingen. »Hallo. Ich bin gleich so weit!«, hörte Annett sie murmeln. Noch während ihres Telefonats gelang es Susan, Annett ein weißes T-Shirt mit einer rosa Friedenstaube darauf und eine paar passende weinbeerrote Sporthosen herauszusuchen. Sie hielt sie ihr auffordernd hin. »Probier mal!«

»Die Sachen sehen aber funkelnagelneu aus«, sagte Annett, als Susan das Gespräch beendet hatte.

»Sind sie auch. Frisch aus meiner Kollektion«, sagte Susan zufrieden. »Du musst mir die Sachen übrigens nicht zurückbringen. Das geht aufs Haus.« Susan hatte sie sofort bei ihrem Vornamen angesprochen. Als sei eine Freundin von Edward automatisch auch ihre.

»Also jetzt weiß ich nicht, was ich dazu sagen soll ... außer, danke!«

Eine halbe Stunde später schlug Edward in der Squashhalle den ersten Ball auf. Der Knall, als der Ball die Wand traf, ließ eine Welle der Entrüstung in Annett aufwallen. Es war, als kämen die Blicke und unausgesprochenen Vorwürfe ihrer Mutter mit dem zurückprallenden Ball wieder auf sie zu. Annett hob den Schläger, holte aus und traf den Ball. Sie drosch auf ihn ein, als ginge es um ihr Leben. Die Wut, die seit dem Zusammensein mit Edward abgeebt war, flammte erneut auf. Annett sah plötzlich Jettas freundliches Gesicht vor sich und hörte, wie sie darum bat, man möge ihren letzten Willen respektieren. Kaum war das Bild verflogen, tauchte Anne mit vor der Brust verschränkten Armen vor ihr auf, um ihren Status als einzige Tochter zu verteidigen und Anspruch auf das Hotel zu erheben.

Verdammt, am liebsten würde sie ihrer Mutter sagen, sie könne das ›Black Stag‹ haben und damit anstellen, was immer sie wolle. Was konnte sie dafür, dass sie das Hotel geerbt hatte? Wie sollte sie aus diesem Schlamassel heil wieder herauskommen?

Wumms, der Ball traf zum x-ten Mal die Wand, drehte sich und kam zu ihr zurück. Annett schlug mit aller Kraft auf ihn ein.

Wie sie es auch drehte und wendete, sie konnte nur verlieren. Wenn sie dem Wunsch ihrer Mutter nachgab, würde sie Jetta verraten, und wenn sie den Wunsch ihrer Großmutter respektierte, verletzte sie ihre Mutter. Von den Menschen, die sie mit dem ›Black Stag‹ *geerbt* hatte – Mrs Jennings, Colonel Blakemore, Stella und noch ein paar andere – und deren Schicksal nun in ihrer Hand lag, ganz abgesehen.

Edward feuerte einen Volley ab, Annett reagierte blitzschnell. Die Wut machte sie hellwach, ließ sie jeden Ball perfekt retournieren. Sie war ganz da, obwohl ihre Muskeln schmerzten. Wenn sie diesen Ball erwischte, der ziemlich hoch an der Wand abgeprallt war, würde sie um eine Pause bitten. Sie spürte, wie ihre Kräfte nachließen. Morgen würde sie Muskelkater haben. Egal. Sie gab noch einmal alles. Den nächsten Ball schlug sie aus dem rechten Feld auf. Es war ein kräftiger Aufschlag, der auf Edwards Schulter abzielte. Er konterte gut. Sie hörte ihn keuchen, sah, dass er schwitzte, aber er schien zufrieden mit seinem Spiel zu sein. Der Returnball kam an der hinteren Platzhälfte auf. Annett schlug ihn hart in die rechte Ecke.

Sie spielten weiter, jeder mit seinen Returns beschäftigt, bis Annett schließlich in die Knie ging und sich japsend hinfallen ließ. »Aufhören«, flehte sie kurzatmig. Edward beugte sich zu ihr hinab. »Dass du so eine tolle Spielerin bist, hast du mir verschwiegen.«

»Ich bin vor allem eine wütende Spielerin«, antwortete Annett. Sie stand auf und stemmte ihre Hände auf den Knien ab, um auszuruhen. »Heute war ein harter Tag«, sagte sie.

Nachdem sie geduscht und etwas getrunken hatten, fuhren sie zur Broad Street und bogen gegenüber des Balliol College in eine kleine Straße. »Dort wohne ich!« Edward deutete auf ein Eckhaus, dessen Eingänge zur ruhigen Seitenstraße hin lagen.

»In welchem Stockwerk?«, fragte Annett, während ihre Augen das Haus absuchten. Es war drei Stockwerke hoch, im Erdgeschoss war ein Buchladen.

»Mehr oder weniger in allen, bis auf den Buchladen. Der ist vermietet.«

Edward fuhr auf den Hof, wo sich Garagen und Abstellplätze befanden, und parkte ein.

»Das Haus gehört dir?«, erkundigte sich Annett.

»Ja«, sagte Edward nur.

»Wow! Dazu kann ich nur gratulieren!«, sagte Annett

beeindruckt. Ihre Augen folgten den unzähligen Fenstern bis hinauf zu einer Brüstung, hinter die man nicht blicken konnte.

»Ich mag es, hier zu wohnen. Das Museum of the History of Science ist nicht weit weg. Ebenso die Old Bodleian Library und das Sheldonian Theatre«, zählte Edward die benachbarten Sehenswürdigkeiten auf.

»Die Lage ist fantastisch«, stimmte Annett zu.

Sie gingen gemeinsam vors Haus. Von dort konnte Annett den Charme des Viertels erfassen. Die Häuser waren von knorrigen alten Bäumen beschattet, durch deren Kronen die Sonne blinzelte. Großteils waren sie aus Naturstein gebaut, doch es gab auch Bauten mit reizvollen Stuckverzierungen an den Fassaden. Kein Zweifel, dieser attraktiven Bebauung verdankte das Zentrum der Universitätsstadt sein unvergleichliches Flair.

»Hier sieht alles aus wie aus einer anderen Zeit«, schwärmte Annett. »Das mag ich.« Im Stillen fügte sie hinzu, dass Edwards Haus nicht nur beeindruckend wirkte, sondern grandios. Es war ein großer hellbeige gestrichener Quader mit weißen Sprossenfenstern und vielen Kaminen auf dem Dach. Dazu kamen architektonische Feinheiten, die das Haus schmückten. Runde Fenster im ersten und zweiten Stock, die wie Rosetten aussahen.

»Warte, bis du mein Sommerbüro siehst. Es wird dir gefallen.«

Annett folgte Edward ins Entree des Hauses. Eine angenehme Kühle umfing sie. Eine breite Treppe führte nach oben. »Möchtest du den Lift nehmen!« Edward deutete auf die Tür aus blank poliertem Edelstahl.

»Nein! Lieber die Treppe«, bat Annett.

Eins stand fest. Entweder war dieser Mann *sehr* erfolgreich, oder er hatte eine Erbschaft gemacht. Vermutlich beides. Wie sonst konnte man sich ein Haus wie dieses leisten.

Strom, Wasser, Heizung, Instandhaltungskosten, Versicherungen, da musste eine ganz schöne Summe zusammenkommen.

Im dritten Stock angekommen, tippte Edward einen Code in die Tastatur an der Wand.

Das Erste, was Annett wahrnahm, als sich die Tür öffnete, war ein Duft nach Jasmin. »Hier riecht es wie im Garten!«, schwärmte sie.

Edward freute sich über Annetts Kompliment. »Komm, ich zeige dir alles«, sagte er und ging an einem in Grüntönen gehaltenen Bild vorbei ins Wohnzimmer. Der Raum war groß und sparsam mit modernen Möbeln eingerichtet und hatte eine riesige Schiebetür, die auf eine Terrasse führte. Edward öffnete sie und ließ Annett den Vortritt.

Mit einem Laut des Entzückens ging sie zur Brüstung. Von hier oben bot sich ein traumhafter Rundblick auf die Stadt, auf unzählige verwinkelte Dächer, Kamine, Baumspitzen und Kirchtürme. »Das ist es, was ich an Oxford so liebe«, rief Annett. Sie deutete auf die Häuser, das Grün der Bäume und das Blau des weiten Himmels. »Man fühlt sich frei wie ein Vogel. Findest du nicht auch? Mir fehlen die Worte«, sagte sie schwärmend. »Ja, deshalb arbeite ich hier so gern«, sagte Edward. »Wenn das Wetter es zulässt, zeichne ich hier oben. Die Arbeit wird zum Vergnügen.«

Als sie sich sattgesehen hatte, trat Annett einen Schritt zurück, um die Bepflanzung des Dachgartens zu bewundern. Eine niedrige Buchsbaumhecke und kleinwüchsige Pflanzen zur einen Seite und verschiedene Gräser zur anderen. In der Ecke stand ein riesiger, zusammengefalteter Sonnenschirm, daneben ein Grill, an den Wänden waren Teakholzbänke, und in der Mitte stand ein breiter Tisch. »Du musst ein glücklicher Mann sein, Edward Warrender, das hier ist *das* Dachterrassenparadies von Oxford.« Am liebsten wäre sie noch viel länger hier oben geblieben, doch Edward führte sie in sein Büro im ersten Stock, wo er die Skizze für Jettas Grab aufbewahrte.

Das Büro bestand aus drei Räumen und war mit mehreren PCs, Telefonen und etlichen Karten an der Wand funktional eingerichtet. Fotos von Gärten brachten etwas Wärme in die kühle Büroatmosphäre. Edward deutete auf zwei Bürostühle und nahm neben Annett Platz.

»Komm, lass uns um den Grabschmuck für deine Großmutter kümmern. Deshalb bist du schließlich gekommen.«

»Für das Begräbnis würde ich gelbe Rosen und weiße Margariten nehmen.«

Edward hatte einen Gartenkatalog aufgeschlagen und deutete auf die Rose, die er favorisierte.

»Rosen und Margeriten mochte Jetta besonders gern.«

»Ich weiß! Als ich den Innenhof des ›Black Stag‹ gestaltet habe, hat deine Großmutter mir eine Menge über ihre gärtnerischen Vorlieben anvertraut«, erzählte Edward.

Er holte eine Zeichnung hervor, auf der er ein Meer gelber und weißer Blumen auf einem Grab skizziert hatte. »So in etwa würde es aussehen.«

»Das gefällt mir sehr gut«, sagte Annett.

»Wir müssen das Grab als Gesamtheit sehen«, fuhr Edward fort. Er rief im PC den Ordner *Jetta Mielke* auf und öffnete das erste Bild. Es zeigte einen schlichten Grabstein, der beidseitig von einer Lorbeerhecke eingefriedet war, die nach vorne hin offen auslief. Vor dem Stein waren Bodendecker zu erkennen, die blau und weiß blühten, ein roter japanischer Zierahorn, dessen bizarre Form den Blick des Betrachters auf sich lenkte, krönte das Ganze.

»Oh, wie schön.« Eine Weile betrachtete Annett das Bild.

»Es sollte ein Ort sein, an dem man sich gern aufhält, um deiner Großmutter zu gedenken.«

»Es ist zauberhaft«, stimmte Annett freudig zu. »Wenn man das in diesem Zusammenhang sagen kann. Allerdings hätte ich gern einen Grabstein in Form eines Engels. Und nach der Trauerrede würde ich gern weiße Luftballons in den Himmel steigen lassen. Als *Himmelsbegleiter* für Jetta.« Sie erzählte Edward von Jettas Lieblingslied und den spielenden Kindern, die sie auf die Idee mit den Ballons gebracht hatten.

»Weiße Ballons, wieso nicht? Und Engel sind ein schönes Symbol«, sagte er. Im Handumdrehen änderte er die Zeichnung. Nun sah Annett das Grab mit einem Engel in Naturstein vor sich. »Das ist es«, sagte sie und griff aufgeregt nach Edwards Arm. »Mein Gott, fühlt sich das gut an, Jettas Grab so zu sehen, wie ich es mir insgeheim vorgestellt hatte. Kennst du einen Steinmetz, den ich um einen Kostenvoranschlag bitten kann?«

»Natürlich«, sagte Edward, erfreut über Annetts Zustimmung. Er druckte die Zeichnung aus und reichte sie ihr. »Da ist noch etwas, Annett«, begann er zögernd. Sie sah ihn fragend an. »Mir liegt viel daran, die Grabplanung von A bis Z zu übernehmen, mit allem, was dazugehört, wenn du verstehst, was ich meine. Für mich ist es so eine Art Herzensprojekt.«

Annett begriff zunächst nicht, worauf Edwards Worte abzielten, doch dann dämmerte es ihr. »Du meinst … auch finanziell?«, fragte sie zaghaft.

»Ja!« Edward wartete auf eine Reaktion, las zuerst Erstaunen, schließlich Abwehr in Annetts Miene.

»Ich weiß, du mochtest Jetta, aber du kanntest sie kaum. Wieso sollte ihr Grab also ein Herzensprojekt für dich sein? Sei mir nicht böse, aber das verstehe ich nicht, Edward.« Unterschiedlichste Gefühle spiegelten sich in Annetts Gesicht.

»Du hast Angst, mir etwas schuldig zu sein, wenn ich mich um Jettas Grab kümmere. Das macht dir zu schaffen, nicht wahr?« Es war eher eine Feststellung als eine Frage.

Annetts Augen verengten sich. »Ja, auch das«, gab sie zu.

»Davon abgesehen, solltest du nicht so viel Geld für jemand Fremden ausgeben.«

»Jemand Fremden«, wiederholte Edward und schüttelte den Kopf. »Die wenigen Male, die ich deine Großmutter gesehen habe, hatte ich das Gefühl, ihr näher zu sein als manch anderem, den ich wesentlich länger kannte.« Er begann, sich seine Gedanken von der Seele zu reden. »Ich kenne das Gefühl, wenn man glaubt, jemandem etwas schuldig zu sein, aber ich begreife seit einer Weile, dass man … dass ich damit aufhören muss, weil es jeden Anflug von Unbeschwertheit wie eine große, wuchtige Welle unter sich begräbt. Niemandem ist damit geholfen.«

Annett und er wechselten einen langen Blick. Sie verstanden einander und hier war etwas, das sie verband. »Auf wen bezieht sich das Gefühl?«, fragte Annett.

»Auf meine Mutter«, entgegnete Edward.

Annett dachte an Jettas Testament und dessen Auswirkungen. Auch sie spürte die Last der Schuld, weil sie glaubte, ihrer Mutter etwas wegzunehmen. »Erzähl mir von deiner Mutter«, bat sie.

»Nach dem tragischen Tod meines Vaters war ich *der* Mensch, der meiner Mutter am nächsten stand. Und natürlich versuchte ich, sie über den Verlust ihres Mannes hinwegzutrösten. Wir gingen gemeinsam ins Theater und in die Oper, und ich besuchte sie, sooft es ging.«

Annett seufzte leise. »Trotzdem gelang es dir nicht, ihr die Lebensfreude zurückzugeben«, vermutete sie.

Edward nickte. »Als ich begriff, dass alles Bemühen sinnlos war, weil meine Mutter sich innerlich an einen Ort zurückgezogen hatte, den ich nicht erreichen konnte, packte mich eine tiefe Traurigkeit. Manchmal auch Wut.«

»Und was tust du gegen dieses Gefühl!«, fragte Annett.

»Rund um die Uhr arbeiten.« Edward fuhr sich mit der Hand durchs Haar, eine Geste nervöser Anspannung. »Die

Firma profitiert davon. Aber es ändert nichts an meinen Empfindungen.«

Annett versuchte ein vorsichtiges Lächeln. »Manche Menschen verändern sich nach schlimmen Erlebnissen, fühlen sich sogar verantwortlich, wenn der Tod tragisch war, wie du sagst.«

Edwards Gesicht spiegelte eine Mischung aus Verwunderung und Respekt. »Vermutlich hast du recht.« Er ließ ihre Worte nachwirken und sprach dann weiter. »Ich habe noch niemanden getroffen, der besser ausgedrückt hätte, was meine Mutter seit dem Tod meines Vaters durchmacht.«

»Nicht nur sie, Edward. Du auch!«, sagte sie.

Er griff nach ihrer Hand, um ihr für ihre Worte zu danken.

Sie war der erste Mensch, der ihn seit dem Tod seines Vaters ohne falsches Pathos und übertriebenes Mitleid behandelte. Er empfand tiefe Erleichterung. Ein Gefühl, das so stark war, dass es ihn fast schmerzte. Edward blickte auf ihre ineinanderliegenden Hände, und er wünschte sich nur eins: Irgendwann etwas von dem, was sie ihm in diesem Moment schenkte, erwidern zu können.

»Danke fürs Zuhören und für deine tröstenden Worte, Annett«, sagte er. Erstmals seit langer Zeit schien alles Schwere verflogen und machte einer wunderbaren Leichtigkeit Platz. Sogar als Annett vorsichtig ihre Hand aus der seinen zog, blieb dieses Gefühl erhalten.

»Was hältst du davon, wenn wir Susan und Will hierher zum Essen einladen? Ich fand es nett, dass Susan dir die Sportsachen geschenkt hat.« Edward verspürte das dringende Bedürfnis, Annett die Last des Dankeschöns für Susan abzunehmen.

»Jetzt sag bloß nicht, du kannst kochen?«

»So was Ähnliches«, versprach Edward grinsend.

»Großartig.« Annett rieb sich freudig die Hände. »Ich habe mir schon überlegt, wie ich mich bei Susan bedanken könnte, und ein Essen, bei dem ich mithelfe, wäre immerhin ein Anfang. Ganz abgesehen davon, dass ich beim Kochen vielleicht etwas über dein Herzensprojekt erfahre. Ich bin nämlich ziemlich neugierig.«

»Tja, dann will ich mal zusehen, dass ich dich nicht enttäusche«, sagte Edward.

Gemeinsam betraten sie die Küche im dritten Stock, und während Annett sich die Schürze umlegte, begann Edward zu erzählen. »Das Begräbnis deiner Großmutter hängt für mich emotional mit dem Tod meines Vaters zusammen.«

»Wie meinst du das?!«, wollte Annett wissen.

Edward holte tief Luft und gab sich einen Ruck. »Mein Vater hat sich erschossen.«

Annett hielt sich die Hand vor den Mund und unterdrückte einen leisen Schrei.

»Ich weiß, es ist schrecklich, so etwas zu hören. Ich habe ihn gefunden.«

»Erzähl weiter«, sagte Annett mit zittriger Stimme.

»Als es um die Beerdigung ging, hatte ich keine Möglichkeit, mich um irgendetwas zu kümmern. Meine Mutter hat alles für sich allein beansprucht. Sie war geradezu besessen davon, eine perfekte Beerdigung zu organisieren und vor allem auch, sie hinter sich zu bringen.«

Annett hörte schweigend zu und versuchte, sich ihre Betroffenheit nicht anmerken zu lassen. »Deine Mutter fühlte sich durch den Selbstmord deines Vaters bestimmt ausgegrenzt. So etwas führt bei manchen Menschen dazu, hinterher umso mehr tun zu wollen. Wie eine Art Wiedergutmachung«, sagte sie, als Edward geendet hatte.

»Ja, vielleicht«, sagte Edward. Er schien in Gedanken versunken, und Annett hütete sich davor, die andächtige Stille zu unterbrechen. »Ich möchte dir in Bezug auf die Beerdigung deiner Großmutter nichts wegnehmen«, sagte Edward schließlich. Er klang noch immer ernst, aber lange nicht so traurig, wie vorhin. »Aber ich habe das große Bedürfnis, mich um den letzten Gang eines lieben Menschen kümmern zu dürfen.«

Obwohl Annett sich sicher gewesen war, standhaft zu bleiben, rührte sie Edwards Ehrlichkeit. »Das verstehe ich sehr gut, Edward. Nur, lass mir ein bisschen Zeit«, bat sie. Etwas in ihr war im Begriff nachzugeben, doch sie wehrte sich noch dagegen.

»Natürlich«, sagte Edward, »dann schließen wir das für heute ab und kümmern uns ums Abendessen.«

Er ging zum Kühlschrank, froh, das Thema wechseln zu können. »O nein!«, rief er entsetzt aus, als er das Gemüsefach aufschob.

»Sag bitte nicht, in deinem Kühlschrank herrscht Ebbe!?«, ahnte Annett.

»Doch! Zumindest so gut wie!«, gab Edward kleinlaut zu.

Annett blickte auf ihre Uhr. »In zehn Minuten schließen die Läden. Wenn wir uns beeilen, schaffen wir es noch bis zum Regal mit den Tütensuppen und Konserven. Susan und Will werden sich freuen!«

Wenige Augenblicke später lief sie neben Edward die Treppe hinunter. »Weißt du was?«, sagte sie mitten im Laufen. »Ich fand's noch nie so schön, mich beeilen zu müssen.«

»Ja, ist irgendwie das versöhnliche Ende eines schwierigen Tages«, fasste Edward die Situation zusammen. Sie blieb stehen, hielt ihm ihre Hand hin und er schlug ein. Lächelnd rannten beide weiter zum Laden um die Ecke.

Kurz nach Mitternacht kam Annett nach Hause. Im ersten Stock des ›Black Stag‹ brannte noch Licht. Doch die Fenster, die zum ›Roe‹ gehörten, lagen im Dunkeln.

Annett schloss die Tür auf und ging ins Büro, wo Mrs Jennings auch heute einen Zettel an die Pinnwand gehängt hatte: *Ich will nicht übermäßig neugierig sein, Miss Neumann, aber die Mienen Ihrer Eltern sagen mehr als tausend Worte. Bitte klären Sie mich morgen auf, was passiert ist. Selbst auf die Gefahr hin, dass ich vor Entsetzen umfalle oder vor Wut wie eine Seifenblase platze. Schlafen Sie gut! Ich will es auch versuchen.*

Annett warf den Zettel in den Papierkorb und ging die Treppe hinauf. Sie war müde und wäre am liebsten sofort ins Bett gefallen. Doch sie wusste, dass sie nicht würde einschlafen können, zu viel war heute passiert.

Im Wohnzimmer schlüpfte sie aus ihren Schuhen und überlegte, welche Schritte bezüglich ihres Erbes notwendig waren. In einem Punkt musste sie Anne Recht geben. Es würde schwierig, wenn nicht sogar unmöglich sein, das ›Black Stag‹ von Berlin aus zu leiten. Jettas Hotel lebte von seiner »Seele«. Wenn das Flair des Hotels verlorenginge, würden die Buchungen rapide zurückgehen. Jettas kleines Hotel durfte also nur an jemanden gehen, der dies zu schätzen wusste und bewahren würde. Wie schwierig es auch werden würde, sie musste jemanden finden, der sich ins ›Black Stag‹ verliebte und die guten Geister des Hotels übernahm. Egal, wie lange es dauerte. Während sie ihre Kleider ablegte und in ihren Pyjama schlüpfte, kam ihr der verrückte Gedanke, das Hotel selbst zu führen. In Berlin wartete nur ihre Arbeit auf sie. Vielleicht konnte sie beides miteinander verbinden? Annett dachte an die vielen Hotels, die Animation anboten. Weshalb sollte es nicht auch eins geben mit der Möglichkeit, eine Mediatorin zu Rate zu ziehen. »Unsinn!«

Sie ging ins Bad und besah ihr Gesicht im Spiegel. Seit sie Edward Warrender getroffen hatte, hatte der Tag seinen Schrecken verloren. Sie hatte keine genaue Vorstellung gehabt, wie ihr Aufeinandertreffen ablaufen würde, aber sie hatte es sich distanzierter und weniger emotional vorgestellt. Sie fühlte sich plötzlich nicht mehr allein mit ihren

Sorgen, und sie hatte sich geborgen und wertgeschätzt gefühlt.

Annett wusch sich das Gesicht und cremte sich ein. Dann griff sie nach dem Buch, das sie zwischen den Handtüchern versteckt hatte, und presste es an ihre Brust. In Oxford hatte sie immer wieder an ihren Fund denken müssen, daran, dass sie das Buch noch heute aufschlagen und anlesen würde. Als sie nun damit ins Wohnzimmer ging, spürte sie, wie ein nervöses Kribbeln sie durchlief. Sie kuschelte sich auf die Couch und blätterte durch die ersten Seiten. Es war ein Tagebuch. Wie sie vermutet hatte. Ursel, Jettas Mutter, ihre Urgroßmutter hatte es in Briefform für ihre Tochter geschrieben und irgendwann an Jetta geschickt. Mit einem Mal war Annett sich sicher, dass Jetta sie nur aus einem Grund hatte hier haben wollen: um gemeinsam mit ihr Ursels Briefe zu lesen. Oder zumindest darüber zu sprechen. Doch nun war Jetta tot, und Annett musste die Briefe allein lesen. Sie schlug die erste Seite auf und las: *Liebe Jetta!*, und plötzlich vermisste sie ihre Großmutter so sehr, dass sie aufstand, um deren Foto aus ihrer Geldbörse zu holen. Der Schnappschuss war keine fünf Jahre alt. Jetta stand mit erhobenen Siegerdaumen vorm ›Black Stag‹, wo Tröge mit kunstvoll geschnittenem Buchsbaum vorm Eingang aufgestellt waren. Annett trug das Foto seither bei sich. Sie hauchte einen zärtlichen Kuss auf das Bild, schob es in die Mitte des Tagebuchs und murmelte: »Siehst du, Granny. Jetzt lesen wir gemeinsam Ursels Briefe.« Dann richtete sie den Lichtkegel der Lampe auf das Buch.

Vierter Teil

Es ist oft zu früh, aber niemals zu spät!

– Jüdisches Sprichwort –

23. Kapitel

Oktober 1992 – Berlin

Liebe Jetta,

bitte verzeih, dass es so lange gedauert hat, bevor ich damit beginne, diesem Buch unsere Geschichte anzuvertrauen. Viele Jahre dachte ich, schweigen sei besser, als alles offenzulegen. Doch nun wirst Du bald fünfzig, und ich habe mich eines Besseren besonnen.

Abstand sorgt manchmal für Weitsicht und Mut. Ich hoffe, dass es auch bei mir so ist und ich meine Angst besiege und mich endlich traue, die ganze Wahrheit aufzuschreiben. Je länger Du fort bist, umso lauter und drängender wird die Stimme in mir, die mir sagt, dass Du ein Recht auf die Wahrheit hast. Dieser Stimme gebe ich nun nach.

Als Du uns vor vielen Jahren sagtest, dass Du Dich in David verliebt hast, hat Dein Vater das letzte Mal die Stimme gegen Dich erhoben. Er war wütend, aber vor allem war er verletzt und ängstlich, weil Du einen Juden gewählt hattest, wo die erst wenige Jahre zurückliegende Geschichte uns gezeigt hatte, was den Juden widerfahren konnte.

Otto sagte abends am Tisch zu mir, dass Du mit Deinen langen, seidigen Haaren und Deinem gewinnenden Lächeln jeden hättest haben können. Doch Du wolltest nur David mit den sanften Augen und dem kecken Grübchen im Kinn. Er sah gut aus, das gebe ich zu, aber er hat Dir leider kein Glück gebracht.

Als David an einer Lungenentzündung starb – und bitte glaube nicht, dass uns das nicht leidgetan hätte, zumindest mich hat es sehr getroffen –, hofften wir darauf, dass nach einer Zeit des Trauerns alles gut werden würde. Dass Du zu uns zurückfinden und Dich in einen anderen Mann verlie-

ben könntest. Doch Du begannst immer mehr Fragen zu stellen. Über den Krieg, über Ottos Rolle als Sturmbannführer und über sein Gewissen.

Mit dem, was Otto sagte, konntest Du nicht viel anfangen. »Der Krieg ist vorbei. Wir haben alle nur unsere Pflicht getan. Ich war Soldat, ich musste Befehle ausführen«, wiederholte er immer wieder. »Aber Du hast doch auch Befehle ausgesprochen! Du hättest etwas tun können«, hast Du ihm vorgeworfen. »Ich wollte überleben. Ich war nun mal kein Held«, entgegnete Dein Vater.

Ich sah die Traurigkeit in Deinen Augen, später die Abscheu, weil Du annahmst, er belüge Dich oder beschönige sein Tun – das hat mir das Herz gebrochen, weil ich Euch beide liebte. Vater und Tochter, die sich immer mehr voneinander entfernten.

Verzeih, Jetta, ich schweife ab. Kehren wir zurück zu der Zeit, als Du mit David zusammen warst. Als wir uns endlich an den Gedanken Deiner Liebe zu ihm gewöhnt hatten, gestandest Du uns, Du seiest schwanger. Zuerst waren wir geschockt, weil ihr nicht verheiratet wart und Du als ledige Frau ein Kind zur Welt bringen wolltest. Doch dann schlug das Schicksal erbarmungslos zu. David wurde krank und starb noch vor der Geburt Eures Babys.

Nie hätte ich damit gerechnet, dass Du nach England auswanderst, als Du zwei Jahre später Gavin im KaDeWe kennenlerntest. Du bist ihm nach London gefolgt. Doch selbst später, als er eine andere heiratete, bist Du nicht zurückgekehrt, sondern in England geblieben, hast Dein Hotel in den Cotswolds eröffnet. Weder ich noch Otto haben damals begriffen, dass Du gegangen bist, weil Du Ottos Abneigung gegen David und auch seinen Tod nicht verwinden konntest.

Weshalb erzähle ich Dinge, die Du längst weißt? Vermutlich, weil ich weiß, wie schmerzhaft die Wahrheit sein kann. Doch ich weiß auch, dass es höchste Zeit ist, Dir zu erzählen, was Otto für mich getan hat und was all das mit Dir zu tun hat.

1944 machte Dein Vater mir das kostbarste Geschenk, das ich je erhalten hatte: Dich!

Wie sehr hatte ich mir ein Kind gewünscht, und ich machte mir die größten Vorwürfe, wenn ich es wieder nicht »geschafft« hatte, schwanger zu werden – bis Otto mir eines Tages ein entzückendes kleines Mädchen brachte. Nach all den Jahren vergeblichen Hoffens schien unser Glück nun perfekt und Otto mein Retter. Doch an jenem Tag, als Otto mit Dir auf dem Arm zur Tür hereinkam, begann auch ein Leben, das auf einer großen Lüge aufgebaut war. Otto log, weil er mich glücklich sehen wollte. Und ich log, weil ich Dich für mich haben wollte. Weil Du mein Kind sein solltest.

Jetta, Liebes, warum bist Du so weit weg? Ich würde Dir so gern gegenübersitzen, mit Dir sprechen, anstatt unpersönliche Briefe zu schreiben. Wieso fliege ich nicht nach England? Ist es wegen meiner angegriffenen Gesundheit oder weil ich noch immer kneife?

Ich bitte Dich inständig, nicht zu hart mit mir ins Gericht zu gehen. Auch wenn ich Dich nicht geboren habe, warst Du mein Kind.

Mit herzlichen Gedanken und bis zum nächsten Brief,
Deine Mama

Jeder Gedanke an Schlaf war wie weggeblasen. Warum hatte Jetta nie über Ursels Tagebuch gesprochen? Hatte sie es überhaupt gelesen?

Annett horchte in die Stille der Nacht. Alles war ruhig. Nur eine Katze stöberte draußen herum und miaute leise in die Dunkelheit.

Jetta und sie hatten manchmal über Berlin gesprochen, weil Annett sich dafür interessiert hatte, wie es war, von einem Tag auf den anderen in einer Stadt zu leben, die durch den Bau einer Mauer in zwei Teile gerissen wurde. Während dieser Gespräche war nie ein Wort über einen ernsten Konflikt zwischen Jetta und ihren Eltern gefallen. Weshalb Annett angenommen hatte, die Berliner Zeit sei für Jetta vor allem wegen Davids Tod schwierig gewesen.

In manchen Stunden hatte Annett versucht, sich vorzustellen, was sie getan hätte, wenn sie nach dem tragischen Verlust einer großen Liebe mit einer kleinen Tochter zurückgeblieben wäre. Ein Neuanfang in England war ihr wie eine gute Möglichkeit erschienen, die traurigen Erlebnisse hinter sich zu lassen. Vor allem, wenn man sich in einen Engländer verliebt hatte, wie Jetta es mit Gavin passiert war. Er war ihre zweite Chance gewesen. Wenn auch eine, die nicht hielt, was sie versprach.

Obwohl es bereits auf halb zwei zuging und Annetts Augen brannten, blätterte sie die nächste Seite um. Jetta war adoptiert worden und hatte nichts davon gewusst. Das ging eindeutig aus Ursels erstem Brief hervor. Doch wie war es in den Wirren der letzten Kriegsmonate möglich gewesen, ein Kind zu adoptieren?

Plötzlich stimmte nichts mehr, was Annett über Jetta zu wissen glaubte.

24. Kapitel

März 1964 – Berlin

Der Regen klatscht Otto Mielke mit der ersten Böe ins Gesicht, als er aus der Straßenbahn steigt. Er schlägt den Mantelkragen hoch, läuft über die Straße und stellt sich in einem Hauseingang unter. Dort steckt er seine Aktentasche unter den Mantel, um sie vor der Nässe zu schützen und macht sich auf den Heimweg. Während er an noch immer von Kriegsnarben entstellte Häuserfassaden gedrückt nach Hause eilt, geht ein Wolkenbruch über Berlin nieder, wie er ihn noch nie zuvor erlebt hat. Binnen Minuten versinkt die Stadt unter Wassermassen. Lautes Donnergrollen ertönt und treibt ihn mit großen Schritten von einem Dachvorsprung zum nächsten. Er rennt weiter und sieht durch den Regenschleier, wie Autos sich vor roten Ampeln wie Ameisen aneinanderreihen und Menschen sich unter Schirmen zusammenrotten, um dort notdürftig Schutz zu finden.

Die dicht gedrängten Menschen lassen ihn wieder an den Krieg denken. Rasch verdrängt er die Szenen des Todes und des Elends, die ihn geradezu überfallen. Die Augen der Menschen, die von ihm abhängig waren und die er oft enttäuschen musste. Seltsam war, dass ihn in seinen Träumen immer wieder die Einschusslöcher, die einen überall daran erinnerten, dass das Leben seine Gewöhnlichkeit verloren hatte, heimsuchten. Nie hat er Blut oder Tote gesehen, immer nur Einschusslöcher. Der Tod der Stadt, der ebenfalls auf das Konto des Krieges ging, war ein Synonym für das Leid der Menschen. Mielke fröstelt bei dem Gedanken an damals. *Der Krieg ist vorbei*, summt es in seinem Hirn. *Das Leben geht weiter.*

Als er eine Viertelstunde später den Hauseingang erreicht, ist er völlig durchnässt und froh, am Ziel zu sein. »Verdammtes Sauwetter!«, schimpft er, während er die Treppe hinaufgeht. Die Stufen sind bereits von Pfützen übersät. Er ist nicht der Einzige im Haus, der bei diesem Weltuntergangswetter unterwegs war. Oben angekommen, schließt er die Wohnungstür auf und tritt in den Flur. Binnen Sekunden verwandelt er den Linoleumboden in einen kleinen Teich. »Hallo Papa!«, hört er seine Tochter aus der Küche rufen. »Jetta!? Wo ist deine Mutter?«, antwortet er, während er sich die Nässe vom Körper schüttelt. »Sag ich dir gleich!«, antwortet Jetta zwischen Topfgeklapper.

Irgendwie schafft er es, mit klammen Fingern die Knöpfe seines Mantels zu öffnen. Er zerrt seine Arme aus dem aufgequollenen Mantelstoff und geht mit dem nassen Ungetüm überm Arm Richtung Bad. Aus der Küche steigt ihm der Geruch von gebratener Leber und Kartoffelpüree in die Nase. Ottos Gesicht verzieht sich zu einem vorfreudigen Lächeln. Wenn er erst die nassen Sachen vom Leib hat, ist der Abend gerettet, hofft er.

Im Bad hängt er den Mantel zum Trocknen auf. Dann schlüpft er aus Hose und Hemd, rubbelt sich trocken, kämmt sich und geht ins Schlafzimmer, um sich frische Kleidung anzuziehen.

In der Küche steht seine Tochter hinterm Herd. Sie wendet Leberscheiben, die in der Pfanne brutzeln, und rührt das Apfelmus um, das in einem Topf vor sich hinsimmert. Otto küsst sie flüchtig auf die Wange und reibt sich die Nase. Hoffentlich hat er sich nicht erkältet.

»Mama ist bei Frau Borchert. Angeblich setzen die Wehen ein. Wenn du mich fragst, ist es Fehlalarm«, klärt Jetta ihn auf.

»Warum ist deine Mutter dann zu ihr raufgegangen?« Mielke setzt sich an den Tisch und greift nach Besteck und Servietten.

»Sie haben Ihre Tochter doch zu Hause auf die Welt gebracht, Frau Mielke. Ohne Hebamme.« Jetta ahmt perfekt die Stimme der Nachbarin nach. »Also können Sie mir in meiner Not am besten helfen«, endet sie. »Na ja. Beim ersten Kind hätte ich vermutlich auch eine Heidenangst.«

Mielke steht noch einmal auf und holt sich ein Bier. »Diese hysterische Person nimmt deine Mutter viel zu oft in Beschlag. Dauernd fehlt ihr was. Kein Wunder, dass ihr Mann nicht zu Hause ist.« Er seufzt laut.

»Wir sollen schon mal mit dem Essen anfangen, sagt Mama. Weil sie nicht weiß, wie lange sie bei Frau Borchert bleibt.«

»Genauso hab ich mir Familienleben immer vorgestellt«, murrt Mielke.

Auch wenn er Ursel insgeheim für ihre Hilfsbereitschaft bewundert, ärgert er sich hin und wieder darüber, dass sie so gutmütig ist. Manchmal muss man zuerst auf sich schauen. Das ist ihm während des Krieges in Fleisch und Blut übergegangen. Und auch die Jahre danach haben ihm gezeigt, dass man sich am besten auf sich selbst verlässt.

Jetta füllt seinen Teller mit Leber, Püree und Apfelmus. Die Enttäuschung, ohne Ursel essen zu müssen, lässt merklich nach. Ein gutes Essen hat ihn schon immer getröstet. Jedenfalls will er sich den Appetit von seiner Nachbarin nicht verderben lassen.

Jetta setzt sich, trinkt einen Schluck Wasser und beginnt, die Leber in kleine Stücke zu schneiden. Eine Weile widmen sie sich schweigend der Mahlzeit.

»Ich muss mit dir reden«, sagt Jetta plötzlich. Bis auf ein paar Bissen hat sie ihr Essen kaum angerührt.

»Warte«, verlangt Mielke. Er schiebt sich das letzte Stückchen Leber mit Apfelmus auf die Gabel und hält ihr dann seinen leeren Teller hin. Während Jetta ihn erneut füllt, fragt er: »Was gibt es denn?«

Sie reicht ihm schweigend den Teller, setzt sich und stochert weiter lustlos in ihrem Essen herum. Seit ein paar Wochen ist sie seltsam einsilbig und verschlossen und rührt ihre Mahlzeiten kaum an. Otto weiß nicht, was mit ihr los ist, Ursel offenbar auch nicht, aber er weiß, dass er das nicht ewig dulden wird. »Jetzt iss endlich.« Er hat in den Kriegs- und Nachkriegsjahren zu lange auf anständiges Essen verzichten müssen, um zu akzeptieren, dass jemand herummäkelt. »Und dann sag, was dir auf der Seele liegt. Hat es mit deiner Arbeit zu tun?« Jetta hat eine Ausbildung als Schneiderin absolviert, sie liebt Stoffe, Farben und kreatives Arbeiten und hat sich in den Kopf gesetzt, beim Theater anzuheuern. Er würde sie lieber woanders sehen. In einem technischen Beruf oder als Studentin. Doch Jetta setzt ihren Willen meistens durch.

Jetta schüttelt den Kopf. »Nein, es geht um etwas anderes. Ich würde noch immer gern wissen, wie das mit den Juden während des Krieges war? Wann hast du gewusst, was *wirklich* geschah?«

»Nicht schon wieder diese unsinnigen Fragen, die niemandem helfen«, entgegnet Mielke barsch. Er kennt Jettas Vorgehensweise. Zuerst formuliert sie vorsichtige Fragen, dann wird sie heftiger, und schließlich geraten sie in Streit, und sie wirft ihm Worte wie *Mitläufertum* an den Kopf.

»Was du über den Krieg wissen musst, hast du in der Schule gelernt. Und wenn du mehr wissen willst, solltest du Geschichte studieren.«

»Aber du hast alles hautnah miterlebt. Das ist etwas anderes, als von einer Lehrerin irgendeinen geschönten Text vorgesetzt zu bekommen.«

»Fünfundvierzig war für uns alles vorbei. Und dabei bleibt es. Ich will nichts mehr über diese schreckliche Zeit hören. Lass mich in Frieden essen, Jetta.« Er hofft inständig darauf, dass endlich Ursel von ihrer nachbarschaftlichen Mission zurückkäme. Obwohl ihn Frau Borchert nicht im Geringsten interessiert, will er sich lieber nach ihr erkundigen, als sich Jettas unnachgiebigen Fragen zu stellen.

Seit langer Zeit erinnert er sich wieder daran, wie er sich fünfundvierzig durch eine Unterschrift mit den Alliierten verständigen konnte. Sie haben ihm geglaubt, dass er während des Krieges Juden versteckt gehalten hat. Ein gelbstichiges Stück Papier, auf dem ein Jude ihm das bestätigte, hat sein kümmerliches Leben gerettet. Für ihn grenzte es an ein Wunder, dass er seinem Schicksal als Kriegsverbrecher entgehen und weiterarbeiten konnte. Andererseits, was hat er schon verbrochen? Das, was die meisten getan haben: Befehle ausführen und sein Bestes geben. Manchmal eben auf seine Weise.

Jetta legt ihre Hand auf seinen Unterarm. Ein fester Griff, der ihm unangenehm ist. Er weiß, dass sie ihre Prinzipien hat. Sie ist kein kleines Mädchen mehr und hat ihre eigenen Vorstellungen und vor allem eine feste Meinung. »Es ist wichtig für mich zu erfahren, was *du* weißt, Papa. Wie hast du damals zu den Juden gestanden?«

Mielke legt Messer und Gabel zur Seite. Nun hat Jetta ihm den Appetit endgültig verdorben. »Wenn ich mir etwas zuschulden kommen lassen hätte, hätten sie mich nach dem Krieg nicht in der Stadtverwaltung arbeiten lassen. Hast du darüber schon mal ernsthaft nachgedacht?«, wirft er ihr an den Kopf. Verteidigung ist besser als Rückzug.

»Warum antwortest du mir dann nie und redest dich immer raus?« Jetta, das einstmals entzückende kleine Mädchen, stellt heute unbequeme Fragen. Keine seiner Antworten wird sie zufriedenstellen, das weiß Mielke.

Jetta wartet noch immer auf eine Erklärung, und als keine kommt, stellt sie ihr Wasserglas so laut auf den Tisch, dass Mielke zusammenzuckt.

»Wenn du nicht sprechen willst, tu ich's.« Ihre Stimme dröhnt plötzlich laut in seinen Ohren. »Ich habe mich in einen Juden verliebt, Papa. Er heißt David.« Die Worte treffen ihn völlig unerwartet. Er fühlt, wie Angst ihm den Nacken hochkriecht, ein Gefühl blinder Verzweiflung. Verdammt, wieso weiß er nichts von einem Juden, mit dem seine Tochter sich herumtreibt? »Wer ist der Kerl?«

Jettas Mitteilung ist keine Provokation, um doch noch etwas aus ihm herauszulocken. Sie meint es ernst. »David und ich kennen uns zwar noch nicht lange. Aber es ist etwas Ernstes zwischen uns«, sagt sie triumphierend.

Otto lässt die Luft, die er gerade eingeatmet hat, mit einem seufzenden Laut entweichen. »Es ist euch also ernst? In eurem Alter? Dass ich nicht lache!« Er versucht, *die Sache* kleinzureden. Doch Jetta verschränkt die Arme vor ihrer Brust und schaut ihren Vater finster an. »Und wie jung war Mama, als sie sich in dich verknallt hat?«, entgegnet sie gereizt.

Mielke beißt sich auf die Lippen, weil sie das einzig Richtige gesagt hat. Wütend, weil er mit diesem naheliegenden Kontra nicht gerechnet hat, schiebt er den Teller zur Seite und greift nach Jettas Hand. Sie überlässt ihm ihre kalten, noch immer kindlich schmalen Finger nur widerstrebend. Nichts an dieser Hand erinnert ihn an das kleine Bündel, das sie einstmals in seinem Arm war.

Damals, als er sie in Bad Sachsa ihrem Schicksal entriss und sein Leben und ihres miteinander verknüpfte. Was ist nur aus dem frommen Wunsch geworden, sie zu seiner *wahren* Tochter zu machen? Jetzt hält sie ihm Millionen toter Juden vor. Hätte er in den Widerstand gehen sollen, um sich für nichts und wieder nichts zu opfern? Wäre es tatsächlich besser gewesen zu sterben? Stattdessen hat er sie vor dem Tod bewahrt. Soll er ihr davon erzählen? Ihre unnachgiebige Art trifft ihn und lässt ihn verstummen. Anstatt nachzugeben, verhärtet sich alles in ihm. »Das ist kein Spaß, Jetta. Du solltest dir das mit David noch mal überlegen.«

»Ach, und wieso? Sind die Zeiten, wo man Angst haben musste, wenn man sich mit einem Juden einlässt, nicht vorbei? *Heute lohnt fragen nicht mehr*«, äfft sie ihn nach. »Deine Worte!« Ihre Reden klingen wie gewetzte Messer.

»Das mit den Juden ist ein schwieriges Thema. Wenn du die Geschichte verfolgst, siehst du, dass es mit ihnen schon immer gewisse Probleme gab ... lange vor dem Zweiten Weltkrieg.« Mielke kommt nicht dazu, den Satz zu beenden, denn Jetta entreißt ihm ihre Hand und hält sich die Ohren zu. »Du redest dich raus. Sei still!«, schreit sie. Dann springt sie auf. »Jetzt hör mir mal gut zu!«, verlangt sie von ihm. »Mir ist egal, ob David Jude, Christ, Moslem oder Atheist ist. Weil ich ihn liebe. *Wirklich* liebe.«

»Du weißt ja nicht, was du sagst«, schreit er zurück.

Im Hintergrund geht die Tür. Ursel kommt herein und starrt zuerst Jetta an, dann ihn. »Was ist hier los? Warum streitet ihr? Und was sagst du da, Jetta?«, fragt sie erschrocken.

Jetta wirft sich in ihrem Zimmer aufs Bett. Alles bricht über ihr zusammen. Sie fühlt sich von der Familie ausgeschlossen. Wie eine Fremde.

»Nein!«, schluchzt sie und boxt wütend in ihr Kissen. »Nein! Nein! Nein!« Sie lässt den Tränen freien Lauf, bis ihre Augen rot glühen. Am liebsten wäre sie weit weg. Auf keinen Fall wird sie sich von David abbringen lassen. Eher geht sie von zu Hause fort und nimmt sich irgendwo ein Zimmer.

Als sie sich wieder etwas beruhigt hat, setzt sie sich vorsichtig auf und blickt aus dem Fenster. Auf der Straße rollt der Verkehr langsam wieder an. Das normale Leben hat Berlin zurückerobert. Nur bei ihr ist nichts mehr wie es war. Wieso darf sie sich nicht nach dem Krieg, den Konzentrationslagern und der Zeit danach erkundigen? Ist es nicht naheliegend, dass sie sich für die Rolle des Vaters in diesem Wirrwarr schrecklicher Geschichte interessiert? Ihre Mutter steht jedes Mal, wenn sie von dem Thema anfängt, zwischen ihnen und leidet stumm. Manchmal sieht sie sie mit einem flehenden Blick an: *Bitte schweig. Mir zuliebe!* Für sie steht fest, dass ihre Mutter lieb, aber schwach ist. Schwache Menschen werden oft zu Mitläufern. Deshalb hasst Jetta Opportunisten. Diese Kombination ist für sie das Schlimmste überhaupt.

Sie stellt sich vor, wie die Kinder, die sie einmal haben wird, mit allem zu ihr kommen. Ihren Freuden und Sorgen, sogar ihren Verfehlungen und Geheimnissen. Sie wird sie nicht ausschimpfen, sondern zuhören und Verständnis zeigen.

Der Gedanke führt sie zu David zurück. Erst gestern lag ihr Kopf in seinen Händen. Jeden Millimeter ihres Gesichts hat er abgeküsst. Hat ihr leise stammelnd seine Liebe gestanden. Jetta spürt noch seine feuchten Lippen auf ihrer Haut und das fremde, alles verzehrende Verlangen in ihrem Schoß. Sie sehnt sich danach, David bei sich zu haben, sich an ihn zu schmiegen und ihn zu küssen. Bald will sie mit ihm schlafen. *Richtig* mit ihm zusammen sein.

Als sie ein kleines Mädchen war, waren Otto, Ursel und sie wie ein Chor, der perfekt den Ton hielt, sodass ein harmonisches Lied erklang. Dieses Lied war ihr *Zuhause*. Doch nun fühlt sie sich gefangen zwischen unzähligen unbeantworteten Fragen, die zu Chaos und Hoffnungslosigkeit führen. Ihr Lied ist zu einem Gekrächze geworden.

Was macht es schon, dass David Jude ist? Doch sie scheut sich, ihm zu beichten, dass ihr Vater als ehemaliger Sturmbannführer vielleicht den Mord an unzähligen Juden mitzuverantworten hatte. Wird er sie überhaupt noch heiraten wollen, wenn er davon erfährt? »Was denkst du nur!«, schimpft Jetta sich aus. »David liebt dich mehr als sein Le-

ben. Er würde alles für dich tun. Genauso, wie du für ihn.«
Wenn sie David heiratet, spricht sie sich gegen Rassismus und für Toleranz und Menschlichkeit aus. Macht das ein bisschen von dem gut, was ihr Vater vielleicht getan hat?
»David und mich wird nichts und niemand trennen«, murmelt Jetta leise vor sich hin.

25. Kapitel

Juni 2015 – Oxford, England

Edward stellte seinen Wagen vorm Lieferanteneingang von Belleminton House ab. Es war noch früh, erst kurz nach sechs, doch er fühlte sich voller Tatendrang, als er den Kofferraum öffnete, seine Arbeitsjacke anzog und in die Stiefel stieg.

Seit er ein kleiner Junge war, liebte er den Duft von geschnittenem Gras und aufgeworfener Erde. Deshalb freute er sich darauf, nach unzähligen Wochen am Schreibtisch wieder einmal mit den Händen zu arbeiten.

Im Park beobachtete er das Zusammenspiel zarter Sonnenflecken mit feinen Nebelschwaden, die vom kühlen Boden aufstiegen. Beides zusammen verwandelte den Park von Belleminton House in eine Landschaft wie aus einem Märchen. Bald würde die Nässe des Taus von der Wärme der Sonne aufgesogen werden. Dann begann das Gras schwach zu duften.

Während er das Labyrinth ansteuerte, dachte Edward darüber nach, welch verschlungene Wege das Leben manchmal wählte. Ein Huhn hatte ihn zu Jetta Mielke geführt. Und in der Folge zu Annett. Ihm imponierte, wie sie sich nach dem Tod ihrer Großmutter um alles kümmerte und dabei ihre Lebensfreude nicht verlor. Er spürte, dass er im Begriff war, sich auf eine völlig neue Weise zu verlieben. Nicht nur mit Herz und jeder Faser seines Körpers, wie er es kannte. Diesmal war es, als würde er an einen warmen, sicheren Ort schlüpfen, wo es nur noch die Liebe gab. An einen Ort, weit weg von allem. Er hörte sich einen Song von Nat King Cole summen: *Unforgettable. That's what you are!*

Seit er sich gestern von Annett verabschiedet hatte, kämpfte er dagegen an, sie anzurufen oder ihr zumindest eine

SMS zu schicken. Er verkniff es sich, weil er sie in ihrer momentanen Situation nicht überfordern wollte. Und auch, weil er überlegte, was er ihr über Beth erzählen sollte. Er wollte ehrlich zu ihr sein, allerdings auch den rechten Zeitpunkt und die richtigen Worte finden. Keine einfache Angelegenheit. Außerdem wusste er nicht, ob sie mit jemandem zusammenlebte oder fest liiert war. Vielleicht sollte er Mrs Jennings anrufen und vorsichtig nachfragen? Sicher könnte sie ihm Auskunft geben.

Seine Gedanken kehrten erneut zum vorangegangenen Abend zurück. Will und Susan hatten sich gegen acht zum Abendessen eingefunden, und während Will sich durch seine Plattensammlung wühlte, auf der Suche nach passender Musik zum Essen, hatte er immer wieder zu Annett hinübergelinst. Wahrscheinlich hatte ihm die Frage unter den Nägeln gebrannt, wieso eine Frau, von der er noch nie gehört hatte, wie aus dem Nichts auf der Bildfläche erschien und mit seinem Freund in der Küche herumwerkelte. Als sie sich von ihm *I want to hold your hand* von den Beatles wünschte, hatte Will wissen wollen, weshalb es dieser oft gespielte Song sein müsse. »Weil es eins der Lieblingslieder meiner gerade verstorbenen Großmutter war«, hatte Annett geantwortet. Ganz selbstverständlich.

Als sie später in der Küche Getränkenachschub holten, hatte Will ihm anvertraut, dass ihm Annetts ungezwungene Art gefiel: »Jedenfalls ist sie so ganz anders als Beth.« Und natürlich wollte er wissen, wo er *diese Traumfrau* kennengelernt habe. »Vor der Seufzerbrücke. Sie ist mir auf die Füße gestiegen, und plötzlich sehe ich, wie sie nach Taschentüchern greift, um den Fleck wegzuwischen«, hatte Edward mit einem Augenzwinkern geantwortet. »Ja, klar. Wer blöd fragt, kriegt dumme Antworten. Seit wann putzen Frauen Männern wieder die Schuhe?« Will hatte den Kopf geschüttelt und war mit den Karaffen ins Esszimmer verschwunden. Offenbar hielt er Edwards Worte für einen Witz. Als Annett dann beim Dessert von ihrer Attacke auf Edwards Schuhe erzählte, brach Will in amüsiertes Lachen aus.

Auf dem Weg durch die sich zaghaft auflösenden Nebelschwaden rief Edward sich weitere Bilder des gestrigen Abends ins Gedächtnis.

Er sah sich und Annett das kleine Delikatessengeschäft um die Ecke plündern, um die Zutaten für Spaghetti Carbonara, Salat und Yorkshire Pudding einzukaufen. Während des Schneidens, Abwiegens und Rührens war seine Küche in ein charmantes Schlachtfeld verwandelt worden. »Keine Angst! Ich helfe später beim Saubermachen«, hatte Annett versprochen. Ein Satz, der ihn vor allem deshalb gefreut hatte, weil sie dann noch eine Weile zusammen wären.

Als ihr Menü begeistert aufgenommen wurde, hatte er Annett zugelächelt, worauf diese ihm die Hand auf den Arm legte. Die kurze Irritation, als sie bemerkte, dass ihre Hand einen Moment zu lange auf seiner warmen Haut lag, hatte ihn gerührt.

Susan und Will verabschiedeten sich um kurz vor elf, *für zwei Tage satt*, wie Susan es ausdrückte. Kaum hatte Will die Tür hinter sich zugezogen, war Annett in die Küche marschiert, um die Gläser abzuwaschen. »Nett, dass du Wort halten willst, aber Küchendienst kommt nicht infrage.« Edward hatte ihr das Spülmittel und die Schürze weggenommen und sie in den Flur bugsiert. »Morgen kommt eine Menge auf dich zu. Deshalb bringe ich dich jetzt zu deinem Wagen. Ich will nämlich nicht, dass es zu spät für dich wird.« »Edward, du gehörst der aussterbenden Gattung der Gentleman an«, hatte Annett gerührt erwidert. »Ich schätze mal, damit haben wir beide kein Problem, oder?«, hatte er amüsiert entgegnet und sie ins Treppenhaus geleitet.

Auf der Fahrt zum ›Randolph‹, wo ihr Range Rover stand, hatte sie über ihre Arbeit im ›Black Stag‹ erzählt und erwähnt, dass sie und nicht ihre Mutter das Hotel geerbt hatte. »Ganz gegen meine Erwartung«, hatte sie bekräftigt. Ihre Stimme war dünn und kraftlos geworden, je mehr sie darüber erzählte.

Beim Aussteigen hatte Annett ihm einen flüchtigen Kuss auf die Wange gegeben. »Danke für den Tag. Ich habe eine Weile alles um mich herum vergessen.«

»Ich auch«, hatte er erwidert und gespürt, wie seine Wange nach dem Kuss brannte. Er hatte ihr noch so viel sagen wollen, stattdessen hatte er nur zugesehen, wie Annett in ihren Wagen stieg und davonfuhr.

Zu Hause hatte er bei lauter Musik die Küche geschrubbt und dann noch letzte wichtige Termine in sein Notebook eingetragen und ein paar Mails geschrieben. Dabei hatte er fortwährend an Annett denken müssen.

Am Eingang des Labyrinths warteten Buchsbäume auf ihren endgültigen Platz. Edward kontrollierte den Zustand der Pflanzen, griff nach dem Spaten und begann, ein Loch zu graben. Als es groß genug war, stellte er einen Buchsbaum hinein, füllte Erde rundum, drückte sie mit den Schuhen fest und begutachtete sein Werk. Die Sonne stieg höher, und es wurde wärmer. Edward setzte Baum um Baum ein.

Gegen acht sah er an der Blutbuche vorbei Thomas Spencer flotten Schrittes auf sich zukommen. »Mr Warrender?« Er winkte ihm zu. »Was machen Sie so früh hier draußen? Gibt es Probleme? Irgendwelche Schädlinge etwa?«

Edward stemmte den Spaten in die Erde, wischte sich den Schweiß von der Stirn. »Ein Schreibtischhengst will auch mal raus. Das ist alles. Schönen guten Morgen übrigens.«

Mr Spencer ignorierte den Spaten, den Edward ihm reichte. Stattdessen griff er nach seinem eigenen, der in einer provisorischen Werkzeughütte untergebracht war.

»Ihre Marotte mit dem präparierten Gartenwerkzeug hat

mich auf die interessante Idee gebracht, Kunst mit Handwerk zu verbinden«, erzählte Edward.

»Ist das Ihr Ernst?« Mr Spencer zog überrascht die Augenbrauen hoch und starrte dabei auf den Spaten in seiner Hand, als sähe er ihn zum ersten Mal.

»Allerdings! Ich hoffe, bald kann ich mehr sagen.«

»Sie haben vielleicht Ideen, Mr Warrender!«, sagte Mr Spencer und griff sich einen Buchsbaum.

Kurz darauf stießen weitere Mitarbeiter zu ihnen. »Morgen, Mr Warrender.«

Edward grüßte in die Runde. »Der Wetterbericht hat passables Wetter gemeldet. Wir liegen gut im Zeitplan und werden wohl auch heute planmäßig vorankommen. Ihr leistet alle hervorragende Arbeit.«

»Also wird es wohl einen Bonus geben«, warf einer der Leute ein.

»Ganz genau. Und ein kleines Sommerfest wäre auch drin. Wenn ihr mit dem ersten Abschnitt durch seid«, versprach Edward. Die Leute applaudierten begeistert, einige pfiffen sogar.

In diesem Augenblick klingelte Edwards Handy. Es war Philipp Fox-Pitts, der Manager der Hotelgruppe, an die Clifton Hall verpachtet war. »Ihre Mutter hat sich in einem Schreiben dezidiert gegen den Bau des zweiten Golfplatzes ausgesprochen. Wie Sie sich vorstellen können, wollen wir es uns nicht leisten, Einbußen hinzunehmen.« Edward versprach, sich rasch des Problems anzunehmen. Dann rief er Peter Chips an.

Nachdem sie ein paar Anekdoten aus Schulzeiten ausgetauscht hatten, berichtete Edward von seiner Idee mit dem Werkzeug.

»Im ersten Moment klingt es ... sagen wir mal, ungewöhnlich, euren Ruf durch eine derartige Aktion zurechtrücken zu wollen«, sagte Peter unverblümt. »Zusammenfassend finde ich das Projekt jedoch mutig. Allerdings fliege ich morgen nach Indien und stehe erst danach zur Verfügung.«

»Ich nehme an, du bist in Damenbegleitung unterwegs?«

»Schön wär's. Heute steht Inspiration ganz oben auf meiner Liste, damit ich die Design- und Kunstwelt mit meinen Objekten wachrütteln kann. Für private Ausbrüche bleibt nicht mehr so viel Zeit wie früher.« Peter seufzte, lachte dann aber. »Trotzdem musst du dir keine Sorgen um mich machen.«

»Dann schlage ich vor, wir treffen uns, sobald du zurück bist, und hecken gemeinsam etwas aus«, sagte Edward.

Nach dem Gespräch beschloss er, auf direktem Weg nach Stow-on-the-Wold zu fahren. Er benötigte Annett als Mediatorin. Ein weiterer Wink des Schicksals, fand er.

26. Kapitel

Juni 2015 – Stow-on-the-Wold, Cotswolds, England

»Miss Neumann?« Mrs Jennings pochte gegen die Tür, die zu Jettas Wohnung führte. »Sind Sie wach?« Annett schreckte auf und rieb sich benommen die Augen. Sie lag auf der Couch im Wohnzimmer. Offensichtlich war sie gestern Nacht, irgendwann gegen halb drei, hier eingeschlafen. »Miss Neumann!« Mrs Jennings wurde lauter. Annett rappelte sich auf, um zur Tür zu gehen. Dabei rutschte ihr Ursels Tagebuch vom Schoß und Jettas Foto fiel heraus. Damit hatte sie gestern die Seite markiert, bis zu der sie gekommen war.

»Ich komme schon!«, rief Annett und schob das Tagebuch unter einen Stapel Zeitschriften. Während sie in den Flur eilte, schob sie jeden Gedanken an Ursels Briefe beiseite. Wenn sie sich jetzt darin verlöre, wäre sie zu nichts Vernünftigem mehr in der Lage. Kaum hatte sie die Tür geöffnet, quetschte Mrs Jennings sich schon durch den Türspalt und ließ einen Schwall Worte auf sie einprasseln. »Warum sind Sie nicht zum Frühstück heruntergekommen? Fehlt Ihnen etwas?« Ehe Annett sich versah, lag Mrs Jennings Hand auf ihrer Stirn, um die Temperatur zu prüfen. »Ich habe bloß verschlafen, Mrs Jennings.« »Nun, wenn Sie es sagen.« Mrs Jennings ließ von Annett ab und folgte ihr ins Wohnzimmer. Statt weiterer Fragen bezüglich ihres Wohlbefindens bekam Annett nun einen Bericht über die Ereignisse dieses Morgens zu hören.

Doch Annetts Gedanken schweiften immer wieder ab, zu Edward Warrender. Noch nie hatte sie einen Mann gekannt, der so besonnen und aufmerksam war. Einzelne Bilder des vergangenen Abends kamen ihr in den Sinn. Sie sah Edward in der Küche hantieren. Wie er den Löffel tief in den Topf tauchte und ihn ihr angefüllt mit köstlicher Sauce in den Mund schob, damit sie davon probierte. Sein warmes Lächeln wirkte auf sie tröstend und irgendwie aufbauend. Und selbst wenn er traurig war, hatten seine Augen etwas sehr Lebendiges.

Wenn sie Ingo etwas erzählt hatte, hatte er ihr meist nur halb zugehört und war in Gedanken mit seinen eigenen Dingen beschäftigt. Sie stellte sich vor, sie würde ihm von Ursels Tagebuch berichten. Er würde Auskünfte darüber einholen, wie damals mit Adoptionen verfahren worden war. Und es würde eine heiße Diskussion über Otto Mielkes Schuld ausbrechen.

Edward dagegen würde sie fragen, was es für sie bedeutete, all diese Dinge über ihre Familie zu erfahren, von denen sie bisher nie etwas geahnt hatte. Zu wissen, dass sie sich ihm anvertrauen konnte, war eine Erleichterung. Denn sie hatte Angst vor der Lektüre der weiteren Briefe. Was würden sie ihr noch offenbaren?

Von weit her drang Mrs Jennings Stimme an Annetts Ohr. »Und was glauben Sie, wen ich heute Morgen um kurz nach sechs in meiner Küche vorfinde?« Annett zwang sich, ihr endlich richtig zuzuhören. »Ihre Mutter«, klärte Mrs Jennings sie auf. »Und wissen Sie, was sie gemacht hat?« Annett verneinte. »Nichts.« Mrs Jennings rollte mit den Augen. »Sie hat geschwiegen, kein Wort. Kein Guten Morgen, Mrs Jennings, nichts.« Mrs Jennings, die sich vorhin mit einem Ächzen auf die Couch hatte plumpsen lassen, verlagerte ihr Gewicht von einer Seite auf die andere. »Und jetzt frage ich Sie, Miss Neumann, ist das ein gutes oder ein schlechtes Zeichen?«

»Kommt mir seltsam vor. Erklären kann ich es Ihnen aber nicht«, seufzte Annett ungerührt.

»Was stelle ich auch für Fragen am frühen Morgen. Lassen wir das Thema.« Mrs Jennings übersah Annetts zerknitterte Schlafanzughose und deutete auf ihre Frisur. »Sie sehen schick aus, Miss Neumann. Der Haarschnitt lässt Sie jünger aussehen, auch wenn Sie das kein bisschen nötig haben.«

Annett freute sich über dieses aufrichtige Kompliment. Doch Mrs Jennings hatte noch etwas auf dem Herzen: »Ich hoffe, Sie sehen mich nicht als übertrieben neugierig oder gar impertinent an, aber wie war gestern eigentlich der Termin bei Mr Mills?«

»Halten Sie sich fest«, Annett versuchte erst gar nicht drum herumzureden, »Jetta hat mir das Hotel vermacht. Mir! Nicht meiner Mutter.«

Mrs Jennings fiel aus allen Wolken. »Jetzt begreife ich das Schweigen Ihrer Mutter«, brach es aus ihr heraus.

»Ach ja?«, fragte Annett verwundert.

»Natürlich. Sie befindet sich in einer Art Schockzustand. Weil ihr das Geld von Mr Hawick durch die Lappen geht. Glauben Sie ja nicht, ich hätte nicht mitbekommen, dass er das ›Black Stag‹ kaufen will, um es seinem Luxusschuppen anzugliedern.« Sie zupfte Annett aufgeregt am Ärmel ihres Pyjamas. Langsam schien sie zu begreifen, was die Neuigkeit für das ›Black Stag‹ und für sie selbst bedeutete. »Ich hoffe, Sie nehmen das Erbe an. Nicht nur unseretwegen, die wir hier arbeiten und das Hotel lieben«, ihre Stimme überschlug sich fast, als sie weitersprach, »sondern wegen Ihrer Granny. Ich will nicht, dass sie sich im Grab umdreht, weil ihr letzter Wille missachtet wurde.«

»Das will ich auch nicht«, versprach Annett.

Mrs Jennings' Gehirn arbeitete auf Hochtouren, versuchte das, was sie in letzter Zeit mitbekommen hatte, zu sortieren. »Ich kann jedenfalls nicht sagen, dass mich das Testament überrascht. Jetta liebte Ihre Mutter. Daran bestand kein Zweifel. Doch Ihnen stand sie wirklich nahe. Das ist etwas anderes.« Mrs Jennings' Gesicht zeigte aufrichtiges

Mitgefühl, als sie Jettas Gefühle beschrieb. »Das Verhältnis zu Ihrer Mutter belastete Jetta, sie war deshalb sehr angespannt. Das konnte ich beobachten. Und natürlich auch die Freude über Sie. Und ich sage Ihnen, diese Freude hat die Arbeit hier zu etwas Besonderem für mich gemacht. Weil ich Jettas Freude teilte.« Mrs Jennings war in den letzten Jahren zu einer Freundin Jettas geworden. Dass sie auch eine Angestellte war, war in den Hintergrund getreten.

Annett ergriff Mrs Jennings' Hand. »Großmutters letzter Wille hat uns alle überrascht. Und wie Sie sich denken können, bezieht er sich nicht nur auf das Hotel, sondern auch auf ihre sonstigen Besitztümer. Unter anderem ihren Schmuck.« Annett ließ Mrs Jennings Hand los und ging zu Jettas Schmuckschatulle, um die Brosche mit den Saphiren zu holen.

Mrs Jennings schaute ungläubig auf ihre Brust hinunter, als Annett ihr das wertvolle Stück an den Pullover steckte. »Ist die etwa für mich?« Sie wagte die Frage kaum auszusprechen.

Annett nickte. »Jetta wollte, dass Sie sie in Erinnerung an sie tragen. Hat Mr Mills Sie nicht informiert?«

Mrs Jennings holte tief Luft, um das Zittern ihrer Lippen unter Kontrolle zu halten. Umsonst. Tränen traten in ihre Augen, doch sie schaffte es, sie wegzublinzeln. »Er hat angerufen, aber ich hatte keine Zeit und habe versprochen zurückzurufen.« Als sie ihre Gefühle wieder im Griff hatte, ging sie in den Flur, um die Brosche im Spiegel zu betrachten.

Annett, die ihr gefolgt war, sagte: »Hoffentlich muss ich ab jetzt nicht *Lady* Jennings zu Ihnen sagen?«

Mrs Jennings vergaß für einen Moment ihren Schmerz und kicherte. »Was sagen Sie nur, Miss Neumann?« Sie machte eine theatralische Handbewegung und drehte sich vorm Spiegel. »Ich habe diese Brosche immer bewundert. Ihre Großmutter hat sie mit so viel Anmut getragen. Wie eine Dame.

Vielleicht will sie mir mit dem Erbe sagen, ich sollte mir das mit der Anmut auch mal überlegen?« Mrs Jennings zog ein Taschentuch aus ihrer Rocktasche und tupfte sich die Feuchtigkeit unter den Augen weg. Dann begann sie im Flur auf und ab zu gehen. »Und, wie mache ich mich?«

Annett lachte, weil Mrs Jennings durch den Flur stolzierte, als hätte sie einen Rohrstock im Rücken. »Sie sollten den Beruf wechseln und Model werden«, scherzte sie.

»Das übe ich jetzt jeden Tag, und dann wird Mr Warrender Augen machen«, kicherte Mrs Jennings. Sie schien sich in der Rolle der feinen Dame zu gefallen.

»Ich bin gestern nach der Testamentseröffnung übrigens zu ihm nach Oxford gefahren, um über die Grabgestaltung zu sprechen. – Ehrlich gesagt, wollte ich auch eine Weile weg von hier. Nach der Testamentsverlesung ist mir alles ein bisschen viel geworden«, gestand Annett.

»Deshalb hat man Sie also nicht mehr zu Gesicht bekommen«, entgegnete Mrs Jennings. »Was halten Sie eigentlich von Mr Warrender? Ist er nicht ein faszinierender Mann?«

Annett bemühte sich, ihre Gefühle zu verbergen. »Er ist sehr freundlich und hilfsbereit.«

»Also wenn ich jung und ledig wäre, würde ich mich in jemanden wie ihn verlieben.« Mrs Jennings' Traurigkeit war wie weggeblasen. Sie war wieder voller Tatendrang, so wie Annett sie kannte. »Also gut, Miss Neumann, die Arbeit ruft. Gehen Sie mal ins Bad, und wenn Sie Ihre schicke Schlafanzughose losgeworden sind, kommen Sie wenigstens zu einem schnellen Frühstück in die Küche. Professor Camden hat sich für neun zu Eiern und Speck angesagt. Ich glaube, er will die Trauerrede mit Ihnen durchgehen. Wenn Sie mich fragen, so was verkraftet man nicht auf leeren Magen.« Mrs Jennings sah noch einmal auf die Brosche an ihrem Pullover hinab. Dann tätschelte sie Annett den Arm und verließ mit betont eleganten Schritten die Wohnung.

Um Punkt neun erschien Clark Camden. »Miss Neumann wartet im Salon auf Sie«, begrüßte ihn Mrs Jennings, die gerade die Hortensien im Entree goss.

»Dürfte ich zusätzlich zu Eiern und Speck um Toast mit Orangenmarmelade bitten? Mir ist heute nach etwas Süßem.« Professor Camden zog sich den Staubmantel aus und hängte ihn an die Garderobe.

»Kommt sofort«, versprach Mrs Jennings und verschwand mitsamt Gießkanne in der Küche, um das Frühstückstablett um Toast, Butter und selbstgemachte Marmelade zu ergänzen.

Wenig später ging Annett mit Clark Camden die Trauerrede durch. Es war ein kurzer, sehr persönlicher Text, der beide zu Tränen rührte. Camden erkundigte sich nach ihren Eltern. »Ich würde ihnen gern mein Beileid aussprechen«, sagte er. »Sie sind zur Zeit bei Mr Hawick.« Annett beschloss, Camden über die neuesten Ereignisse aufzuklären.

»Für deine Mutter tut es mir leid«, sagte Camden, als sie geendet hatte. »Wer wird schon gern übergangen! Trotzdem sollte der letzte Wille eines Menschen respektiert werden. Jetta hatte sicher ihre Gründe, das Hotel in deine Hände zu geben.«

Im Flur stellte Alan Blakemore mit lautem Radau die Einkäufe ab. Und von der Rezeption her klingelte unbarmherzig das Telefon. Annett schob seufzend ihren Teller beiseite. »Unser Frühstück steht offenbar unter keinem guten Stern«, sagte sie entschuldigend.

Im Flur traf Annett auf drei Frauen, die sich nach den Zimmerpreisen erkundigen wollten. Zu der kleinen Gruppe stieß Edward Warrender. Er trug zwei Sträuße gelber Rosen und weißer Margariten im Arm. Jettas Lieblingsblumen. »Einen schönen guten Morgen allerseits«, sagte er und überreichte den ersten Strauß Mrs Jennings, die mit strahlendem Gesicht auf ihn zukam, und den zweiten Annett.

»Schön, dass du vorbeischaust«, sagte Annett zu Edward, als Mrs Jennings mit den Frauen nach oben gegangen war, um ihnen die Zimmer zu zeigen. Beide standen sich etwas verlegen gegenüber.

»Ich wollte hören, wie es dir geht. Außerdem bräuchte ich deine Hilfe als Mediatorin.«

Alan Blakemore, der zwischenzeitlich in den Keller verschwunden war, schleppte keuchend eine Kiste voll leerer Weinflaschen die letzten Stufen nach oben. »Ich fahre zum Weinhändler und hole Nachschub«, kündigte er an.

Annett nickte ihm zu und wandte sich dann wieder an Edward. »Wie kann ich denn helfen?«

»Das erzähle ich dir auf der Fahrt nach Oxfordshire. Kann man dich hier vier, fünf Stunden entbehren?«

Annett zuckte enttäuscht die Schultern. »Zurzeit habe ich niemanden für die Rezeption. Und du siehst ja selbst, wie viel los ist.«

»Unsinn!«, Camden kam mit einem vollgeräumten Tablett aus dem Salon. Er hatte die letzten Sätze gehört. »Zufällig habe ich heute nichts Besonderes vor und könnte bleiben, solange ich gebraucht werde. Langeweile ist nämlich überhaupt nicht meins. Und davon abgesehen. Wo sollte Mr Warrender sonst eine gutausgebildete Mediatorin herbekommen?«

Annett reichte ihm die Blumen. »Vielen, vielen Dank. Und könnten Sie die bitte ins Wasser stellen? Das wäre wunderbar.« Dann rannte sie die Treppe zu Jettas Wohnung hinauf und kehrte wenige Minuten später zurück – mit Ursels Tagebuch in ihrer Tasche. Sie wusste nicht, weshalb, aber sie wollte es unbedingt mitnehmen.

27. Kapitel

Juni 2015 – Eynsham, Oxfordshire, England

»Ihr besitzt also ein Hotel, das einen zweiten Golfplatz braucht. Dessen Bau deine Mutter bisher aber ablehnt«, fasste Annett die Situation zusammen.

Edward, der die Landstraße in Richtung Eynsham in Oxfordshire fuhr, wo Clifton Hall unweit der Themse lag, holte aus, um Annett weitere Details anzuvertrauen. »Leider sieht meine Mutter nicht ein, dass ein zweiter Golfplatz wichtig ist, um das Hotel weiterhin lukrativ zu führen.«

»Was spricht denn dagegen? Hat sie Angst, dass ihr demnächst die Golfbälle um die Ohren fliegen? Sie wohnt ja auf dem Areal, sagst du.«

Edward schüttelte den Kopf. »Dafür ist das Gelände zu weitläufig. Und wenn man die Bauphase nicht als unzumutbare Belastung ansieht, spricht absolut nichts dagegen. Es gäbe sogar zusätzliche Einnahmen.«

»Dann hat die Ablehnung sentimentale Gründe?« Annett überlegte eine Weile. »Warum habt ihr das Gebäude eigentlich nicht nach dem Tod deines Vaters verkauft?«

»Clifton Hall ist seit Generationen in Familienbesitz. Es hängen viele Erinnerungen daran«, erklärte Edward. Die Sonne, die zwischendurch von Wolken verdeckt gewesen war, strahlte nun mit voller Kraft vom Himmel. Edward klappte die Sonnenblende hinunter. »Außerdem hätte meine Mutter niemals in einen Verkauf eingewilligt. Verpachtung war die einzige Möglichkeit, das Anwesen zu retten.«

»Clifton Hall!« Annett ließ sich das auf der Zunge zergehen. »Klingt wie eins dieser Schlösser bei Rosamunde Pilcher.«

»Gleich sind wir da«, sagte Edward, ohne auf ihre Bemerkung einzugehen.

Als er ihr von dem Hotel berichtet hatte, hatte Annett zunächst an ein großes Landhaus gedacht, das nun ein 5-Sterne-Resort war. Langsam ahnte sie, dass Clifton Hall wesentlich größer war. Sie blickte in die Weite der Landschaft. Noch war von Clifton Hall nichts zu sehen.

Sie erreichten ein schmiedeeisernes Tor, dahinter ging die asphaltierte Straße in einen Kiesweg über, und eine neue Welt tat sich auf. Statt Feldern und Wiesen sah Annett Rotbuchen, Eichen und Zedern wie stumme Wächter links und rechts des Weges stehen. Dazwischen breiteten sich schier unendliche Rasenflächen aus, die an einem See endeten.

»Du solltest noch etwas wissen, bevor du meine Mutter triffst.« Edwards Stimme klang plötzlich belegt. »Mein Vater hat Selbstmord begangen, nachdem er des Versicherungsbetrugs überführt worden war.«

»Was sagst du da?« Sie glaubte sich verhört zu haben, doch Edwards weitere Erläuterungen machten ihr das Ausmaß der Familientragödie klar. »Es fehlte das Geld für nötige Renovierungsarbeiten für Clifton Hall. Und ihm waren das Ansehen und der Sitz im House of Lords wichtig ...« Edward überließ den Rest Annetts Fantasie. »Jedenfalls hätte er es nicht über sich gebracht, Clifton Hall zu räumen. Nenne es falscher Stolz, aber so war es.«

Die Bäume, die gerade noch majestätisch gewirkt hatten, sahen plötzlich bedrohlich aus, fand Annett. »Das tut mir schrecklich leid.« Ihre Stimme klang ruhig, doch ihre Finger verschränkten sich fest ineinander.

»Es war ein unglaublicher Skandal, als mein Vater als Versicherungsbetrüger entlarvt wurde. Meine Mutter hat sich nie von diesem Verlust erholt. Und damit meine ich nicht nur den Verlust ihres Mannes, sondern auch den ihres Ansehens«, fuhr Edward nach einer Weile fort.

Annett hörte schweigend zu und empfand tiefes Mitgefühl mit ihm und seiner Familie. Sie ahnte, wie es in ihm aussah, und wollte nur eins – ihm helfen.« »Ich bin froh, dass du mir die ganze Wahrheit sagst. Jetzt kann ich mir vorstellen, wie sehr deine Mutter leidet. Die Gesellschaft kann erbarmungslos sein. Und wenn man seinen Platz darin verliert, fällt man tief.«

»Allerdings. Meine Mutter musste die Arbeit für ihre Wohltätigkeitsorganisation aufgeben, weil es sich nicht mehr schickte, in ihrer Situation um Geld zu bitten.« Edward stieß mit dem Finger gegen seinen Glücksbringer, einen kleinen Stoffigel, der am Rückspiegel hin und her baumelte.

»Ich glaube, hier geht es nicht um einen Golfplatz, sondern vielmehr um verlorene Leben, Edward. Das deines Vaters, deiner Mutter und auch deins.«

»Ich weiß«, war alles, was Edward dazu sagte. Sie fuhren schon eine Weile an einem Fluss entlang, der nun in einen zweiten See mündete. Edward deutete zum Ufer hin. »Siehst du das Cottage mit dem reetgedeckten Dach?« Das Cottage war von einem Lattenzaun umsäumt, und an den Ufern des Teichs saßen Enten in der Sonne. »Das ist Pond Cottage. Mein Zuhause, seit das Haupthaus verpachtet wurde.«

»Ich dachte, du wohnst in Oxford?«, fragte Annett überrascht.

»Nur während der Woche. Am Wochenende fahre ich hierher. Jedenfalls, wenn ich Zeit dazu habe.«

»Zeigst du mir das Cottage später, wenn wir von deiner Mutter zurückkommen?« Das Cottage sah genauso aus, wie Annett sich ein Haus auf dem Land immer vorgestellt hatte.

»Mit dem größten Vergnügen!«, versprach Edward.

Während er weiterfuhr, konnte Annett das Haus aus verschiedenen Perspektiven bewundern. Sie sah die reetgedeckten Gauben, den Eingang mit der grün gestrichenen Tür und den Garten, der sich bis zum See hinzog, und langsam wuchsen in ihr Zweifel über Edwards *wahres* Leben. Bisher hatte sie angenommen, er sei ein erfolgreicher Landschaftsarchitekt, doch nun stellte sich heraus, dass Edwards Familie nicht nur ein großes Anwesen namens Clifton Hall besaß, sondern auch riesige Ländereien.

»Gleich kommen wir zur Palmerston Lodge. Dort hat meine Mutter sich ihr Leben eingerichtet.«

Die Lodge war mindestens fünfmal so groß wie das ›Black Stag‹. Demnach musste das Haupthaus tatsächlich ein imposantes Schloss sein, folgerte Annett.

Nach ungefähr einer Meile stieg das Gelände sanft an, die Bäume lichteten sich und gaben den Blick auf ein herrschaftliches Gebäude frei.

»Wir sind da. Clifton Hall!«, sagte Edward.

Annett verschlug es fast die Sprache. »Das ist märchenhaft«, sagte sie ergriffen, »einfach atemberaubend.« Sie stützte sich am Armaturenbrett ab, um alles besser sehen zu können.

»Komm, lass uns ein paar Minuten herumgehen, bevor wir zurück zur Lodge fahren«, schlug Edward vor und hielt an.

Annett stieg aus dem Wagen und sprach aus, was ihr die ganze Zeit durch den Kopf ging. »Ich glaube, du bist nicht der, für den ich dich gehalten habe. Edward Warrender, der Landschaftsarchitekt.«

Sie standen vorm Haupteingang des Schlosses.

»Doch, der bin ich«, sagte er mit Nachdruck.

»Ja, vielleicht.« Annett machte einer Gruppe Golfern Platz, die ihre Trolleys an ihnen vorbeimanövrierten. »Die Frage ist bloß, wer bist du noch?«

»Der Duke of Sounderland«, entgegnete er.

Männer in dunklen Anzügen kamen laut miteinander diskutierend aus der Halle. Annett glaubte sich verhört zu haben, und Edward wiederholte: »Ich bin der Duke of Sounderland. Den Titel habe ich von meinem Vater geerbt. Ich kann also nichts dafür.«

»Dann ist deine Mutter die Duchess of Sounderland«, nahm sie an.

»Richtig«, sagte Edward zustimmend. »Nimm unsere Titel bloß nicht so wichtig. Du siehst, was nach Vaters Tod passiert ist. Wie oft habe ich mir gewünscht, unbekannt zu sein. Dann hätten wir nach einer Randnotiz in der Zeitung unsere Ruhe gehabt.«

Annett fügte im Kopf die Informationen zusammen, die sie bisher über Edward hatte. Er war also einer dieser englischen Adeligen, die mehr zum Spaß und um der Langeweile zu entgehen arbeiteten. Jemand, der sich vermutlich kaum in die Sorgen und Nöte normaler Menschen einfinden konnte. Oder lag sie mit dieser Einschätzung falsch?

Sie dachte an Ingo, der seine Pläne viel zu lange für sich behalten hatte, und entschied sich, Edward in ihre Gedanken einzuweihen, um nicht denselben Fehler zu machen.

»Ja, ich trage einen Titel, und natürlich ist Clifton Hall ein großes Anwesen«, gab er zu, »aber das hat wenig mit meinem normalen Leben zu tun. Wie viele andere, versuche ich jeden Tag, mein Bestes zu geben. Mit allen dazugehörigen Höhen und Tiefen. Deshalb habe ich die Firma unter dem Mädchennamen meiner Mutter gegründet. Keine Vorschusslorbeeren und keine falsche Nachreden. Und glaube mir, es war nicht leicht, als Landschaftsarchitekt Fuß zu fassen.«

»Also bist du keiner dieser Dandys, die nichts übers wahre ...«

»... die nichts übers wahre Leben wissen?« Edward lächelte amüsiert. Kleine Grübchen umspielten seine Wangen. »Wärst du mit mir hierhergekommen, wenn ich so ein Typ wäre? So ein oberflächlicher Schnösel.«

Sie schüttelte den Kopf. »Nein, vermutlich nicht.« Edward hatte sie an etwas Wichtiges erinnert. Auf ihr Gespür konnte sie sich verlassen. Wenn sie allerdings an Clifton Hall hochsah, begriff sie, dass Welten zwischen ihnen lagen. Doch dafür konnte Edward nichts. Das Leben hatte ihn an diesen Platz gestellt, und ebenso wie sie versuchte er, ihn so gut wie möglich auszufüllen.

»Wie spreche ich deine Mutter eigentlich an?«, fragte Annett, während sie an einer Balustrade vorbeischlenderten, hinter der das Gelände abfiel.

»Ma'am reicht völlig. Inzwischen schätzt meine Mutter Menschen ohne übertriebene Konventionen.« Edward war froh, Annett die Wahrheit gesagt zu haben. Es fühlte sich gut an, ihr von seiner Familie zu erzählen. Ganz anders als bei Beth.

Emily erwartete sie am Eingang der Palmerston Lodge. In aufrechter Haltung, als wäre ihr Kopf auf einen Torso aufgesetzt worden, begrüßte sie ihre Gäste. Die Ähnlichkeit mit ihrem Sohn war verblüffend. Sie hatte die gleichen blitzenden Augen, doch ihr Lächeln war nicht offen wie das von Edward, sondern süffisant. »Ich bin froh, dass du euren Besuch angekündigt hast«, sagte sie und ließ sich von Edward auf beide Wangen küssen. Dann ergriff sie Annetts Hand und drückte sie vorsichtig. »Wissen Sie, manchmal kommt mein Sohn überraschend vorbei und findet mich in alten Hosen und verwaschenen Pullis in irgendwelchen Beeten vor. Lieber ist mir allerdings, wenn ich mich vorher herrichten kann.«

»Was Sie heute mit großem Erfolg getan haben«, sagte Annett. Emily trug ein elegantes braunes Kleid und eine kostbare Diamantbrosche am Revers.

Im Salon war ein kleiner Imbiss für die Gäste angerichtet. Der Tisch war festlich gedeckt mit Canapés, Käse, Teekuchen und einer reich gefüllten Obstschüssel. Annett und Edward nahmen Platz. Emily schenkte Holundersaft ein und forderte sie mit einer Geste auf, sich zu bedienen. »Was führt Sie zu uns, Miss Neumann?«, fragte sie. »Edward sagte, Sie stammen aus Deutschland und er wolle Ihnen die Gegend zeigen. Aber das ist vermutlich nicht der einzige Grund Ihres Kommens?«

»Nein, Ma'am. Der Anlass meines Hierseins ist leider ein trauriger. Der Tod meiner Großmutter. Sie hat mir ein kleines Hotel vererbt. In Stow-on-the-Wold.«

»Die Frau, deren Innenhof ich neu angelegt habe, Mrs Mielke, war ihre Großmutter«, mischte Edward sich ein. Er hatte sich ein Sandwich mit Lachs genommen und biss herzhaft hinein.

»Ich erinnere mich, dass du Mrs Mielke erwähnt hast«, sagte Emily mit leicht gekränkter Miene; sie empfand es als Affront, dass ihr Sohn annahm, sie hätte es vergessen. Dann widmete sie sich wieder mit größter Aufmerksamkeit Annett. »Mein Beileid zum Tod Ihrer Großmutter. Glauben Sie mir, ich kenne mich mit Verlust aus. Sicher hat Edward Ihnen davon erzählt.«

»Nur kurz!«, beeilte Annett sich zu antworten. »Ihr Sohn ist verschwiegen, was persönliche Dinge anbelangt.«

Annett sah, wie angespannt und nur mühsam beherrscht Edwards Mutter war. Ihr fiel auf, dass sie ständig am Rocksaum zupfte und ihr Blick etwas Gehetztes bekam, wenn es um das Thema Tod ging. Ihre Stimme brach immer wieder leicht.

Während sie das leichte Mahl zu sich nahmen, beantwortete Annett Fragen über ihr Leben in Berlin. Vor allem die Veränderungen der Stadt seit der Wiedervereinigung interessierten Emily. Annett begriff binnen weniger Minuten, wie groß die Distanz war, die Emily, trotz aller Freundlichkeit, zwischen sich und ihr sah. Wenn sie etwas mehr von sich preisgäbe, könnte sie vielleicht Emilys Vertrauen gewinnen und ihr etwas näher kommen. Das war es wohl, worauf Edward hoffte. Die Schale seiner Mutter zu knacken, um ehrlich mit ihr sprechen und ihr helfen zu können.

Als die Rede schließlich wieder auf ihren Besuch in den Cotswolds kam, tat Annett deshalb etwas Unerwartetes. Sie erzählte von Ursels Tagebuch. »Ich hätte nicht gedacht, dass ich in den privaten Dingen meiner Großmutter ein Tagebuch meiner Urgroßmutter finde«, begann sie.

Emily sprang sofort auf das Thema an. »Hatten Sie schon Gelegenheit hineinzuschauen?«, erkundigte sie sich ganz ohne Scheu.

»Leider nur kurz. Aber es hat gereicht, um das, was ich über meine Großmutter und ihre Eltern zu wissen glaubte, umzustoßen.«

»Tatsächlich? Klingt geheimnisvoll. Wir Engländer lieben Geschichten. Besonders, wenn sie wahr sind. Bitte, spannen Sie mich nicht auf die Folter und erzählen Sie weiter«, drängte sie. Ihre Finger spielten mit der Diamantbrosche an ihrem Kleid, während ihre Augen fest auf Annett gerichtet waren.

»Zuerst einmal habe ich herausgefunden, dass meine Großmutter adoptiert wurde.«

Edward sah sie überrascht an.

»Wusste Ihre Großmutter davon?« Emily lauschte gespannt Annetts Worten.

»Vermutlich nicht, Ma'am«, erwiderte Annett. »Ich frage mich die ganze Zeit, weshalb sie es nicht gelesen hat. Wir standen uns sehr nahe, wissen Sie. Deshalb nehme ich an, dass sie über etwas so Wichtiges mit mir gesprochen hätte.«

Emily entfuhr ein leiser Seufzer. »Woran soll man sich halten, wenn man nicht weiß, wo seine Wurzeln liegen?« Ihr Gesicht wirkte hellwach. Hier und heute ging es ausnahmsweise nicht um ihre Geschichte. Das ließ sie sichtlich aufleben. »Ich weiß nur zu gut, was passiert, wenn einen die Vergangenheit einholt, Miss Neumann«, murmelte Emily leise. »Vielleicht hatte Ihre Großmutter Angst, den Schatten der Vergangenheit zu begegnen?« Emily nippte am Tee, den Edward ihr eingeschenkt hatte, und fuhr dann mit ihren Überlegungen fort. »Gibt es in dem Tagebuch irgendeinen Hinweis auf die wahre Herkunft Ihrer Großmutter? Irgendetwas, das Ihnen auf die Sprünge helfen könnte?«

»Ich bin mit meiner Lektüre noch nicht weit genug gekommen, um das zu beantworten. Allerdings habe ich erfahren, dass meine Großmutter sich als junge Frau vehement gegen die angenommene Mitschuld meines Urgroßvaters während des Zweiten Weltkriegs aufgelehnt hat.«

»Oh, wie schrecklich.« Emily blickte Annett voller Mitgefühl an. »Wie stehen Sie dazu?«

»Den Gedanken, der eigene Vater könne sich schuldig gemacht haben, stelle ich mir furchtbar vor. Noch dazu hat meine Großmutter sich 1964 in einen Juden verliebt. Was das Ganze noch schwieriger machte.«

Die Gewissheit, dass nichts mehr sie zu überraschen vermochte, wich kurzzeitig aus Emilys Gesicht. »Du meine Güte. Was für eine Verbindung angesichts der Vergangenheit Ihres Urgroßvaters und natürlich der Geschichte Ihres Landes. Ich kann mir das Entsetzen und die Gefühle Ihrer damals noch jungen Großmutter vorstellen und auch, wie Sie sich jetzt fühlen.« Sie schloss kurz die Augen, als müsse sie sich die Zusammenhänge in allen Einzelheiten vorstellen.

»Ja, der Vater meiner Großmutter war gegen diese Liebe.« Emily nickte, als sei ihr das sofort klar gewesen.

»Aber das Schlimmste kommt noch. David, so hieß der Freund meiner Großmutter, starb an einer Lungenentzündung. Da war meine Großmutter bereits mit meiner Mutter schwanger. Und als das Kind zur Welt kam, stand sie als allein erziehende Mutter da.«

Emily war nun ganz bei Annett. »Sie sollten schnellstens weiterlesen, um weitere Details zu erfahren. Notfalls müssen Sie alle Hebel in Bewegung setzen, um die Wahrheit herauszufinden. Das sind auch Ihre Wurzeln.« Emily erkannte, dass hier ihr Rat, ihre Lebenserfahrung gefragt waren.

»Das sehe ich genauso«, sagte Annett. »Und auch, wenn mich beim Gedanken an meinen Urgroßvater ein unangenehmes Gefühl beschleicht, so möchte ich ihn nicht verurteilen, bevor ich Näheres über seine Vergangenheit weiß.« Während sie weiter von Ursels Tagebuch erzählte, spürte sie, wie eine Woge der Entschlusskraft in ihr hochstieg, und als sie zu Edward blickte, lächelte er ihr aufmunternd zu. So, als sei er mit allem, was sie sagte, einverstanden und als bewundere er ihre Energie und Offenheit.

»Ich kenne das Gefühl, den Boden unter den Füßen zu verlieren, Miss Neumann«, sagte Emily. »Details spielen keine Rolle, aber ich möchte Ihnen sagen, dass man nie wieder Fuß fasst, wenn die Erschütterung zu groß war. Das dürfen Sie nicht zulassen. Finden Sie heraus, was damals passiert ist.« Es schien, als spräche sie mehr zu sich selbst als zu Annett.

»Vielleicht muss man manchmal akzeptieren, dass etwas falsch gelaufen oder vorbei ist«, wandte Annett vorsichtig ein.

»Das ist unendlich schmerzhaft«, entgegnete Emily. Ihr offener Gesichtsausdruck war verschwunden.

»Wissen Sie«, sagte Annett, »Kinder versuchen sich zu schützen, indem sie ihr Herz vor der Gefahr verschließen, doch sie öffnen sich wieder, wenn die Gefahr vorbei ist. Glauben Sie nicht, dass wir alle irgendwo in uns ein Stück unseres Kindseins bewahren?«

Emily erwiderte nichts, strich lediglich mit den Händen glättend über die Tischdecke.

Sie griffen das Thema nicht wieder auf, sondern unterhielten sich noch eine Weile übers Gärtnern, über verschiedene Rosensorten und über Hüte von Philipp Treacy, für die auch Emily eine Schwäche hatte. Schließlich wurde es Zeit, aufzubrechen.

»Ich wünsche Ihnen viel Glück bei Ihrer Recherche«, sagte Emily, als sie Annett und Edward zur Tür brachte. Die Distanz, die Annett gespürt hatte, war aufgeweicht. Emily ließ sie endlich ein Stück an sich heran. Wenn Menschen begriffen, dass sie mit ihrem Schmerz nicht allein waren, wurden sie manchmal etwas zugänglicher, das wusste Annett als Mediatorin.

»Der Fortgang Ihrer Geschichte interessiert mich sehr. Kommen Sie gern noch einmal vorbei, wenn Sie mögen.«

Emily winkte dem davonfahrenden Wagen nach und verschwand dann im Haus.

Palmerston Lodge war nur noch ein kleiner werdender Fleck im Rückspiegel, als Edward seine Worte nicht länger zurückhalten konnte. »Ich habe meine Mutter lange nicht mehr so gelöst erlebt wie heute. Und selten so offen gegenüber jemandem, den sie nicht kannte. Wenn ich ernsthaft mit ihr reden wollte, gab sie mir oft das Gefühl: *Hey, Edward. Man bringt einem alten Pferd keine neuen Tricks bei.* Stimmt!, dachte ich mir. Trotzdem muss man sich nach vorne bewegen, damit das Leben weitergeht. Und heute kommst du und legst ihr einen neuen Sattel auf.«

Annett spürte, dass die Begegnung mit Emily auch sie aufgewühlt hatte. Bisher war sie jedem, den sie als Mediatorin betreut hatte, mit neutralem, professionellem Interesse begegnet. Doch bei dem Besuch in Palmerston Lodge war es anders. Gewiss, sie hatte geahnt, dass sie Emily erreichen konnte, wenn sie von Ursels Tagebuch erzählte, aber das reichte ihr nicht als Erklärung. Etwas in ihr hatte gewollt, dass Edward von dem Tagebuch erfuhr. Sie wollte nicht nur über Jettas Grabgestaltung mit ihm sprechen, sondern auch über sich selbst und das, was gerade in ihrem Leben passierte. Und natürlich über ihn. »Bitte sag mir, wenn ich mich irre, Edward. Es geht nicht um den Golfplatz, oder?«, sagte Annett. Sie sah bereits den See, an dessen Ufer Edwards Cottage stand. Das kleine reetgedeckte Haus war nur noch zwei Kurven entfernt, und als Edward davor anhielt, sah er sie ernst an. »Nein! Es geht um einen Neubeginn«, gestand er. Er beugte sich zu Annett hinüber und strich ihr eine Haarsträhne aus dem Gesicht. »Du bist eine unglaubliche Frau! Gewinnst meine Mutter mit Worten über die Vergangenheit deiner Großmutter.« Es klang anerkennend. So, als habe er großen Respekt vor Annetts Fähigkeiten.

»Ich hatte mir nicht vorgenommen, über intime Dinge wie die Vergangenheit meines Urgroßvaters zu reden. Jedenfalls nicht im Detail, das ist einfach passiert.« Annett schüttelte den Kopf bei der Erinnerung daran und suchte noch immer nach einer Erklärung, wieso sie überhaupt Ursels Tagebuch erwähnt hatte. »Vielleicht habe ich davon erzählt, weil mein derzeitiges Leben kaum noch etwas mit meinem bisherigen zu tun hat. Plötzlich bin ich Besitzerin eines Hotels, erfahre, dass Jetta adoptiert wurde. Ich habe dich kennengelernt ...«

Edward beobachtete, wie Annett gestikulierte, um einzelne Worte zu unterstreichen. »Im Grunde sind wir in einer ähnlichen Lage«, sagte er nachdenklich. »Wir müssen beide die Vergangenheit aufrollen, um endlich damit abschließen zu können.«

Das Licht, das in den Wagen drang, warf einen sanften Schimmer auf Annetts Gesicht. Wenige Augenblicke später standen sie vor dem Eingang des Cottages und lauschten dem Schnattern der Enten und dem Zwitschern der Vögel.

»Dann zeig mir mal dein Wochenenddomizil, bevor ich zurück an die Arbeit muss«, sagte Annett.

»Warte«, sagte Edward und griff nach ihrem Arm. Er sah sie eindringlich an. »Hast du je erlebt, dass man jemanden trifft, einen Blick oder ein paar Worte wechselt und mit einem Mal weiß, dass man vieles gemein hat?«

Annett sah Edward unverwandt an. »Ich weiß nicht … vielleicht in seltenen Fällen«, begann sie zögernd, »gewöhnlich träumen Frauen sich in solche Situationen hinein. Ich dachte, Männer seien realistischer, nüchterner eben.« Kaum hatte sie den Satz ausgesprochen, ärgerte sie sich über sich selbst. Wieso dachte sie plötzlich in solchen Klischees? Wieso gab sie nicht zu, dass sie genau das empfand, wenn sie mit Edward zusammen war? Ein tiefes Gefühl der Verbundenheit, das sie gehörig durcheinanderbrachte.

»Was andere Männer tun oder lassen, weiß ich nicht, Annett. Ich jedenfalls habe mich in dich verliebt. Schon an jenem Tag, als du mir in Oxford auf die Schuhe getreten bist. Du hast den Fleck auf meinem Schuh so schrecklich ernst genommen und warst total erschrocken darüber, und ich habe dieses wunderbare Gefühl gespürt. Als wäre ich nach langer Dunkelheit plötzlich mitten im Licht wachgeworden. Vermutlich bin ich deshalb davongerannt. Ich wusste nicht, wie ich damit umgehen sollte.« Edward sah, dass Annetts Gesicht angesichts seiner Worte zu strahlen begann. Erneut hatte sich eine ihrer Haarsträhnen gelöst und fiel ihr ins Gesicht. Er beugte sich zu ihr, schob ihr die Strähne hinters Ohr – und küsste sie.

28. Kapitel

Juni 2015 – Eynsham, Oxfordshire, England

Als sich ihre Lippen voneinander lösten, spürte Annett eine Leichtigkeit und Hochstimmung, die sie nur dann ergriff, wenn sich etwas Großartiges in ihrem Leben ereignete. Alle Ängste und Ungewissheiten wegen des Erbes und des Hotels schienen in weiter Ferne.

Edward blickte sie fragend an. Erwartete er eine Erklärung von ihr? Sie war selbst noch unsicher, was der Kuss bedeutete. Plötzlich schwirrten wieder viel zu viele Fragen in ihrem Kopf herum. Hatte sie ihn geküsst, um sich über Ingo hinwegzutrösten? Nein, bestimmt nicht. Sie war nur ihrem Herzen gefolgt.

Immer noch schweigend, nahm Edward ihre Hand, hauchte einen Kuss darauf und stieg aus dem Wagen, um ihr das Cottage zu zeigen.

Sie gingen das leicht abschüssige Grundstück bis zum Seeufer hinunter. Vorbei an Rosenbüschen, blau blühenden riesigen Hortensien und aromatisch duftendem Lavendel. Am Ufer saßen Mandarinenten, mit bunten Köpfen und roten Schnäbeln. Edward begrüßte jede Ente mit Namen. »Hi Gloria. Da bist du ja, Betty. Meine Güte, Edith, bist du groß geworden. Na, wie geht's euch denn so?« Die Enten schnatterten, glitten ins Wasser und schwammen davon. »So sind sie. Kaum bin ich hier, machen sie die Mücke«, scherzte er in gespielter Enttäuschung. Annett tauchte ihre Hand ins Wasser, bis ihre Haut von der Kälte zu prickeln begann. Ihr war heiß, sie glühte geradezu. Das Wasser tat ihr gut.

Edward war inzwischen weitergegangen und in einiger Entfernung von ihr stehen geblieben, dennoch schien es, als wäre er noch immer mit ihr verbunden. Nichts durchbrach die andächtige Stille. Sie blickten auf den See. Jeder in seine Gedanken versunken. Plötzlich bemerkte Annett, dass Edward fort war. Sie drehte sich um und sah, dass die Flügeltür des Cottage weit offen stand. Leise Musik drang nach draußen. Nat King Cole's *Unforgettable*. Sie mochte den Song.

Sie hielt ihre Hand noch immer ins Wasser und spürte die glatte Oberfläche eines Steins unter ihren Fingern. Der Schatten eines Fischs huschte an ihrer Hand vorbei. Annett seufzte. Wie gern wäre sie schwimmen gegangen, um wieder einen kühlen Kopf zu bekommen. Nur hatte sie leider keine passende Kleidung dabei. Und diesmal war keine Susan in der Nähe, die ihr mit einem Badeanzug oder Bikini aushalf.

Obwohl Pond Cottage um vieles kleiner war als Palmerston Lodge, gefiel es Annett hier noch besser. Alles wirkte weniger akkurat, im Grunde sogar ein bisschen verwildert. Das fing schon im mit Sträuchern und Gräsern bepflanzten Vorgarten an, der das Cottage zur Straßenseite hin abschirmte. Von dort folgte man einem kleinen Weg in den hinteren Garten. Hier mündeten die Sträucher in üppige Blumenbeete und niedrig wachsende Hecken. Pond Cottage gab Annett das Gefühl, sich auf einer Insel oder Landzunge zu befinden, auf der sie grenzenlose Freiheit genoss. Es war eins dieser Häuser, die man in Wohnzeitschriften sah und um die man die Besitzer still beneidete.

»Und? Gefällt es dir?« Ohne dass sie es bemerkt hatte, war Edward zurückgekommen und kniete sich neben sie. Annett empfand erneut diese starke Anziehung, gegen die sie sich kaum zu wehren vermochte.

»Was für eine Frage, Edward. Es gibt sicher niemanden, der hier nicht ins Träumen geriete.« Edward begann von den Enten zu erzählen, die seit Jahren am See lebten und die für ihn wie Haustiere waren. Er erzählte mit Witz und es machte Spaß, ihm zuzuhören. Doch Annett dachte nur über eins nach. Wieso erwähnte er mit keinem Wort ihren Kuss?

Wie hatte Jetta einmal gesagt: *Wenn die Kluft zwischen zwei Menschen zu groß ist, finden sie manchmal nicht zueinander.* Edward stammte aus einer Welt, zu der sie bisher keinen Zutritt hatte. Es war, als lebte er in einem Märchen. Trotz der körperlichen Anziehung, die Annett weiter verspürte, fühlte sie sich plötzlich unsicher in seiner Gegenwart.

»Hast du Lust, schwimmen zu gehen?« Edward reichte ihr ein Handtuch, das er aus dem Haus mitgebracht hatte, und deutete zum Steg, wo eine Leiter ins Wasser führte. »Keine Sorge, ich gehe in die Küche, Tee kochen. Und sonst ist niemand da, falls du nackt ins Wasser gehen willst. Bis auf meine Enten. Und die sind verschwiegen.«

»Schwimmen wäre toll«, sagte Annett und folgte Edward zum Ende des Stegs. Von der Sonne geblendet, drehte sie sich um, als sie plötzlich mit der Ferse über den Rand des Holzes rutschte. Sie spürte, wie auch ihr zweiter Fuß nachgab, sodass sie endgültig das Gleichgewicht verlor und mit lautem Platschen ins Wasser stürzte. Als sie wieder auftauchte, sah sie in die neugierigen Augen einer Mandarinente. Rasch schwamm sie von dem Tier fort.

»Dass du zu schüchtern bist, um ohne Kleidung zu schwimmen, hätte ich nicht vermutet«, rief Edward ihr neckend zu. Als er Annetts strampelnde Bewegungen sah, konnte er sich ein Lachen nicht verkneifen. Mit ihren Händen schob sie das Schilf zur Seite und bewegte sich auf ihn zu. Er hielt ihr helfend die Hand hin. »Komm, ich ziehe dich raus.« Er setzte einen Fuß ins Wasser. Annett griff nach seiner Hand, zog sich jedoch nicht daran hoch, sondern ließ sich mit ihrem Gewicht nach hinten fallen und zog ihn dabei mit sich. Erneut hörte man ein lautes Platschen. Dann tauchten zwei Köpfe aus dem Wasser auf.

Annett lachte glucksend. »Jedenfalls bin ich nicht zu schüchtern, um dich ins Wasser zu werfen«, trimphierte sie. Edward machte einen Schwimmzug auf sie zu. Bei ihr angekommen, zog er sie zu sich heran. »Und ich nicht, um dich jetzt sofort zu küssen!«

»Ausziehen!«, befahl er, als sie aus dem See stieg. »Also hör mal!« Annett warf ihm einen tadelnden Blick zu, grinste aber dabei. Eine Wolke schob sich vor die Sonne und vertrieb die wärmenden Strahlen, sodass sie zu frösteln begann. »Das Wasser hat nicht mehr als achtzehn Grad. Wenn überhaupt. Und wenn du lange genug in nassen Klamotten steckst, bekommst du einen Schnupfen«, sagte Edward. Er blieb vor Annett stehen und knöpfte ihr die Bluse auf. Nachdem er das klitschnasse Teil ausgewrungen hatte, legte er es zum Trocknen auf die Gartenbank. »Die Hose schaffe ich allein!«, presste Annett heraus. Schüchtern drehte sie sich von Edward weg, stieg aus ihrer dünnen Sommerhose, legte sie neben ihre Bluse und wickelte sich das Handtuch um, das er ihr gereicht hatte. So folgte sie ihm ins Haus.

Im Wohnzimmer zündete Edward ein Feuer im Kamin an. Als kleine Flammen sich ins Holz fraßen, verließ er das Zimmer und kam wenig später in Jeans und T-Shirt zurück. Für Annett brachte er eine Jogginghose und einen Sweater. Zwar waren die Sachen viel zu groß für sie, doch sie schlüpfte lachend hinein und kuschelte sich vor den Kamin. Langsam wurde es ihr wieder wärmer.

Vielleicht war das, was heute passierte, etwas Wunderschönes, das sie kurzzeitig glücklich machte. Vielleicht war es aber auch der Beginn einer neuen Liebe, die alles veränderte, dachte sie, während sie in die Flammen schaute. Noch immer spürte sie Edwards Lippen auf ihrer Haut.

Edward kehrte mit heißem Tee aus der Küche zurück, setzte sich hinter Annett, reichte ihr eine Tasse und schlang

seine Arme um sie. Sie fühlte seine geschmeidigen Muskeln. Unter seinen forschenden Augen gelang ihr ein zaghaftes Lächeln, bis sie endlich loswurde, was ihr auf der Seele lag.
»Der Kuss vorhin hat mich ganz schön durcheinandergebracht.«

Edward sah sie überrascht an und wunderte sich, dass es von ihrer Seite kein Taktieren gab und keine Ausflüchte.
»Mich auch«, sagte er.

Die Flammen im Kamin mischten sich mit den Sonnenstrahlen, die nun von draußen ins Zimmer drangen. Alles war warm und angenehm.

Als sie sich erneut küssten, spürte Annett, wie Edwards Hand vorsichtig unter das Sweatshirt glitt und sich auf ihre Brust legte. Sie stöhnte leise auf und ließ sich auf den Teppich vor dem Kamin fallen.

Edward tastete sich tiefer und küsste durch den Stoff der Jogginghose ihre Hüften, dann ihre Schenkel.

Bisher hatte sie Beziehungen immer langsam angehen lassen, nach dem Motto, nur nichts überstürzen. Doch das, was sie mit Edward erlebte, übertraf alles, was sie bisher erlebt hatte. Noch nie hatte sie einen Mann getroffen, der sie ihr Herz auf so intensive Weise fühlen ließ. Sie küssten sich voller Leidenschaft.

Von fern schlug eine Uhr viermal und erinnerte Annett an ihre Pflichten. Vorsichtig löste sie sich aus Edwards Armen.
»Entschuldige, aber ich muss kurz im ›Black Stag‹ anrufen.«
Schweren Herzens ging sie hinaus, um ihr Handy aus der Tasche zu holen. Dabei fiel ihr Blick auf Ursels Tagebuch, das nur darauf zu warten schien, dass sie erneut darin las.

Mrs Jennings beruhigte sie. »Keine Sorge, Miss Neumann, Sie fehlen uns noch nicht. Eine Neuigkeit gibt es allerdings. Wir haben eine Bewerberin für die Rezeption. Wenn es Ihnen passt, kommt sie in den nächsten Tagen vorbei, um sich vorzustellen.« Als Annett zurück ins Wohnzimmer kam, hielt sie Ursels Tagebuch in der Hand.

»Ich habe vorhin im ›Black Stag‹ noch rasch das Tagebuch meiner Urgroßmutter geholt. Ich weiß nicht, warum, aber ich wollte es bei mir haben.«

Edward sah sie fragend an. »Bitte halte mich nicht für verrückt, aber ich fände es schön, wenn du einen ihrer Briefe mit mir lesen würdest.«

»Kein Problem! Das heißt, wenn du den Brief für mich ins Englische übersetzt«, stimmte Edward zu. Annett setzte sich neben ihn, schlug das Buch auf und blickte auf die akkurat aneinandergereihten Buchstaben. »*Dear Jetta*«, begann sie.

29. Kapitel

Dezember 1992 – Berlin

Liebe Jetta,

heute ist der zweite Advent. Ich habe Kerzen angezündet und will die Zeit nutzen, um Dir in einem weiteren Brief Deinen Vater und sein Verhalten näherzubringen. Natürlich will ich auch von mir erzählen.

Dein Vater war, wie Du richtig vermutet hattest, kein Held. Er hat Fehler begangen. In gewissem Sinne hätte man ihn während des Krieges als Mitläufer bezeichnen können. So hast Du ihn manches Mal beschimpft, und natürlich hat ihn das sehr getroffen. Allerdings hatte Dein Vater seine Gründe. Andere, als Du immer angenommen hattest. Vieles tat er aus Angst um mich!

Was Du nun erfahren wirst, wird Dich sehr überraschen, Jetta, denn Du hast nie auch nur eine Andeutung von uns gehört.

Meine Großeltern mütterlicherseits waren Juden. Sie waren fleißige, liberale Menschen und erzogen meine Mutter fortschrittlich, nämlich in dem Glauben, nie von einem Mann oder einer Situation abhängig sein zu müssen. Religion interessierte sie nicht. Sie empfanden sich deshalb nicht als Juden. So verrückt es klingt, sie sagten immer, sie seien Menschen. So wie alle anderen, die die Welt bevölkern. Egal, woran jemand glaubte oder was er schätzte. Zuallererst sei er ein Mensch.

Das war eine naive Sichtweise, wie sie bald erfahren mussten. Meine Mutter heiratete mit zwanzig einen Christen. Folglich wurde ich getauft und im christlichen Glauben erzogen. Doch all das zählte seit der Ersten Verordnung zum Reichsbürgergesetz vom November 1935 nicht mehr.

Von diesem Tag an galt ich als Halbjüdin. Was nützte es da, dass mein Vater Christ war. Als der Krieg begann, befand ich mich in großer Gefahr.

Dein Vater tat alles, um sich durch besondere Verdienste um die NSDAP auszuzeichnen und uns so Schutz zu bieten oder zumindest Zeit zu verschaffen. Wir hatten, wie Du weißt, 1934 geheiratet, doch das bot keine Sicherheit. Bald wurde hinter vorgehaltener Hand von Zwangsscheidungen gesprochen, wenn einer der Partner jüdische Vorfahren hatte oder gar selbst jüdischen Glaubens war.

Ich habe mich kaum noch auf die Straße getraut, damit ich mich nicht irgendeines irrwitzigen Vergehens, zum Beispiel der Frechheit, schuldig machen konnte und in Schutzhaft genommen wurde. Dein Vater wusste, dass ich in noch größerer Gefahr schweben würde, wenn er im Krieg fiel, denn wenn eine Mischehe wegen Ablebens des nichtjüdischen Partners aufgelöst wurde, war der jüdische Partner nur geschützt, wenn es unversorgte Kinder gab. Doch wir waren kinderlos. Bis Du kamst.

Für mich warst Du das kostbarste Geschenk meines Lebens. Doch für Deinen Vater, ich will es nicht leugnen, warst Du auch ein Pfand für mein Überleben.

Frag mich bitte nicht, wie Dein Vater es geschafft hat, mich vor Schlimmem zu bewahren. Wir sind durch diesen schrecklichen Krieg gekommen, und ich bin ihm bis zu seinem Tod dankbar dafür gewesen.

Immer wieder musste er während der Kriegsjahre lügen, er würde sich bald von mir scheiden lassen.

Dass meine Großeltern und meine Mutter sich während des Krieges umgebracht haben, weil sie Juden waren und keinen Ausweg für sich sahen, haben wir Dir verschwiegen. Wir wollten Dich nicht damit belasten. Ich habe diesen Schmerz tief in mir eingeschlossen. Ich hätte es nicht geschafft, mich dem zu stellen.

Nach Kriegsende wendete sich das Blatt. Nun war ausgerechnet ich wegen meiner jüdischen Vorfahren in Sicherheit, während Dein Vater als ehemaliger Sturmbannführer gefährdet war. Kriegsverbrecher war das Wort der Stunde. Und Entnazifizierung das Ziel der Siegermächte. Im Potsdamer Abkommen vom August 1945 ging es darum, die deutsche und österreichische Gesellschaft, Presse, Jurisdiktion, Kultur und so weiter von allen Einflüssen des Nationalsozialismus zu befreien. All das stand im Zusammenhang mit einer Demokratisierung und Entmilitarisierung. Laut Kontrollratsgesetz Nr. 104 – wie oft hat Otto davon gesprochen – wurden alle betroffenen Personen in fünf Kategorien unterteilt: Kriegsverbrecher, Aktivisten/Militaristen/Nutznießer, Minderbelastete.

Otto hat damals gefälschte Papiere vorgelegt, die bezeugten, dass wir während der letzten zwei Kriegsjahre heimlich Juden versteckt gehalten hatten. Eine weitere Lüge, um unsere Liebe zu retten. Und so sind Dein Vater und ich gemeinsam durch die schrecklichste Zeit unseres Lebens gekommen. Wir haben unser Leben bis zum Ende des Krieges behüten können. Nur Dich haben wir später endgültig verloren.

Verzeih, dass ich hier ende, Jetta. Es ist noch längst nicht alles gesagt, doch zu viele Emotionen und Gedanken bestürmen mich. Wozu sind Menschen damals nur fähig gewesen. Was haben wir einander angetan!

Um eins bitte ich Dich, Jetta. Versuche, Deinen Vater zu verstehen, und wenn Du kannst, verzeih ihm.

Als er damals hörte, dass David Jude war, brach alles, was er Jahre verdrängt hatte, erneut über ihn herein. Die Angst, die Ausgrenzung waren wieder da und beunruhigten ihn zutiefst. Nur deshalb war er gegen Eure Liebe. Es war sein Versuch, Dich zu schützen. Auch wenn er falsch war.

Es umarmt Dich
Deine Mama

»Hast du jemals von deinen jüdischen Vorfahren gehört?«
Edward war erschrocken über das, was er gehört hatte.

Annett blickte ihn verstört an. »Nein. Nie. Ich wusste, dass David, in den Jetta sich verliebt hatte, Jude war. Doch da er vor der Geburt seiner Tochter, also meiner Mutter, starb und kaum je von ihm gesprochen wurde, habe ich mich, ehrlich gesagt, fast gar nicht mit dem Thema beschäftigt.« Sie spürte, wie trocken ihre Kehle war. Was sie erfahren hatte, traf sie wie ein Faustschlag. »Jettas Leben war gleich in mehrfacher Hinsicht auf eine Lüge aufgebaut.« Sie blickte Edward an. »Im ersten von Ursels Briefen erfahre ich, dass Jetta adoptiert war.«

Edward fuhr sich mit der Hand durchs Haar. »Weißt du gar nichts von Jettas ›richtiger‹ Familie?«

Annett schüttelte den Kopf. »Nein. Seltsamerweise denke ich die ganze Zeit, dass Jetta vielleicht ein jüdisches Kind war, das man irgendwo versteckt gehalten hatte.«

»Dann wäre es keine offizielle Adoption gewesen«, dachte Edward laut nach.

Langsam setzte Annett die Informationen zusammen und begriff, was diese für sie selbst bedeuteten. Ein Gefühl des Unwohlseins breitete sich in ihr aus.

»Weißt du, was mich wundert?«, sagte sie. Ihre Gedanken überschlugen sich. »Als Mediatorin sind Grenzsituationen sozusagen mein täglich Brot, und ich bin darin ausgebildet, Ruhe zu bewahren.« Sie lächelte matt. »Doch jetzt, wo es meine Familie und mich selbst trifft, habe ich das Gefühl, mein Leben bricht entzwei.« Edward legte schützend den Arm um sie. Beide schwiegen. Dann brach es aus Annett heraus. Sie erzählte Edward von den letzten Wochen ihres Lebens, von ihrer Arbeit, der Trennung von Ingo und natürlich von Jettas Tod und allem, was sich daran anschloss. »Es ist schön, dass du da bist und mir zuhörst. Danke, Edward«, beendete sie ihre Ausführungen.

Edward nahm ihr vorsichtig das Tagebuch aus der Hand, legte es auf den Tisch und zog sie hinter sich hinaus in die Sonne.

Draußen verschwanden die Schatten der Vergangenheit hinter Vogelgezwitscher und Wasserplätschern. Am Ufer des Sees saßen Gloria und die anderen Mandarinenten und putzten sich genüsslich. Die Szene wirkte so friedlich, dass Annett Krieg, Verfolgung und Tod beinahe unwirklich vorkamen. Wie hatte es je so etwas geben können? Und wieso quälten, verfolgten und töteten Menschen sich noch immer?

»Ursels Tagebuch ist noch nicht zu Ende, Annett«, sagte Edward, als er sich mit ihr auf die Bank am Ufer setzte. »Und denk daran, ich bin immer für dich da.« Annett nickte. Sie wusste, dass er es ernst meinte.

»Weißt du, was ich durch das Schicksal meines Vaters langsam begreife?« Edward schenkte ihr einen aufmunternden Blick. »Bei allem Leid und aller Trauer gibt es etwas, woran wir uns festhalten können … es ist der Punkt, wo die Geschichte deiner Familie zu deiner eigenen Wahrheit führt.«

Annett sann lange über seine Worte nach. »Du meinst, wir können aus der Vergangenheit lernen, um in unserem eigenen Leben nicht die gleichen Fehler zu machen?«

»Mehr als das«, sagte Edward. »Wir können darüber hinauswachsen und glücklich werden.«

30. Kapitel

Juni 2015 – Stow-on-the-Wold, Cotswolds, England

Als Anne die Treppe hinunterging, sah sie Mrs Jennings davoneilen. Seit sie gestern bei Mr Hawick gewesen war, um von ihrer Verkaufsabsicht zurückzutreten, kam sie sich nicht nur wie eine Hochstaplerin vor, sondern wurde auch von Mrs Jennings gemieden. Zumindest kam es ihr so vor. Und abgesehen davon, dass ihr von ihrer Mutter nichts blieb, außer etwas Schmuck und Bargeld, war nun auch noch ihre Tochter wie vom Erdboden verschluckt.

Als sie es gewagt hatte, Mrs Jennings nach Annetts Verbleib zu fragen, hatte sie zu hören bekommen, diese sei wegen der Beerdigung unterwegs. Offensichtlich wollte Annett sie zurzeit sowieso nicht sehen. Und Mrs Jennings war äußerst verschwiegen, wenn es um Annett ging. Anne nahm ihre Jacke vom Gaderobenhaken und trat vor die Tür. Sie beschloss, dem Barbourladen um die Ecke einen Besuch abzustatten. Ein kleiner Einkaufsbummel würde sie vielleicht auf andere Gedanken bringen. In diesem Augenblick kam Cornelius winkend auf sie zu. »Hallo Schatz!«, rief er überschwänglich. Das *Schatz* war ein Relikt aus einer frühen Phase ihrer Verliebtheit, das Cornelius seit dem Verlust ihres Erbes plötzlich wieder hervorgekramt hatte. Anne ließ keine Gelegenheit aus, ihn darauf hinzuweisen, dass sie sein Herumgetue übertrieben fand. Natürlich wollte Cornelius sie trösten, aber doch nicht auf diese plumpe Art. Dennoch war Anne klar, dass die Liebe und Aufmerksamkeit ihres Mannes das Letzte war, das sie noch hatte. Darauf musste sie aufpassen, auch, wenn sie das Cornelius gegenüber nie zugeben würde.

»Ich habe gar nicht mitbekommen, dass du weggegangen bist. Wo warst du denn?«, fragte sie.

»In Donnington. Ich habe mir die Forellenzucht angesehen. Und danach einen Abstecher zum Banks Fee House gemacht, um Opernkarten für uns zu besorgen. Du warst so in die Zeitung vertieft, dass ich dich nicht stören wollte.«

»Opernkarten?« Anne lachte irritiert auf. »Soll das der krönende Abschluss unserer unseligen Reise in die Cotswolds sein? Eine Oper gleich nach der Beerdigung?«

Cornelius' ausgelassene Stimmung erhielt einen empfindlichen Dämpfer. »Du willst nach der Beisetzung deiner Mutter doch nicht sofort nach Berlin zurückfliegen? Ich dachte, ein Opernbesuch würde uns auf andere Gedanken bringen.«

Anne konnte es kaum glauben. »Kriegst du eigentlich mit, dass das hier alles andere als das heile Familienleben deiner Träume ist? Ich bin nicht hier, weil es in Jettas Revier so toll ist. Ich fliege so bald wie möglich zurück, weil ich es nicht länger aushalte.« *Jettas Revier* war einer von Annes Ausdrücken für das Zuhause ihrer Mutter. Vor allem, wenn sie wütend oder enttäuscht von ihr war. »Wir haben hier nichts verloren, Cornelius. Außerdem braucht uns hier niemand.« Die Worte brachen brüsk aus Anne hervor. Ihre ganze Wut und Verletztheit kamen darin zum Ausdruck. »Glaubst du *tatsächlich*, Annett will uns dabeihaben, wenn sie ihr Erbe abwickelt?« Anne schnaufte verärgert, weil Cornelius mal wieder den Kopf schüttelte. Ein Zeichen, dass er noch immer an einen guten Ausgang glaubte. »Wieso nicht?«, erwiderte er. »Wir sind ihre Eltern.«

Gemeinsam steuerten sie den Innenhof des ›Black Stag‹ an. Cornelius hatte ihn in den letzten Tagen zu seinem Lieblingsort erkoren. Wie meist um diese Zeit, lag der Hof verlassen da, und Anne musste zugeben, dieses winzige Fleckchen lud dazu ein, der Welt kurzzeitig zu entrücken. Auf der Rundbank, die um den einzigen Baum im Hof gebaut worden war, nahmen sie Platz. »Ich weiß, du bist enttäuscht über das Testament, und ich respektiere, dass du auf deine Art damit umgehst, auf deine etwas ruppige Art, um es mal salopp auszudrücken. Aber hör jetzt endlich auf damit, dich und alle anderen um dich herum abzustrafen. Was hat deine Mutter dir denn schon getan?«

»Was sie mir getan hat? Sie hat mir ein halbes Leben lang ein Zuhause verwehrt. Glaubst du, es hat Spaß gemacht, in ein ungewisses Leben nach England aufzubrechen? Klar, es gab den tollen Gavin, der meine Mutter dann prompt sitzenließ. Dieses *Zuhause* war eine Pleite, Cornelius. Und danach wurde es nicht besser, denn es ging in die Einsamkeit der Cotswolds. Nicht gerade die schönste Gegend für ein Kind, vor allem, wenn bei der Mutter nur noch Arbeit angesagt ist. Aufbauphase, nannte Jetta es. Eine Phase, die kein Ende nahm. Das Hotel stand immer an erster Stelle, Mutter hat mich darüber völlig vergessen. Und als ich endlich zurück nach Berlin konnte, ist sie hiergeblieben, anstatt mitzukommen. Von da an war die Kluft zwischen uns unüberbrückbar.« Cornelius hatte seiner Frau schweigend zugehört. Er kannte die Geschichte, wollte Anne aber nicht verwehren, sie ein weiteres Mal loszuwerden. »Und bei Annett und mir sieht es nicht viel besser aus«, redete Anne weiter. »Wir kommen miteinander klar, das schon, aber du und ich, wir wissen beide, dass wir einander nichts bedeuten. Es ist fast so, als wären wir nur zufällig Mutter und Tochter. Wir haben keine tiefere Bindung.«

»Bitte vergiss nicht, dass es auch für Annett eine schwere Zeit ist. Sie hat ihre Großmutter verloren, die sie sehr liebte. Außerdem hat sie gerade ziemlich viel um die Ohren.« Wie so oft verteidigte Cornelius seine Tochter, doch dieses Mal kam es ihm mühsamer vor als sonst.

»Ja, natürlich, Jetta und Annett. Wie durch ein Wunder mochten die beiden sich seit Anbeginn«, ereiferte sich Anne. Sie war inzwischen so tief in Selbstmitleid versunken, dass sie für kein vernünftiges Argument mehr zugänglich war.

»Sie waren Enkelin und Großmutter. Das ist etwas völlig anderes als das Verhältnis zwischen Mutter und Tochter. Mein Gott, Anne, mach es dir doch nicht so schwer.«

Anne erhob sich und sah entschlossen auf Cornelius hinab. »Lass uns aufhören, alte Zeiten aufzuwärmen. Gehen wir zur Kapelle. Ich habe keine Lust, mich von meiner Mutter zu verabschieden, während mir alle ins Gesicht starren.«

»Du willst sie jetzt *besuchen*?« Cornelius wunderte sich über Annes Wunsch, stand aber auf, um ihr zu zeigen, dass er bereit war, sie zu begleiten.

»Ja! Ich will ihr Auf Wiedersehen sagen, wenn niemand dabei ist«, sagte Anne seufzend. »Und sobald ich morgen die Beerdigung überstanden habe, packe ich unsere Koffer, damit wir sofort abreisen können.«

Cornelius erwiderte vorläufig nichts. Anne musste sich zuerst beruhigen. Schweigend begleitete er sie zu der kleinen Kapelle, in der Jetta aufgebahrt war.

»Mutter!«, sagte Anne und trat näher, um ihrer toten Mutter ins Gesicht zu sehen. Sie streckte die Hand aus und legte sie auf den Rand des Sarges. »Sie sieht friedlich aus«, murmelte sie. »Und schön«, ergänzte Cornelius. »Ich kann kaum glauben, dass sie tot ist.«

Anne beugte sich zu ihrer Mutter und berührte deren zusammengefaltete Hände. Ihr entkam kein Wort des Rückblicks, kein Vorwurf und kein Abschiedsgruß. Sie stand einfach nur da, blickte auf Jetta hinunter und drehte sich dann abrupt zu Cornelius um, der taktvoll hinter ihr stehen geblieben war. »Lass uns gehen. Es ist kühl«, sagte sie. Cornelius bemerkte Tränen in ihren Augen. Wenigstens die Anwandlung eines Gefühls, dachte er bei sich. Er sehnte sich nach einer lebendigen Frau an seiner Seite, nicht nach einer, die nur auftaute, wenn sie etwas störte oder sie sich benachteiligt fühlte. Er hätte jede Reaktion verstanden, die echter Trauer entsprochen hätte, aber für dieses jämmerliche Einfordern von Gerechtigkeit hatte er kein Verständnis.

Seit Jettas Tod fiel es Cornelius zunehmend schwerer, Annes wachsende Kälte und ihre Unerbittlichkeit zu akzeptieren. Er glaubte nicht mehr daran, dass sich etwas ändern könnte. Und er begriff, dass er das Leben mit ihr nicht länger ertragen konnte.

Als sie die Kapelle verließen und in den warmen Sommerregen traten, der inzwischen eingesetzt hatte, spürte er, dass diese Erkenntnis wie ein Schock für ihn war. Er hatte eine Entscheidung getroffen. Sie war nicht unumstößlich, aber sie war da.

Cornelius atmete tief durch und sah Anne an. »Ich habe schon seit Jahren das Gefühl, als würde das Leben an mir vorbeilaufen. Wenn wir zurück in Berlin sind, muss sich das ändern.« Er klang nachdenklich.

»Was meinst du damit?«, fragte Anne ihn, obwohl sie ahnte, worauf er anspielte. Das Leben konnte sich binnen eines Atemzugs ändern, das war ihr spätestens seit Jettas Tod klar geworden.

Sie waren an der Straßenecke angekommen. Von dort sah man auf den Market Square, wo es vor Menschen wimmelte, die ihre bunten Schirme aufgespannt hatten und fröhlich den Tag genossen. Schönes Leben, fand Cornelius.

Obwohl er sich vorgenommen hatte, ruhig zu bleiben, spürte er, wie sich eine gewisse Gereiztheit in ihm ausbreitete. Anne wartete auf eine Antwort. Ihr entging nicht, dass die Atmosphäre zwischen ihnen etwas angespannt war.

»Erinnerst du dich an die Affäre, die ich vor ein paar Jahren hatte?«, wagte Cornelius sie zu fragen.

»Natürlich. Dergleichen ist schon vor dir vorgekommen«, erwiderte Anne spitz, und ihre Miene erstarrte angesichts des heiklen Themas. Doch sie hörte genau hin, was Cornelius sagte.

»Ich habe mich verliebt, weil ich das Leben, das wir damals führten, nicht mehr ertragen konnte. Wir hatten das Wunder des Lebens verloren. Wir haben nur noch existiert. Ich wusste mir nicht anders zu helfen, als emotional auszuweichen. Es war ein Fehler, ich weiß. Ich hätte mit dir sprechen sollen.«

In Annes Blick trat Unsicherheit. »Aber du hast es nicht getan«, beklagte sie. »Statt zu reden, hast du dir eine andere Frau ins Bett geholt.«

Cornelius blickte auf die Menschen, die in den Geschäften ein und aus gingen, die sich des Lebens freuten, und sehnte sich danach, einer von ihnen zu sein. »Ich denke, du verstehst, was ich sagen will, Anne. Es ist schlimm, dass Jetta tot ist. Und ich verstehe, dass es dich trifft, dass sie das ›Black Stag‹ Annett vermacht hat. Trotzdem … wir hätten das gemeinsam durchgestanden. Jetzt steht jeder von uns allein da. Ohne den anderen.«

Anne nickte vorsichtig. »Und wenn sich etwas ändern würde?«, brachte sie zaghaft heraus.

»Änderung setzt Verständnis voraus. Daran glaube ich nicht mehr.«

Anne legte Cornelius den Finger auf den Mund. »Bitte, sag nichts mehr! Übermorgen findet Jetta ihre letzte Ruhe, danach fliegen wir nach Hause und leben dort unser Leben weiter.« Es klang trotzig. So, als weigere sie sich, die Konsequenz von Cornelius' Worten zu Ende zu denken.

Cornelius hatte stets darauf vertraut, dass man Probleme im gemeinsamen Gespräch lösen konnte, doch bei Anne sah er erstmals keine Möglichkeit mehr dazu.

Zurück im ›Black Stag‹, wollten Anne und Cornelius sofort auf ihr Zimmer gehen. Doch auf halbem Weg nach oben kam ihnen Mrs Jennings entgegen und blockierte den Aufgang in den ersten Stock. »Mrs Neumann! Mr Neumann!«, sagte sie freundlich und blickte in zwei blasse, trostlose Gesichter. Seit sie wusste, dass Annett das Hotel geerbt hatte, war ihre Abneigung Anne gegenüber geschrumpft. Nun musste sie keine Angst mehr um ihre Zukunft haben und konnte großzügig sein.

»Hallo Mrs Jennings«, grüßte Cornelius zurück. Anne nickte nur.

Mrs Jennings blieb weiter mitten auf der Treppe stehen. »Nehmen Sie's mir nicht übel, aber Sie sehen beide aus, als wäre Ihnen eine ganze Kolonie Läuse über die Leber gelaufen«, sagte sie. Sie griff beherzt nach Annes und Cornelius' Arm und zog sie mit sich die Treppe hinunter. Anne war so perplex über Mrs Jennings' Geste, dass sie nicht dagegen rebellierte, und Cornelius war froh über die Ablenkung. Im Flur angekommen, deutete Mrs Jennings in Richtung Küche. »Kommen Sie!«

Während Anne und Cornelius am Tisch Platz nahmen, marschierte Mrs Jennings zum Kühlschrank, nahm eine Heidelbeer-Tarte heraus und schnitt ein großes Stück davon ab. Dann griff sie zielsicher nach dem besten Whiskey und goss etwas davon in einen Tumbler. Die Tarte stellte sie vor Anne hin, den Whiskey vor Cornelius. Dann gesellte sie sich zu ihnen.

»So! Und jetzt essen und trinken Sie und hören mir einfach mal zu, Mrs Neumann«, wandte sie sich an Anne. »Ich wollte Ihnen schon längst mal sagen, dass Sie nicht immer die Unnahbare spielen müssen. Ich weiß, dass Sie unter der harten Schale einen butterweichen Kern haben. Warum geben Sie sich nicht einen Ruck und zeigen ihn der Welt da draußen?« Anne schwieg betreten. »Und, glauben Sie mir, wenn Sie das ab und zu tun würden, könnten wir zwei sogar Freundinnen sein.«

Anne hob an, um etwas zu entgegnen, doch Mrs Jennings unterbrach sie mit einer energischen Handbewegung. »Ich weiß, was Sie sagen wollen. Dass Sie eine sensible Frau sind und so was. Und was ich mir herausnehme, so mit Ihnen zu sprechen. Doch das sind Ausflüchte, Mrs Neumann. Kommen Sie aus Ihrem Schneckenhaus heraus. Dort ist es ein bisschen eng, finde ich.« Anne versuchte erneut eine Erwiderung, doch die Sätze wollten nicht herauskommen. Sie blickte Cornelius an und sah seinen bestätigenden Blick. Wortlos rannte sie aus der Küche.

»Meine Güte!«, sagte Cornelius und nahm einen Schluck Whiskey, der ihn angenehm wärmte.

»Ihre Frau hat lange vergessen, wer sie wirklich ist, und nun, wo sie sich daran erinnert, ist sie erschrocken«, diagnostizierte Mrs Jennings seufzend.

»Glauben Sie, es wird noch was mit ihr?«, fragte Cornelius mit müder Stimme.

»Das ist einfach zu beantworten, Mr Neumann.« Mrs Jennings legte ihre Hand auf seine und lächelte ihm aufmunternd zu. »Kann sein, kann aber auch nicht.«

Fünfter Teil

Yesterday is history, tomorrow is a mystery,
but today is a gift, that's why it's called the present.

– Englisches Sprichwort –

31. Kapitel

Juni 2015 – Stow-on-the-Wold, Cotswolds, England

Jettas Begräbnis zog wie ein heftiges Gewitter an Annett vorbei. Die Hände gefaltet, starrte sie in das Loch zu ihren Füßen, in dem Jettas Sarg bald für immer verschwinden würde. Anne und Cornelius standen an ihrer Seite, mit blassen Gesichtern und wie erstarrt. Nur Mrs Jennings und ihr Mann Peter lächelten versonnen. Als erinnerten sie sich an all das Schöne, das Jetta in ihr Leben gebracht hatte.

Clark Camdens Stimme hallte über den Friedhof. Mit zittrigen Händen hielt er das Blatt, von dem er die Trauerrede ablas. Er hob Jettas Sinn für Humor hervor und ihre Fähigkeit, den Gästen ihres Hotels entfernt von zu Hause ein Heim zu geben. Zum Schluss ließ er seine persönlichen Gedanken über sie und über den Tod einfließen. Worte über Vergänglichkeit und den Trost des Augenblicks. »Auch über philosophische und schwierige Themen habe ich mich mit Jetta austauschen können. Und dann wieder haben wir miteinander gelacht und herumgealbert. Das werde ich nie vergessen.« Seine Stimme war brüchig geworden, er schwieg für einen Moment. »Für einen alten Kauz wie mich, der sich sein halbes Leben lang mit Moral und Ethik beschäftigt hat, waren es kostbare Augenblicke, wenn ich mit Jetta zusammen war. Leider habe ich ihr nicht mehr sagen können, wie viel sie mir bedeutet. Dass sie mehr für mich war als eine gute Freundin«, er machte erneut eine Pause, um sich zu sammeln, »aber ich werde es in vielen Zwiegesprächen an ihrem Grab nachholen«, endete er. »Das bin ich mir selbst schuldig.« Clark Camden suchte Annetts Blick, die ihm zunickte. Als Zeichen, dass seine Worte sie erreicht und berührt hatten. Die Unsicherheit in Camdens Blick verflog, er lächelte traurig und wandte sich wieder dem Grab zu. Leise erklang die erste Strophe von Jettas Lieblingslied. Sarah McLachlans *In the arms of an angel*. Annett lauschte der ergreifenden Stimme. Beim Refrain traten ihr die Tränen in die Augen. Sie drehte sich nach Edward um, der sich dezent im Hintergrund hielt. Er lächelte ihr tröstend zu. Sie lächelte traurig zurück und sah, dass er ihr zunickte und davonging. Was hatte er vor?

Als Jettas blumengeschmückter Sarg in die Erde hinabgelassen wurde, legte sich eine bleierne Stille über den Friedhof. Man hörte nur noch heiseres Räuspern und ein leises Schluchzen. Dann von fern Schritte und Stimmengemurmel. Annett sah einen Tross dunkel gekleideter Menschen auf die St. Edward's Church zukommen. Es schien, als wäre halb Stow-on-the-Wold mit Rosen in den Händen zur Kirche unterwegs, um Abschied von einer ihrer Mitbürgerinnen zu nehmen. »Siehst du das?«, entkam es Anne, die sich umgedreht hatte, verwundert. Cornelius nickte. Er hatte Tränen der Ergriffenheit in den Augen.

Mr Hawick warf als Erster eine Rose in Jettas Grab. Als er Annett schließlich sein Beileid aussprach, hielt sie seine Hand lange, um das Zittern ihrer Hände unter Kontrolle zu bekommen. Einer nach dem anderen traten sie vor Jettas Grab und warfen Blumen hinein. Einige sprachen ein paar Worte, um danach Annett und ihren Eltern ihre Anteilnahme zu bekunden. Als ein Stammgast des Hotels Annett als Dank für viele schöne Jahre im ›Black Stag‹ ein selbst genähtes Kissen mit Rosenmuster überreichte, das eigentlich Jetta zugedacht war, konnte Annett ihre Tränen nicht mehr zurückdrängen.

Kaum hatte sie sich wieder etwas gefasst, erschien Edward hinter den Zedern und kam auf sie zu. Er hielt weiße Luftballons in beiden Händen, Annetts Lippen formulierten ein stummes Danke, als Edward zuerst ihr, Anne und Cornelius, dann allen anderen Trauergästen je einen Luftballon überreichte. Noch immer schallte Sarah McLachlans Stimme über den Friedhof und begleitete die Menschen, die nun die Luftballons in die Höhe steigen ließen. Ein paar Kinder, die mitgekommen waren, juchzten, als die weißen Ballons vom Wind in den Himmel getragen wurden. Jemand klatschte. Andere taten es nach, und schließlich applaudierte die Menge.

Der Leichenschmaus fand im Innenhof des ›Black Stag‹ statt, wo Mrs Jennings, Colonel Blakemore und Annett in aller Frühe ein Buffet aufgebaut hatten. Als alle mit Getränken, Sandwichs und Suppe versorgt waren, kam Leben in die Gruppe. Leute, die sich nicht kannten, stellten einander vor und kamen ins Gespräch. Andere erinnerten sich an Begegnungen und gemeinsame Erlebnisse mit Jetta. Annett, die alles still beobachtete, begriff, weshalb die Tradition des Leichenschmauses den Menschen so wichtig war. Nach den Tränen und schweren Gedanken war es erleichternd, gemeinsam des Schönen zu gedenken, das der Mensch, der von einem gegangen war, ins Leben gebracht hatte. Sie blickte noch einmal in den Himmel. Dort tanzte ein einsamer weißer Ballon vor blauem Hintergrund. »Ich werde dich nie vergessen, Jetta«, murmelte sie vor sich hin.

Kaum hatte sich die Tür hinter dem letzten Gast geschlossen, zog Annett sich in Jettas Büro zurück, um aufzuarbeiten, was sich angesammelt hatte. Sie überwies offene Rechnungen, beantwortete Zimmeranfragen und Mitteilungen von Jettas Steuerberater. Sie schrieb sogar die Getränke-Einkaufsliste, was normalerweise zu Colonel Blakemores Aufgaben gehörte. Ja, Arbeit konnte ein Schutzschild sein, und sie tat gut daran, sich an diesem Tag hinter diesem Schild zu verstecken.

Die Uhr im Flur schlug siebenmal, als Mrs Jennings mit einer Kanne Countess Grey, ihrer Lieblingsteesorte, ins Büro kam. »Sie sind noch da?«, wunderte sich Annett. »Ich mache dasselbe wie Sie, Miss Neumann. Ich lenke mich mit Arbeit ab. Bis vor ein paar Minuten habe ich die Küchenfliesen geschrubbt, obwohl ich mich längst darin spiegeln konnte. *Bloß nicht aufhören, Penny*, habe ich mir ständig vorgesagt.« Mrs Jennings stellte die Kanne samt Tassen auf den Schreibtisch und goß Tee ein.

»Sehen Sie auch die Bilder von Jettas Begräbnis vor sich, sobald Sie zur Ruhe kommen?«, fragte Annett.

Mrs Jennings nickte. »Glauben Sie, ich könnte die aufsteigenden Ballons nur eine Sekunde vergessen? Und alles andere?«

Annett seufzte tief. »Mir geht es genauso. Ich muss ständig daran denken, dass nun eine neue Zeitrechnung ohne Jetta beginnt.« Der aromatische Duft des Tees erfüllte das Büro. Annett nahm einen Schluck und griff dann nach Mrs Jennings Hand, um sie tröstend zu drücken. »Wir müssen weitermachen und eine Lösung fürs ›Black Stag‹ finden, Mrs Jennings. Das ist das Wichtigste.«

»Wäre es nicht einen Versuch wert, das Hotel Ihrer Granny selbst weiterzuführen? Wenn wir jemand Tüchtigen für die Rezeption einstellen, würde Ihnen das ein bisschen Freiraum verschaffen. Ganz abgesehen davon, dass ich bereit wäre, länger zu arbeiten. Und Stella beginnt nächste Woche einen Buchhaltungskurs und ist in ein paar Monaten über ihre Aufgabe als Zimmermädchen hinausgewachsen. Ersatz für sie zu finden ist kein Problem.«

»Ich müsste durchrechnen, ob wir uns eine zusätzliche Kraft leisten können.« Annett nickte zaghaft. »Ob Sie's glauben oder nicht, die Idee, das Hotel selbst zu führen, ist mir auch schon gekommen.« Annett hatte sich zwei Dinge vorgenommen. Erstens, das ›Black Stag‹ zumindest eine Weile zu übernehmen. Zweitens, schnellstens Ursels Tagebuch zu Ende zu bringen. Inzwischen kannte sie den Inhalt dreier weiterer Briefe. Doch bis jetzt gab es keinen Hinweis auf Jettas wahre Herkunft. Und obwohl sie darauf brannte, zu erfahren, welche Geschichte sich um Jettas Leben rankte, war sie entschlossen, sich die nötige Zeit zu nehmen, um alle Briefe in Ruhe zu lesen. Ein paar Tage mehr oder weniger fielen nicht ins Gewicht, wenn es um die Wahrheit ging.

Doch es gab noch einen weiteren Plan, eine Vision, wie sie es im Stillen nannte. Sie träumte von einer harmonischen Beziehung mit Edward. Heute beim Aufwachen war ihr die Idee gekommen, ihr Leben zwischen Berlin und den Cotswolds aufzuteilen. Zumindest so lange, bis sich abzeichnete, ob ihre Liebe zu Edward stark genug für eine gemeinsame Zukunft war. Nun konnte sie an nichts anderes mehr denken. Und hoffte darauf, in einem passenden Moment mit Edward darüber reden zu können.

»Ihre Eltern sind übrigens vor einer halben Stunde abgereist.« Mrs Jennings rückte die Teetassen beiseite und legte einen Brief neben den Poststapel. »Den hat Ihr Vater mir für Sie gegeben.«

Annett überlegte, wie befremdlich es Mrs Jennings vorkommen musste, ihr einen Brief ihres Vaters zu überreichen. Sicher, er hatte sie heute Morgen bei einem gemeinsamen Frühstück auf ihre Heimkehr nach Berlin vorbereitet. Trotzdem kam Annett der Abschied ihrer Eltern übereilt vor. Vermutlich hatte Anne darauf gedrängt.

Sie blickte auf die ausladende Schrift ihres Vaters auf dem Kuvert, die so ganz anders war als Ursels. Deren kleine Buchstaben wirkten wie die eines Schulkindes, das Schönschreiben übte. Ursels Briefe handelten nicht nur von Jetta und Otto, den Kriegs- und Nachkriegsjahren, sondern auch von ihrem Leben und ihren Empfindungen. Ursel hatte ihre eigenen Gefühle erst beim Tagebuchschreiben nach und nach zugelassen.

Es war seltsam mit der Vergangenheit. Einerseits brannte Annett darauf, sie zu enträtseln, andererseits hatte sie Angst, etwas zu erfahren, mit dem sie nicht klarkäme. Allem Anschein nach war Otto Mielke seine Karriere sehr wichtig gewesen, dennoch hatte er eine Frau mit jüdischen Vorfahren geheiratet. Und als Ursels familiärer Hintergrund sie in Gefahr brachte, hatte er mit allen Mitteln versucht, sie zu schützen. Hatte er Jetta wirklich nur adoptiert, um Ursel im Fall seines Todes länger geschützt zu wissen? Weil sie dann ein Kind gehabt hätte, das sie versorgen musste. In Zeiten großer Gefahr zählte jeder Tag, den man heil überstand. Hatte er es so gesehen?

Annett riss sich mit Gewalt aus ihren Überlegungen. »Das hier«, sie deutete auf den Brief, »ist die Erklärung dafür, dass meine Mutter es nicht einen Tag länger hier ausgehalten hat.« Sie trank einen weiteren Schluck Tee. Er war heiß, stark und süß und tat gut.

»Manche Menschen haben leider kein Talent zum Glücklichsein, und ich befürchte, Ihre Mutter gehört dazu. Auf mich macht sie immer den Eindruck, als müsse sie jemanden in die Flucht schlagen.« Mrs Jennings hatte sich, wie sie es gern tat, auf die Tischkante gesetzt und sah Annett mitfühlend an.

»Wie ich Sie kenne, haben Sie etwas zu ihrer frühen Abreise gesagt, nicht wahr!?«

In Mrs Jennings Gesicht kam Bewegung. »Allerdings! Ich habe Ihre Mutter darauf hingewiesen, dass man in seinem Leben jederzeit die Richtung ändern kann.«

Der Gedanke, dass Anne Mrs Jennings' Rat folgte, ließ Annett milde lächeln. »Um die Richtung zu ändern, muss man verschiedene Wege vor sich sehen.«

»Ganz genau!« Mrs Jennings blieb bei ihrer Meinung. »Menschen können in Situationen hineinwachsen. Denken Sie nur an Mr Warrender.« Über ihr Gesicht huschte ein Schatten, als hätte sie mit diesem Satz bereits zu viel gesagt.

»Grundgütiger, was bin ich nur für ein Plappermaul.« Mrs Jennings schlug sich mit der Hand gegen die Stirn.

»Ich weiß über den Tod von Mr Warrenders Vater Bescheid.« Annett legte Mrs Jennings beruhigend die Hand auf den Arm. »Er hat mir so einiges über die Hintergründe erzählt.«

»Oh, wirklich? Dann wissen Sie vermutlich mehr als ich. Meine ›Informationen‹ stützen sich auf das, was gemunkelt wird«, erzählte Mrs Jennings. »Warum ist Mr Warrender eigentlich nach der Beerdigung gleich zurück nach Oxford gefahren? Scheint so, als wolle jeder von hier flüchten.«

»Er hatte Termine. Und wenn man bedenkt, was er alles für uns getan hat, weiß ich nicht, wie ich mich je dafür bedanken kann«, erklärte Annett.

Seit ihrem Ausflug zu Pond Cottage rief er sie jeden Morgen an, um ihr einen guten Start in den Tag zu wünschen. Und abends schickte er eine SMS, um sich danach zu erkundigen, ob bei ihr alles in Ordnung sei. Immer wieder dachte sie an ihre leidenschaftlichen Küsse, allerdings auch daran, dass Edward an England gebunden war, während sie in Berlin zurückerwartet wurde. Es gab keine Zukunft für sie. Und wenn doch, nur unter größten Schwierigkeiten. Wohin sollten diese Zärtlichkeiten also führen?

Das waren ihre Empfindungen, bis sie sich verboten hatte, derart negativ zu denken. Mrs Jennings hatte recht. Man konnte die Lebensrichtung ändern. Es kam nur darauf an, wie wichtig einem der Weg war, den man vor sich sah.

Annett verdrängte ein weiteres Mal die Gedanken an eine wie auch immer geartete Zukunft mit Edward. Gestern noch hatte sie gedacht, sie sei verrückt, wegen ein paar Zärtlichkeiten und einiger Telefonate gleich an später zu denken. Als sie ihn jedoch heute an Jettas Grab hatte stehen sehen, war ihr der bevorstehende Abschied unmöglich erschienen. Sie konnte nicht länger leugnen, dass sie sich in ihn verliebt hatte. Nein, sie musste zuversichtlich bleiben. War dies nicht auch eine Botschaft von Ursels Briefen, dass es nie zu spät für ehrliche Erkenntnis war? Und für wahre Gefühle?

Mrs Jennings holte sie aus ihren Gedanken. »Morgen steht das Vorstellungsgespräch wegen der freien Stelle an. Denken Sie daran?«, erinnerte sie Annett. »Und übermorgen ist die Hütehundeprüfung. Stellas Mutter vertritt mich in der Küche. Und Mr Camden will an der Rezeption aushelfen. Er hat inzwischen ja schon Übung.«

»Ist für mich denn gar nichts zu tun?«, stellte Annett scherzhaft fest.

»O doch.« Mrs Jennings lächelte vielsagend. »Ihre Granny und ich hatten ausgemacht, dass sie Peter und mich zu dem Spektakel begleitet, deshalb fände ich es schön, wenn Sie mitkämen. Mr Warrender ist bestimmt auch da, das Ganze findet schließlich in Belleminton Gardens statt.« Die Blicke, die Edward Annett bei der Beerdigung zugeworfen hatte, waren Mrs Jennings nicht entgangen.

»Wissen Sie Näheres über die Dame, die sich morgen vorstellt?«, fragte Annett, um vom Thema abzulenken. Sosehr sie Mrs Jennings auch schätzte, so wollte sie doch keinesfalls in eine Diskussion über Edward Warrender verwickelt werden. Nicht, solange so viele Fragen offen waren.

»Judy Goodall wohnt bei mir um die Ecke in Donnington. Sie war auf Guernsey verheiratet und ist hierher zurückgekehrt, nachdem ihr Mann vor einem halben Jahr mit einer Jüngeren durchgebrannt ist. Ich denke, sie hat die Trennung inzwischen gut verkraftet. Dabei hat ihr sicher auch ihr Hobby geholfen. Sie verbringt jede freie Minute mit Stricken und fertigt wunderschöne Sachen. Stricken tröstet, wissen Sie.«

Annett sah Mrs Jennings überrascht an. »Da kommt mir gerade eine Idee. Was hielten Sie denn davon, wenn Mrs

Goodall Strickseminare im ›Black Stag‹ anbieten würde? Schließlich gehören Schafe und Wolle seit jeher zum Leben in den Cotswolds.« Es war nur so dahingesagt, doch Mrs Jennings war begeistert. »Was für eine reizende Idee.« Ihr Gesicht war vor Aufregung errötet.

»Stellen Sie sich vor«, spann Annett den Faden weiter. »Mrs Goodall hält Strickseminare ab, ich bringe meine Fähigkeiten als Mediatorin ein, und Clark Camden stellt sich als Fishing Guide zur Verfügung. Für mich klingt das, als wären wir für die nächste Touristengeneration gerüstet.«

»Das gefällt mir. Auch wenn die Gäste hier vor allem Ruhe suchen, schadet ein bisschen Abwechslung nichts.« Mrs Jennings war Feuer und Flamme, was die Zukunft des Hotels anging, und auch Annett spürte, wie der Tatendrang in ihr erwachte.

Plötzlich erklang im Entree eine fröhliche Stimme. »Hallo! Niemand da?«, schallte es bis ins Büro. Annett lugte in den Flur und entdeckte Susan, die sich suchend umschaute. Unterm Arm trug sie eine große Rolle.

»Susan?! Was machst du denn hier?«, rief sie verwundert.

Susan kam mit ausgebreiteten Armen auf sie zu. »Nachdem du heute deine Großmutter verabschieden musstest, wollte ich nach dir sehen und dich auf andere Gedanken bringen. Außerdem brauche ich deine Hilfe.«

Die beiden jungen Frauen umarmten einander. Mrs Jennings war im Türrahmen erschienen, grüßte freundlich und wollte an ihnen vorbeihuschen, um nicht zu stören. Doch Annett hielt sie auf. »Darf ich Ihnen Susan Desmond vorstellen. Sie ist die Verlobte von Mr Warrenders Freund. Und eine begnadete Designerin dazu.« Annett deutete auf Penelope Jennings. »Susan das ist Mrs Jennings, die Seele des ›Black Stag‹.«

Die beiden Frauen begrüßten einander, dann konnte Susan sich nicht länger zurückhalten. »Stell dir vor: Will und ich haben den Hochzeitstermin festgelegt. Will hat sich zum Joggen mit Edward verabredet, um es ihm zu sagen, und ich habe mir meine Entwürfe fürs Hochzeitskleid geschnappt und bin zu dir gefahren.«

»Das ist ja großartig, Susan. Zeig mal«, sagte Annett voller Freude.

Susan nickte verzückt, als Mrs Jennings, wie in der Schule, die Hand hob. »Darf ich auch einen Blick darauf werfen? Ich liebe Hochzeiten«, sagte sie schüchtern.

»Je mehr kompetente Meinungen, umso besser«, fand Susan.

Annett nahm ihr die Rolle ab, in der sie die Zeichnungen vermutete, und trug sie in die Küche. Mrs Jennings räumte rasch den großen Holztisch frei, sodass Susan ihre Entwürfe ausbreiten konnte. Es waren drei völlig unterschiedliche Kleider zu sehen. Das erste war aus weißer Spitze und hatte einen raffinierten Ausschnitt am Rücken. »Ziemlich sexy!«, rief Annett aus. Das fand auch Mrs Jennings. Das zweite erinnerte vom Stil her an Kate Middletons Traumkleid, als sie Prince William das Ja-Wort gegeben hatte. Susans Version war eine Spur schlichter und sollte ohne Schleier, dafür mit Blumen im Haar getragen werden. Sowohl Annett als auch Mrs Jennings fanden es ansprechend, aber nicht passend für Susan. Das letzte Kleid aus cremefarbener Seide bildete auf der Zeichnung perfekt die Figur der Trägerin ab. Dazu gab es einen kurzen Schleier aus Spitze, ein Hauch von nichts, den man vor dem Gesicht trug und erst am Altar zurückschlug. Susan hatte zu dem Kleid eine doppelreihige lange Perlenkette gezeichnet, die bis zum Bauchnabel reichte. Das weich fließende Kleid, ganz ohne Schnörkel, dazu der duftige Schleier und die Perlen. »Das Kleid erzählt eine Geschichte. Deine Geschichte, Susan«, entkam es Annett, nachdem sie die Zeichnung ergriffen betrachtet hatte. »Ja, das ist es!«, sagte auch Mrs Jennings. Sie fasste sich an die Brust. »Ihr Entwurf ist wunderschön und ganz anders als das, was man gemeinhin sieht.«

Susan fächelte sich mit der Hand Luft zu. »Ich finde auch, dass es einzigartig ist«, sagte sie. Ihre Stimme vibrierte vor Aufregung.

»Ja, es ist *dein* Kleid«, bestätigte Annett. »Es passt zu deinen Haaren, deiner Figur und deinem Wesen. Jedenfalls so, wie ich dich bisher kennenlernen durfte.«

»Also die Nummer drei. Die bringt Glück, nicht wahr!«, sagte Susan aufgeregt.

»Meiner Erfahrung nach ja!«, bekräftigte Mrs Jennings. Mit diesen Worten zog sie sich zurück und ließ *die Jugend*, wie sie sie nannte, allein.

»Danke, dass du dir heute Zeit für mich nimmst. Ich weiß, es war kein leichter Tag für dich«, sagte Susan zu Annett.

»Was könnte besser ablenken, als eine bevorstehende Hochzeit. Ich freue mich, wenn ich dich bei den Vorbereitungen irgendwie unterstützen kann.«

Susan sah Annett mit offenem Blick an. »Wirklich? Dann kommt gleich noch eine weitere Frage. Würdest du eine meiner Brautjungfern sein?«

Annett verschlug es vor Überraschung die Sprache.

»Bitte, Annett, tu mir den Gefallen und sei an diesem Tag an meiner Seite.«

Annett sah die Freude in Susans Gesicht und konnte nicht anders als zustimmen. »Natürlich bin ich dabei. Ist doch Ehrensache. Geheiratet wird schließlich nur einmal.«

»Hoffe ich zumindest«, ergänzte Susan und klopfte auf Holz. Sie fiel Annett um den Hals und bedankte sich überschwänglich bei ihr.

»Weißt du, Susan, für mich ist es eine große Überraschung, dass ich als Brautjungfer verpflichtet werde, kaum, dass ich einer Freundin von Edward begegne«, sagte Annett, als sie sich aus der Umarmung löste.

»Das ist nur, weil ich dich auf Anhieb mochte«, sagte Susan aufgekratzt.

Langsam wurde Annett klar, dass die Tage in den Cotswolds, die als kurze Stippvisite geplant waren, immer erfüllter wurden. Täglich passierten neue, unerhörte Dinge. Sie fand Freunde, hatte sich verliebt. Wenn sie alles zusammenzählte, musste sie sich die Frage stellen, ob sie nicht längst in einem neuen Leben angekommen war.

32. Kapitel

Juni 2015 – Oxford, England

Edward und Will passierten den Durchgang des Studentenpubs ›Lamb & Flag‹, als Edward sich ein Herz fasste. »Ich habe mich verliebt, Will«, gestand er seinem Freund.
»Jetzt glaub bloß nicht, ich bin überrascht, das zu hören. Und auch nicht schockiert, weil du offiziell noch mit Beth liiert bist«, gab Will keuchend zur Antwort und sprang über eine Pfütze. »Als Susan und ich beim Abendessen bei dir waren, habe ich eins und eins zusammengezählt. Und unterm Strich kam heraus, dass es zwischen Annett und dir gefunkt hat«, fasste er seine Erkenntnisse zusammen.
Es war bereits früher Abend, dennoch wärmte die Sonne noch immer intensiv. »Vielleicht solltest du demnächst Kolumnen über Beziehungskisten schreiben«, entgegnete Edward grinsend, »ich wäre dein erster Leser.«
Will versuchte, Edwards Tempo zu halten. »Ich überleg's mir.«
Wie schon viele Male zuvor, hatten die beiden Freunde die Altstadt-Route als Strecke ausgewählt. Eine einstündige Tour, die an vielen Sehenswürdigkeiten Oxfords und einem Wildpark mit Hirschen, Rehen und Damwild vorbeiführte.
»Nein, im Ernst. Ich freue mich für dich, Ed. Annett macht einen warmherzigen und interessanten Eindruck.«
»Interessant im wahrsten Sinne des Wortes. Wer stolpert schon übereinander«, gab Edward zurück.
Sie passierten das Keble College und den schmiedeeisernen Zaun, der den Eingang zum Oxford University Park markierte. Von dort hielten sie sich gewöhnlich Richtung Norden und liefen am Cricketplatz und Victorian Pavilion vorbei, um den Park später an der südwestlichen Ecke wieder zu verlassen.

»Eine Frau und ein Mann stoßen zusammen und verlieben sich ineinander«, lachte Edward. Er liebte es über die erste Begegnung mit Annett zu reden, weil es so kitschig klang und doch wahr war.

»Endlich geht es in deinem Leben nicht nur beruflich bergauf, sondern auch privat«, sagte Will. »Schade nur, dass Annett zurück nach Berlin muss. Ich nehme an, sie hat keine Ambitionen, das Hotel ihrer Großmutter weiterzuführen?«

»Vermutlich nicht.« Edward geriet aus seinem Laufrhythmus, weil der Gedanke ihn kurzfristig aus der Ruhe brachte. Doch er fing sich rasch wieder. »Darüber will ich mir eigentlich noch nicht den Kopf zerbrechen und tue es trotzdem die ganze Zeit. Was meinst du, soll ich mit ihr darüber reden?« Er schüttelte den Kopf und gab sich damit selbst die Antwort. »Nein, bloß nichts überstürzen. Alles zu seiner Zeit.«

»Spricht da der Mann, der stets mit Sachverstand vorgeht und beizeiten nach der besten Lösung sucht?«, scherzte Will.

Eine Weile liefen die beiden Freunde schweigend nebeneinander her, bis sie den Arkadenhof des Magdalen Colleges erreicht hatten, wo sie eine kurze Pause einlegten. Während Will seine Unterschenkelmuskulatur lockerte, erzählte er, dass Susan und er einen Hochzeitstermin ausgewählt hatten. »Nächstes Jahr, fünfzehnter Mai. Das ist der Hochzeitstag von Susans Eltern. Susan meint, es sei ein gutes Omen.«

Edward klopfte seinem Freund auf die Schulter. »Ich freue mich für euch, Will. Und ich bin sicher, ihr werdet glücklich miteinander.«

»Sind wir doch schon. Auch ohne Trauschein«, erwiderte Will mit fester Stimme. »Trotzdem läuft es früher oder später auf eine Hochzeit hinaus. Jedenfalls wenn man mit einer Romantikerin wie Susan zusammen ist.« Beide lachten. »Ja, ich bin unverbesserlich. Verlobt zu sein finde ich angenehm, aber vorm Heiraten habe ich einen Heidenrespekt.« Will verzog sein Gesicht bei dem Gedanken an das, was auf ihn zukam, und kassierte dafür einen Boxhieb von Edward. »Untersteh dich, Susan vorm Altar stehenzulassen.«

»Ich werde Susan schon nicht unglücklich machen. Ich will nur ab und zu mit meinem Freund auf ein Bier ins Pub gehen. Männerabend.« Die Freunde setzten ihren Lauf in gleichmäßigem Tempo fort. »Was ist denn nun mit Beth?«, unterbrach Will nach einer Weile das Schweigen. »Hast du ihr schon gebeichtet, dass du dein Herz verloren hast? Und weiß Annett von ihrer Existenz?«

»Ich habe Beth heute Morgen angerufen. Leider war sie in einem Meeting und hatte kaum Zeit zum Reden. Ich denke aber, sie hat begriffen, wie wichtig mir ein Treffen ist.« Edward holte tief Luft. »Ich muss zuerst alles mit ihr klären, bevor ich mit Annett über die Zukunft rede. Wenn ich Beth die Wahrheit gesagt habe, wird es mir besser gehen.«

»Glaubst du, sie ahnt, dass es auf eine Trennung hinausläuft? Wenn ich sie richtig einschätze, lässt sie sich nicht gern abservieren.«

Schon Edwards Gesichtsausdruck machte klar, was er von der Formulierung hielt. »Ich will Beth nicht aus meinem Leben drängen.«

Will verdrehte die Augen. »Ja, klar. Vielleicht könnt ihr Freunde bleiben«, schloss er.

Edward hob abwehrend die Arme. »Ist eine blöde Floskel, ich weiß, aber warum nicht? Ich finde nicht alles richtig, was Beth tut, aber ich respektiere sie. Und ich werde ihr meine Gefühle für Annett gestehen. Du hättest miterleben müssen, wie Annett meine Mutter wie eine Schnecke aus ihrem Haus gelockt hat, als ich sie gebeten hatte, mit ihr zu sprechen. Sie ist brillant, Will. Und so menschlich.«

Will war überrascht. Dass sein Freund derart von einer

Frau schwärmte, die er kaum kannte, hatte er noch nicht erlebt. Edward blieb stehen und lief einen Moment auf der Stelle, um nicht aus dem Rhythmus zu kommen. »Sie ist immer bei mir, seit ich ihr begegnet bin.« Er deutete auf sein Herz. Seine Stimme klang plötzlich belegt. »Mit so einem Gefühl habe ich nicht gerechnet, Will. Das haut mich einfach um.«

Will wischte sich den Schweiß in den Ärmel seines T-Shirts. »Mensch, Ed. Das klingt ja wie aus einem Liebesroman. Als du mit ihr in Clifton Hall warst, hast du da ... habt ihr miteinander ...?«

»Nein!« Edwards Antwort kam blitzschnell. »Annett ist eine sinnliche Frau. Aber es war nicht der richtige Zeitpunkt.«

»Wegen des Todes ihrer Großmutter?«, mutmaßte Will.

»Ja, und wegen Beth«, ergänzte Edward. »Wie ich schon sagte, ich will zuerst einen sauberen Abschluss, damit wir die Chance auf einen guten Anfang haben.«

»Verstehe!«, sagte Will kurzatmig. Die Anstrengung stand ihm ins Gesicht geschrieben. In letzter Zeit hatte er zu wenig trainiert. Das rächte sich nun.

»Komm, wir überqueren den Cherwell und laufen ein Stück am Wasser entlang«, schlug Edward vor. »Dort ist es kühler.« Und schon rannnten sie über eine der Brücken, unter denen die Studenten der Colleges mit langen Stangen ihre Boote den Fluß hinauf staken. Kurz darauf kamen sie an einer Weide mit Long-Horn-Rindern vorbei. Will hatte das Gefühl, seinen Körper schon lange nicht mehr so intensiv gespürt zu haben wie heute. »Kommst du eigentlich zur Hütehundeprüfung?«, wollte er von Edward wissen, als sie die Seufzerbrücke ansteuerten. Den Ort, an dem Edward und Annett einander zum ersten Mal begegnet waren.

»Schreibst du etwa darüber?« Die Frage hatte einen witzigen Unterton, denn Edward wusste, dass Will, dessen Themen Politik und Wirtschaft waren, wenig von solchen Artikeln hielt.

»Ich habe versprochen, einen *netten* Beitrag beizusteuern. Ich konnte nicht nein sagen, denn Susan hofft, dort Kundinnen zu finden. Und wenn ich darüber schreibe, hat sie einen besseren Einstieg in die Szene.« Will spannte die Kiefermuskeln an.

»Verstehe, du beugst dich den Gesetzen der Gesellschaft. Wirst bieder, dick und langweilig.«

»Deshalb brauche ich ab und zu einen Männerabend. Um dem gegenzusteuern.« Inzwischen waren Will und Edward zum Ausgangspunkt ihrer Joggingstrecke, zum ›Lamb & Flag‹, zurückgekehrt.

»Nächste Woche? Wieder hier?«, schlug Will vor.

»Abgemacht!«, sagte Edward.

33. Kapitel

Februar 1993 – Berlin

Die Stunde der Dämmerung war schon vorüber, als Annett sich nach einem ausführlichen Telefonat mit ihrer Freundin Daniela in Jettas kleiner Küche ein Glas Rotwein eingoss und sich ein weiteres Mal Ursels Tagebuch widmete. Sie überflog ein halbes Dutzend Briefe, die sie später ausführlicher lesen würde. Jetzt suchte sie den einen, in dem sie endlich erfahren würde, wer Jettas Eltern waren.

Liebe Jetta,

obwohl heute erst der 15. Februar ist, kündigt sich bereits der Frühling an. Die Luft ist mild, der Himmel klar, und draußen duftet es nach Wärme und Sonne. Das Wetter treibt die Menschen auf die Straßen hinaus, vor allem in die Parks. Auch ich gehöre zu diesen Wohnungsflüchtlingen. Doch kaum hatte ich es mir heute auf einer Bank im nahe gelegenen Park bequem gemacht, in Vorfreude darauf, den Hunden beim Herumtollen zuzusehen, sprang ich voller Unruhe schon wieder auf und eilte zurück, um Dir ein weiteres Mal zu schreiben.

Ich hatte Dich im Kinderheim gesehen. Otto hatte mir diesen »Besuch« ermöglicht. Als ich Dein blondes Lockenköpfchen zwischen den anderen Kindern hervorblitzen sah, war es um mich geschehen. Ich rannte regelrecht zu Deinem Bettchen und nahm Dich auf den Arm. Alles an Dir war weich und anschmiegsam. Du hast Deine Arme um mich gelegt, mir mit riesigen Augen diesen verschüchterten Blick geschenkt, den Du noch heute hast, und es war um mich geschehen.

Es waren so viele Kinder unterschiedlichen Alters dort untergebracht, und jedes hätte ein gutes Zuhause verdient. Doch ich habe mich gleich in Dich verliebt.

Als Otto schließlich mit Dir in den Armen nach Hause kam – etwas, womit ich niemals so schnell gerechnet hätte –, war ich außer mir vor Freude. Otto sagte sogar scherzhaft, ich sei von Sinnen.

Wie auch immer, wir zogen um, damit keine Fragen gestellt werden konnten, weil ich ja nicht schwanger gewesen war. Wir wollten sichergehen. Und fingen in einem anderen Stadtteil neu an.

Wir gaben Dir den Namen Josefa, nach Ottos Großmutter. Doch vom ersten Moment an haben wir Dich Jetta gerufen. Wie hätte ich damals ahnen können, wie Du wirklich heißt. Ich wusste nichts über Dich, fragte nicht nach, wollte meine Ruhe haben. Eine trügerische Ruhe, ich weiß. Sie wurde oft auf eine harte Probe gestellt. Etwa, wenn Du Deinem Vater Vorwürfe wegen seiner Kriegsvergangenheit gemacht hast und er Dir nicht sagen wollte, dass er mich geschützt hat. Wie oft habe ich ihn gebeten, Dir alles über mich zu sagen, doch er weigerte sich hartnäckig. Jüdisch zu sein, sagte er, das wolle er Dir ersparen. Die Angst und der Hass Juden gegenüber habe das Schlimmste im Menschen hervorgebracht, was er je gesehen hatte.

Der Krieg verändert Menschen. Oft bringt er die schlechtesten Seiten eines Menschen zutage, doch manchmal auch die besten. Otto war ein Mensch mit Fehlern und Schwächen, aber auch mit Stärken. Während des Krieges hat er viel Leid über Menschen gebracht. Für mich aber war er mein Retter. Und zwar in vielerlei Hinsicht.

Entschuldige, ich schweife ab. Ich wollte nicht über mich, sondern über Dich und Deine Vergangenheit schreiben.

Kommen wir zu Otto zurück. Als er ernsthaft krank wurde, konnte ich ihn endlich dazu bringen, sein Schweigen zu brechen. Ich flehte ihn an, mir alles zu sagen, was er über Dich wusste. Er hatte ja immer behauptet, so gut wie nichts über Dich zu wissen, nur, dass Deine Eltern tot seien.

Jetta, nun sollst Du erfahren, was Otto mir kurz vor seinem Tod anvertraut hat.

Dein Vater und Deine Mutter wurden beide 1944 erschossen. Es hat mich all meine Kraft und Überredungskunst gekostet, das aus ihm herauszubekommen.

Irgendwann sah er ein, dass er sein Herz nicht länger verschließen konnte, und erzählte mir – stockend und mit leiser Stimme – von den gefälschten Papieren, die Dich als unsere Tochter ausgaben. Er hatte schon vor 1944 gute Kontakte gehabt und diese genutzt. Und bedenke, im Krieg sind Melderegister vernichtet worden. Standesämter und Geburtsregister waren nicht mehr wichtig. Nein, für Otto war es kein großes Problem gewesen, Dich während der Kriegswirren offiziell als unsere Tochter auszugeben.

Doch ich kannte Deinen Vater besser als er sich selbst. Er hätte niemals ein Kind zu uns geholt, über dessen Vergangenheit er sich nicht erkundigt hatte. Dazu war er zu argwöhnisch. Aber erst kurz vor seinem Tod sagte er mir endlich, was er wusste.

Und so ist alles, was ich Dir heute geben kann, zwei Namen. Namen, die Deine Welt verändern.

Jetta, Du heißt in Wirklichkeit Henrietta und wurdest Hetty gerufen. Hetty – Jetta! Ist das nicht ein verrückter Zufall? Diese Namensähnlichkeit ließ mich lange nicht los. Ich träumte davon, wachte schweißgebadet auf und wollte Dich anrufen, um Dir davon zu erzählen. Doch ich ließ es jedes Mal bleiben, sagte mir, es sei besser, uns eine direkte Konfrontation zu ersparen und Dir zu schreiben.

Dein Nachname ist von Schülzow. Du bist Henrietta von Schülzow, Tochter von Catharina und Rudolf von Schülzow. Dein Vater war Luftwaffenoffizier und hatte sich einer Gruppe Widerstandskämpfer angeschlossen. Er wurde wegen »Hochverrats« hingerichtet. Deine Mutter wurde im Keller ihres Hauses, bei dem Versuch zu fliehen, erschossen. Nach dem

Tod Deiner Eltern brachte man Dich in ein Kinderheim im Harz, wo man den Kindern der Widerstandskämpfer ihre Biografie nahm, um sie zu treuen NS-Kindern umzufunktionieren. Da kam Otto als Sturmbannführer gerade recht, um Dir ein neues Heim zu geben.

Der Tod Deiner Eltern ist eine traurige Geschichte, die mich sehr schockierte. All die Jahre hatte ich den Gedanken verdrängt, was mit Deinen Eltern passiert sein könnte. Für mich zählte nur unsere Liebe füreinander. Doch hatten wir jemals eine wirkliche Chance, eine glückliche Familie zu sein?

Wenn Du mich heute fragst, würde ich darauf mit Nein antworten. Wer sein Leben auf einer Lüge aufbaut, scheitert kläglich. Hätte ich das nur früher erkannt. Alles wäre anders verlaufen.

Jetta, Liebes, sieh mir nach, dass es nur so wenig ist, was ich Dir jetzt noch geben kann. Es beschämt mich, Dir Deine Vergangenheit, Deine Wurzeln verschwiegen zu haben. Und ich will nichts bagatellisieren. Es gibt keine Entschuldigung dafür. Ich hätte es besser wissen und viel früher mit Otto reden müssen. Und dann mit Dir.

Mir bleibt nur noch, Dich zu umarmen. Bitte, gib mir Nachricht, wie Du mit alldem klarkommst. Sicher wirst Du zu recherchieren beginnen, denn natürlich willst Du wissen, wer Deine Eltern waren. Ich warte auf ein Zeichen von Dir.

*In dankbarer Liebe,
Deine Mama*

Annett saß wie erstarrt da. *Ich warte auf ein Zeichen von Dir!* Der Satz spulte sich wieder und wieder in ihrem Gehirn ab. Ursel hatte nur noch den Wunsch gehabt, sich mit ihrer Tochter auszusöhnen. Jahrelang hatte sie traurig darauf gehofft, etwas von Jetta zu hören. Vergeblich. Diese Vorstellung schnürte Annett die Luft ab. Sie ging zum Fenster, öffnete es und atmete die kühle Nachtluft ein. Bisher hatte sie angenommen, Jetta habe jüdische Wurzeln, man habe sie als Baby versteckt. Doch nun stellte sich heraus, dass Jetta einer preußischen Adelsfamilie entstammte, die ausgelöscht worden war, weil ihr Vater sich dem Widerstand gegen Hitler angeschlossen hatte. Dass Rudolfs Tod mit dem seiner Frau Catharina zusammenhing, lag für Annett auf der Hand. Wie gern hätte sie sofort Edward angerufen. Er hätte sie beruhigen können. Doch inzwischen ging es auf halb eins zu. Um diese Zeit schlief er längst. Das Einzige, was sie jetzt tun konnte, war, noch ein wenig im Internet zu recherchieren und morgen früh mit ihm zu sprechen.

Nach einigem Suchen fand Annett einen kleinen Eintrag über Rudolf von Schülzow. Er wurde in einem Buch über die letzten beiden Kriegsjahre erwähnt. Der Autor des Buches nannte Rudolf den *heimlichen* Mann, der neben bekannten Größen wie Graf von Stauffenberg nie in Erscheinung getreten, offenbar aber trotzdem für den Widerstand eingetreten war. Bis er 1944 ohne Verfahren hingerichtet worden war. Es gab ein Foto von ihm, auf dem er – in Zivilkleidung – groß und aufrecht dastand. Ein gutaussender Mann mit Geheimratsecken schon in jungen Jahren. Je länger Annett das Foto betrachtete, umso mehr konnte sie sich den Offizier in der adretten Uniform hin- und hergerissen zwischen seinen Wertvorstellungen und seiner politischen Verantwortung vorstellen. Sie fuhr mit ihrem Zeigefinger über den Bildschirm ihres Notebooks, bis das Foto vor ihren Augen verschwamm. »Wer warst du?«, murmelte sie.

34. Kapitel

Juni 2015 – Oxford, England

Achtmal läutete es, dann hob Edward ab. Die Irritation, schon vor sechs Uhr am Morgen aus der Dusche geklingelt zu werden, war wie weggeblasen, als er Annetts Stimme hörte. »Ich weiß Bescheid, Edward«, sagte sie nach einem hastigen »guten Morgen«. »Ursel ist in ihren Briefen immer ausführlicher geworden. Deshalb habe ich einige nur noch überflogen. Ich konnte nicht länger warten, die Wahrheit zu erfahren.«

Er verstand ihr Vorgehen nur zu gut. Vermutlich hätte er schon viel früher hinten nachgeschaut. Edward schlang sich ein Handtuch um die Hüften und tapste auf die Bademette, um sich seine Füße notdürftig darauf abzutrocknen.

»Jetta stammt aus einer alten preußischen Familie.« Annetts Stimme war leise, vielleicht vor Müdigkeit, vielleicht vor Aufregung. »Ich habe mir die halbe Nacht um die Ohren geschlagen und recherchiert. Allerdings bin ich im Netz nicht recht fündig geworden.«

Rasch überschlug Edward im Kopf seine Termine. »Ich könnte am Nachmittag zu dir kommen«, schlug er vor. »Dann können wir in Ruhe darüber reden.« Er stand inzwischen vorm Waschbecken und lächelte seinem Spiegelbild zu. Endlich hatte Annett Klarheit über ihre Familie.

»Du könntest kommen? Das wäre großartig«, freute sich Annett. »Was hältst du von Scones um halb vier?«

»Für jemanden, der noch nicht gefrühstückt hat, klingt das ziemlich verführerisch«, fand Edward.

Eigentlich hatte er vorgehabt, am Nachmittag nach London zu Beth zu fahren. Doch für Annett da zu sein erschien ihm angesichts der Ereignisse jetzt wichtiger. Seit ihrem ersten Kuss spürte er seinen Herzschlag jedes Mal überdeutlich, wenn er an sie dachte. Und auch jetzt schien es, als schlüge sein Herz viel zu schnell.

Morgen Abend, gleich nach der Hütehundeprüfung in Belleminton House, würde er zu Beth fahren und für klare Verhältnisse sorgen. Nach dem Frühstück hinterließ er ihr eine entsprechende Nachricht auf ihrer Mailbox. Als er auflegte, fühlte er sich erleichtert. Er nahm sich einen Apfel und eine Banane – sein Mittagessen – und verließ die Wohnung.

Kaum hatte er die Tür hinter sich zugeschlagen, rief seine Mutter an. Sie redete nie lange drumherum und kam auch diesmal nach einer knappen Begrüßung zum Thema. »Ich habe über Miss Neumann und dich nachgedacht. Bitte berichtige mich, falls ich mich täusche, aber mir kommt vor, als hättest du ... sagen wir mal *gewisse* Interessen an dieser Frau. Obwohl du mit Beth liiert bist.« Den letzten Satz hatte sie mit Nachdruck ausgesprochen.

Edward war im Erdgeschoss angekommen und steuerte den Hof an, wo sein Wagen geparkt war. »Ich will ehrlich sein, Mutter. Ja, ich habe mich in Annett Neumann verliebt. Deshalb werde ich mich von Beth trennen. Und dann kann ich nur darauf hoffen, dass Annett ebenso empfindet wie ich.«

Emily hüstelte leise ins Telefon. Eine Verlegenheitsgeste, wie Edward wusste. »Ich habe mich nie in deine privaten Angelegenheiten eingemischt, Edward, und das werde ich auch jetzt nicht tun. Ich bitte dich nur ein paar Dinge zu bedenken.«

Edward blieb vor seinem Wagen stehen, um seiner Mutter zuzuhören. Er ahnte, was jetzt kam.

»Miss Neumann lebt in Berlin. Kein unwichtiges Detail, wenn man wie du in Oxford zu Hause ist. Außerdem macht sie gerade eine schwere Zeit durch. Ihre Großmutter ist gestorben, und sie hat dieses Tagebuch gefunden. Ihr ganzes

Leben ist in Aufruhr. Glaubst du, für sie ist es der passende Moment, ihre Zukunft zu planen?«

Edward drehte mechanisch den Autoschlüssel in seiner Hand. Genau das hatte er sich längst selbst überlegt. »Der Moment könnte kaum falscher sein, Mutter. Sowohl für sie als auch für mich.« Obwohl er es eilig hatte, war es ihm wichtig, ihr zu erklären, welche Antworten er für sich gefunden hatte. »Und trotzdem ... was würdest du tun, wenn du dir deiner Gefühle sicher wärst und wüsstest, dass du nur ein paar Tage oder Wochen hättest, um dem Menschen, der dir am Herzen liegt, nahe zu sein? Würdest du nicht auch deine Chance nutzen wollen?« Edward hörte Emily seufzen. Sie sprach ungern über Gefühle. Deshalb redete er weiter. »Ich verspreche dir, dass ich weder Annett noch mich überfordern noch irgendetwas überstürzen werde.«

»Was für ein Versprechen, Edward«, warf Emily ein.

»Es geht nicht darum, einen Ersatz für Beth zu suchen, weil ich nicht allein sein kann. Annett ist eine bemerkenswerte Frau. Offen, warmherzig und klug.« »Glaub mir, selbst ich weiß, dass man sich nicht aussuchen kann, wann einen die Liebe erwischt.« Emily seufzte erneut und sprach dann weiter: »Tu, was immer du tun musst. Ich wollte dir nur meine Sicht mitteilen. Und übrigens, was den Golfplatz angeht«, blieb sie hartnäckig, »ich habe erfahren, dass der ›Balfour Golf & Country Club‹ in Frilford gerade einen zweiten Platz gebaut hat. Wieso hast du mir nichts davon gesagt?«

Der Hinweis seiner Mutter überraschte Edward. »Ich wollte nicht, dass du dich unter Druck gesetzt fühlst.« Er sah Emily vor sich, wie sie den Kopf schüttelte und den Mund dabei verzog. Das tat sie immer, wenn sie sich schwierigen Themen widmen musste.

»Ich begreife durchaus, dass der Pächter von Clifton Hall konkurrenzfähig bleiben muss.«

Edward schmunzelte. Emily hatte sich all die Jahre so verhalten, dass er und jeder andere denken musste, dass sie genau das nicht verstand. Aber vielleicht hatte sie es auch nur nicht verstehen wollen. »Kurzum, ich habe mir vorgenommen, noch einmal über diesen Punkt nachzudenken. Vielleicht ist mein Ziel, Clifton Hall in ein paar Jahren zurückzubekommen, gar nicht erstrebenswert. Jedenfalls bin ich mir diesbezüglich nicht mehr sicher.«

Seit zehn Jahren führte Edward harte Verhandlungen um die Pachtzeit, versuchte, es finanziell möglich erscheinen zu lassen, den Landsitz eher früher als später zurückzubekommen, um danach frei entscheiden zu können, wie das Schloss genutzt werden sollte. Dabei war ihm stets bewusst gewesen, dass es im Grunde keinen Sinn machte. Das Schloss kostete zu viel Geld. Nein, so, wie alles geregelt war, schien es perfekt. Das Hotel wurde gut geführt, und die Lodge und das Cottage samt umliegendem Land standen Emily und ihm zur Verfügung. Sie waren sorgenfrei und hätten glücklich sein können. Wenn seine Mutter nicht an alten Traditionen festhielte.

»Als Miss Neumann uns bereitwillig von ihrer Familie erzählte, ist mir etwas klar geworden«, sagte Emily zögernd. Edward lauschte gebannt. »Dinge ändern sich. Und wir haben es selten in der Hand, wie und wann diese Änderungen eintreten. Wir können sie nur hinnehmen und es uns so ein bisschen leichter machen.«

Es hatte zu nieseln begonnen, doch Edward nahm es kaum wahr, denn er begann zu begreifen, dass nicht nur seiner Mutter, sondern auch ihm gerade ein Stück Freiheit geschenkt wurde.

»Vielleicht gelingt es mir, zu akzeptieren, dass Leben immer auch Wandlung bedeutet. Das muss Miss Neumann schließlich ebenfalls gerade erfahren, nicht wahr? Und noch etwas, Edward«, Emily zögerte, »ich verstehe, dass du ...«, sie suchte nach den passenden Worten, »dass du Miss Neumann schätzt.«

Noch den ganzen Vormittag dachte Edward über die Worte seiner Mutter nach und welch grundlegende Veränderung das Gespräch mit Annett bewirkt hatte.

Als Edward am Nachmittag das ›Black Stag‹ betrat, kam ihm eine Frau entgegen, die auf verblüffende Weise an Vivienne Westwood erinnerte. Sie war auf eine grobknochige Art schlank, und sie hatte die gleiche orangerote Haarfarbe wie die Modedesignerin. »Herzlich willkommen im ›Black Stag‹«, begrüßte sie ihn herzlich. »Wenn Sie möchten, zeige ich Ihnen gern eins unserer Zimmer. Das ›Reh‹ ist heute Morgen frei geworden. Wie lange möchten Sie denn bleiben?«

Edward hob abwehrend die Hände. »Nur zu Kuchen und Kaffee«, unterbrach er sie lachend.

»Ah, dann werden Sie von Miss Neumann erwartet.«

»Ganz recht«, Edward nickte. »Ich bin in privater Mission unterwegs. Edward Warrender.«

»Judy Goodall. Ich arbeite heute den ersten Tag hier. Verzeihen Sie meine übereifrige Begrüßung.«

»Mangelnde Tatkraft kann man Ihnen jedenfalls nicht vorwerfen. Dann einen guten Einstand«, wünschte Edward. Er drückte kräftig Mrs Goodalls Hand, die ihm noch einmal freundlich zunickte und davonging.

»Mr Warrender!« Mrs Jennings spähte in den Flur. »Was sagen Sie zu unserer Neuerwerbung?« Sie kam auf ihn zu und küsste ihn auf beide Wangen. »Mrs Goodall hat nicht nur Erfahrung in der Hotelbranche – unter uns gesagt, sie hat in einer kleinen Pension in Guernsey gearbeitet –, sie entwirft auch Strickmode. Mützen, Schals, Pullover, Umhänge«, zählte Mrs Jennings auf. »Alles in bester Wollqualität. Die könnten wir – mit unserem Emblem, dem schwarzen Hirschen – im Hotel verkaufen.«

»Wenn die Teile gut gearbeitet und schön sind, finden sich bestimmt Käufer, und dann spricht es sich natürlich herum.«

»Für mich sieht das nach kostenloser Werbung aus, Mr Warrender«, sagte Mrs Jennings geschäftstüchtig. »Und das ist nicht die einzige Idee, die Miss Neumann und ich haben.«

Edwards ohnehin gute Stimmung hob sich noch, als er dies hörte. Spielte Annett etwa mit dem Gedanken, das Hotel selbst zu führen?

»Jedenfalls helfe ich ihr hier so gut ich kann. Nur morgen muss es wegen der Hütehundeprüfung ohne mich gehen«, fuhr Mrs Jennings aufgeregt fort. Sie schien schon jetzt in heller Vorfreude zu sein.

»Sie nehmen mit Ihrem Hund Fizz teil, nicht wahr? Ich habe erst vorhin einen Blick auf die Anmeldelisten in Belleminton House werfen können«, sagte Edward.

Mrs Jennings fasste sich ans Herz. »Drücken Sie uns die Daumen, Mr Warrender. Mein Mann Peter hat Fizz wie besessen trainiert, und nun hoffen wir, dass es sich auszahlt. Wissen kann man es natürlich nie.«

Edward sprach Mrs Jennings gut zu und gab ihr als Unterstützung für den morgigen Tag sogar einen zweiten Kuss.

»Wenn mich in meinem Alter ein anderer Mann als Peter küsst, nehme ich das als gutes Zeichen«, sagte Mrs Jennings gerührt.

Edward schenkte ihr ein herzliches Lächeln. »Zeichen hin oder her, ich muss mich leider verabschieden, Mrs Jennings. Man wartet auf mich.«

»*Schönen* Nachmittag«, wünschte Mrs Jennings und zwinkerte ihm verschwörerisch zu.

Noch bevor er die Tür zu Jettas Wohnung im ersten Stock erreicht hatte, öffnete sie sich. »Edward!« Annett ließ sich in seine Arme fallen.

»Was für eine stürmische Begrüßung.« Edward spürte die Wärme ihres Körpers und roch schwach ihr Parfum, das nach Jasmin und Moschus duftete. Es dauerte eine Weile, bis sie sich von ihm löste, doch er zog sie noch einmal zu sich heran. »Bleib hier! Damit ich dich *richtig* begrüßen kann.« Er küsste ihr Haar, dann ihre Lippen. Als sich am Ende des Gangs eine Tür öffnete, befreite Annett sich aus seinen Armen und kicherte wie ein Schulmädchen, das man knutschend vorm Lehrerzimmer erwischt hatte. Eilig verschwand sie mit Edward in Jettas Wohnung.

»Willst du nicht Jettas richtigen Namen erfahren?«, sprudelte es dort aus ihr heraus.

»Sehe ich so aus, als würde ich mich gelösten Geheimnissen verweigern?« Edward folgte Annett zu ihrem Notebook, das auf dem Sekretär am Fenster stand. Auf dem Bildschirm war das Foto eines großgewachsenen Mannes in Uniform zu sehen.

»Jettas Vater!«, sagte Edward. Es war eine Feststellung, keine Frage.

»Ja!«, bestätigte Annnett. »Darf ich vorstellen. Luftwaffenoffizier Rudolf von Schülzow. Das Foto wurde kurz vor seinem Tod aufgenommen.« Annett fuhr mit dem Finger über den Bildschirm.

»Von Schülzow«, wiederholte Edward nachdenklich. »Dann hat Jetta also keine jüdischen Wurzeln!«

Annett schüttelte den Kopf. »Wie ich am Telefon schon sagte, stammt sie von einer preußischen Familie ab. Rudolf und Catharina von Schülzow, ihre leiblichen Eltern, wurden beide 1944 erschossen. Ist das nicht tragisch?«

»Klingt nach einer schlimmen Geschichte.« Edward deutete auf einen Stapel Blätter neben dem Notebook. »Ich nehme an, die hast du letzte Nacht ausgedruckt.«

Annett gähnte. »Ja, bevor ich gegen halb drei das Licht ausgemacht habe. Und das ist erst der Anfang. Wenn ich wieder in Berlin bin, habe ich bessere Recherchemöglichkeiten, dort kann ich auf Archive und die Nachfahren von Zeitzeugen zurückgreifen. Ich will versuchen, so viel wie möglich über Jettas leibliche Familie herauszufinden.«

Edward ignorierte den Stich, den er verspürte, als Annett von ihrer Rückreise nach Berlin sprach. Es lag auf der Hand, dass sie schnellstmöglich und am besten vor Ort an Informationen kommen wollte. Hatte er nicht von Anfang an ihre Energie und Ausdauer und auch die Ruhe und Gelassenheit, mit der sie sich der Familienvergangenheit stellte, bewundert? Jetzt, wo sie so weit gekommen war, würde sie mit der gleichen Motivation weitermachen wollen. Ihm würde es nicht anders ergehen. Dennoch schmerzte der Gedanke an ihren Weggang. »Woher weißt du die Namen der Eltern? Hast du sie aus Ursels Tagebuch?«, erkundigte er sich.

»Ja. Viel mehr war dort allerdings nicht zu erfahren. Fest steht nur, dass Rudolf im Widerstand gegen Hitler aktiv war. Und dass Catharina, seine Frau, angeblich beim Versuch zu fliehen, in ihrem Haus erschossen wurde«, berichtete Annett. »Wenn ich das Tagebuch komplett gelesen habe, werde ich es meiner Mutter geben. Sicher will sie diejenige sein, die die Vergangenheit restlos aufklärt.«

Edward strich über Annetts Finger, die sich kalt anfühlten.

»Seit ich über Jettas Familie nachdenke, begreife ich, wie verunsichert ich im Grunde bin«, sagte Annett bedrückt. »Ich dachte immer, der Krieg und all diese furchtbaren Geschehnisse lägen zu weit zurück, um Menschen meines Alters zu betreffen, aber das war offensichtlich ein Irrtum.« Sie suchte lange nach den richtigen Worten. »Es ist seltsam, aber die Tatsache, dass mein Großvater David Jude war, hat mich nie ernsthaft beschäftigt. Ich fand es nur ungerecht, dass er so früh gestorben ist. Erst als ich in Ursels Tagebuch las, habe ich eine vage Vorstellung bekommen, was es hieß oder besser heißt, jüdisch zu sein, obwohl sie ja glücklicherweise überlebt hat.« Annett ließ ihr Gesicht in die Hände sinken. Nach einer Weile beugte Edward sich vor und löste sie sanft aus ihrer Erstarrung. Er reichte ihr eine Tasse Kaffee und richtete Scones mit Clotted Cream und Heidelbeersauce her. Die Scones schmeckten köstlich nach Vanille und lenkten Annett etwas von ihrem Kummer ab. »Was bedeutet es für dich, deutsch zu sein?«, unterbrach Edward nach einer Weile das Schweigen. Annett legte die Gabel auf den Teller und wischte sich den Mund an der Serviette ab. »Lass es mich so erklären«, begann sie. »Mir war immer bewusst, was es heißt Deutsche zu sein, aber nie, was es bedeuten könnte, jüdisch zu sein. Auch, wenn meine Generation den Krieg nicht erlebt hat, kennen wir viele Fakten, die Nürnberger Prozesse, das Leugnen, das nach Kriegsende in den Köpfen vieler stattfand. Und mir war auch immer bewusst, dass ich als Deutsche bis heute eine Verantwortung für die grauenhaften Geschehnisse trage.« Sie seufzte.

Edward schob den Teller mit den Scones zur Seite. Wenn ihn etwas belastete, schnürte es ihm immer den Magen zu. Annetts Worte bewegten ihn. »Ich glaube, ich verstehe, was du meinst. Solange wir über die Unterschiede zwischen den Glaubensrichtungen sprechen müssen, sind wir keinen Schritt weiter«, stimmte er ihr zu. »Mich macht es wütend, wenn Menschen Frieden und Zusammenhalt propagieren und wenn's drauf ankommt, sagen: In meinem oder unserem Fall sieht die Sache anders aus. Und das war's dann mit der Einigung.« Annett legte ihre Hand auf Edwards Arm. Eine Geste der Verbundenheit.

»Den Juden ist unendliches Leid angetan worden, so etwas darf nie wieder geschehen. Du bist bereit, Verantwortung zu tragen. Aber davon abgesehen, Jettas Vater war im Widerstand und hat sein Leben geopfert. Vergiss das nicht, Annett.«

Annett zweifelte. Vieles war noch ungeklärt, ihr stand

noch jede Menge Aufklärungsarbeit bevor. Doch sie war dankbar für Edwards Zuspruch. Sie küsste ihn erneut.

»Bist du abkömmlich hier?«, fragte er, »wollen wir etwas unternehmen?«

»Mir ist nicht nach Trubel zumute, aber ich würde gern einen Spaziergang machen«, schlug Annett vor.

»Hervorragende Idee. Bestimmt tut dir frische Luft nach der halbdurchwachten Nacht gut. Und wenn wir genug Schafe gesehen haben, essen wir gemeinsam zu Abend. In der Nähe gibt es ein hübsches Restaurant.«

Als Annett ein paar Minuten später ins Wohnzimmer zurückkehrte, trug sie eine enganliegende violettfarbene Hose mit passender Seidenbluse und darüber einen cremefarbenen Strickponcho. Sie sah völlig verwandelt aus und drehte sich kokett. Edward ließ einen anerkennenden Pfiff hören, als sie auf den Poncho deutete, der sich wie eine zweite Haut an ihren Körper schmiegte. »Den hat Mrs Goodall mir zu ihrem Einstand geschenkt. Sie strickt, dass die Nadeln glühen.«

»Du siehst fantastisch darin aus.«

»Edward Warrender, du machst Komplimente, dass jede Frau sich wie im siebten Himmel fühlt!« Annett drehte sich ein letztes Mal. Dann schlang sie die Arme um Edward und legte ihren Kopf an seine Schulter. Er genoss es, Annett so intensiv zu spüren.

35. Kapitel

Juni 2015 – Stow-on-the-Wold, Cotswolds, England

Das kleine Restaurant bot den idealen Rahmen, um für zwei, drei Stunden alles zu vergessen, was einem Kopfzerbrechen bereitete. Annett und Edward bestellten das fünfgängige Überraschungsmenü, das sie mit kleinen Köstlichkeiten begeisterte. Und so saßen sie in den mit dicken Kissen ausgepolsterten Korbstühlen, umringt von Kerzen und fühlten sich ungezwungen und frei zu entscheiden, worauf sie an diesem Abend Lust hatten.

Nach dem Essen schlenderten sie durch die vom spärlichen Licht der Straßenlaternen erleuchtete Gasse, an deren Ende sich eine Weide anschloss. Von fern hörten sie das Blöken der Schafe, ansonsten war alles still. Sie gingen am Zaun entlang, bis sie zu der Stelle kamen, wo es einen Unterschlupf für die Tiere gab. Die Schafe lagen friedlich im Gras, über sich ein Dach aus Holz. Nur eins stand am Zaun und sah mit großen Augen in die Nacht. Annett streichelte es und sprach leise auf es ein, während Edward Grasbüschel ausriss und sie einem anderen Schaf, das neugierig aus dem Unterschlupf herausgekommen war, hinhielt. Sie blieben noch eine Weile bei den Tieren, dann drehten sie wieder um.

Als sie ins ›Black Stag‹ zurückkehrten, saß Mrs Goodall strickend hinter der Rezption. Sie sprang auf, als Annett und Edward lachend hereinplatzten. »Wie's scheint, hatten Sie einen vergnüglichen Abend!«, sagte sie.

»O ja, den *haben* wir«, entgegnete Annett. »Und was hat sich im ›Black Stag‹ so getan?«

Mrs Goodall blickte auf ihre Notizen. »Es sind zwei Anfragen für Oktober hereingekommen. Außerdem möchte das Ehepaar, das im Eckzimmer im zweiten Stock untergebracht ist, drei Tage verlängern. Und was meine Strickmodelle angeht«, sie deutete auf ihre aktuelle Arbeit, eine Mütze in Pink, »habe ich mir überlegt, dass wir eine Modenschau bei Kaffee, Kuchen und Portwein veranstalten könnten, sobald ich genügend Modelle zusammenhabe. Das käme bei den Gästen bestimmt gut an.«

Annett blickte von Mrs Goodall zu Edward. »Wenn nicht zu viel Portwein fließt, bin ich einverstanden. Wir wollen doch nicht, dass uns nachgesagt wird, wir hätten potenzielle Käufer durch Alkoholausschank beeinflusst. Jetzt machen Sie aber erst mal Feierabend. Es ist schon spät.«

Mrs Goodall stopfte die Wollknäuel in ihre Leinentasche und schlüpfte in eine Strickjacke. Es war ein Modell in kräftigem Rot, das ihr, trotz ihrer Haarfarbe, hervorragend stand. »Morgen um sieben stehe ich wieder zur Verfügung«, kündigte sie gähnend an. »Keine Sorge, ich weiß, dass meine Arbeitszeit erst um acht beginnt. Da ich allerdings Frühaufsteherin bin, und meine Katze auch lieber über die Felder streunt, als mir Gesellschaft zu leisten, ziehe ich es vor, hierher zu kommen. Außerdem hat Mrs Jennings mir eine Portion Porridge versprochen. Soll gegen Magenprobleme helfen, sagt sie.«

»Mrs Jennings hat morgen frei, Mrs Goodall. Aber wenn Sie möchten, kann ich Ihnen das Porridge zubereiten.«

Mrs Goodall winkte ab. »Nicht nötig, Miss Neumann. Stellas Mutter hat Mrs Jennings Rezept zu treuen Händen überreicht bekommen. Das Porridge schmeckt auch, wenn sie es kocht, wurde mir gesagt.«

Annett schmunzelte. »Klingt, als hätten Sie die Eingewöhnungsphase schon hinter sich gebracht.«

Edward gefiel, dass Annett kein Chefgebaren an den Tag legte. Sie war in vielem anders als Beth. Wie sehr, wurde ihm jede Minute aufs Neue bewusst.

»Darf ich Sie zur Tür bringen?«, fragte er und nahm Mrs Goodall die Tasche ab.

Auch wenn vieles im Ungewissen lag, eins wusste Annett an diesem Abend – dass sie Edward heute nicht gehen lassen wollte. Sie würde ihn zu einer Tasse ›Fortnum & Mason‹-Tee einladen, den Mrs Jennings im obersten Fach im Küchenschrank versteckte, und noch eine Weile seine Gesellschaft genießen.

Sie küssten sich im dämmrigen Licht der Küche. Annetts Hand suchte sich einen Weg unter Edwards Hemd, spürte die Muskeln unter seiner nackten Haut. »Bleib!«, hörte sie sich flüstern. »Bleib heute bei mir!« Sie wusste, dass er nie versuchen würde, sie zu überrumpeln. Er wartete auf ein Zeichen von ihr. Und nun ließ auch er seinen Gefühlen freien Lauf. »Ich bin da!«, raunte er, und mit jedem Blick und jedem weiteren Kuss spürte sie, wie das beiderseitige Verlangen stärker wurde und sie mit einem Gefühl des Glücks und der Lust überschwemmte. Hand in Hand gingen sie ins Schlafzimmer. Sie entkleideten sich, ohne ein Wort zu wechseln. Es gab nichts, das überwunden werden musste, nichts, dass es zu erklären oder abzuwägen galt.

Es war kurz nach halb sechs, als Annett nach dem Wecker fingerte, um das schrille Läuten abzustellen. Wie jeden Morgen streckte und reckte sie sich. Heute fühlte ihr Körper sich schwer, aber wohlig, auf angenehme Weise ermattet an. Sie tastete auf den leeren Platz neben sich, wo Edward den Großteil der Nacht verbracht hatte. Für einen Moment stand die Zeit still, als sie die vergangenen Stunden wie einen romantischen Film noch einmal vor sich sah. Edward und sie hatten sich bis in die frühen Morgenstunden geliebt und waren dann engumschlungen eingenickt. Um kurz vor fünf hatte dann sein Handy gepiepst. »Ich muss ein paar wichtige Termine abwickeln. Außerdem brauche ich frische Kleidung, damit du mich bei der Hütehundeprüfung überhaupt eines

Blickes würdigst«, hatte er zwischen unzähligen Küssen gemurmelt und ihr dabei das Versprechen abgenommen, sie um Punkt zwölf im größten Zelt im Park von Belleminton House zu treffen; dort würden auch Susan und Will zu ihnen stoßen.

Annett schob die Vorhänge zur Seite. Von draußen blickte ihr ein trüber Tag entgegen, doch sie fühlte sich großartig. Wie neugeboren.

Edward war nicht nur ein wunderbarer Mann, sondern auch ein zärtlicher und erfinderischer Liebhaber. Der erste Partner, bei dem sie das Gefühl hatte, er nähme sie als Ganzes wahr. Diese Nacht würde sie nie vergessen.

Unter der Dusche fiel der Druck, der in den letzten Tagen auf ihr gelastet hatte, endgültig ab. Niemals hätte sie damit gerechnet, ausgerechnet in dieser schwierigen Lebensphase, und noch dazu in den Cotswolds, das große Glück zu finden.

In der Küche hielten Stella und ihre Mutter, Mrs Goodall, Clark Camden und Colonel Blakemore eine Lagebesprechung ab.

»Keine Sorge«, führte Camden das Wort. »Wir schaffen das. Wir haben für heute einen straffen Plan entwickelt. Du kannst also beruhigt Mrs Jennings Border Collie anfeuern.«

»Danke, dass du jedes Mal zur Stelle bist, wenn du gebraucht wirst, Clark.« Annett war hinzugetreten und gab Clark einen dankbaren Kuss auf die Wange. »Nun ist aber Zeit fürs Frühstück.« Herzhaft biss sie in ein knuspriges Brot, das Stella ihr auf einem Teller reichte.

Clark fuhr sich mit der Hand über die Wange, lächelte gerührt und nahm sich einen Toast.

»Falls heute irgendwann eine ruhige Minute ist, versuche ich mal, ein Hirschlogo für Schals und Decken zu entwerfen«, kündigte Judy Goodall an und widmete sich voller Hingabe einem Teller mit Porridge.

»Danke, dass Sie hier alle Ihr Bestes geben, um Mrs Jennings und mich zu ersetzen. Vergessen Sie aber nicht, dass ich *jederzeit* auf meinem Handy erreichbar bin«, sagte Annett und steckte sich den letzten Bissen Brot in den Mund.

»Jetzt machen Sie sich erst mal auf den Weg nach Belleminton House.« Der Colonel stellte seine leere Teetasse auf die Ablage und rückte den Knoten seiner Krawatte zurecht. »Solange Sie noch hier sind, können wir nämlich nicht beweisen, dass wir allein klarkommen.«

»Meine Rede«, unterstützte Camden den Colonel.

»Also gut.« Annett hob die Hände. »Ich hatte zwar nicht vor, gleich um acht zur Parcoursbesprechung vor Ort zu sein, aber wenn ich störe, bin ich natürlich weg.«

Stellas Mutter hatte als Wegzehrung ein Sandwich und eine Flasche Wasser vorbereitet. »Das ist für die Fahrt. Snacks aller Art und Tee gibt's in Belleminton.«

»Falls Sie es übrigens noch nicht wissen, Miss Neumann. Es geht darum, die Auswahl der Zuchthunde, die zum Hüten eingesetzt werden, zu unterstützen. Jeder, dessen Hund antritt, hat ihn lange trainiert und ist dementsprechend aufgeregt«, erklärte Mrs Goodall, die akribisch an einem Fleck auf ihrem Rock herumwischte.

»Toi, toi, toi für Mrs Jennings' Schützling und Grüße an Mr Warrender«, waren Clark Camdens Abschiedsworte.

Als Annett nach draußen trat, hatte die Wolkendecke einen Riss bekommen, und Sonnenstrahlen erhellten den Himmel.

36. Kapitel

Juni 2015 – Oxford, England

Der Mann im Pförtnerhäuschen versuchte, dem Ansturm der Besucher von Belleminton House mit Gleichmut zu begegnen. Freundlich lächelnd verkaufte er Eintrittskarten und Veranstaltungspläne und beantwortete Fragen.

Annett, die sich in die Schlange der Wartenden einreihte, wusste, dass die Hütehundeprüfung eine lange Tradition hatte. Außerdem erwarteten Mitwirkende und Besucher am Ende des Tages einen satten Erlös, der einer gemeinnützigen Organisation zugutekam. Hinter Annett standen fünf Frauen, die zu wetteifern begannen, wie hoch die Summe dieses Jahr ausfallen würde. Auch das Wetter bereitete ihnen Sorgen. Die Wolken von frühmorgens hatten sich verzogen, doch man konnte nie wissen, ob es später nicht noch regnen würde. Ihre Männer, allesamt in ihren Vierzigern, waren sich sicher, dass das Wetter halten würde. Jedenfalls bis nach den Prüfungen. Annett verstand die Wichtigkeit des Themas – schließlich war es eine Freiluftveranstaltung –, schmunzelte aber darüber, mit welcher Hartnäckigkeit die Wortgefechte ringsum abgehalten wurden.

Vorhin auf dem Parkplatz hatte sie an den Nummernschildern der Wagen ablesen können, dass die Besucher teilweise von weit her angereist waren, in der Hoffnung auf einen guten Platz für ihre vierbeinigen Lieblinge und einen interessanten Tag.

Endlich wurde ihre Karte abgeknipst. Sie passierte das Pförtnerhaus und trat durch das Eingangstor. Im Park empfing sie das gleiche Stimmengemurmel wie bei der Kasse, vermischt mit dem Bellen und Jaulen von Hunden und ausgelassenem Kinderlachen. Überall hatten sich Gruppen zusammengefunden, die den Prüfungen entgegenfieberten.

Wetten wurden abgeschlossen, ihre Tipps drangen bis zu Annett durch. Die Luft war vor Anspannung aufgeladen. Alles deutete auf einen vergnüglichen Tag hin, und Annett ließ sich nur zu gern von der fröhlichen Stimmung anstecken.

Nach den Erzählungen von Mrs Jennings hatte sie mit starkem Besucherandrang gerechnet, doch nicht mit so vielen Menschen. Viele waren elegant gekleidet. Die weniger Mutigen trugen Wetterjacken gegen Wind und Regen. Veranstaltungen wie die heutige waren in den Cotswolds beliebt. Die Menschen freuten sich, aus dem Haus zu kommen und sich auszutauschen. Man hielt an Traditionen fest.

Annett steuerte den Weg an, der zum Schloss führte, und kam an einem Dutzend Hunde verschiedenster Rassen und Größen vorbei, die von Frauen mit interessanten Hüten und Männern in Anzügen an der Leine geführt wurden. Sie wich nach links aus, um einer Familie mit drei Border Collies nicht in die Quere zu kommen. Sie hatte sie gerade hinter sich gelassen, da quetschten sich zwei Jungen an ihr vorbei. »Lauft nicht weg, hört ihr!«, schrie die Mutter ihnen hinterher. Sie führte einen Dobermann an der Leine und nickte Annett entschuldigend zu, weil die Jungen sie angerempelt hatten.

Annett beschleunigte ihre Schritte und gelangte zu einer Abzweigung, auf die Mrs Jennings sie gestern hingewiesen hatte. Der Seitenweg führte ebenfalls zum Schloss, war aber etwas länger, allerdings waren hier weit weniger Besucher und Hunde unterwegs als auf dem Hauptweg. Sie entschied sich für den kleinen Umweg und erreichte nach einigen Minuten eine Stelle, die einen freien Blick ins Gelände bot. Zedern, wohin man blickte, gesäumt von blühenden Hortensien und bunten Blumenrabatten. Annett sah nach Süden, dort veränderte sich die Bepflanzung. Die Bäume und Sträucher waren nur noch in losen Gruppen gepflanzt worden und gingen allmählich in die freie Natur über. Die Grenzen waren fließend, und alles ergab ein harmonisches Ganzes. Ob das Edwards Werk war? Sie nahm sich vor, ihn später darauf anzusprechen. Nach einer kurzen Pause folgte sie weiter dem Weg, bis dieser wieder in den Hauptweg mündete. Nun war bereits das Schloss zu sehen, ebenso das Gelände, das für die Prüfungen in verschiedene Areale abgeteilt worden war.

Während Annett nach Mrs Jennings Ausschau hielt, die hier irgendwo sein musste, entdeckte sie in einiger Entfernung die weißen Zelte, in denen Snacks, heißer Tee und Champagner verkauft wurden. Dort war sie mit Edward verabredet. Edward! Er hatte ihr kurz vor sieben eine SMS geschickt, die nur aus einem Wort bestand: *Love!* Annett wurde warm ums Herz. Sie fühlte sich unsagbar glücklich an diesem Tag. In einer oder zwei Stunden würde sie gemeinsam mit Mrs Jennings Fizz anfeuern, später träfe sie Edward zum Lunch. Der Tag hatte wunderbar begonnen, und es sprach nichts dagegen, dass es so weiterging.

Mrs Jennings' Gestalt war nirgendwo auszumachen. Annett sah nur ein besonders schönes Exemplar eines Old English Sheepdog. Als sie sich an ihm vorbeigeschoben hatte, kam hinter einer Frau und einem kleinen Pinscher Mrs Jennings' Rückenansicht zum Vorschein. Der leicht nach vorn gebeugte Oberkörper und die in die Hüften gestemmten Hände ließen keine Zweifel zu – sie war es. Zur Feier des Tages hatte sie sich in grün karierten Tweed gekleidet. Dazu trug sie robuste Schnürschuhe. Als Annett mit lauter Stimme nach ihr rief, drehte Mrs Jennings sich zu ihr um.

»Hallo!« Annett winkte fröhlich.

»So früh habe ich gar nicht mit Ihnen gerechnet, Miss Neumann.« Über Mrs Jennings' Gesicht huschte ein Lächeln.

»Man hat mich aus dem Hotel geworfen, um Sie hier gleich von Anfang an zu unterstützen. Was sagen Sie dazu?«

Mrs Jennings blickte auf ihre Armbanduhr und nickte zufrieden. »Passt perfekt. Fizz' Prüfung beginnt nämlich schon früher, weil zwei Hunde ausgefallen sind.« Um keine Zeit zu verlieren, fasste Mrs Jennings Annetts Arm und zog sie hinter sich her. »Kommen Sie, wir gehen zur Absperrung, von dort können wir Fizz' Lauf am besten sehen.« Mrs Jennings' Blick ging – nicht zum ersten Mal – prüfend zum Himmel. »Welch ein Glück«, sie seufzte erleichtert, »die Wolken von heute früh haben sich verzogen. Das haben wir auch schon anders erlebt.«

Annett stellte fest, dass die Zahl der Besucher und ihrer Hunde weiter angewachsen war. Vor ihnen gingen ein Mann und eine Frau mit schwarzen und weißen Border Collies. Sie unterhielten sich über Maremmen-Abruzzen-Schäferhunde, die vorwiegend in Italien gezüchtet wurden.

»Wie viele Punkte muss Fizz eigentlich schaffen, um in die nächste Leistungsklasse aufzusteigen?« Annett hatte auf der Fahrt im Regionalsender einen Bericht über die heutige Veranstaltung gehört. Deshalb war sie zumindest notdürftig informiert.

»Sechzig Prozent der Höchstpunktzahl reichen aus, um ein *genügend* zu bekommen«, gab Mrs Jennings sich bescheiden. »Schauen Sie dort am Abgangspfosten, da sind Peter und Fizz!« Sie sprach lauter, als sie in die Richtung deutete, wo ihr Mann und Fizz allein auf weiter Flur standen. »Von dort startet er. Ganz allgemein geht es um Gehorsam, Freundlichkeit und Entschlusskraft«, klärte Mrs Jennings Annett auf.

»Klingt, als wär's auch als Test für Männer geeignet«, sagte die amüsiert.

»Lassen Sie Peter das nicht hören«, kicherte Mrs Jennings

hinter vorgehaltener Hand. »Er ist zwar gutmütig, aber da würde er bestimmt auf die Barrikaden gehen.«

Entschuldigungen nach allen Seiten murmelnd, schob sich Mrs Jennings mit Annett im Schlepptau durch die Menschenmenge. Sie hatten gerade die Wiese erreicht, als durch den Lautsprecher der offizielle Beginn der Hundeprüfungen verkündet wurde. Mrs Jennings legte noch einen Zahn zu. »Nur noch ein paar Schritte«, keuchte sie und bahnte sich den Weg zur vorderen Reihe.

Als Peter zu ihnen hinsah, hielten Mrs Jennings und Annett ihm die Siegerdaumen entgegen. »Fizz darf auf keinen Fall die Mittellinie kreuzen und selbstverständlich muss das Tempo stimmen, in dem er die Schafe treibt.« Annett nickte, sie war inzwischen genauso aufgeregt wie Mrs Jennings. Und kaum hatte sie die Schafe etwas weiter weg entdeckt, begann Fizz schon seinen birnenförmigen Lauf auf die Schafgruppe zu, während Peter Jennings mit fest auf Fizz gerichteten Augen am Startpfosten stehen blieb.

Es dauerte nur wenige Augenblicke, bis Fizz in der Nähe der Schafe angekommen war und Kontakt zu ihnen aufnahm. Immer wieder schaute er freudig und erwartungsvoll auf sein Herrchen, dann zu den Schafen. Applaus ertönte, um Fizz anzufeuern.

»Wirkt ziemlich professionell, wie er die Herde zum Laufen bringt«, fand Annett.

»Ja, Gott sei Dank ist er nicht zu schnell unterwegs. Geh es moderat an, Fizz«, feuerte Mrs Jennings ihren Liebling an.

Fizz gab offenbar sein Bestes. Aufmerksam verfolgten die Zuschauer ringsum seine Darbietung und nickten zustimmend, während er die Schafe in gerader Linie durch das erste Treibtor brachte. Nachdem die Schafe das Tor passiert hatten, trieb Fizz sie um Peter Jennings und den Startpfosten herum. Erneut sah er zu seinem Herrchen. Peter nickte ihm zu. Fizz bellte laut. Von irgendwo her wurde erneut applaudiert. Die Schafe rannten weiter zum nächsten Treibtor, Fizz immer hinter ihnen her. Von dort steuerte er sie zu einem weiteren Tor, bevor sie schließlich das letzte für die Prüfung abgetrennte Weidestück erreichten.

»Jetzt muss Fizz eine vom Richter festgelegte Anzahl von Schafen von der Gruppe trennen.« Mrs Jennings drückte die Brille fest auf ihre Nase und deutete auf zwei Schafe, die ein rotes Halsband trugen. Aufgeregt trippelte sie auf der Stelle. »Fizz muss die mit dem roten Halsband von den anderen absondern.«

Peter Jennings hatte inzwischen seinen Platz am Pfosten verlassen und arbeitete nun mit Fizz zusammen.

»Wenn Fizz das schafft, hat er die Aufgabe bestanden?«, schloss Annett aus Mrs Jennings' sich steigernder Nervosität.

»So gut wie. Danach müssen die Schafe nur noch in den Pferch getrieben und das Tor muss geschlossen werden.« Mrs Jennings biss sich vor Aufregung in die Faust, als Fizz laut zu bellen begann. Ihr Blick ging zwischen Fizz und Peter hin und her. »Hoffentlich macht er jetzt keinen Fehler. Sonst war Peters Arbeit umsonst«, sagte sie besorgt. Doch es ging alles gut. Nachdem endlich auch das letzte Schaf im Pferch stand, eilte Peter Jennings herbei und schloss das Tor. Ihm war die Erleichterung deutlich anzusehen.

Ein Freudenschrei entfuhr Mrs Jennings. Sie umarmte Annett und konnte sich kaum beruhigen – bis Annett sich sanft von ihr löste. »Meinen Sie nicht, wir sollten etwas trinken gehen, Mrs Jennings? Sicher haben Sie eine trockene Kehle vom Anfeuern.«

Mrs Jennings sah erneut zum Himmel. Von fern näherten sich Wolken, doch das Wetter hielt. Sie winkte ihrem Mann zu und nickte strahlend in Annetts Richtung. »Ein Gläschen Champagner zur Feier des Tages kann nicht schaden. Und danach schauen wir uns noch ein paar Wettbewerbe an. Einverstanden?«

»Einverstanden!«, stimmte Annett zu.

Im Zelt war bereits eine Menge los. Die meisten Tische waren besetzt. Überall redeten Leute miteinander, manche sogar über mehrere Tische hinweg. Sie hoben grüßend die Hand, wenn sie im Getümmel ein bekanntes Gesicht sahen. An der Bar hatte sich eine lange Schlange gebildet. Die Wartenden tauschten erste Ergebnisse aus, bis sie ihre Getränke bestellten.

Annett orderte Champagner für Mrs Jennings und Himbeersaft für sich, weil sie später noch fahren musste.

Punkt zwölf lief Annett am verabredeten Treffpunkt im Champagnerzelt Will in die Arme. Er umfing sie freundschaftlich. Hinter ihm kam Susan in Jeans, Blazer und einem lässigen Tuch um den Kopf zum Vorschein. »Edward steht bereits für Getränke an.« Will deutete zum Tresen, wo Edward seine Bestellung aufgab. »Wir können's übrigens kaum erwarten, auf Mrs Jennings' Hund anzustoßen«, sagte er in einem Tonfall, der keinen Zweifel ließ, dass sein Kommentar ironisch gemeint war. »Wie man hört, hat er seine Sache gut gemacht.«

»Ihm blieb nichts anderes übrig.« Annett ging auf seinen lockeren Ton ein. »Mrs Jennings hat so laut gebrüllt, dass er sich das kein zweites Mal zumuten wollte.«

Will lachte und sagte: »Darf ich dich für meinen Artikel zitieren?«

»Jederzeit!«

»Ladies, ich bitte Platz zu nehmen.« Will hatte einen freien Tisch entdeckt und rückte die Stühle zurecht. »Während des Studiums hat Edward – nennt es einen groben Fehler – nie als Kellner gearbeitet. Ich schon. Deshalb braucht er professionelle Unterstützung.« Will verließ die beiden Frauen, um Edward zu helfen; Susan und Annett blieben plaudernd am Tisch zurück.

»Will ist wirklich sehr unterhaltsam. Über Langeweile könnt ihr euch sicher nicht beklagen«, begann Annett die Unterhaltung.

»Glaub nicht, dass Will das Leben nur leichtnimmt«, gestand Suan. »Seine saloppen Sprüche sind der Ausgleich für seine eher ernste berufliche Ausrichtung. Du weißt ja, dass er über Politik und Wirtschaft schreibt. Und wenn es um diese Themen geht, ist er durchaus kampfbereit.«

»Dabei geht an ihm ein amüsanter Beobachter des alltäglichen Wahnsinns verloren«, fand Annett.

Susan lachte und nickte. »Das sehe ich genauso. Will kann den Alltag von Menschen wunderbar einfangen. Ich habe schon versucht, ihn zu überzeugen, das auch beruflich zu nützen. Sicher hätte er Erfolg damit.«

»Hat er das nicht schon? Erfolg, meine ich?«, warf Annett ein.

Susan nickte erneut. »Klar! Er kann zufrieden mit dem sein, was er erreicht hat. Ich finde nur schade, dass diese Seite beruflich völlig untergeht. An ihm ist ein Komödiant verlorengegangen. Er sollte einen Unterhaltungsroman schreiben, unter Pseudonym.«

»Das Buch würde ich sofort kaufen«, sagte Annett gutgelaunt. »Vielleicht überrascht Will uns eines Tages mit dem Roman.«

Das Wort *Überraschung* war für Susan die perfekte Überleitung. »Apropos Überraschungen. Was machst du eigentlich mit Edward? Ich habe ihn nie zuvor derart ausgelassen und glücklich gesehen, wie in den letzten Tagen. Er scheint regelrecht auf einer Wolke zu schweben.« Susan nahm sich das kunstvoll um den Kopf drapierte Tuch ab und wickelte es sich um den Hals.

»Mir geht's genauso«, gestand Annett. »Ich kann dir gar

nicht sagen, was für ein Riesenglück die Begegnung mit Edward für mich war. Kurz bevor ich hierherkam, ging meine langjährige Beziehung in die Brüche. Und mir stand wahrlich nicht der Sinn nach einem neuen Mann.«

»Manchmal hat das Schicksal etwas Besonderes mit zwei Menschen vor. Ich finde jedenfalls, die Liebe ist dazu da, ihr zu folgen.«

»Das hast du schön gesagt, Susan. Wenn ich meinen Gefühlen für Edward nicht schon nachgegeben hätte, würde ich es spätestens jetzt tun.«

Edward und Will näherten sich, sie kämpften sich durch Menschen und Hunde, balancierten Gläser, Flaschen und Teller.

»Hallo Annett!« Edward stellte Wasser, Fruchtbowle und Kuchen auf den Tisch und küsste Annett zur Begrüßung zärtlich auf den Mund. »Geht's dir gut?«, flüsterte er ihr ins Ohr. Annett nickte und strahlte ihn an, als habe sie ihn nicht erst vor Stunden, sondern vor Wochen das letzte Mal gesehen.

»Was für ein Kampf am Buffet«, murmelte Will, als auch er seine Schätze abstellte. »Ich hoffe, ihr habt Hunger auf Kuchen. Für den habe ich mein Leben riskiert«, scherzte er.

»Was meint ihr, soll ich den Hundewettbewerb neutral oder amüsant abhandeln? Alternativ gäbe es noch die zynische Variante.« Zwischen zwei Gabeln mit Kuchen ergriff Will wieder das Wort. »Stellt euch vor, jemand, der allergisch auf Hundehaare reagiert, würde von diesem Spektakel berichten. Das ist die zynische Variante.«

»Ich plädiere für die Sicht des Allergikers. Weil ich neugierig bin, was du daraus machst«, war Annetts Meinung.

»Geht mir genauso«, bestätigte Edward.

»Sorry, aber ich wünsche mir die amüsante Variante«, warf Susan ein. Will holte ein Notizbuch aus seiner Hosentasche, um ein paar Stichwörter zu notieren. Während er schrieb und Edward jemandem vom Nachbartisch mit einem Glas Wasser aushalf, erzählte Susan Annett, dass sie an einen Sale-Monat zum Start ihres Online-Stores dachte.

»Gute Idee. Wenn du willst, lege ich Flyer im ›Black Stag‹ auf«, schlug Annett vor.

»Wenn ich im Besitz von so etwas wäre, hielte ich das für eine glänzende Idee«, sagte Susan kleinlaut.

»Was sage ich die ganze Zeit? Flyer müssen her«, Will blickte von seinen Notizen auf, sah Susan mit einem tadelnden Blick an und gab ihr gleich darauf einen versöhnlichen Kuss.

»Ich weiß, ich habe noch eine Menge zu tun. Aber bitte eins nach dem anderen.« Susan und Annett sprangen in ihrem Gespräch von einem Thema zum nächsten und landeten schließlich bei Belleminton House. Annett lauschte gespannt Edwards Ausführungen zur Gartengestaltung, als eine Frau hinter ihm auftauchte. Sie trug ein auffälliges rotes Kleid und beugte sich zu ihm hinunter. »Hallo Ed.« Sie küsste ihn auf die Wange und, als er sich zu ihr umblickte, auf den Mund. Die Begegnung schien Edward völlig aus dem Konzept zu bringen. Bis auf einen starren Blick brachte er keine Reaktion zustande. »Hi alle miteinander«, rief die Frau in die Runde. Sie nickte Susan und Will zu und schaute mit hochgezogenen Augenbrauen auf Annett hinunter. Die verharrte in bedrücktem Schweigen, der Kuss und die ganze Situation ließen keinen Zweifel daran, dass Edward und die Frau einander nahestanden.

»Wir kennen uns noch nicht. Ich bin Beth Dryer. Edwards Freundin.« Einen Moment lang starrte Annett die Hand, die ihr entgegengestreckt wurde, nur an. Schließlich sammelte sie sich wieder, ergriff Beth' Hand und sagte mit leiser Stimme: »Annett Neumann. Aus Berlin.«

Langsam erwachte auch Edward aus seiner Erstarrung und stand auf, um vom Nebentisch einen Stuhl für Beth zu besorgen, den er zwischen sich und Will platzierte. Dabei suchte er Annetts Blick, den diese fragend erwiderte.

Beth setzte sich und legte ihren Arm auf Edwards Knie. Eine Geste, die es Annett beinahe unmöglich machte, ruhig sitzenzubleiben. Die Freude und Ausgelassenheit, die sie den ganzen Vormittag verspürt hatte, waren wie weggeblasen. Zurück blieb ein Gefühl schmerzlicher Enttäuschung. Sie konnte sich nur mühsam zurückhalten, wäre am liebsten aufgesprungen und davongerannt. Hastig suchte sie nach Worten. »Da fällt mir ein«, sie atmete kurz durch und stammelte dann, »ich muss leider zurück ins ›Black Stag‹. Bitte entschuldigt mich.«

Edward, der sich gerade wieder gesetzt hatte, sprang auf und trat neben sie. »Bitte lauf nicht weg«, bat er sie leise. »Wir reden später über alles.« Er sah verletzt aus und geknickt. Annett ging es nicht anders. Sie fühlte sich, als stürzte eine Flutwelle über ihr zusammen. Sie nahm weder Susan wahr, die die Hand nach ihr ausstreckte, noch Beth' irritierte Blicke, noch Will, der unbehaglich auf seinem Stuhl herumrutschte. Mit Mühe schaffte sie es, allen einen schönen Nachmittag zu wünschen, und verließ das Zelt.

Draußen trieben tiefliegende dunkle Wolken am Himmel, schienen auf die Wiesen hinabzusinken. Ringsum wurden die Besucher wegen der raschen Wetterverschlechterung unruhig. Bevor Edward etwas Klärendes sagen konnte, fielen erste Regentropfen vom Himmel, ein lauter Donnerschlag ertönte. Schirme öffneten sich und bildeten ein buntes Meer; die Besucher flüchteten eilig in die Zelte. Im Bruchteil von Sekunden setzte ein heftiger Platzregen ein. Annett hatte ihre Jacke ausgezogen und hielt sie sich schützend über den Kopf. Sie rannte davon, ohne Edward, der ihr gefolgt war, eines Blickes zu würdigen.

Den Regen spürte sie kaum. Sie hatte nur einen Gedanken: dass Edward und Beth offensichtlich ein Paar waren.

Diese Selbstverständlichkeit, mit der Beth ihn geküsst, und die Blicke, die sie ihm zugeworfen hatte, ließen keinen Zweifel. Aber weshalb hatte er ihr letzte Nacht nichts von ihr erzählt? Sie hatten sich so intensiv geliebt, waren fast eins geworden. Noch nie hatte Annett sich einem Mann so nah gefühlt. Umso mehr schmerzte es sie, dass Edward ihr das verheimlicht hatte. Dabei hätte es genügend Möglichkeiten für einen klärenden Satz gegeben.

Annett irrte zwischen den Autos umher, bis sie Jettas Range Rover in dem Meer aus Blech entdeckte.

37. Kapitel

Juni 2015 – Stow-on-the-Wold, Cotswolds, England

Seit mindestens einer Stunde wälzte Annett sich schlaflos im Bett herum. Hatte sie sich in Bezug auf Edward etwas vorgemacht? Bei ihrer ersten Begegnung vor der Seufzerbrücke war er ihr verschlossen und unnahbar erschienen. Und nun, kaum einen Monat später, hatte sie sich in ihn verliebt, hatte ihre Ängste und Sorgen mit ihm geteilt und ihm vertraut wie nie einem Menschen zuvor. Auch Mrs Jennings und Jetta hatten in ihm einen einfühlsamen, hilfsbereiten Mann gesehen.

Doch nach dem heutigen Erlebnis glaubte sie, ihn nie gekannt zu haben. Ihr war unbehaglich zumute. Und das war noch eine freundliche Umschreibung ihrer Gefühle. Nein, an Schlaf war nicht zu denken. Am besten stünde sie auf, um sich einen Nachtfilm anzuschauen oder etwas zu lesen. Alles wäre besser als diese sinnlose Grübelei.

Als sie die Bettdecke zur Seite schlug, hörte sie den Signalton ihres Telefons. Eine Mail von Susan. Annett entschied sich gegen den Film, zog sich etwas Warmes an, steckte ihr Handy ein und trat vor die Tür. Es hatte aufgehört zu regnen. Die Nacht war klar, und der Himmel glitzerte voller Sterne. Der Garten des ›Stow-Lodge-Hotels‹ gegenüber lag trotz der späten Stunde noch immer im Kerzenschimmer. Annett überquerte die Straße und trat durch den Torbogen in den Garten. Obwohl es kühl war, saßen an einigen Tischen noch Gäste vor ihren Drinks, redeten, lachten und genossen die Nacht. Die Stimmung war beruhigend, ja fast mystisch. Annett steuerte eine Bank weitab des letzten Tischs an, um im Schein einer Laterne Susans Mail zu lesen. Doch in diesem Moment blinkte eine zweite Nachricht auf. Von Edward. Er schickte ihr das Bild eines Grabsteins in Engelform und einen simplen Text dazu: *Für Jetta – wenn Du willst! Rufe Dich morgen an. In Liebe, Edward.*

Keine Entschuldigung oder irgendeine Erklärung wegen Beth. Der Grabstein war auf schlichte Weise schön, doch damit wollte sie sich heute Nacht nicht befassen. Morgen war auch noch Zeit dafür.

Liebe Annett, – begann Susans Mail –,

seit heute Mittag liegen Dir vermutlich eine Menge Fragen auf der Seele, die Edward Dir bestimmt beantworten wird. Bitte lass mich Dir erklären, weshalb Will und ich geschwiegen haben. Der Grund ist simpel. Wir waren uns nicht sicher, ob Edward und Beth noch zusammen sind. Sie waren seit einem Jahr ein Paar, bis es wegen Edwards schwieriger Familiengeschichte immer häufiger Spannungen zwischen ihnen gab und sie sich – vorübergehend, wie es hieß – trennten. Beth ist vor einer Weile zu ihrer Schwester nach London gezogen, um zu überlegen, wie es mit ihr und Edward weitergeht.

Genau in dieser Zeit kamst Du in Edwards Leben, und Du tust ihm gut, wir haben ihn lange nicht mehr so gelöst erlebt. Doch Du hattest mit der Beerdigung und dem Hotel genug um die Ohren. Edward wollte Dich mit seiner eigenen ungeklärten Situation nicht zusätzlich belasten. Verzeih, Annett, ich kann seine Beweggründe zwar nicht gutheißen, aber irgendwie verstehen. Er wollte den richtigen Zeitpunkt abwarten, um mit Dir zu reden. Daran besteht für mich kein Zweifel. Und für Will auch nicht.

Wenn Du also meinen Rat hören willst – und ich hoffe, Du willst –, gib den Gefühlen, die Edward und Dich verbinden, eine Chance. Und mir die Hoffnung auf eine neue Freundin.

Bleibt mir nur noch, Dir eine gute Nacht zu wünschen. Ruf mich morgen an. Ich würde mich riesig freuen.

Susan

Rückblickend wunderte Annett sich, nie mit Edward über frühere Beziehungen gesprochen zu haben. Sie hätte sich gewünscht, die Wahrheit von Beginn an aus seinem Mund gehört zu haben. Annett las Susans Mail ein zweites, dann ein drittes Mal. Jedes Mal blieb sie an der Stelle hängen, wo Susan schrieb, dass Edward vermutlich den rechten Zeitpunkt hatte abwarten wollen, um ihr von Beth zu erzählen. Wahrscheinlich hatte Susan recht, sie kannte Edward schließlich schon wesentlich länger als sie. Er hatte sie nicht hintergangen. Je länger sie darüber nachdachte, umso weniger konnte sie sich das vorstellen. Ein Gefühl großer Erleichterung durchströmte sie.

Ein junges Paar, das an einem der Tische gesessen hatte, stand auf, wünschte allseits eine gute Nacht und ging engumschlungen auf das Haus zu. Annett sah den beiden wehmütig hinterher. Im Licht einer Gartenlaterne entdeckte sie eine Tafel, wo Wanderwege und Sehenswürdigkeiten der Cotswolds eingezeichnet waren. Seit sie hier war, hatte sie noch nicht viel von der Umgebung gesehen. Doch eins wusste sie: Die Grafschaft Gloucestershire war ein Flecken Erde, der verzauberte. Wenn sie manchmal die Feldwege entlangspazierte, raunte der Wind ihr zu. Und sogar die schweren Wolken und Regengüsse schienen nur dazu da, um zur Einkehr einzuladen. Um Pause zu machen und von der Arbeit Luft zu holen. Um zu leben.

Jeden Tag erfreute sie sich aufs Neue an den honiggelben Natursteinhäusern, die sich, eins ans andere gereiht, zu hübschen Ortschaften zusammenschlossen. Und an den Wiesen und Hügeln, die ringsum in frischem, kräftigem Grün leuchteten und auf denen Schafe weideten. Nein, sie wünschte sich nicht zurück nach Berlin, sie war froh, hier zu sein.

Mr Hawick kam mit einem Tablett aus dem Haus und servierte Getränke an dem letzten besetzten Tisch. Als er sie erkannte, huschte ein Lächeln über sein Gesicht. »Können Sie nicht schlafen, weil die Nacht so schön ist, Miss Neumann?«

Annett erinnerte sich an seinen Händedruck bei Jettas Begräbnis, in dem sie so viel Verständnis und Anteilnahme empfunden hatte. »Die Nacht ist zu schön, um sie zu verschlafen«, sagte sie und spürte, wie ihre Mundwinkel sich ebenfalls zu einem Lächeln verzogen. Dass sie zu traurig war, um Ruhe zu finden, verschwieg sie.

»Darf ich mich zu Ihnen setzen?«, fragte Mr Hawick. »Und Sie zu einem Nachttrunk einladen?«

Gesellschaft würde ihr guttun. Sie käme auf andere Gedanken. »Gern!«, sagte sie deshalb.

»Was halten Sie von einem Whiskey? Meiner Erfahrung nach lässt sich damit ein Tag hervorragend abschließen.« Mr Hawick hatte neben ihr Platz genommen und die Beine übereinandergeschlagen.

Und so saßen sie bald vor Whiskey und Wasser und redeten zum ersten Mal wirklich miteinander. Mr Hawick erzählte von seiner Arbeit im Hotel, dem Tourismusverband und seinen Kindern, die ein Internat in der Nähe Londons besuchten. Annett wiederum legte ihm dar, weshalb sie Jettas Hotel unmöglich an ihn verkaufen konnte. »Wenn Sie das ›Black Stag‹ Ihrem Hotel angliedern, wäre das Lebenswerk meiner Großmutter Geschichte. Ich fühle mich verpflichtet, in ihrem Sinn für das Fortbestehen des Hotels zu sorgen.«

»Ihre Mutter sah das anders, aber gut«, Mr Hawick zuckte die Schultern. »Ich bedaure das zwar, aber das muss ich natürlich akzeptieren. Und Ihre Großmutter würde sich sehr freuen, sie hat immer mit viel Liebe von Ihnen gesprochen. Dann werde ich also wohl oder übel den Kürzeren ziehen. Was uns allerdings nicht daran hindern sollte, gut miteinander auszukommen.«

»Und zu kooperieren. Falls der eine oder andere einen Engpass beim Personal hat oder Ähnliches«, schlug Annett vor.

Mr Hawick hob sein Glas. »Auf ein gutes Miteinander, Miss Neumann. Empfehlen Sie Ihren Gästen mein Restaurant. Cheers.«

»Cheers«, prostete Annett ihm zu. »Das werde ich.« Sie trank einen Schluck. Der Whiskey brannte beim Hinunterschlucken und tat gut.

Als sie sich später von Mr Hawick verabschiedete, war sie nicht nur müde geworden, sondern hatte auch drei wichtige Entscheidungen getroffen. Sie würde Edwards Angebot bezüglich Jettas Grabstein annehmen und mit Mr Hawick in Kooperation treten. Und sie wäre bereit für ein Gespräch über Beth. Wie oft hatte Jetta früher über die Unwägbarkeit des Lebens gesprochen und sie aufgefordert, offen zu sein. »So gut du es eben kannst.«

38. Kapitel

Juni 2015 – Lower Slaughter, Cotswolds, England

Edward hatte die halbe Nacht im Wachzustand verbracht, hatte wieder und wieder sein Gewissen befragt und sich vorzustellen versucht, was Annett empfunden haben musste, als plötzlich Beth in Belleminton House aufgetaucht war und ihn geküsst hatte.

Gegen zehn Uhr vormittags, nachdem er einige wichtige berufliche Telefonate hinter sich gebracht hatte, hatte er Annett angerufen und sie um ein klärendes Gespräch gebeten. Sie hatte zugestimmt und Lower Slaughter als Treffpunkt vorgeschlagen. Diesen idyllischen Ort hatte Jetta besonders geliebt. Dort stand auch eines ihrer Lieblingshotels, das ›Lower Slaughter Manor‹, dort würde Annett hoffentlich auf ihn warten.

Während er die Landstraße entlangfuhr, erinnerte er sich an das gestrige Gespräch mit Beth. Nachdem auch Susan und Will gegangen waren, hatte er ihr seine Gefühle für Annett gestanden und die Beziehung beendet. Doch sosehr er die Erleichterung über Annetts glückliches Gesicht im Geiste auskostete, wenn sie davon erfuhr, so sehr traf es ihn, ihr gleich danach sagen zu müssen, dass Beth und er trotz der Trennung auf besondere Weise miteinander verbunden bleiben würden.

Edward entdeckte das Schild, das ihm den Weg zum ›Lower Slaughter Manor‹ wies. Annett hatte am Telefon gesagt, dass sie sich bei einem Spaziergang im Garten des Hotels inspirieren lassen wolle. Man müsse stets wissen, was die Konkurrenz treibt. Das Wort Inspiration hatte er so gedeutet, dass sie überlegte, wie sie ihrem Hotel den letzten Schliff geben konnte oder was sich leicht ändern ließe. Etwas in der Art jedenfalls.

Das Hotel kam in Sichtweite, und kaum war er auf den Parkplatz abgebogen, rief Annett ihn an. »Ich bin schon eine Weile da. Du findest mich im Garten, beim Springbrunnen.« In ihrer Stimme schwang keine Spur von Verärgerung oder Enttäuschung mit. Im Gegenteil, sie war freundlich und offen, wie er sie von Anbeginn kannte.

Er schloss seinen Wagen ab und machte sich auf die Suche nach ihr, dabei erinnerte er sich an das Gespräch, das sie vor etwas mehr als einer Woche in seinem Büro in Oxford geführt hatten. An jenem Tag waren sie zu der Erkenntnis gekommen, dass das Gefühl, schuldig zu sein, einen kleinen inneren Tod bedeutete und Schuld somit Unbeschwertheit ausschloss. Niemandem war damit geholfen. Durch dieses Gespräch waren sie einander viel näher gekommen, und er hatte begriffen, welch überaus kluge, einfühlsame Frau sie war. Auf diese Einfühlsamkeit hoffte er auch heute.

Er sah sie schon von weitem. Sie trug ein geblümtes Sommerkleid und Sandalen und hatte eine fliederfarbene Stola umgehängt. So stand sie vor dem Springbrunnen, hinter sich ein Meer von Lavendel und die Wasserfontänen.

Der Kies knirschte unter seinen Schuhen, als er sich ihr näherte. Sie drehte sich zu ihm um. Ihr Anblick berührte ihn jedes Mal aufs Neue, und er empfand tiefe Zärtlichkeit. Er ging die letzten Schritte auf sie zu, öffnete seine Arme und drückte sie liebevoll an sich.

Sie wich ihm nicht aus, sondern ließ die Umarmung zu, erwiderte sogar sein scheues Lächeln und verscheuchte so das letzte bisschen Unsicherheit, dass er eben noch in sich verspürt hatte. »Du siehst hinreißend aus«, sagte er. Sie lächelte noch immer, erfreut über das Kompliment, und schlug einen Spaziergang vor. »Was immer du willst«, antwortete er. Er hätte mit ihr einen Berg erklommen oder wäre in der kalten Brandung geschwommen, wenn sie hinterher nur in Ruhe miteinander reden konnten.

Während sie nebeneinander hergingen, fing er an, von Beth zu erzählen. Er ließ nichts aus, weder ihre Arbeit in dem Auktionshaus noch ihre Eltern, noch die unterschiedlichen Vorstellungen vom gemeinsamen Leben und die zunehmende Entfremdung. »Als wir nach einigen Monaten in Oxford die Wochenenden in London verbrachten und ausgingen, wurde unsere Beziehung zusehends schwieriger«, gestand Edward. Er beschrieb, wie sehr Beth darunter gelitten hatte, von Paparazzi abgelichtet zu werden und die Fotos am nächsten Tag in der Zeitung zu finden. »Der Presserummel war zu viel für sie. Im Sommer etwa, wenn es für Journalisten nichts Interessantes zu berichten gibt, sind der Freitod meines Vaters, meine Familie und ich immer für eine Story gut. Damit muss man leben, wenn man einen Adelstitel trägt und ... sagen wir mal so ... kein durchschnittliches Leben führt. Ich habe gelernt zu akzeptieren, was ich nicht ändern kann.«

Sie kamen an den Rosenrabatten vorbei. Die Rosen standen in voller Blüte, ein Meer an weißen, gelben und orangeroten Blumen, die einen wunderbaren Duft verströmten. »Beth bat mich, ihr die Möglichkeit zu geben, mit all diesen Dingen klarzukommen. Sie war nicht besonders erfeut über die ›Nebenwirkungen‹, die sie in Kauf nehmen musste, wenn sie mit dem Duke of Sounderland liiert war. Ihre Familie übrigens auch nicht.« Edward klang weder bitter noch frustriert, nur ehrlich.

»Und somit kam es zu eurer Beziehungspause oder wie immer man es nennen soll«, hakte Annett ein. Sie blieb stehen und sah ihn an. »Sei mir nicht böse, aber ich wundere mich, dass ihr für diese Irritation keine Lösung gefunden habt.«

Edward nickte. »Heute weiß ich, dass es ein Mangel an Bereitschaft war und letztendlich auch an Liebe. Nur hat Beth es nie so gesehen.« Er schwieg und fuhr dann fort:

»Und dann kamst du. Eine Frau aus Berlin, mit der niemand rechnete.«

Langsam schlenderten sie weiter. Vorbei an weißen Maulbeerbäumen. Annett sah Edward von der Seite an. Ein Lächeln umspielte ihre Lippen, als er noch einmal ihre erste Begegnung schilderte. »Ich war einfach nicht auf dich vorbereitet«, sagte er. Sie nickte. Ihr war es nicht anders ergangen. »Du bist nach unserer ersten Begegnung zu einem Lichtblick in turbulenten Zeiten geworden und dann, völlig unerwartet, zu der Frau, die ich liebe wie noch keine zuvor«, sagte Edward ehrlich. »Liebe kann man eben nicht planen.«

Die Bepflanzung hatte sich erneut geändert: Sie hatten nun den Gräsergarten erreicht, schritten an Lampenputzergras und Chinaschilf vorbei, davor waren bunte Zierstauden gepflanzt. Doch so schön der Park des ›Lower Slaughter Manor‹ war, Annett bekam nur wenig davon mit. Sie hörte Edward aufmerksam zu, versuchte seine Worte einzuordnen. »Dann konntest du also nichts gegen deine Gefühle tun?«, fragte sie herausfordernd, als Edward verstummte. Der Wind fuhr durch die Gräser, ließ sie leise rauschen. Edward schüttelte den Kopf und deutete auf sein Herz. »Gegen Liebe ist man machtlos. Das weißt du doch! Ich habe mir so oft überlegt, wann ich dir von Beth erzähle, doch irgendwie war nie der richtige Moment. Ich hätte nicht zögern dürfen. Es war ein Fehler.«

Mittlerweile hatten sie die Parkanlage durchquert und kamen zum Nutzgarten. Links und rechts des Weges waren Hochbeete in allen möglichen Grünschattierungen. Es roch nach Rosmarin, Majoran und Zitronenmelisse. Auf den Blüten der Kräuter saßen Bienen, flatterten und summten. Edward sah zu Annett hinüber. Sie hatte den Blick nach unten gerichtet, schien sich zu konzentrieren, also sprach er weiter. »An dem Tag, als du mich frühmorgens aus der Dusche geklingelt hast, hatte ich vor, Beth in London zu besuchen, um ihr von uns zu erzählen.« Edward bückte sich, um einen Ast beiseitezulegen, den der Wind von einer alten Buche geweht hatte. »Doch du warst so traurig, dass ich lieber bei dir sein wollte.«

»Und schon war wieder eine Gelegenheit vertan ...«, beendete Annett seufzend den Satz. Während ihres Spaziergangs war der letzte Rest Misstrauen und Enttäuschung verschwunden. Nein, Edward hatte sie nicht hintergehen wollen, dessen war sie sich nun sicher. Sie blieb stehen und sah ihm in die Augen. »Es war gut, dass du an jenem Tag für mich da warst. Und ich glaube dir. Sag mir nur eins, Edward. Wie stehst du heute zu Beth?«

»Ich bin frei für dich, Annett.« Edward sah, dass Annetts hochgezogene Schultern nach unten sanken und die Falten auf ihrer Stirn, die von großer Anspannung zeugten, sich glätteten. Ein glückliches Lächeln stand in ihrem Gesicht. Welch eine Freude war es, sie zu beobachten.

»Das ist keine einfache Situation für Beth, und ich wünsche ihr, dass sie bald den Richtigen findet«, sagte Annett mitfühlend.

»Das hoffe ich auch.« Edward zögerte, sprach dann aber weiter. »Vor allem weil ein Umstand eingetreten ist, mit dem weder sie noch ich rechnen konnten. Beth wollte sich nicht mehr trennen, sondern heiraten.«

Annett stand wie vom Donner gerührt da. »Heiraten?« Obwohl sie weiterhin bemüht war, optimistisch zu klingen, hatte ihre Stimme nun etwas Brüchiges. »Wieso das denn?«

»Ich hoffe, du weißt, dass du *die* Frau für mich bist, Annett.« Edward hatte den Satz mit so viel Nachdruck ausgesprochen, dass Annett ihn irritiert ansah.

»Warum sagst du das so eindringlich? Bitte spann mich nicht auf die Folter. Was ist los?«

Annett zog die Stola fester um ihre Schultern und sah Edward ungeduldig an. Er wusste, dass er keine Wahl hatte, er musste ihr die ganze Wahrheit sagen. Er riss einen Stengel Majoran ab und roch daran. »Annett ...«, er brach ab, gönnte sich und ihr einen kurzen Aufschub vor dem entscheidenden Satz. »Beth ist schwanger.«

Annett sah ihn ungläubig an. »Sag das noch mal.« Ihr war, als würde ihr der Boden unter den Füßen weggezogen. Edward wiederholte seine Worte. Das Kind sei nicht geplant gewesen, auch Beth habe es kaum glauben können, als ihr der Gynäkologe die Schwangerschaft bestätigte. »Eins steht fest. Sie will das Kind behalten«, sprach er mit ruhiger Stimme weiter. »Wie du dir denken kannst, möchte ich sie und das Kind unterstützen, so gut ich kann. Nicht nur finanziell.« Er sah, wie erregt Annett war und sie mühsam versuchte, die Fassung zu wahren.

»Etwas anderes hätte ich nicht von dir erwartet«, entgegnete sie. »Trotzdem weiß ich gerade nicht, wie ich mit dieser Neuigkeit umgehen soll, Edward.«

Edward ließ den Majoranzweig achtlos fallen. »Das ist verständlich. Mir ging es im ersten Moment genauso.«

Als Beth ihm gestern die Neuigkeit gestanden hatte, war für ihn fast eine Welt zusammengebrochen. Angesichts seiner Gefühle für Annett kam ihm das alles geradezu absurd vor. Ihre Liebe war wie eine junge, pflegebedürftige Pflanze, die eine derartige Belastung vermutlich schwer aushielt. Als er sich abends Will anvertraute, hatte sich vieles für ihn geklärt. Wieso sollte es nicht möglich sein, seine Verantwortung gegenüber dem ungeborenen Kind und seine Liebe zu Annett gleichermaßen zu schützen?

Sie waren mittlerweile wieder beim Hotel angekommen und blieben unweit des Eingangs stehen. Der Wind fuhr durch die Buchskugeln, die in Trögen entlang dem blauen Teppich standen, der den Weg in die Halle wies.

»Hast du jemals vom Broken-Heart-Syndrom gehört«,

fragte Annett völlig unvermittelt. Ihr ging plötzlich ein Artikel durch den Kopf, den Mrs Jennings ihr eines Morgens in der Küche vorgelesen hatte. Laut neuester Forschung ging man davon aus, dass seelische und körperliche Schmerzen dieselben Gehirnregionen aktivierten, und in diesem Moment wusste Annett, dass es stimmte.

Edward fasste sie an der Schulter. »Annett, ich verspreche dir, dass ich alles für unsere Liebe tun werde. Die Tatsache, dass ich Vater werde, bedeutet nicht, dass wir unsere Liebe nicht leben können.«

Von der Wiese hörte man lautes Geschrei. Kinder spielten dort ausgelassen Fangen, liefen um Bäume und Sträucher herum und balgten sich vergnügt im Gras.

»Weißt du, worüber ich in letzter Zeit nachgedacht habe?«, fragte Annett, ohne auf Edwards Worte einzugehen. »Ich habe überlegt, ob ich Jettas Hotel selbst führen soll. Jedenfalls vorläufig. Ich wollte dem Schicksal helfen, falls es plante, aus uns ein Paar zu machen.«

»Wir können uns überall sehen. Auch in Berlin. Nimm es als meinen Beitrag zu unserem Glück.«

Annett sah ihn skeptisch an. »Wie willst du das bewerkstelligen? Während der Woche hast du deinen Beruf, hast Termine, und die Wochenenden werden deinem Kind gehören.« Sie schüttelte den Kopf. »Eins habe ich gelernt, Edward. Wenn man zu wenig Zeit füreinander hat, wird man sich bald unweigerlich fremd.«

Sie erreichten ihren Wagen, und auch diesmal war es wie am Morgen nach ihrer ersten gemeinsamen Nacht, als sie sich nur schweren Herzens voneinander trennen konnten.

»Ich bringe meiner Mutter das Tagebuch«, sagte Annett, als sie sich in den Wagen setzte.

»Wann fliegst du?«

Annett zuckte die Schultern. »Vielleicht schon morgen.«

Er beugte sich zu ihr und streichelte ihr liebevoll über die Wange, bevor sie sich lange küssten. Dann schloss er die Fahrertür hinter ihr. »Pass auf dich auf«, formten seine Lippen lautlos. Sie blickte ihn ein letztes Mal an und fuhr langsam los.

Die kleiner werdenden Rücklichter ihres Wagens ließen das schmerzliche Gefühl in ihm aufkommen, dass nicht nur er, sondern auch sie allein zurückblieb.

Im ›Black Stag‹ beschloss Annett, Mrs Jennings endlich von Ursels Tagebuch zu erzählen, um dann auch ihre Abreise vorzubereiten.

»Es gibt dieses Buch also wirklich?!« Mrs Jennings umschloss Jettas Brosche, die sie nun täglich trug, mit der Hand.

»Ja, und ich möchte mich noch einmal für Ihren Hinweis bedanken. Wenn Sie nicht davon gesprochen hätten, wäre ich nie auf die Idee gekommen, danach zu suchen.«

»Was machen Sie denn nun damit?«, fragte Mrs Jennings ergriffen, als Annett geendet hatte.

»Ich werde das Buch meiner Mutter bringen. Es ist schließlich ein wichtiger Teil ihrer Vergangenheit.«

Am darauffolgenden Morgen trommelte Annett alle, die im ›Black Stag‹ arbeiteten, in der Küche zusammen, inklusive Clark Camden, den sie noch vor seinem Aufbruch zum Windrush River erwischt hatte. Sie berichtete allen vom Fund des Buches und was dies für ihre Familie bedeutete. »Sicher verstehen Sie, dass ich möglichst rasch nach Hause muss, um das Buch meiner Mutter zu bringen.«

»Klar, Familiensachen sind heikel und müssen besprochen werden«, wusste Stella, die an einem Apfel kaute.

»Das sehe ich genauso«, rief Mrs Goodall dazwischen. »Ich habe Erfahrung in so etwas.«

»Familienangelegenheiten gehören geregelt, solange sie frisch sind und nicht stinken. Das ist nicht anders als bei Fischen.« Clark Camdens Beitrag sorgte für heiteres Gelächter.

Später stieß George Hawick zu ihnen. Annett hatte ihn herübergebeten, um ihn um Rat zu fragen. »Glauben Sie, dass es möglich ist, die Buchhaltung und alles Administrative für eine Weile von Berlin aus zu regeln?« Sie zogen sich in Jettas Büro zurück, um die Lieferantenlisten, die Buchhaltungsordner und die Korrespondenz mit diversen Reisebüros einzusehen, und besprachen, welche Aufgaben vor Ort erledigt werden mussten und welche sie von Deutschland aus regeln könne. »Und nicht vergessen«, sagte George Hawick, der in Jettas kleinem Büro kaum Platz fand, abschließend, »in einer Notsituation wächst der Mensch über sich hinaus. Das gilt auch für Sie, Miss Neumann.«

»Ich bin ganz Ihrer Meinung, Mr Hawick. Trotzdem wäre mir wohler, wenn Sie hier jeden Tag kurz vorbeischauen könnten.« Annett ließ Mr Hawick einen Moment allein und kehrte gleich darauf mit Kaffee und Butterkuchen zurück. Dann gingen sie gemeinsam durch, wo Mr Hawicks Unterstützung benötigt und gewünscht würde. Er versprach, Annett täglich Bericht zu erstatten. Als Annett ihn an der Tür verabschiedete, sah er sie durchdringend an. »Ist Ihnen eigentlich bewusst, dass Sie mich gerade als Aushilfsgeschäftsführer engagiert haben, ausgerechnet mich, der ich das ›Black Stag‹ kaufen wollte?«

Annett nahm seine Worte als Kompliment. »Sobald ich von Berlin zurück bin, bedanke ich mich mit einer besonderen Flasche Whiskey. Und meine Gäste schicke ich selbstverständlich nur in die ›Stow-Lodge‹ zum Dinner.«

Mr Hawick drückte fest ihre Hand. »Sie sind eine clevere Geschäftsfrau, Miss Neumann.«

»Und Sie ein guter Kooperationspartner«, entgegnete Annett.

Mr Hawick schlängelte sich an den Autos vorbei, die

vorm ›Black Stag‹ parkten. An der Straße hob er seine Hand zu einem letzten Gruß, bevor er sein Hotel ansteuerte und darin verschwand.

Später am Abend buchte Annett ihr Flugticket und informierte ihre Eltern, Daniela und Susan über ihre Rückreise nach Berlin. Sie besprach sich ein letztes Mal mit Mrs Jennings, die, obwohl es schon spät war, in der Küche Himbeermarmelade kochte. »Wenn ich jeden Tag mit Ihnen telefoniere und Mr Hawick täglich hier vorbeischaut, müsste der Hotelbetrieb für eine Weile reibungslos weiterlaufen.« Mrs Jennings wischte sich die klebrigen Hände an der Schürze ab, tauchte einen Löffel in die blubbernde Masse und kostete die Marmelade. »Meiner Meinung nach hätten Sie Mr Hawick nicht um Hilfe bitten müssen. Der versucht doch nur, mir meine Marmeladenrezepte abzuluchsen, während er hier nach dem Rechten sieht. Und damit Sie's gleich wissen, ich bleibe jeden Tag so lange im Hotel, wie ich gebraucht werde. Mr Hawick hin oder her.« Ehe Annett etwas erwidern konnte, tauchte Mrs Jennings einen frischen Löffel in die zum Auskühlen beiseitegestellte Marmelade und hielt ihn ihr hin. »Kosten Sie mal.«

Annett probierte und verzog entzückt das Gesicht. »Das schmeckt köstlich. Es gibt keine bessere Marmelade in den Cotswolds.«

»Das behauptet Mr Hawick auch. Er vergisst bloß, wie viel Arbeit in einem Glas steckt.« Mrs Jennings stellte frische Gläser auf die Arbeitsplatte, um die Marmelade einzufüllen. Doch bevor sie mit der Prozedur begann, holte sie eine türkisfarbene Dose aus dem obersten Fach des Küchenschranks. »Und die nehmen Sie mit nach Berlin. Damit Sie eine anständige Tasse Tee trinken können.« Annett erkannte die Teedose auf Anhieb. Darin befand sich der teure Tee von ›Fortnum & Mason‹, den sie neulich spätabends mit Edward getrunken hatte. Sofort meldete sich ihr schlechtes

Gewissen. »Danke für den Tee, Mrs Jennings. Ich weiß ihn zu schätzen. Allerdings muss ich Ihnen bei der Gelegenheit etwas gestehen.«

Penelope Jennings wischte einen Spritzer Marmelade von der Arbeitsplatte und sah Annett an. »Die Beichte können Sie sich sparen. Jeder hier bedient sich an meinen ›Fortnum & Mason‹-Vorräten. Das gehört offenbar zum guten Ton.«

Annett errötete.

»Jetzt schauen Sie nicht so betroffen«, Mrs Jennings unterdrückte ein heiteres Lachen, »Sie müssen es nicht in der Kirche beichten.«

»Das hatte ich auch nicht vor«, sagte Annett. »Ich kümmere mich lieber um Nachschub. Davon haben wir mehr.«

»Wenn das so ist, bestellen Sie bitte Lapsang-Souchong-Tee.«

»Warum das denn?«

Mrs Jennings warf den schmutzigen Lappen in die Spüle und holte zu einer Erklärung aus. »Wenn man in meinem Alter nicht regelmäßig etwas Neues ausprobiert, verkümmern die Gehirnzellen, und man hat weniger Spaß.« »Klingt einleuchtend. Dann also Lapsang Souchong. Ich ordere drei Dosen. Damit eine für Sie übrigbleibt!«, sagte Annett augenzwinkernd.

Gegen Mitternacht zog sie sich in Jettas Wohnung zurück, um ihre Koffer zu packen. Als ihr Trolley und das Handgepäck abreisefertig im Wohnzimmer standen, ließ sie Wasser in die Wanne mit den Tatzenfüßen einlaufen. Bald hüllte sie ein entspannender Duft nach Rosen ein. Und als sie später mit schrumpeliger Haut aus der Wanne stieg und barfuß ins Wohnzimmer lief, um einen letzten Blick in ihr Notebook zu werfen, sah sie, dass Edward ihr eine Mail geschrieben hatte. Im Betreff stand: *Hoffnung!*

39. Kapitel

Juli 2015 – Berlin

Daniela stand hinter der Absperrung und suchte im Gewühl der ankommenden Fluggäste nach Annett. Immer wieder stellte sie sich auf die Fußspitzen, um ihre Freundin in der Menge zu entdecken. Bis sie sie hinter einer Frau mit riesig befülltem Gepäckwagen sah. »Annett! Hallo!« Daniela schrie so laut, dass Annett ihren Kopf augenblicklich in die Richtung drehte, aus der der Ruf erklungen war. Ein Ausdruck ungläubigen Staunens huschte über ihr Gesicht. Rasch schob sie den Gepäckwagen auf Daniela zu, und schon fielen die Freundinnen sich in die Arme.

»Was treibst du hier am Flughafen? Du solltest doch in der Brauerei sein«, fragte Annett. Bei Daniela stand der Job stets an erster Stelle. Umso ungewöhnlicher war es, dass sie tagsüber ihren Arbeitsplatz verließ.

»Wenn meine beste Freundin aus England zurückkommt, darf ich die Alltagsroutine ruhig mal unterbrechen, oder?«, erwiderte Daniela fröhlich.

Gemeinsam schoben die beiden jungen Frauen den Gepäckwagen Richtung Ausgang.

»Wo steht dein Wagen?«, wollte Annett wissen.

»Nirgendwo. Der ist in der Werkstatt, beim Service. Wir nehmen ein Taxi. Wollen wir zuerst zu mir fahren?«, schlug Daniela vor. »Das Wetter ist perfekt für Sushi auf der Terrasse. Das hast du in den Cotswolds bestimmt vermisst?«

Annett stimmte freudig zu, sie hatte keinen Balkon, geschweige denn eine Terrasse. Es war ein wunderschöner Sommertag, und es versprach ein milder Abend zu werden.

Als sie vor dem renovierten Altbau in Charlottenburg aus dem Taxi stiegen, atmete Annett tief die Berliner Luft ein. Wie anders als in den Cotswolds roch es hier. Die Luft kam ihr dichter und herber vor. Das war ihr früher, wenn sie von ihren Besuchen bei Jetta zurückkehrte, nie aufgefallen.

»Komm schon, trödel nicht«, sagte Daniela auffordernd und schnappte sich eine von Annetts Taschen.

Eine halbe Stunde später brachte der Lieferservice das Sushi. Annett deckte draußen den Tisch, während Daniela das Essen in Schalen und auf Teller verteilte.

Die Freundinnen stießen mit Prosecco auf ihr Wiedersehen an. »Ich habe mir übrigens die ganze Woche freigenommen«, erzählte Daniela, die mit ihren Stäbchen hantierte, als würde sie jeden Tag japanisch essen.

»Machst du Scherze? Oder hast du deine Karriere aufgegeben?« Annett sah Daniela verwundert an. Bisher hatte sie sich kaum je frei genommen. Zumindest nicht, wenn sie gesund war.

»Keins von beidem«, erwiderte Daniela seufzend. Ihr Lächeln verflog plötzlich. »Ich brauche lediglich etwas Abstand.«

Annett tunkte ihr Fischröllchen in Soja-Wasabi-Sauce. »Gibt es Ärger mit Ralf? Hat er endlich mit seiner Tochter gesprochen?«, spekulierte sie.

»Schön wär's. Nein, das ist es nicht.« Daniela winkte ab und stieß einen Laut aus, der an ein Krächzen erinnerte. »Es hat mit seiner Ex zu tun. Sie hat uns beim Abendessen *erwischt*.«

Annett, die ihren Bissen gerade hinuntergeschluckt hatte, sah ihre Freundin überrascht an. »Wieso erwischt? Die beiden sind doch geschieden.«

Daniela hob die Augenbrauen und seufzte. »Deshalb brauche ich ja Abstand. Wenn ein geschiedener Mann ein Problem damit hat, mit seiner neuen Freundin beim Abendessen gesehen zu werden, noch dazu von seiner Ex-Frau«, sie machte eine bedeutungsvolle Pause, »und nicht etwa beim Küssen, sondern beim Schneiden unserer Filets, muss man sich Gedanken machen. Da stimmt doch etwas nicht, oder?«

Annett konnte sich den besagten Moment bildhaft vorstellen und fühlte mit ihrer Freundin. Sie steckte sich ein weiteres Nigiri-Sushi in den Mund. »Hast du schon mit Ralf darüber gesprochen?«

»Du kennst mich doch.« Daniela winkte ab. »Das war das Erste, was ich getan habe. Vorsichtig Klartext reden.« Sie trank einen Schluck Prosecco und schob das Glas dann von sich weg.

»Und was sagt er dazu?« Annett wartete gespannt auf ihre Ausführungen. »Angeblich kann Ralf nicht anders, weil er seine geschiedene Frau nicht leiden sehen will. Es bräuchte nun mal Zeit, die Trennung zu verarbeiten. Das müsse ich verstehen. Schließlich sei ich keine zwanzig mehr, sondern eine Frau mit Lebenserfahrung.«

»Na ja, im Grunde stimmt es sogar. Es kommt nur darauf an, wie viel Zeit Ralf oder besser gesagt seine Ex-Frau dafür veranschlagen.« Annett versuchte Daniela zu beschwichtigen, doch es gelang ihr nur zum Teil.

»Weißt du, Ralf vergisst die ganze Zeit, dass ich auch Gefühle habe. Klar verstehe ich, dass eine Trennung schwierig ist, aber der Bruch zwischen den beiden hat nicht gestern stattgefunden, sondern letzten Herbst. Hinzu kommt, dass es meiner Meinung nach nicht sinnvoll ist, immer in der Vergangenheit herumzustochern, man sollte sich lieber auf die Gegenwart konzentrieren. Und aktuell heißt die Konstellation: Ralf und Daniela.« Daniela hatte die letzten Sätze regelrecht heruntergerattert.

»Ich verstehe dich ja, Dani. Nur vielleicht ist Ralf derjenige, der Zeit braucht, und nicht seine Ex-Frau. Er wird schon noch darauf kommen, was er an dir hat. Und dann sieht die Welt ganz anders aus.« Annett beugte sich vor und nahm die Freundin tröstend in den Arm.

Als Daniela sich wieder etwas gefasst hatte, fuhr sie fort: »Glaub ja nicht, dass ich mich irgendwelchen Illusionen hingebe. Und ich kündige bestimmt nicht, wenn die Sache mit Ralf und mir auseinandergeht. Ich bleibe.« In Danielas Augen standen Angst und Unsicherheit, was Annett bisher nicht von ihr kannte. Daniela gab sich gern belastbar und pragmatisch, sie war jemand, der realistisch in die Zukunft sah. Doch da gab es noch ihre verletzliche Seite, die sie manchmal sogar vor Annett zu verstecken versuchte.

»Natürlich bleibst du.« Annett strich ihrer Freundin eine Haarsträhne aus dem Gesicht. Dann ergriff sie ihre Hände und drückte sie aufmunternd. »Du bist viel zu professionell, um dich im Beruf von Privatem beeinflussen zu lassen. Deshalb bin ich mir sicher, dass ihr auch im Falle einer Trennung gut miteinander weiterarbeiten könntet.« Annett tunkte ein Sushi-Röllchen in die scharfe Sauce und steckte es Daniela in den Mund. »Und falls es tatsächlich zu einem Bruch zwischen euch kommen sollte, nimmst du dir zwei Wochen Urlaub und besuchst mich in den Cotswolds. Weißt du, was wir dann machen?« Daniela, die den Mund voll Sushi hatte, gab nur ein kaum wahrnehmbares Nein von sich. »Wir stellen uns vor die Seufzerbrücke, bis dir jemand wie Edward in die Arme läuft. Und mir ist egal, ob das nach allgemeinem Verständnis als vernünftig angesehen wird. Nenn es unseren Notfallplan.«

Daniela verschluckte sich fast vor Lachen. »Okay«, brachte sie nach Luft schnappend heraus. »Genauso machen wir's. Egal, ob es vielversprechend klingt oder nicht. Wir stellen uns vor die Seufzerbrücke und warten aufs Schicksal. Bei dir hat es ja geklappt. Apropos: Wie stehen die Dinge in England?«

»Du wirst nicht glauben, was passiert ist.« Annett begann ausführlich von den jüngsten Ereignissen zu erzählen: von Beth, dem Kuss und den schlimmen Stunden, die sie verbracht hatte. Als sie bei Edwards Trennung von Beth angelangt war, hellte sich Danielas Blick auf. Sie war erfreut über die glückliche Wendung zugunsten ihrer Freundin. »Na also. Läuft doch prima. Jetzt müsst ihr nur noch klären, wo und wie ihr euch regelmäßig sehen könnt.«

»Das dachte ich zunächst auch«, entgegnete Annett, »aber das ist noch nicht das Ende der Geschichte.«

Daniela stieß einen hohen Schrei aus, als sie von Beth' Schwangerschaft erfuhr. »Ist das wahr?«

Annett nickte. »Siehst du, so ist es mir auch ergangen, als Edward mir völlig unvorbereitet davon erzählte. Er hat es an dem Tag erfahren, als er sich von Beth trennte.« Annett leerte ihr Wasserglas und sah auf die Fleißigen Lieschen, die Daniela in Blumenkästen gepflanzt hatte. Sie glänzten pinkfarben in der Sonne, denn offenbar hatte es vor kurzem geregnet.

»Warte!« Daniela gestikulierte mit ausladenden Bewegungen. »Ich brauche nur einen Moment, dann hat sich der Knoten in meinem Gehirn gelöst.« Sie rückte ihren Stuhl in den Schatten und sagte: »Fassen wir das Ganze mal zusammen. Okay, zur Zeit sieht eure Geschichte nicht nach romantischer Lovestory aus. Aber nach dem ersten Schreck und vor allem angesichts eurer Gefühle füreinander würde ich das Ganze pragmatisch betrachten.«

»Dein Pragmatismus in Ehren, Dani, aber hier ist er fehl am Platz. Es geht um Gefühle und nicht nur um praktikable Lösungen und theoretische Umsetzbarkeit.«

Daniela ließ sich nicht beirren. »Wenn's kompliziert wird, ist ein kühler Kopf vonnöten. Überleg doch mal. Vermutlich hat Edward genügend Geld, um ein halbes Dutzend Kinder durchzufüttern.« Daniela machte eine Handbewegung, um anzudeuten, dass sie noch nicht fertig war. »Ich will dir nur klarmachen, dass von finanzieller Seite aus keine Probleme zu erwarten sind. Der nächste wichtige Punkt ist folgender:

Edward liebt dich und will mit dir zusammen sein. Du liebst Edward und willst das Gleiche. Er wird Vater und will sich um das Kind kümmern. Er möchte allerdings auch eine gemeinsame Zukunft mit dir. Unterm Strich ergibt das für mich nur ein kleines Problem. Zeit!« Daniela schloss kurz die Augen, weil ein Sonnenstrahl sie blendete. »Grundsätzlich spricht es für ihn, dass er die Verantwortung für sein Kind übernehmen und sich kümmern will, nicht nur finanziell. Was würdest du sagen, wenn er das Ganze als nebensächlich abtun würde?« Annetts Gesichtsaudruck war für Daniela Antwort genug. »Siehst du. Bleibt also nur noch die Frage nach der Zeit. Die könnte vielleicht für eine Weile knapp werden. Seine Arbeit, deine Abeit, das Hotel, deine Mediation, euer Sex, sein Kind«, Daniela lachte leise auf. »Langfristig lässt sich das aber bestimmt lösen.«

»Da spricht Dani, ihres Zeichens Workaholic, mit der ruhigen Stimme der Vernunft.« Annett ließ ein lautes Schnauben hören.

Mittlerweile lag der Balkon in voller Sonne. Daniela stand auf, um den Sonnenschirm so zu verschieben, dass sie wieder im Schatten saßen. »Über den Ausdruck Workaholic sehe ich elegant hinweg. Und du weißt ja, wenn es um die Probleme anderer geht, liegt die Lösung auf der Hand. Nur bei den eigenen ist man blind vor Verzweiflung.«

»Deswegen hast du ja mich. Und ich dich«, sagte Annett einsichtig.

Sie sah auf ihren Teller und seufzte. »Unser Sushi ist warm geworden.« »Macht nichts.« Daniela erhob sich.

»Was hältst du von Obstsalat als Dessert?«, schlug Annett vor. Sie folgte ihrer Freundin in die Küche mit dem kleinen französischen Balkon. »Wir brauchen eine Schüssel, Obst, Honig, Zitrone, Vanille und einen Spritzer Rum. Dann mache ich uns einen Obstsalat à la Mrs Jennings. Du wirst süchtig danach, das schwöre ich dir«, verspach sie.

Und so saßen sie bald wieder auf der Terrasse, schnippelten Obst und redeten über Ralf und Edward und darüber, was sich sonst noch alles in den letzten Wochen ereignet hatte.

Nach dem Zusammensein mit Daniela fühlte Annett sich gewappnet, sich dem Rest des Tages zu stellen. In ihrer Wohnung angekommen, öffnete sie als Erstes alle Fenster, um zu lüften. Dann kümmerte sie sich um ihr Gepäck, befüllte rasch die Waschmaschine und sah die Post durch, die ihre Nachbarin auf den Wohnzimmertisch gelegt hatte und die in den Wochen ihrer Abwesenheit zu einem beachtlichen Papierturm angewachsen war. Sie sortierte die Briefe und Karten sorgsam auf die Couch. Urlaubsgrüße von Freunden aus Italien und von Sylt und wie zu erwarten viele Rechnungen und Werbesendungen, obwohl auf ihrem Briefkasten gut sichtbar ein Aufkleber: Keine Werbung! prangte. Nur noch wenige Briefe lagen auf dem Tisch, da stach ihr ein gelber Umschlag ins Auge. Sie zog ihn unter den übrigen Kuverts heraus und erschrak, als sie die Schrift erkannte. Der Brief war von Jetta. Annett schob ihren Finger in eine kleine Lücke im Umschlag und riss ihn mit einem lauten Ratsch auf. In all den Jahren hatten Jetta und sie immer telefoniert oder E-Mails geschickt. Briefe hatten sie sich schon ewig nicht mehr geschrieben. Warum hatte Jetta offenbar kurz vor ihrem Tod zu Papier und Stift gegriffen? Sicher nicht, um ihr zu erzählen, wie die letzte Bilanz ausgefallen war. Als Annett den Briefbogen auseinanderfaltete und oben rechts das Datum las, schnürte es ihr fast die Luft ab. Ein Tag vor Jettas Tod!

Verflixt. Sie hätte jemand anderes bitten sollen, sich um die Post zu kümmern. Daniela etwa hätte die Briefe zumindest überflogen und sie rechtzeitig über diese wichtige Nachricht informiert. Doch hätte das etwas geändert? Ihre

Abreise nach Stow-on-the-Wold und der Brief hatten sich offensichtlich überschnitten. Annett hielt den Atem an, als sie die ersten Zeilen las.

Liebe Annett,

einen Brief von mir bekommst Du nicht alle Tage. Und heute schreibe ich Dir, weil ich Dir etwas Wichtiges mitzuteilen habe.
Wir haben bereits am Telefon darüber gesprochen, dass ich Dich gern hier hätte. Natürlich verstehe ich, dass Du – gerade am Anfang Deiner beruflichen Selbstständigkeit – ganzen Einsatz bringen musst und viel zu tun hast. Aber es ist wirklich wichtig, dass Du kommst.
Lass mich Dir vorab erläutern, worum es geht.
Ich bin im Besitz eines Tagebuchs meiner Mutter. Sie hat es mir nach ihrem Tod durch ihren Anwalt zukommen lassen. Bitte frag mich nicht, wie ich so dumm sein konnte, aber als ich das Buch wahllos aufschlug und an einer Stelle zu lesen begann, an der Ursel mich bat, meinem Vater zu verzeihen, dachte ich, jetzt begänne schon wieder diese Litanei, mit der sie mich seit jeher bombardiert hatte. Ich klappte das Buch enttäuscht zu. Ich hatte schon verziehen, jedenfalls halbherzig. Und ich glaubte, die Vergangenheit hinter mir gelassen zu haben.
Und so kam es, dass das Tagebuch jahrelang unberührt in meinem Sekretär lag. Ein großer Fehler. Unlängst habe ich es doch noch einmal zur Hand genommen – und habe Unglaubliches erfahren. Ursel hat bestimmt lange gezögert, mir dieses Buch zu schicken, und letzten Endes hat sie es ihrem Anwalt gegeben, der sich darum kümmerte, dass ich es bekam. Spät, aber doch. Und auch ich zögerte, zauderte und ließ Jahre vergehen. Weshalb die Wahrheit viel zu lange im Dunkeln blieb.

Ursel und Otto waren nicht meine leiblichen Eltern. Diese ungeheuerliche Mitteilung musste ich erst einmal verdauen. Annett, Du bist meine einzige Enkelin, und mit Dir muss ich darüber sprechen. Mit Dir möchte ich in die Vergangenheit »reisen« und herausfinden, wo die Wurzeln unserer Familie liegen. Außerdem möchte ich Dich bitten, das Buch Deiner Mutter zu übergeben. Du weißt, ich kann hier kaum weg, und ich will es auch nicht. Vermutlich, weil ich trotzig oder mutlos bin, was Anne anbelangt, aber auch, weil ich glaube, dass Du die richtige Person bist, ihr diesen Schatz, wie ich das Tagebuch inzwischen für mich nenne, zu überbringen. Ich weiß, dass Du mir diesen Gefallen tun wirst.

Ich hoffe, ich konnte Dir die Dringlichkeit meiner Bitte klarmachen. Vielleicht hat Dich die Neugier gepackt. Bitte setz Dich in den nächsten Flieger und komm her. Mrs Jennings oder ich werden Dich in Oxford abholen

*Fühl Dich gedrückt
von Deiner Granny – Jetta*

Annett faltete den Brief zusammen und steckte ihn zu Ursels Tagebuch in ihre Handtasche. Sie würde nicht länger warten, sondern jetzt gleich zu ihren Eltern fahren.

Im Wohnzimmer der Eltern wirkte auf den ersten Blick alles wie immer. Es war penibel aufgeräumt, und auf dem Tisch lagen Annes Übersetzungsunterlagen neben dem Notebook. Auf den zweiten Blick bemerkte Annett allerdings kleine Unstimmigkeiten. Keine Blumen in der Vase und Schlieren an den Fenstern, die offensichtlich schon eine Weile nicht mehr geputzt worden waren. Vor allem aber nahm sie den traurigen Blick im fahlen Gesicht ihrer Mutter wahr. Ihr unumstößliches, oft zur Schau gestelltes Selbstbewusstsein war verschwunden.

»Ich arbeite zur Zeit rund um die Uhr«, sagte Anne, »ein anspruchsvoller Text, der mir alles abverlangt.« Dies sollte eine glaubhafte Erklärung für ihr übermüdetes Aussehen sein.

Doch Annett spürte, dass das nur die halbe Wahrheit war. »Und Papa? Wie geht es ihm?«, fragte sie.

Anne zuckte die Schultern. Sie setzte sich Annett gegenüber auf die Couch und blickte aus dem Fenster, während sie sprach. »Deinem Vater geht es wie immer. Du kennst ihn ja. Sein Leben findet zwischen Vollkornbrot und Weißgebäck statt.«

Und zwischen Steuererklärungen, Bankverbindlichkeiten und einem Privatleben, das wenig Erholung bietet, ergänzte Annett im Stillen. Sie kannte ihre Mutter launenhaft, zuweilen auch ruppig, allerdings niemals so wortkarg. »Was ist los, Mama? Gibt es Probleme? Von deiner Enttäuschung wegen des Erbes mal abgesehen.«

Annes kläglicher Gesichtsausdruck sprach Bände. Sie nickte. »Die Cotswolds haben deinem Vater und mir nicht gutgetan.« Mehr sagte sie nicht. Das war auch nicht nötig. Annett wusste seit Jahren, woran die Beziehung ihrer Eltern krankte. Es fehlte an Harmonie und Verständnis. Ehrliche und offene Gespräche waren nicht gerade Annes Sache, diese arteten meist in Vorwürfe aus. Mit den Jahren waren Cornelius und Anne zu einem dieser Ehepaare geworden, bei dem nach außen hin alles harmonisch wirkte, das sich jedoch immer mehr entfremdete.

»Falls du vorbeikommst, um deinen Vater vor mir zu retten, das ist nicht nötig.« Anne stieß ein klägliches Lachen aus. »Er hat das Schlafzimmer bereits verlassen und schläft auf einer Liege im Büro der Bäckerei. Und das in seinem Alter.«

Obwohl Annett irgendwann mit dieser Entwicklung gerechnet hatte, traf sie die Mitteilung. Sie sah ihre Mutter betroffen an. »Das tut mir leid, Mama«, sagte sie ehrlich. Sie hätte ihre Mutter am liebsten in den Arm genommen, traute sich aber nicht, ihr körperlich näher zu kommen. Stattdessen hörte sie sich sagen: »Manchmal hilft Abstand, um sich irgendwann wieder anzunähern. Gib die Hoffnung nicht auf.«

Anne sah sie zweifelnd an. Ein Blick, in dem Resignation lag. »Sagt das die Mediatorin Annett Neumann oder meine Tochter?«

Annett hörte den missbilligenden Unterton heraus, lächelte aber trotzdem, weil sie wusste, dass es die Angst war, die aus Anne sprach. »Beide!«, erwiderte sie und fügte aufmunternd hinzu: »Erzähl, was los ist. Falls der Vulkan, auf dem Papa und du seit Jahren lebt, ausgebrochen ist, kann ich dich beruhigen. Erkaltete Lava ist fruchtbar.«

Anne schüttelte den Kopf, lächelte nun aber auch. »Langsam verstehe ich, warum du den Beruf der Mediatorin ergriffen hast.« Sie schob sich die Ärmel ihrer Bluse hoch. »Du genießt es anscheinend, deine Klienten mit solchen Bildern zu schocken.«

»Warum nicht?«, entgegnete Annett schlagfertig. »Zum Lachen bringe ich sie damit allemal. Und eine gelöste Stimmung ist eine gute Basis für ein offenes Gespräch.« Als Anne nichts erwiderte, fuhr Annett fort: »Ich bin übrigens hier, um dir etwas zu bringen, das auch dir und Papa eventuell helfen könnte. Natürlich nur unter der Voraussetzung, dass du bereit bist, einige Verhaltensweisen aus der Vergangenheit zu überdenken.«

»Natürlich!«, wiederholte Anne kühl. Als sie in Annetts plötzlich verschlossenes Gesicht sah, fügte sie versöhnlicher hinzu: »Entschuldige meinen schnippischen Ton. Er gilt nicht dir, höchstens mir selbst. Was bringst du mir denn?«

Annett öffnete ihre Handtasche, holte das ledergebundene Buch hervor und legte es auf den Tisch. »Das hier ist das

Tagebuch von Ursel und das da ...«, sie deutete auf den Brief, der im Buch steckte, »ist ein Brief von Jetta.«

»Großmutter hat Tagebuch geschrieben?« Für Anne war das eine Überraschung.

»Ja! Lies es und sprich mit Papa darüber. Und übernimm bitte die Recherchen, die sich daran anschließen. Du wirst wissen, wovon ich spreche, wenn du alles gelesen hast.«

Anne fuhr mit der Hand über das abgegriffene Leder und begann, durch die ersten Seiten zu blättern. »Das sind ja lauter Briefe ... und sie sind alle an Jetta gerichtet«, stellte sie verwundert fest.

Annett hatte sich erhoben und zum Gehen gewandt. »Ursel hat alles, was ihr auf dem Herzen lag, diesen Briefen anvertraut. Lass dir Zeit mit dem Lesen. Und ruf mich an, wann immer du magst.«

Anne drückte das Buch an ihre Brust. So, als wolle sie es auf keinen Fall wieder hergeben.

»Ich schaue jetzt noch unten bei Papa vorbei, und dann fahre ich nach Hause. Es ist eine Menge Papierkram liegengeblieben.«

Anne stand ebenfalls auf und küsste ihre Tochter auf die Wange. Es war ein scheuer Kuss, mit dem Annett nicht gerechnet hatte.

An der Wohnungstür schenkte Annett ihrer Mutter einen letzten aufmunternden Blick. »Ich richte Papa übrigens gerne aus, dass du ihn vermisst.« Anne wollte schon etwas Abschlägiges erwidern, doch Annett legte ihr die Finger auf die Lippen. »Es ist keine Schande, jemanden zu vermissen«, sagte sie, »und weißt du was?« Anne schwieg, so sprach Annett weiter: »Sogar Fehler zu machen ist nicht schlimm. Es kommt nur darauf an, irgendwann einzulenken und die Richtung zu ändern.«

Anne schluckte. Die Worte kamen ihr bekannt vor, so etwas Ähnliches hatte sie schon von Mrs Jennings gehört. Ja, es war höchste Zeit, das Steuer herumzureißen. Wenn es nicht schon zu spät dazu war.

»Tschüss, Mama. Pass auf dich auf.«

»Und du auf dich«, sagte Anne leise. Als die Tür hinter Annett ins Schloss fiel, zuckte Anne unmerklich zusammen und presste das Tagebuch noch fester an ihre Brust.

40. Kapitel

Juli 2015 – London, England

Die Polo-Bar im ›Westbury Hotel‹ in Mayfair war ein eleganter Rückzugsort mitten in der City. Tagsüber tummelten sich hier anspruchsvolle Gäste, die zwischen Geschäftsterminen oder Einkaufsbummeln Snacks, Imbisse oder High Tea genießen wollten. Die beiden Männer, die die Bar an diesem Julitag betraten, passten allerdings nicht in dieses Bild. Edward Warrender, in Arbeitsstiefeln und robuster Barbourjacke, mit einem Spaten in der Hand, folgte ein glatzköpfiger, im Hippiestil gekleideter Mann: Peter Chips, der mit diesen Äußerlichkeiten seinen Ruf als international agierender Ausnahmekünstler unterstreichen wollte. Edward war geradewegs von Belleminton House nach London gekommen, weil einer von Peters Terminen ausgefallen war und dieser ein spontanes Treffen vorgeschlagen hatte. Die beiden nahmen an einem Tisch an der breiten Fensterfront Platz und bestellten Tee und Shortbread. Peter schien einen ausgesprochen guten Tag zu haben und wirkte inspiriert, ausgeglichen, fast übermütig. »Ich weiß, du hast weder mit meiner Glatze gerechnet«, er fuhr sich mit der Hand über den nackten Kopf, »noch damit, dass ich gleich zu Beginn meiner Reise ein paar Zeichnungen für deine Geräte anfertige. Ging ganz schnell. Gartenwerkzeug bietet ja nicht allzu viel *Angriffsfläche*.« Er wühlte in seiner Tasche und zog schließlich ein paar vollgekritzelte Blätter heraus.

Der Ober, der mit einem Tablett an ihren Tisch trat, um Tee und Kekse zu servieren, sah geflissentlich über den Aufzug der beiden Herren hinweg. Er war einiges gewöhnt, und sowohl Peter Chips als auch der Duke of Sounderland waren bekannt. Erst vor wenigen Tagen hatte sich das Gerücht verbreitet, dass der Duke Vater würde, die zukünftige Mutter aber nicht heiraten wolle. Beth' Schwester Mabel hatte sich in einem Pub verplaudert, und so war die Sache publik geworden.

Nach anfänglichem Entsetzen und einem pikierten Kommentar seiner Mutter hatte Edward begonnen, die Sache von der positiven Seite zu sehen. Vielleicht war es ja gut so. Jetzt musste er nicht mehr den richtigen Moment abwarten, um das rechte Maß an Information an die Öffentlichkeit zu geben. Und um die Sache komplett zu machen, hatte er Annett den Artikel aus der ›Sun‹ geschickt, mit dem Kommentar: *Wie Du siehst, ist auch für die Öffentlichkeit alles geklärt. Was mich angeht, kann nun ein neuer Lebensabschnitt beginnen. Mit Dir. Titelüberschrift einer neuen Sun-Ausgabe: Der Duke of Sounderland frei für die Frau seines Herzens. In sehnsuchtsvoller Liebe – Edward.*

Peter Chips' Zeichnungen zeigten allesamt einen Spaten, dessen Fläche unterhalb des Griffs in drei verschiedenen Ausführungen bearbeitet worden war. Die erste Zeichnung bot das Wappen der Familie Sounderland, das Chips mit einigen radikalen schwarzen Strichen übermalt und somit konterkariert hatte. Darunter das Logo: Hält länger als manch guter Ruf.

In der zweiten Variante waren die Gartenwerkzeuge mit Bronzeapplikationen versehen, die plan in das Holz eingearbeitet werden würden. Der Künstler schlug verschiedene Symbole vor, die für *wachsen* und *vergehen* standen. Als Hinweis auf die Natur und auf das, was Edwards Familie widerfahren war.

Die letzte Zeichnung bot Schnitzereien an, die die Haptik in den Vordergrund stellten. An der Stelle, wo gewöhnlich der Daumen des Gärtners zugriff, war eine Auslassung vorgesehen. Darunter das Motto: *Ich!*

Edward sah sich die Zeichnungen lange an, schließlich nickte er anerkennend. »Ich bin beeindruckt, Peter. Das sind drei völlig unterschiedliche Vorschläge, und spontan wüsste ich nicht, für welchen ich mich entscheiden sollte.«

Peter winkte dem Ober, um Süßstoff zu bestellen. »Ich schon, Ed. Nimm Variante drei, die Schnitzereien. Was glaubst du, wie gut es sich für Gärtner anfühlt, endlich einen bequemen Platz für ihren Daumen vorzufinden. Und die Botschaft: *Ich* – ist ebenfalls nicht zu unterschätzen. Wir können damit folgende Info transportieren: *Ich existiere länger, als manch guter Ruf hält. Ich gebe den Ton an.* In Anbetracht eurer Familiengeschichte eine Botschaft, die nicht nur zum Schmunzeln einlädt, sondern zum Nachdenken. Und die Herstellung ist nicht sonderlich teuer.« Der Ober stellte den Süßstoff vor Peter auf den Tisch. Peter riss ein Tütchen auf und ließ das Pulver in seine Tasse rieseln. Andächtig trank er seinen ersten Schluck Tee. Schon seit Schulzeiten war er Tee-Freak, zelebrierte das Teetrinken regelrecht. So wie andere von Kaffee abhängig waren, war er es von *wirklich gutem Tee.* »Das mit deiner Vaterschaft passt, wenn du mich fragst, übrigens gerade hervorragend. Wenn das Kind in sieben, acht Monaten zur Welt kommt, müsstest du mit der Produktion so weit sein und ... Bingo ... hast du die geballte Publicity.«

Edwards Gedanken kreisten. So verrückt es klang, Peter hatte recht. »Und was die Bezahlung für mein Design angeht«, sprach Peter weiter. »Was hältst du davon, die Terrasse meines Appartements zu gestalten? Es liefe also auf ein Tauschgeschäft hinaus.«

Edward zog irritiert die Augenbrauen hoch. »Seit wann besitzt du ein Appartement, dessen Terrasse begrünt werden soll? Das klingt ja geradezu nach Sesshaftwerden.« Peter war lange Jahre alles andere als das gewesen. Eine Weile hatte er in einer Lagerhalle gelebt, einer ziemlich düsteren Behausung, die seinem Gebaren alle Ehre gemacht hatte. Peter Chips, der alles in Frage stellt und immer in Bewegung ist. Und der regelmäßig umzieht, um sich auch räumlich neu zu erfinden. Ein Appartement mit schöner Terrasse wäre eine Wende in seinem Leben.

»Das Appartement gehört mir noch nicht, aber so gut wie. Ist für die Zeit, wenn meine Sturm-und-Drang-Phase endgültig vorbei ist und ich eine liebende Gattin samt Hund in mein Leben lasse. Wenn du dich um die Terrassenbepflanzung kümmerst, revanchiere ich mich mit dem Design deines Werkzeugs. Geldfluss ist in unserem Fall überflüssig.«

Edward nickte. Er freute sich für seinen Freund. Einige von dessen Beziehungen waren unschön zu Ende gegangen, weil Peter sich jedes Mal, wenn es ihm zu eng wurde, mit einem Rundumschlag befreite, wie er hinterher zerknirscht zugab. Doch diese Phase war hoffentlich endgültig vorbei.

»Einverstanden, Peter. Wo befindet sich das Appartement denn?«

Peter hatte die erste Tasse Tee geleert und schenkte sich nach. »Imperial Wharf, Fulham. Penthouse, vier Zimmer, in Riverside Tower. Ziemlich schicke Aussicht. Müsste eigentlich jeder Frau gefallen.«

»Ein angemessenes Domizil für den unnachahmlichen Peter Chips nebst Anhang ... irgendwann zumindest«, versuchte Edward, es vorsichtig auszudrücken.

»Das denke ich auch«, erwiderte Peter lachend. »Sag mal, was hast du eigentlich mit den Einnahmen aus dem Verkauf des Gartenwerkzeugs vor?« Peter zog eine Zigarre aus seiner Jacke, schob sie sich zwischen die Lippen, zückte sein Feuerzeug und freute sich am mahnenden Blick des Obers – bevor er das Feuer ausgehen ließ und das Feuerzeug zurück in seine Jackentasche steckte.

»Sämtliche Einkünfte gehen an meine Mutter. Besser gesagt an eine Wohltätigkeitsorganisation namens *No Stigma*, die demnächst ins Leben gerufen wird. Meine Mutter weiß noch nichts davon, aber das war von Anfang an der Plan hinter der ganzen Sache.«

»Worum geht es bei *No Stigma*?«, wollte Peter wissen.

»Um Suizidprävention im primären und sekundären Bereich, inklusive Medienarbeit. Das Thema Selbstmord beschäftigt meine Mutter seit damals – mich übrigens auch –, und da sie selbst betroffen ist, könnte sie viel bewegen. Sie wird die Vorsitzende sein. Wenn du mich fragst, ist es Therapie und Wohltätigkeit in einem. Das hoffe ich zumindest.«

Peter nickte anerkennend. »Klingt plausibel, Ed. Bleibt nur noch die Frage, mit welchem Geld du das Ganze startest?« Er machte eine Handbewegung, als würde er Geld zählen.

»Meine Mutter und ich geben demnächst unser Einverständnis für einen zweiten Golfplatz in Clifton Hall. Wenn wir fünfzig Prozent des Erlöses für die Zurverfügungstellung des Areals in den Trust einbringen, können wir loslegen. Der Rest wird durch den Verkauf der Gartengeräte finanziert. Ich will nichts daran verdienen. Außerdem erstreckt sich die Arbeit von *No Stigma* lediglich auf die sechs Grafschaften im Gebiet der Cotswolds. Es wird nichts Großes, aber etwas Gutes, das hoffentlich hilft, das Thema Selbstmord zu enttabuisieren.«

Peter lächelte. »Du klingst nach Traumsohn, Ed. Und wenn ich durch den Verzicht auf mein Honorar dazu beitragen kann, dass *No Stigma* gut anläuft, tue ich das gern. Dann mach ich endlich mal eine Frau glücklich … deine Mutter«, nahm er sich selbst aufs Korn.

»Apropos Glücklichmachen«, hakte Edward ein. »Wie wäre es mit deiner Anwesenheit bei der Chelsea Flower Show? Wenn wir das Werkzeug gemeinsam vorstellen, bekommen wir die bestmögliche Aufmerksamkeit.«

Peter schüttelte überrascht den Kopf, während Edward

grinste. »Auf der Flower Show laufen jede Menge hübscher Frauen herum«, versuchte er, Peter den Besuch schmackhaft zu machen. »Außerdem bekommst du – pflanzentechnisch gesehen – die spektakulärste Terrasse, die es in Fulham je gab.«

»Schon gut. Du hast mich überzeugt«, willigte Peter ein. »Allerdings erwarte ich dann meinerseits zur Einweihung des Appartements ein kleines Blumenfeuerwerk von der Firma Trellham. Und bring jemand Nettes mit, wenn's so weit ist.«

Edward lächelte versonnen. »Da wüsste ich schon jemanden.«

»Kenne ich sie?« Peter nuckelte zufrieden an der Zigarre herum, die noch immer zwischen seinen Lippen steckte. Hier und da sahen Leute zu ihm hin. Doch das schien ihn nicht zu stören, eher zu belustigen.

»Nein. Sie lebt in Berlin. Ich kannte ihre Großmutter, die ein kleines Hotel in den Cotswolds führte und vor einigen Wochen verstorben ist. So sind wir in Kontakt gekommen.«

Peter nahm die Zigarre aus dem Mund und stieß imaginären Rauch aus. Dann trank er von seinem Tee. »Klingt nach Fernbeziehung. So etwas mag ich.«

»Ich weniger. Aber ich nehme es in Kauf, weil sie eine ganz besondere Frau ist.« Edward lachte. Typisch Peter. Eine Fernbeziehung verschaffte ihm die Luft zum Atmen, hatte er mal gesagt.

»Ist die Berlinerin diejenige, für die du dich von der Mutter deines Kindes getrennt hast?« Peter ließ die Zigarre in seiner Tasche verschwinden. Er hatte seinen Auftritt gehabt.

Edward schüttelte den Kopf. »Manch einer würde es so sehen, aber so ist es nicht. Jedenfalls nicht ausschließlich. Annett, so heißt sie, hätte mich in jeder Lebensphase berührt. Sie ist unvergleichlich.«

»Nur zurzeit leider in Berlin!?« Peter winkte dem Ober und bestellte sich ein Sandwich.

»Ja, und jeder Tag, den sie länger fort ist, ist einer zu viel. Die Sache mit dem Kind hat sie verständlicherweise getroffen. Ich vermisse sie sehr.«

»Das Leben ist kein Wunschkonzert. Das stammt zwar nicht von mir, stimmt aber trotzdem«, Peter stieß ein gelassenes Brummen aus, »außer man heißt Peter Chips und macht sich nichts aus dem, was sich gehört, was die Leute sagen oder wie die Dinge gewöhnlich sein sollten. Ist es nicht verrückt, dass ausgerechnet die, die sich an diesen ganzen Bullshit halten, viel Geld für ein Kunstwerk von mir zahlen, dessen Symbol oder Motiv sie beim Ansehen von diesen Zwängen befreit?«

»Womit wir mal wieder bei der Doppelbödigkeit unserer Gesellschaft wären«, warf Edward ein.

»Genau aus dem Grund bin ich Künstler geworden. Um frei zu sein, so weit ich eben kann«, konterte Peter.

Draußen fuhr ein Gruppe Radfahrer vergnügt klingelnd vorbei. Edward sah ihnen hinterher und wandte sich dann wieder an Peter. »Weißt du zufällig, wo ich hier in der Nähe ein Fahrrad kaufen kann?«

Peter winkte ab. »Lass das besser bleiben. Ist zu gefährlich, falls du außerhalb von Mayfair damit unterwegs sein willst.«

»Keine Sorge, das habe ich nicht vor. Ich kaufe es, um mich an etwas zu erinnern.«

Peter sah Edward verblüfft an. »Und woran, wenn ich fragen darf?«

»Eine kluge Frau hat einmal zu mir gesagt, Verzeihen sei, als würde man zum ersten Mal auf ein Fahrrad steigen und losfahren. Der Entschluss, es zu versuchen und fest in die Pedale zu treten, reiche aus.«

Peter kratzte sich am Kinn. »Jetzt interessiert mich logischerweise, wer wem was verzeihen will?«

Edward trank seinen Tee aus und sagte: »Es geht um mich selbst, Peter. Allerdings muss ich mir nichts verzeihen. Das habe ich Gott sei Dank hinter mir. Ich will nur verhindern, dass ich diesen Satz jemals vergesse.«

Peter lachte so laut auf, dass das Paar am Nebentisch zu tuscheln begann. »Meines Wissens bist du der Erste, der sein Rad als Eselsbrücke benützt.« Er hielt kurz inne. »Und einer der wenigen, der sich eine Nische innerhalb des gewöhnlichen Denkens schafft.«

41. Kapitel

Juli 2015 – Berlin

Im Sekretariat des Evangelischen Gymnasiums zum Grauen Kloster hatte man Annett auf ihre Nachfrage, über welches Mitbringsel Professor Kollwitz sich freuen würde, die Auskunft erteilt, er habe eine Schwäche für weiße Schokolade. Also hatte Annett eine große Schachtel Pralinen aus weißer Schokolade gekauft. Mit dieser unterm Arm klopfte sie nun an Kollwitz' Tür. Nach einem gut vernehmbaren »Nur herein!« trat sie ein und fand dasselbe Sammelsurium aus Büchern, Papieren und Spickzetteln an der Pinnwand vor wie vor ihrer Abreise in die Cotswolds. Hier hatte sich nichts verändert. »Frau Neumann!«, Kollwitz kam hinter seinem vollgeräumten Schreibtisch hervor und schüttelte ihr herzlich die Hand. Freudig nahm er die Pralinen entgegen. »Oh, weiße Schokolade. Wie aufmerksam.« Er grinste gutgelaunt. »Rechnen Sie lieber nicht damit, dass ich sie jetzt öffne. Bei weißer Schokolade bin ich leider kleinlich.« Annett nahm seinen lockeren Ton auf. »Ich stehe mehr auf Vollmilch. Von mir droht also keine Gefahr.« Sie nahm Platz. Zwei Tassen Kaffee und eine Flasche Mineralwasser standen bereit.

»Einen Moment bitte.« Kollwitz verschwand hinter seinem Schreibtisch, heftete etwas in einem Ordner ab und gesellte sich dann zu ihr. »Was habe ich gehört?«, sagte er. »Sie haben erst an *einer* Schule, die ich Ihretwegen kontaktiert habe, als Mediatorin vorgesprochen?«

Annett nickte. »Die anderen musste ich leider vertrösten«, gestand sie.

»Sicher hatten Sie einen guten Grund?«

»Erinnern Sie sich an meine Großmutter?«, fragte Annett mit betrübtem Gesichtsausdruck.

»Sehr gut sogar«, bestätigte der Professor.

»Sie ist vor einigen Wochen verstorben. Ich hatte von ihrem Tod genau an dem Tag erfahren, als ich hier bei Ihnen war. Und nun habe ich das Hotel in den Cotswolds geerbt.«

Professor Kollwitz schien ehrlich betroffen.

»Der Tod meiner Großmutter ist einer der Gründe, weshalb ich Sie besuche. Außerdem möchte ich mich bei Ihnen bedanken.«

Kollwitz sah sie fragend an. »Bedanken? Wofür denn?«

»›Emotionale Nähe hindert einen zuweilen daran, an den Kern einer Sache zu kommen!‹ Dieses Satzes wegen.«

Kollwitz nickte bedächtig. »Ich erinnere mich daran, Ihnen das gesagt zu haben. Nicht wortwörtlich, aber vom Sinn her.« Er öffnete die Flasche Mineralwasser und schenkte für Annett und sich ein. »Inwiefern hat Ihnen das weitergeholfen? Sie wissen ja, Lehrer sind neugierig.«

Annett griff nach ihrem Glas und trank es zur Hälfte leer. »Ich würde es so formulieren«, erklärte sie. »Der Satz bezog sich ursprünglich auf meine Familiengeschichte. Nach dem Gespräch mit Ihnen wollte ich noch einmal mit meiner Großmutter und auch mit meiner Mutter reden. Doch dann kam die Nachricht von Jettas Tod. Und nun ...«, Annett lehnte sich in ihrem Stuhl zurück, »bemerke ich, dass der Satz auf viele Lebenssituationen passt. Zurzeit geht es bei mir um eine Liebesgeschichte mit Hindernissen.«

»Oh!« Professor Kollwitz lächelte, »ich bin seit über zehn Jahren alleinstehend. Und glücklich. Deshalb bin ich hier vielleicht der falsche Gesprächspartner. Allerdings höre ich Ihnen gern zu.«

Annett entdeckte an der Pinnwand ein großes neonfarbenes Post-it mit der Aufschrift: Cotswolds! Falls der Professor eines Tages vorhatte, seinen Urlaub dort zu verbringen, würde sie ihm das schönste Zimmer im ›Black Stag‹ reservieren. Sie sprach ihn darauf an.

»Nachdem Sie mir die Heimat Ihrer Großmutter schmackhaft gemacht haben, habe ich tatsächlich überlegt, nächstes Jahr dorthin zu reisen. Der Zettel soll mich daran erinnern, rechtzeitig zu buchen.« Er seufzte. »Allerdings werde ich mir jetzt, wo Ihre Großmutter verstorben ist, wohl etwas anderes überlegen.«

»Aber wieso denn? Jetzt müssen Sie erst recht kommen. Um mich zu besuchen und sich ein Bild davon zu machen, wie gut ich es schaffe, meinen Beruf als Mediatorin und das Hotel unter einen Hut zu bekommen. Das habe ich nämlich vor.«

»Was für eine entscheidungsfreudige junge Frau Sie sind«, sagte der Professor beeindruckt. »Wenn ich die Reise tatsächlich antrete, werde ich Ihnen auf die Finger schauen, wo ich nur kann. Aber sagen Sie, was hindert Sie daran, die Veränderung mit voller Überzeugung anzugehen? Trotz aller Euphorie höre ich Zweifel aus Ihrer Stimme.«

Annett merkte, wie gut es tat mit Kollwitz zu reden. Er war nicht nur der perfekte Zuhörer, der die richtigen Fragen stellte, er war auch jemand, der Stimmungen aufnahm.

»Ich muss vorher etwas aus der Welt schaffen.« Sie steckte sich ein Stück Würfelzucker in den Mund. Als Kind hatte sie es geliebt, Zuckerstückchen zu lutschen, wenn sie über etwas nachdenken wollte.

»Und das wäre?«, fragte Kollwitz.

»Meine Vorbehalte!« Annett hatte die Worte kaum ausgesprochen, da brach Professor Kollwitz in amüsiertes Lachen aus. »Meine liebe Frau Neumann. Ich muss Ihnen sicher nicht sagen, dass Sie vor einer Lebensaufgabe stehen. Vergessen Sie Ihre Vorbehalte und Sie finden das Glück. So heißt es doch in einschlägigen Lebenshilfebüchern.«

»Vielleicht sollte ich es präzisieren«, überlegte Annett laut. »Glauben Sie, man kann mit jemandem glücklich werden, wenn man Vorbehalte gegen eine seiner Entscheidungen hat. Eine wichtige Entscheidung?«

Professor Kollwitz schlug seine Hände ineinander und zuckte von dem Geräusch zusammen. »Nein!«, sagte er mit Bestimmtheit. »So etwas kann für immer zwischen zwei Menschen stehen. Es sei denn ...«, er zögerte, »es sei denn, Sie schaffen es, diese Entscheidung mitzutragen. Etwa, wenn Sie etwas Positives für sich daraus ableiten können.«

Annett erwähnte Kollwitz gegenüber nicht, worum es in ihrem Fall ging. Das war auch unwichtig. Die entscheidende Frage war, wieso sie sich nicht mit dem Gedanken an Edwards Vaterschaft abfinden konnte. Zeit wäre nicht das Problem, auch nicht, dass Edward sich um sein Kind und damit in gewisser Weise auch um Beth kümmern würde. Sie hatte vielmehr Angst, dem Fluss des Lebens zu folgen und nicht zu wissen, wohin er floss. Sie kannte genügend Beispiele, wie Angst Menschen beeinflusste. Die Angst vorm Leben hatte ihre Mutter geprägt und Edwards Vater zu einer schrecklichen Tat verleitet. Und sie hatte Jetta dazu bewogen, Ursels Tagebuch so lange unangerührt liegen zu lassen – bis die Neugierde schließlich dann doch über die Angst gesiegt hatte.

Professor Kollwitz' Blick ruhte auf Annett. Ein Klingeln kündigte das Ende der Pause an, die Stille zwischen ihnen zerriss. »Ja, die Zeit ... manchmal müsste man sie anhalten können«, fasste er ihrer beider Gedanken zusammen.

An der Tür verabschiedeten sie sich mit einer ungelenken Umarmung voneinander. Sie hatten beide nicht vorgehabt, sich so nahe zu kommen, doch es fühlte sich richtig an. »Gemeinhin denkt man, auf der Suche nach Zufriedenheit und Glück stünde einem dieser oder jener Mensch oder irgendeine Situation im Weg«, sagte Professor Kollwitz. »Doch inzwischen glaube ich, man selbst ist derjenige, dem man gut zureden sollte.«

»Der Gedanke ist mir in letzter Zeit auch gekommen«, gab Annett zu.

»Also dann, alles Gute, Frau Neumann. Wir sehen uns spätestens im nächsten Sommer in den Cotswolds.« Ein Blick in Kollwitz' freudiges Gesicht zeigte Annett, dass er es ehrlich meinte.

Draußen erinnerte sie sich an ihren letzten Besuch im Gymnasium. Damals hatte sie nach ihrem Vortrag ein Taxi genommen, um Ingo vorm Berliner Dom zu treffen. Das lag erst wenige Wochen zurück, doch inzwischen war ihr Leben regelrecht auf den Kopf gestellt worden.

Sie schlenderte die Straße entlang und freute sich auf zu Hause, auf eine gute Tasse Tee. Danach würde sie im ›Black Stag‹ anrufen und sich erkundigen, wie die Dinge standen. Bisher lief alles erstaunlich gut, doch ewig konnte sie nicht in Berlin bleiben. Sie musste eine Entscheidung treffen.

In der Ruhe der Cotswolds hatte Annett neue Kräfte und neuen Lebensmut geschöpft. Wenn sie morgens in Jettas Bett wach geworden war, hatte sich immer öfter ein Gefühl eingestellt, das sie an unbeschwerte Kindheitstage erinnerte. Einmal, sie war vielleicht fünf Jahre alt gewesen, war sie frühmorgens aus ihrem Bett gestiegen und vor die Tür gerannt. Sie hatte die prickelnde Kühle des Bodens unter ihren Füßen gespürt. Und dann war ihr Blick gen Himmel gewandert. Über ihr hatte sich ein nicht enden wollendes blaues Universum aufgetan. Ein Himmel, so schön, wie in ihrem Lieblingsmärchenbuch gezeichnet. Den Moment des staunenden Schauens, der sich in jungen Jahren schon bei Kleinigkeiten einstellte, war später von den Aufgaben, die das Leben an sie stellte, verdeckt worden. Sie wusste nicht, wann das Staunen weniger geworden war, doch nun war es, als erinnerte sie sich wieder jeden Tag daran.

Wenn sie unten in der Küche Mrs Jennings mit den Töpfen klappern gehört hatte, war sie aufgestanden und hatte sich auf den neuen Tag und seine Anforderungen gefreut. Die Menschen und Stimmungen der Landschaft hatten sie immer mehr eingenommen. Im ›Black Stag‹ herrschte eine angenehme Betriebsamkeit, doch nur wenige Schritte entfernt war man von unberührter Natur umgeben. Trotz Jettas Tod waren es unbeschwerte Wochen gewesen.

Annett trat ins Haus und sah, dass der Postbote gerade die Briefkästen befüllte. »Hallo! Sie sind der Neue, nicht wahr? Ich bin Annett Neumann.« Als sie auf ihn zuging, zog der Mann sich die Stöpsel seines iPod aus den Ohren. Annett wiederholte ihren Namen und deutete auf ihren Aufkleber gegen Werbematerial. »Mist. Diesen hübschen kleinen Sticker habe ich bisher übersehen«, erwiderte er salopp. »Wird nicht wieder vorkommen.« Annett nickte ihm freundlich zu und nahm den gepolsterten Umschlag entgegen, den er ihr reichte.

Auf dem Weg nach oben öffnete sie ihn. Er enthielt die neueste Ausgabe der englischen Zeitschrift ›Country Life‹. Über dem Titelbild, das ein Cottage in den Cotswolds zeigte, klebte ein Zettel: *Seite 15. Ich hoffe, das Interview findet Deine Zustimmung. In Liebe – Edward.*

Annett konnte es kaum abwarten. Noch im Flur ihrer Wohnung suchte sie hastig die Seiten ab. 13 ... 14 ... 15 ... da war es. Ein Foto von Edward und Emily. Mit der Überschrift: *Gartenwerkzeug mit Botschaft: Der Duke und die Duchess of Sounderland im Gespräch über Suizid, ihren beschädigten Ruf und das Leben nach einem Schicksalsschlag.* Annetts Hände zitterten. Edward hatte sich also entschlossen, über das tragische Schicksal seines Vaters zu sprechen. Was hatte ihn dazu veranlasst? Sie studierte das Foto genauer. Edward lächelte entspannt in die Kamera, seine Hand lag, ebenso wie die seiner Mutter, am Griff eines Spatens.

Annett entledigte sich ihrer Jacke und las dabei die ersten

Zeilen des Artikels. Gleich zu Beginn stellte Edward klar, dass dies sein einziges Interview zum Tod seines Vaters bleiben würde. *Ich habe lange über Privates geschwiegen, doch nun erscheint es mir notwendig, das Tabu um das Thema Selbstmord zu brechen.*

Der Artikel berichtete von einer Wohltätigkeitsorganisation namens *No Stigma*, die Edward und Emily Warrender demnächst ins Leben rufen würden. Das Startkapital käme aus ihrem Privatvermögen, weiters flössen die Verkaufserlöse der von Peter Chips entworfenen und von der Firma Trellham vertriebenen Gartengeräte in die Stiftung. Ziel der Stiftung sei es, sich des Themas Suizid anzunehmen, Prävention und Aufklärung zu leisten und Hilfe für Betroffene anzubieten, indem man Wege zum Weiterleben aufzeige. Damit schließe die Duchess of Sounderland, die den Vorsitz von *No Stigma* übernehme, an ihre langjährige karitative Arbeit an, die sie nach dem Tod ihres Mannes aufgegeben habe. Edward wies noch darauf hin, wie wichtig es sei, nach einem Schicksalsschlag nach vorn zu blicken und sich nicht entmutigen zu lassen.

Im letzten Absatz des Artikels antwortete er auf eine Frage nach den einschneidenden Veränderungen. *Dass ich Vater werde, ist kein Geheimnis mehr. Alles, was ich sonst noch sagen kann, ist: Durch den Tod meines Vaters habe ich gelernt, mich nicht hinter falschen Moralvorstellungen zu verstecken, sondern der Wahrheit meines Herzens zu folgen. Ich werde meinen Vaterpflichten mit Verantworung und Freude nachgehen. Doch ich habe mich darüber hinaus für meine Gefühle für eine wunderbare Frau entschieden. Mut und Liebe gehören untrennbar zusammen. Diese Erkenntnis möchte ich leben und meinen Kindern und allen Freunden weitergeben.*

Die letzten Worte überflog Annett nur noch, sie waren nicht mehr wichtig. Edward hatte in ihrer Abwesenheit offenbar eine Reihe von Dingen geklärt. Sie las die Worte, die für sie persönlich entscheidend waren, noch einmal. Edward hatte recht. Mut und Liebe gehörten zusammen. Seit sie in Berlin war, hatten sie regelmäßig miteinander telefoniert, jedoch ohne ihre mögliche Rückkehr nach England anzusprechen. Es waren sehnsuchtsvolle Telefonate gewesen, die ihr gezeigt hatten, wie sehr Edward sie vermisste – und sie ihn. Doch dass er ihr nun in ›Country Life‹ öffentlich seine Liebe erklärte, damit hatte sie nicht gerechnet.

Sie brachte es nicht übers Herz, die Zeitung zur Seite zu legen. Wie einen wertvollen Schatz hielt sie sie in der Hand und ignorierte das Knurren ihres Magens. Sie hatte die Wohnung heute Morgen gegen sieben verlassen, ohne zu frühstücken, und seitdem nichts gegessen. Noch einmal betrachtete sie das Foto von Edward und Emily. Die beiden strahlten Energie und Zuversicht aus. So, als hätte sich einiges für sie geklärt. In Annett wuchs ein Gefühl der Zuversicht.

Worauf wartete sie eigentlich? Dass das Leben verschiedene Möglichkeiten für sie bereithielt, wusste sie. Sie musste sich für eine entscheiden. Plötzlich war ihr klar, was sie tun wollte.

42. Kapitel

Juli 2015 – Oxford, England

Mrs Jennings setzte das Fleischmesser zu einem sauberen Schnitt an und löste geschickt eine Doppelseite aus der Zeitschrift. Dann marschierte sie in den Flur und heftete die Blätter an die Pinnwand. »In Zukunft möchte ich jede Ausgabe von ›Country Life‹ in diesem Hotel haben. Sonst erfährt nie jemand, dass unser Innenhof vom Duke of Sounderland gestaltet wurde.«

Mrs Goodall, die von Mrs Jennings' lauter Stimme angelockt worden war, stellte sich neben Stella, der diese Worte gegolten hatten. Eilig überflogen die beiden Frauen den Artikel. »Woher haben Sie das?«, fragte Mrs Goodall, während ihr Finger beim Lesen Zeile um Zeile entlangfuhr.

»Professor Camden hat die Zeitschrift beim Friseur durchgeblättert und gefragt, ob er sie mitnehmen darf. Diese Ausgabe ist natürlich längst vergriffen.«

Als Stella den Artikel zu Ende gelesen hatte, ließ sie ein langes Seufzen hören, während sie auf das Foto von Edward und Emily Warrender starrte. »Mr Warrender wird Vater und hat sich verliebt. Und wir haben nichts davon gewusst.«

Mrs Goodall, die froh war, mitreden zu können, nickte verheißungsvoll. »Ich muss sagen, Mr Warrender ist ein mutiger Mann. Wer folgt in diesen Kreisen schon seinem Herzen? Jedenfalls in seiner Situation als werdender Vater und bei all den Regeln, die es zu befolgen gilt.«

Mrs Jennings Gesicht hatte sich zu einem wissenden Grinsen verzogen. »Mr Warrender ist vor allem eins – klug. Wer seinen Vater auf so tragische Weise verloren hat, weiß, was im Leben zählt. Nämlich glücklich zu sein. Vielleicht werde ich eines seiner Gartengeräte kaufen. Ein schöner Spaten wäre ein nettes Weihnachtsgeschenk für Peter.«

Colonel Blakemore betrat mit einem Karton im Arm das Hotel. »Kann mir jemand sagen, weshalb neuerdings so viel Wein und Ginger Ale in diesem Hotel getrunken wird? Ich komme mit dem Kaufen gar nicht mehr nach.« Er stellte den Karton auf den Boden und nahm dankbar das aufmerksame Lächeln der Damen entgegen. »Wann kommt eigentlich Miss Neumann zurück? Ich würde irgendwann gern wieder kürzertreten.«

Stella zuckte die Schultern. Doch Mrs Jennings hatte eine Vermutung. »Auf Miss Neumanns Rückkehr müssen wir sicher nicht mehr lange warten«, verkündete sie. Stella sah sie überrascht an und schien plötzlich zu begreifen. »Sie glauben, bei Mr Warrenders Liebe handelt es sich um *sie*?« Mrs Goodall schien nun ebenfalls ein Licht aufzugehen. »Nein, ist das reizend«, rief sie dazwischen. Mrs Jennings nickte zufrieden in die Runde und wandte sich dann an Colonel Blakemore. »Damit ist Ihre Frage hoffentlich beantwortet, Colonel. Und darauf können Sie gern eine Tasse ›Fortnum & Mason‹-Tee trinken. Von mir aus auch einen Schluck Weißwein.«

»Hallo alle miteinander. Findet hier wieder mal eine spontane Lagebesprechung statt?« Clark Camden kam in Anglermontur mit einem Korb voller Fische in den Flur.

»Oh, Sie haben aber reichlich Glück gehabt, Professor!«, beglückwünschte ihn Mrs Goodall zu dem Fang.

»Es kommt sogar noch besser«, versprach Camden aufgeregt. »Ich habe nicht nur ordentlich etwas aus dem Fluss geholt. Beim Angeln heute früh ist mir plötzlich klar geworden, an wen Mr Warrender sein Herz verloren haben könnte. Dass ich nicht eher darauf gekommen bin.«

»Miss Neumann!«, erschallte es im Chor. Einen Augenblick sah Camden enttäuscht drein, weil man ihm die Pointe gestohlen hatte, doch als Mrs Jennings ihm im Austausch gegen seine Fische eine Schale Eiersalat brachte, sagte er:

»Ich wette, Mr Hawick hat noch keine Ahnung. Vielleicht sollte ich auf einen Sprung zu ihm hinübergehen und ihn aufklären.« Er schob sich eine Gabel voll Salat in den Mund und nickte zufrieden.

»Ich hätte nie gedacht, dass ein Wissenschaftler wie Sie an Neuigkeiten aus dem Gesellschaftsleben interessiert sein könnte«, kicherte Mrs Jennings.

»Ich auch nicht«, murmelte Camden kauend. »Aber da es nun mal so ist, übernehme ich die Aufgabe des Aufklärers mit dem größten Vergnügen.« Clark Camden schien der Aushilfsjob im ›Black Stag‹ gutzutun. Die Arbeit half ihm, seine Trauer über Jettas Tod zu überwinden, hatte er Mrs Goodall erst tags zuvor gestanden.

»Und was ist, wenn Mr Warrender in Miss Neumann verliebt ist, sie aber nicht in ihn?«, warf Stella dazwischen. »Dann beteiligen wir uns an dummem Gerede.«

Mrs Jennings, die Hände in die Hüften gestemmt, sah alle eindringlich an: »Bevor wir es nicht aus Miss Neumanns Mund erfahren, geht von uns kein Wort nach draußen. Wir unterhalten uns lediglich darüber, was uns persönlich freuen würde. Wäre doch nett, wenn Miss Neumann und Mr Warrender glücklich miteinander sein könnten. Ich hoffe, alle wissen, wie ich es meine?«

Alle nickten, zum Zeichen, dass sie verstanden hatten. Clark Camden hatte inzwischen seinen Eiersalat gegessen und reichte Mrs Jennings den leeren Teller. »Herzlichen Dank, war köstlich. Ich gehe mal auf ein Pläuschchen zu Mr Hawick. Vielleicht erwähne ich *die Sache* gar nicht. Wie Sie sagten, Mrs Jennings, man sollte nicht voreilig sein.«

Annett parkte den Mietwagen an derselben Stelle wie bei ihrem letzten Besuch in Belleminton House. Bevor sie ausstieg, griff sie nach ihrer Windjacke und einem Regenschirm. Heute trieben die Wolken, die wie in Wasser getränkte graue Wattebälle aussahen, mit ziemlicher Geschwindigkeit dahin. Regenschauer waren also nicht ausgeschlossen. Sie schloss den Wagen ab und machte sich auf den Weg zum Tor, durch das man in den öffentlichen Park von Belleminton House gelangte.

Beim Kofferpacken gestern Abend, hatte sie sich eingestanden, dass sie ihrer Liebe zu Edward eine Chance geben wollte. Sie würde Jettas Hotel weiterführen und gleichzeitig versuchen, als Mediatorin zu arbeiten. Vielleicht konnte sie tatsächlich Workshops im ›Black Stag‹ anbieten. Sie war sich zwar nicht sicher, ob Menschen in der wunderschönen Landschaft der Cotswolds eine Mediation benötigten. Doch es ließ sich nicht alles vorhersagen. Die Entscheidung war gefallen. Sie würde vertrauen.

Sie schritt hügelaufwärts. Die Vorfreude auf Edward trieb sie an, schneller zu gehen. Sie freute sich schon auf sein überraschtes Gesicht. Und darauf, endlich wieder von ihm in die Arme genommen zu werden.

Als sie in Oxford aus dem Bus gestiegen war, hatte sie im Büro der Firma Trellham angerufen und die Mitteilung erhalten, Mr Warrender halte sich heute großteils im Park von Belleminton auf. Natürlich musste das nichts heißen. Annett wusste, was es bedeutete, selbstständig zu sein. Tagespläne wurden wegen unvorhergesehener Termine häufig auf den Kopf gestellt. So konnte es heute auch bei Edward sein. Trotzdem hatte sie der Versuchung wiederstanden, ihn anzurufen. Sie wollte ihn so gern überraschen.

Die Natursteinmauer, an der sie nun vorbeikam, war von Glyzinien und Efeu bewachsen. Sie hörte das leise Brummen, Surren und Summen der Hummeln, das wie Musik klang. Annetts Blick wanderte zu Gräsern, die im Wind wogten, dann zu den Blumen, die in langen Rabatten gepflanzt worden waren und hinter denen weißer Kies aufgeschüttetet worden war.

Ein paar Minuten später hatte sie endlich den Eingang des Labyrinths erreicht. Schätzungsweise ein Drittel der Wege waren bereits angelegt, doch der Großteil der Arbeit stand noch aus. Irgendwo hier musste Edward sein.

Sie hielt auf das dunkle Grün der Buchsbäume zu, deren helle, frische Triebe trotz des grauen Himmels wie von der Sonne beschienen aussahen, und betrat das Labyrinth. Gleich zu Beginn wandte sie sich nach rechts und folgte einem der Wege. Nach einer Weile hörte sie Stimmen aus dem Inneren der Anlage. »Natürlich schaffen wir den Termin. Notfalls müssen wir einen Teil unseres Urlaubs auf nächstes Jahr verschieben«, sagte jemand. »Es ist ein gutes Gefühl, sich auf seine Leute verlassen zu können. Danke, Mr Spencer.« Annett erkannte Edwards Stimme und spürte, wie ihr Herz schneller schlug. Nur noch wenige Schritte, dann wäre sie bei ihm. Je weiter sie in das Labyrinth drang, umso mehr wirkten die Buchsbäume wie eine Mauer. Annett ging weiter und gelangte erneut an eine Abzweigung, von der aus es in zwei Richtungen weiterging. Welchen Weg sollte sie einschlagen? Sie zögerte und entschied sich schließlich, links abzubiegen. Von draußen hörte sie das Rauschen des Windes, doch im Labyrinth war es fast windstill. Sie ging weiter, immer auf die Stimmen von Edward und Mr Spencer lauschend, bis sie in einiger Entfernung die Stelle sah, wo die Buchsbäume noch nicht eingepflanzt worden waren.

Und da war er! Mr Spencer, der ihr das Gesicht zuwandte, stieß Edward, der mit dem Rücken zu ihr stand, an und flüsterte ihm etwas zu. Edward drehte sich um und sah sie verwundert an. »Annett?!« Seine Stimme überschlug sich fast, als er ihren Namen aussprach. Dann verzogen seine Augen sich auf unnachahmliche Weise zu einem Lächeln. Dieses Lächeln, das seine Lippen immer mit ein wenig Verspätung erreichte, sorgte jedes Mal für ein warmes Gefühl in ihr.

Mr Spencer nickte Edward und ihr zu und ging diskret davon.

»Was machst du hier? Wieso hast du mir nicht gesagt, dass du kommst?«

»So etwas nennt man Überaschung«, sagte Annett. Im Schutz des Labyrinths nahm Edward sie in die Arme. Sie küssten sich zärtlich. Edwards Lippen waren rau vom Wind und schmeckten salzig. Von draußen drang nun die Stimme von Mr Spencer, der telefonierte. »Am liebsten würde ich für immer hier mit dir bleiben. Geschützt vor dem Wind und den Blicken Fremder.«

Edward lachte. »Einverstanden. Vorher stelle ich dich allerdings meinen Leuten vor. Nach dem Artikel in ›Country Life‹ wird nämlich wild spekuliert, wer die Frau sein könnte, von der im Interview die Rede ist.« Er fasste nach ihrer Hand, um gemeinsam mit ihr das Labyrinth zu verlassen.

»Nein, warte! Gönn uns noch einen Augenblick.« Annett schmiegte sich erneut an ihn und küsste ihn leidenschaftlich. Wie lange hatte sie diese Küsse vermisst! Als sie Edward losließ, sah sie ihn kokett an. »Interessiert dich gar nicht, warum ich hier bin und was ich vorhabe? Und willst du nicht wissen, wie sehr mich deine gedruckte Liebeserkärung berührt hat? Für meine Freundin Daniela war es das Schönste, was ein Mann je für eine Frau getan hat«, sagte sie.

Edward nickte. »Mich interessiert alles über dich. Das weißt du doch.«

Und so erzählte Annett ihm, dass sie sich darüber klar geworden war, ihrer Liebe zu folgen. »Außerdem hoffe ich, dass nicht nur du dich um dein Kind kümmern darfst, sondern auch ich. Jedenfalls, sofern Beth einverstanden ist.«

Edward nahm ihre Hand und küsste sie dankbar. »Etwas Schöneres hättest du mir nicht sagen können, Annett. Ich weiß gar nicht, was ich erwidern soll.«

»Ich schon!«, sagte sie. »Frag mich einfach, ob ich das ›Black Stag‹ vorläufig selbst weiterführen will?«

»Und, willst du?«, warf Edward ein.

»Ja«, antwortete Annett. »Ich hoffe allerdings, dass ich auch weiterhin als Mediatorin arbeiten kann. Du weißt ja, wie sehr mir daran liegt.«

Edward machte eine Handbewegung, die sie innehalten ließ. Als er weitersprach, strahlte er übers ganze Gesicht. »Diesbezüglich hätte ich eine Frage an dich«, sagte er. »Hast du Interesse bei *No Stigma* mitzuarbeiten? Wir brauchen kompetente Hilfe für die Suizidprävention. Wir wollen Betroffenen Hilfe anbieten. Und ihnen andere Auswege aufzeigen.«

Annett sah Edward erstaunt an. »Ist das ein ernstgemeintes Angebot?«, fragte sie.

Edward nickte glücklich. »Seit du mit meiner Mutter gesprochen hast, weiß ich, wie gut du bist. Ehrlich, Annett, ich könnte mir niemand vorstellen, der besser dafür geeignet wäre als du.«

»Und meine Bezahlung?«, sagte Annett grinsend. »Ich hoffe, *No Stigma* kann sich jemand wie mich leisten.«

Edward setzte eine ernste Miene auf. »Ich dachte daran, einen Teil der Vergütung durch ein Aufenthaltsrecht in Pond Cottage abzugelten. Inklusive Verpflegung etcetera.«

Annett wollte gerade etwas Passendes erwidern, als ihr Handy eine SMS meldete. *Mit Ralf ist es aus. Bitte Notfallplan aktivieren. Brauche Dich neben mir an der Seufzerbrücke. Dani.*

Edward, dem sie den Text übersetzt hatte, sah sie fragend an. »Kannst du mich bitte aufklären? Ich verstehe kein Wort.«

»Meine Freundin Dani aus Berlin hat sich von ihrem Freund getrennt. Das ist eine längere Geschichte. Die erzähle ich dir ein anderes Mal. Aber nun braucht sie jemanden wie dich«, fasste Annett das Wesentliche zusammen. »Dani liebt gutaussehende, weltgewandte, liebevolle, großzügige Männer.«

»Muss er auch ein Schuhfetischist sein?«, flachste Edward.

Annett lachte. »Nein! Baldige Vaterschaft ist ebenfalls keine Bedingung«, fügte sie an.

»Schreib Dani, ich werde die Augen offen halten, während ihr regelmäßig vor der Seufzerbrücke herumschlendert.« Edward steuerte mit Annett auf kürzestem Weg den Ausgang des Labyrinths an. »Apropos Pläne. Ich möchte dir auch von einem meiner Pläne erzählen.«

Annett genoss es, Edwards Hand fest in ihrer zu spüren, während sie den Eingang des Labyrinths erreichten.

»Oberste Priorität hat eine Reise nach Altlandsberg. Gemeinsam mit dir«, kündigte Edward an.

»Altlandsberg?! Das ist irgendwo in Deutschland nehme ich an«, spekulierte sie. Sie waren nun aus dem Labyrinth herausgetreten und sahen in einiger Entfernung einen der Teiche von Belleminton, an dessen westlichem Ufer zwei Trauerweiden standen.

»Altlandsberg liegt in Märkisch-Oderland, östlich von Berlin. Will hat auf meine Bitte hin seine Kontakte als Journalist spielen lassen und herausgefunden, dass sich dort ein Anwesen der Familie von Schülzow befand. Mehr weiß ich allerdings nicht. Ich wollte deiner Mutter nicht vorgreifen. Deshalb hat Will nicht weiter recherchiert.«

Annett war stehen geblieben und sah Edward an. Dass Will für sie Auskünfte über ihre Familie eingeholt hatte, machte sie sprachlos. »Altlandsberg!«, wiederholte sie nach einer Weile. »Das klingt schön.«

»Ja!«, sagte Edward. »Es ist ein hübscher kleiner Ort mit knapp neuntausend Einwohnern. Am Rand des Dorfes befand sich der Landsitz deiner Vorfahren. Ich habe Fotos zu

Hause. Das Haus ist erst vor ein paar Jahren renoviert und in Eigentumswohnungen aufgeteilt worden. Du kannst dir die Bilder später ansehen.«

Annett spürte, wie ihre Augen feucht wurden.

Die Wolken am Himmel hatten nun ein bedrohliches Dunkelgrau angenommen, es frischte böig auf.

»Das ist nur der Wind«, sagte sie, als Edward ihre Wange streichelte und ihr dabei in die Augen sah.

»Du musst deine Tränen nicht zurückhalten«, sagte er verständnisvoll.

»Tue ich nicht. Ganz bestimmt nicht«, protestierte Annett, und schon liefen ihr Tränen die Wangen hinab.

Im nächsten Augenblick prasselte ein heftiger Schauer nieder. In schnurgeraden Fäden fiel der Regen vom Himmel. Annett legte ihren Kopf in den Nacken und spürte, wie die Tropfen ihr Gesicht trafen. Sie genoss das feine Kitzeln auf ihrer Haut. Nach ein paar Sekunden drehte sie sich im Kreis. Wie damals, als sie ein Kind war und sich über den Regen gefreut hatte. »Ich liebe dich, Edward. Und ich liebe den englischen Sommer«, rief sie.

Edward war verblüfft über den plötzlichen Stimmungswechsel und ihre kindliche Ausgelassenheit, dann fasste er nach ihrer Hand und tanzte mit ihr durch den Regen. »Ich liebe dich auch!«, rief er zurück. So laut, dass jeder es hätte hören können.

Unterm Schutz von Annetts Schirm gingen sie dicht aneinandergeschmiegt durch den Park. Die Bäume waren dunkel vom Nass, der Himmel grau und weit.

Letzte Worte:

Das Thema der gestohlenen Biografie der Kinder der Widerstandskämpfer ließ mich nicht los, seit ich anfing, mich damit zu beschäftigen. Ich las unter anderem im Buch von Veruschka von Lehndorff davon.

Doch im Grunde begann alles viel früher. Ich hatte in meiner Jugend viele Geschichten über den Krieg gehört: von meinen beiden Großmüttern und meinem Vater, der während des Zweiten Weltkriegs mit seinem Bruder und seiner Mutter sechs Wochen lang mit einem Handkarren flüchten musste und tiefe innere Wunden von dieser »Reise« heimtrug. Und nicht zuletzt auch von meiner Mutter, die hungerte und fror und sich nur schweren Herzens an diese Zeit zurückerinnert.

Vor allem aber hat mich die verbotene Liebesgeschichte einer meiner Großmütter tief bewegt. Sie verliebte sich in jemanden, den sie nicht hätte lieben dürfen. Doch seit wann lässt sich Liebe planen oder reglementieren?

Ich habe mich also schon früh in meinem Leben mit der Frage nach Schuld und noch ausführlicher mit der nach der Liebe beschäftigt. Wie wirkt Schuld sich auf die Gemütsverfassung von Menschen aus? Und ist Liebe ein Gegenmittel? Liebe – dieses wunderbar vereinigende Gefühl, das nicht nur Paare etwas angeht, sondern alle Menschen.

Die Liebe ist seit langem mein Leitmotiv, und das Leben bietet mir immer wieder Gelegenheiten, mich noch eingehender damit zu befassen. Besonders in schwierigen Momenten durfte ich entdecken, dass die Liebe nie vergeht, sie ist sogar im Schatten zu finden – wenn wir selbst das Licht sind, Traurigkeit annehmen und sie so irgendwann in Zuversicht wandeln.

Mein besonderer Dank gilt den Menschen, die mich zu einer unbeschwerten Reise nach London, Oxford und in die Cotswolds begleitet haben. Tolle Recherche. Verbunden mit Gelächter, inspirierenden Gesprächen und gutem Essen.

Außerdem danke ich Michael, der mir das großartige Buch »Anmerkungen zu Hitler« von Sebastian Haffner geschickt hat; und ich danke Michaele, der ersten Probeleserin der ersten Kapitel des Romans, für ihre positiven Kommentare, die mich bestärkt haben, die Geschichte von Annett und Edward weiterzuerzählen.

Weiters danke ich Wolfgang, der, wie bei jedem meiner Bücher, perfekt recherchiert hat. Darüber hinaus ist er Englandkenner, Ideengeber, Probeleser und vor allem der beste Freund, den man sich vorstellen kann.

Mein letzter Dank gilt meiner Agentin, die nach der ersten Leseprobe meinte: Ich will unbedingt wissen, wie es weitergeht.

Große Freude empfinde ich, wenn ich an die Menschen denke, die Bücher lieben, kaufen, lesen, weiterempfehlen, besprechen, die ohne die Geschichten, die wir Autorinnen und Autoren uns ausdenken, nicht sein wollen.

Die Liebe zu Büchern, zum Wort, zu Geschichten eint uns!!

Insel Verlag Anton Kippenberg GmbH & Co. KG
Torstraße 44, 10119 Berlin
info@insel-verlag.de
www.insel-verlag.de